张建春 ● 著

"新实力"中国当代散文名家书系

边缘行走

河北出版传媒集团

花山文艺出版社

图书在版编目（CIP）数据

边缘行走/张建春著. —石家庄 ： 花山文艺出版
社, 2016.7（2019.6重印）
　ISBN 978-7-5511-2888-9

　Ⅰ.①边…　Ⅱ.①张…　Ⅲ.①散文集－中国－当代
Ⅳ. ①I267

中国版本图书馆CIP数据核字(2016)第156401号

书　　　名：**边缘行走**
著　　　者：张建春

责任编辑：梁　瑛
责任校对：李　伟
美术编辑：胡彤亮

出版发行：花山文艺出版社（邮政编码：050061）
　　　　　　（河北省石家庄市友谊北大街330号）

销售热线：0311-88643221/29/31/32/26

传　　真：0311-88643225

印　　刷：三河市华东印刷有限公司

经　　销：新华书店

开　　本：650×940　1/16

印　　张：21.75

字　　数：280千字

版　　次：2016年8月第1版
　　　　　2019年6月第2次印刷

书　　号：ISBN 978-7-5511-2888-9

定　　价：66.00元

◆◇◆目录◆◇◆

【书间漫步】

长歌短叹

散落的爷爷

一

天黑，黑得过于沉重。

爷爷躺在病床上到了最后的时刻，奶奶和妈妈忙着四处找人，家里只剩下我和年幼的妹妹。这年我六岁，妹妹四岁。

一盏煤油灯昏昏的投下光圈，三间草房中间敞开，爷爷躺在西头一间，此刻我最怕的是煤油灯盏突然熄灭了。随风跳跃的火焰如豆般，长在不大的墨水瓶口，火焰之上是一抹黑黑的浓烟，烟的痕迹挂在低矮的椽条上，陈年的蛛丝摇摇欲坠。爷爷的呼吸断断续续地或重或轻，我和妹妹盯着爷爷片刻不敢离去，他眼睛微闭，时而睁开，茫然地打量着周围，周边除却黑暗，只有我和妹妹了。

有阵子爷爷清醒了过来，召唤着我，让我把他嘴边的痰"抓去"，我拿了块裁成方块的报纸，小心地接着，生怕碰痛了爷爷，我看到了爷爷的泪水盈满了眼眶。爷爷突然伸出了枯如枝干的手，记得是左手，紧紧抓住了我，清晰地问了句："孙子，嫌脏吗？"我摇摇头，把脸贴在他的额头上，爷爷的额角冰凉，这凉意让人一辈子难以忘却。爷爷大把的泪奔涌着，随后把眼紧紧地闭牢，他的脸憋得通红，嗓中的痰呼呼地拉扯着，我多想再为爷爷"抓"次痰，手中早早准备了小如豆干的报纸，可是爷爷再也无话了。

奶奶和妈妈回来时，爷爷早陷入了弥留之际。来了一屋子人，手忙脚乱地为爷爷穿上老衣，看着爷爷顺从的样子，我以为爷爷睡熟了，我想明天早晨太阳出来时，爷爷就会醒来。

我无心无肝地在爷爷去世的夜晚睡得透熟，到了半夜猛地被一声破铁撞击的声音惊动，才蓦然醒来，耳边是一阵阵忙乱的脚步和奶奶、妈妈沉重的哭声。相信我的尖叫声是刺耳的，多年过去了，我的眼前还会浮现起，无边的黑暗、爷爷蜡黄的脸庞，他长长的胡须被我的尖叫吹动。

直至如今，我还在追寻那声破铁撞击的声音，问过奶奶，问过妈妈，问过所有人，他们都说没听到，而我明明确确听到了，那么恢宏、那么沙哑、那么摄人心魄。或许是冥冥之中，爷爷在和我打着最后一声招呼，他是配用金属之声说话的人，他用锣一样的声响，和他寄予厚望的人告别，和这个世界告别。

爷爷死在了 20 世纪 60 年代末期的一个秋天，正是田野丰硕、瓜果飘香、晚稻灌浆的季节，偶有耐住性子的月季花肆意地开放着。讲实话我已记不得我可曾哭过，只是将一张张草纸不停地添向瓦盆，不让燃起的烟火灭了。悼唁的人很多，几个花圈摆在爷爷的灵前，平添出少有的悲凉，不省事的玩伴总想偷空在花圈上拽上一把，摘上一朵纸花满天地地飞跑。那时花圈鲜见，如果没记错的话，花圈是省、地、县三级部门送的，爷爷是省级劳模，那时劳模受尊敬。

父亲从外地赶回时，爷爷已过世了两天。病重的爷爷不愿让人围在周围，他打发走了父亲，打发走了亲朋好友，只想静静地离开这个世界。

他的身后事就由不得他了，那么多的送葬人群，沿着蜿蜒的田埂，缓缓地向坟地移动，我能记得的是许多人说：爷爷人好、是好人。

乡下人朴实，一个"好"字可能就代表了一切。当爷爷的坟垒起时，新鲜的干净的土泛着一阵阵香味，不论强壮还是瘦弱的人，都用自己的身体向坟包撞去，都期望用自己的身体夯实爷爷的"新房"，由此爷爷的归宿地就显得特别的坚固，数十年后，在为爷爷迁坟时，坟包上的土坚硬如石，他的棺木平卧在一地干燥中，好像从没有受过水的惊扰。

"宁隔千里路，不隔一层板。"这是奶奶在爷爷去世后常唠叨的一句话，奶奶对爷爷的思念，表现在常孤单地站在场地上，远远望着新起的坟堆。她在为爷爷招魂，也想把他招进梦中，奶奶喃喃自语："死鬼，今晚到我梦里来。"奶奶说："死鬼怎么就不进我的梦里来，唉。"一声长叹，泪水早已将前襟打湿了。由于花圈金贵，奶奶总要在风雨之前，让我去把爷爷坟前的花圈扛回，唯一不恭的是让放在茅厕里，她自己也随着做，做前嘴中总要念念有词，也不知她说些什么。我敢保证，爷爷坟前的花圈一定是保存时间最久的，所包含的情愫也是最多的。

爷爷落葬后，父亲骑上到处作响的自行车匆匆离去，他有防汛任务，我看到了他泪水的坚硬，落下时就将土地砸出一个坑，他心中应该装着"很多"，这"很多"中一定有他的父亲、我的爷爷的叮嘱，甚至是心照不宣的默契。他把象征孝子的草绳往我的腰上一系，走得那么坚决，甚至没回过头看一眼。大姑父看不下去了，骂了我父亲一声，把草绳从我的腰间解下，系在了自己的腰上，长跪在爷爷的坟前，我的大姑随之扑向坟头，双手抠进泥土里，一声"亲老子"，实实在在的荡气回肠、千回百转。

在我奶奶八十四岁重病时，大姑也已六十多岁了，她躬着身子让我的奶奶靠着，一靠就是一夜，奶奶的头发全白了，大姑的满头白发更是稀稀拉拉，灯光下遥遥相映。大姑不是爷爷、奶奶亲生的，是爷爷捡来的，在一个冬天乡间的三岔路口，爷爷把大姑揣在怀里带回了。奶奶说和爷爷大吵了一架，吵得天昏地暗，惊动乡邻四野，那时爷爷和奶奶新婚不久，奶奶已有了身孕，她无法接受一个婴儿的啼哭。爷爷用自己的沉默和一个男人的细致打动了奶奶。当大姑躺在奶奶怀里和亲生的儿子——我的伯父共同吸吮乳汁时，奶奶显然把大姑看得比亲生儿子重了。爷爷给大姑起了个好听的名字，最后一个字是"平"，他的嘴中念叨最多的是"平姑"，从我略略记事时就知道爷爷偏心，在几个姑姑中把"平姑"看得最重。平姑孝顺，出嫁后三天两头看望爷爷，几天不来爷爷就会生气，到了老年甚至几天不见平姑面，连饭也懒得吃，非得大姑连骗带哄。

对大姑发火最大的一次我记得清清楚楚。大姑的亲生父母找上门来，拉着我的爷爷、奶奶千恩万谢，爷爷、奶奶平平和和地接待他们，那晚四位老人说了一夜的话。第二天，爷爷让人把大姑接了来，逼着她认亲生父母，大姑誓死不从。爷爷火了，把手中的茶壶猛地掷到地上，茶壶摔成了四瓣，我的大姑跪在地上，先把烂了的茶壶捡了起来，把一声"大""妈"喊得勉勉强强。此后大姑再来看爷爷，爷爷的脸色就一天比一天难看了，直到大姑和她的亲生父母来往多起来，爷爷又把"平姑"挂在了嘴上。也不知大姑父用何办法将烂了的茶壶黏合了起来，爷爷仍用它喝水，"啷啷"地喝着，似乎多出了更丰厚的滋味。壶是金黄色的，壶面上的一丛梅花开得灿烂。

在爷爷的坟地，大姑的哭诉中，在"老子"前加了个"亲"字，许多年后我才体会到"亲"的分量，和如今网络上动不动就加个"亲"，已不是同样的境地，"亲"的分量太重、太重，重得不能有水分，重得要用生死相许的情意去承托。

二

我是在穿过瓢泼大雨回家的途中，萌生出写写爷爷的念头的。

实际上爷爷一直萦绕在我的脑际，我曾零零碎碎地写过爷爷，正因为难以完整，有许多个夜晚在半睡半醒中和他对话，爷爷是那么和蔼，又是那么充满着魅力，我知道穿越的这场大雨，自然就有着特别的灵性了，水到渠成地去写爷爷已无须写出提纲、打出腹稿了。

爷爷是在一场大雨中离开家乡的，道路十分泥泞，黄土沾脚，甩也甩不掉，加上夜的黑暗，由于身上和心中的创伤，他行走的步伐很慢，他将跨越千山万水，去奔赴和他所处的生活圈子完全不同的地方——上海。20世纪30年代充满着许多变数，爷爷的离开既是变的结果，似乎也是一种必然。

排行老大的爷爷，下面还有一个弟弟、一个妹妹，爷爷的父母在饥饿、病苦中双双离开人世，妹妹已托付人家，他要去上海找自己的弟弟，奔一条活路。家乡的匪患加上勾结土匪的保长的欺凌，让血气方刚，刚满二十岁的爷爷没有立锥之地。

统治家乡方圆几十里的是一个叫黄保长的人，他和土匪勾结，让一地的穷人无法生活。黄保长有两样手段，"穿锁骨"和"点天灯"，当然最终执行者是土匪。穿锁骨主要用来对付如同我爷爷这样，年轻而有反抗意识的人。用两根钢丝穿透锁骨，将人吊到一棵树枝上，仅脚尖踮起，在鲜血淋漓中，只要半个时辰，任你多么坚强的汉子也会委顿下去，我的爷爷就是在面临这样的酷刑时，在大雨如注的夜晚，偷偷逃离的。

根子埋在了我爷爷的母亲去世的前夜。临断气的爷爷的母亲想喝上一口米汤，正是青黄不接之际，爷爷寻遍了一个郢子，连半粒米星也没找着。为了母亲最后的心愿，爷爷只好去求黄保长，黄保长家戒备森严，夜间的酒席还没散去，大醉中的黄保长，看着万般狼狈的爷爷哈哈大笑，说："我家到处是米，连老鼠洞里都是，自己去挖吧。"万般无奈的爷爷，只好用双手拼命地刨开黄保长家粮库边的鼠洞，顾不得十指鲜血淋漓，连土带老鼠屎拣了半捧米，匆匆赶回时，爷爷的母亲已经断了气。

草草葬了母亲之后，仗着一身力气，爷爷将所有的心思放在了从黄保长家租来的两亩薄地上。人勤地不懒，来年竟然是个大丰收。爷爷算了算除了交地租，维持兄妹半饱的日子还是可以的。租子如数交了，黄保长踱着方步出现了，让我爷爷还他家老鼠洞的米，并要借一还十。按黄保长的说法，老鼠是他家的，老鼠洞是他家的，洞中的米更是他家的，还是必须的。爷爷无法控制自己，和黄保长撕打，家丁们一拥而上，拳脚并用，一口鲜血从爷爷口中喷出，醒来时已在黑洞洞的家中。黄保长差人传话，米明天必须送去，否则就要穿爷爷的锁骨。无计可施的爷爷，实在咽不下这口屈辱之气，带着悲愤，安顿好不堪为之的家，只能背井离乡了。

这是我爷爷的妹妹，我称之为姑奶的人，在我爷爷去世后，把我抱在腿上，断断续续告诉我的。这么多年我耿耿于怀，且做过多方考证。当时的黄保长，仗着自己有十几杆枪，围起土圩子，构筑土碉堡，勾结土匪、网罗地痞流氓横行乡里，干了说不完的坏事，老辈人对他恨之入骨。更让人印象深刻的是，多年后的今天，他的后人常以黄保长为骄傲，动不动就说，他们的爷爷手持匣子枪如何如何，恨得我牙痒，新中国成立后，死了连坟也不敢起的黄保长，他的后人竟给他立碑，大言不惭地写上生平事迹，如歌如颂，真的令人匪夷所思。

我能想见的是，我的爷爷离去绝不仅是半捧米的事。他的反抗举动和气宇轩昂，早成了黄保长的眼中钉肉中刺，黄保长必然要用一种手段将我爷爷置于死地或撵出家门，只不过找个借口而已。在这之前，我爷爷十八岁的弟弟，已被黄保长勾结的土匪逼出了家门，黄保长当然会知道我爷爷表面的臣服里，隐藏着深深的仇恨，这样的"害"他必除之。

无法用一些语言，去形容黄保长所代表的一些人的残忍。就"点天灯"而言，其中的屈辱和惨烈是无法想象的。我的姑奶告诉我，爷爷的弟弟曾有一个家里开当铺的女友，两小无猜，按我姑奶的说法，好得像一个人一样。在一个大白天他的女友被土匪绑票了，要三十块大洋，否则就要被"点天灯"。当铺老板凑来凑去还少十块，"点天灯"就在村口不远的土包上上演了。一个粪桶，粪桶里一盆豆油，五根灯芯齐齐点燃了，当铺老板的女儿、爷爷弟弟的女友，被脱了下身衣服，赤裸着按坐在粪桶上。姑奶告诉我，起先是大声的呼救，之后是撕人心肺的痛哭，再之后是一股皮毛烧焦的糊臭味。家家户户大门紧闭，从门缝里偷偷看去，那真叫惨。爷爷的弟弟被爷爷死死地按住，他拼着性命要去营救。姑奶说，爷爷的弟弟舌都咬破了。乘着土匪狂笑和淫声浪语中的分心，爷爷弟弟的女友，用足了平生力气跳下了山包，姑奶说："惨呀，半个屁股都是燎泡，死了好多天没人敢收尸。"

爷爷的弟弟大病了一场，咬着牙要报仇，兄妹们商议了半天，深深知道黄保长不会放过爷爷弟弟的，恰好一队军人从郢子路过，爷爷的弟弟脚一跺随队伍去了。姑奶无法将一些事情叙述得更加清楚，有些情节她却记得很明白，几年后，爷爷的弟弟带着一彪人马将黄保长家团团围住，他骑着一匹白马，腰挎洋刀，此时黄保长一家早已望风而逃，爷爷的弟弟打开粮仓，让兄弟们把一仓的稻米分给了周边方圆几十里的穷人。在女友的坟前齐齐地放了一阵排枪，枪声在村庄的四周久久回荡。爷爷的弟弟绝尘而去再也没迈上故土半步。姑奶说："那叫威风呀，骑大马挎洋刀。那叫解气呀，黄保长屁都不敢放。"

那时的爷爷已在上海立下了脚。

我绝对相信姑奶叙述的真实性，若干年内我的家人对爷爷弟弟的事讳莫如深，爷爷的弟弟参加的是国民党部队，新中国成立后我的爷爷、父亲都加入了共产党，成了党的干部，这样的历史问题是沾不得边的。至于我爷爷的弟弟在抗日战场上战死，也是提不得的，这成了爷爷一块永远的心结。我曾花费过相当大的精力去寻找爷爷弟弟的踪迹，他死在抗日战场上是当然的事实，并且战死在上海，翻遍了所有的资料，找不到他的名字，后来还是我伯父的猜测提醒了我，他一定早改了名字，甚至姓也改了。知道真相的只有我的爷爷，而他却将这段真实和传奇埋在了心底。

爷爷从上海回来的年月不详，我也不想去考证它，只知道随我爷爷回来的还有我的奶奶。此时正是中国抗战的胶着状态。五六年的光景家乡还是那样，黄保长仍然趾高气扬，我的爷爷似乎比过去少了锐气。姑奶说："他心中有事，并且是大事。"

在我懂事之后，每年奶奶都带着我去上老坟，给死去的亲人烧上一堆纸钱，念叨着死去亲人的名字，让他们来收钱。唯有一座坟年年烧，烧的纸还得比别的坟多，年年奶奶都要嘴唇颤动地说上一些话，然后告诉我，这是无名坟。

在我知道无名坟就是爷爷弟弟的衣剑坟、是留在家乡的最后一点念想时，时光已过去了半个世纪。爷爷在带回奶奶的同时，也将战死在上海的弟弟的遗物带了回来，并悄悄地在老坟地埋下了一把战剑、一领血衣，同时将这段秘密牢固地封存了起来。前几年迁坟我试图寻找战剑的遗骸，但岁月已将这一切彻底消化了，只有一把剑形的泥土戳在四面涌来的风声里，我还是尽最大的努力和想象，把这些泥土捧进骨灰缸里，我想面对如今的一切，我的先辈会有众多感慨的。

　　爷爷的大事除了他弟弟战死这一秘密外，另一样是他承担了一项特殊的使命，就是和驻扎不远的日本鬼子玩命，他所做的事是收集情报。现在已经搞不明白，他收集到的情报交给谁了，国民党？共产党？土匪？那时家乡活动的武装力量不是一两股，反正日本鬼子在我家乡的土地上屡屡吃亏，直至一场伏击战将鬼子打得屁滚尿流，早早被撵出了以家乡为半径的方圆五十里之外。有一件事必须去说，新中国成立后曾做过某大军区装甲兵司令员的我远房表叔，长期和我爷爷有来往，抗战时他时常化装成叫花子，隔三岔五就从合肥城来找爷爷，行为诡秘。爷爷病重和去世后他都来过，他喊我爷爷叫大舅，说："大舅了不起。"据我判断，爷爷在上海一定参加过共产党的活动，至少是共产党外围组织的人。

　　我无法不在道听途说中叙述一些过往的事情，用这种方式与逝去近五十年的爷爷反复纠缠，包括他的人以及面临过的事。至于爷爷我似乎永远难以读透，让我最不能理解的是，他轻易地放过了黄保长，可以说国恨家仇交织。爷爷是个血性男儿，力气过人，奶奶说年轻时的爷爷，一百多斤的石锁一气可以举起数十次，那么深的仇恨就放弃了？不符合爷爷的性格。因为有太多的机会除了黄保长，比如用他过人的力气手屠了他，比如用他的智慧灭了他，比如让我的表叔将这奸锄了。特别是新中国成立后，爷爷施加点影响将黄保长拉上刑场，一枪毙了完全有这可能。黄保长竟然寿终正寝，倒是他自己比别人明白，让死后深深葬了，不留坟包。

　　或许爷爷有自己的难处，我只是猜测。黄保长在抗战期间四通，通共、通匪、通国民党、通日本鬼子，为鬼子做事，也为国民党、共产党做过事。新中国成立后，共产党原谅了他，放了他一马，而爷爷是个组织性特别强的人，他不会违背组织的决定，这是其一。更重要的原因，可能还是为他弟弟的事，爷爷想把一段秘密保留到底，追究黄保长，必然会提及爷爷的弟弟，那么爷爷弟弟做过国民党军官的事，便会大白于天下。我私下认为，爷爷和黄保长一定有过约定，双双将这秘密保持到死，他们都做到了。爷爷把因仇恨咬碎的牙齿吞进肚子里，而黄保长则在心惊肉跳中度过了余生。

许多年后的今天，家乡已被推平，建起了一座现代化的城市，我爷爷的坟，我爷爷弟弟的衣剑坟，黄保长的坟又归集到了一个拥挤不堪的公墓，真不知他们地下相逢会是什么样的场景。我曾有过这样的念头，在月黑风高的夜晚，悄悄潜入坟地，去听一场另类战斗的喧嚣。他们一定会斗下去的，我相信爷爷及他的弟弟当然会是胜利者。有一股子气，时常鼓涌着我的丹田，为爷爷、为20世纪30年代家乡的那段黑暗。

三

爷爷的逃命生涯到了上海有了一段了结，他找到了弟弟，穿上了军装，短暂地在兵营栖下了身。

当爷爷弟弟的长官得知了情况的原委，责令爷爷脱下军装，他的理由很简单，兄弟俩不能都作炮灰，得留下一个做"种"。爷爷没在上海战死，显然得益于这个略显粗暴的决定，几年后我爷爷的弟弟血染疆场，爷爷懊悔不已，没能代替弟弟去死或共同去死，爷爷终生不能原谅自己。

我还是想把一些场景拉近。爷爷在他弟弟的安排下，在爷爷弟弟的长官家做起了长年的帮工，起先帮厨，由于爷爷身手敏捷、大脑灵活，不久就做起了管家，长官一家对爷爷信任有加，家里一切事务都由他去安排。大上海花花绿绿，爷爷的本分让他有些许格格不入，但时日不多也就融入其中了。

我时常在想，爷爷的随后岁月能在乡里出类拔萃，应该感激在上海的日子，见了世面，换了思想，也多多少少改了暴躁的脾气。走出去永远是对的，叫"树挪死，人挪活"，爷爷活了下来，还将在后半辈子，做出大大小小的事情，让后人在感念中深深地怀念。

真的很好，一些谜不断地被揭开，又不断地出现新的谜底，留给后代的自然是一笔丰厚的遗产。

爷爷在他弟弟的长官家见到了我的奶奶，奶奶那时是长官太太的用人，初次见面爷爷的心就动了，他感觉到这人是他一辈子的依恋。

我的奶奶那时年轻，青春的活力在她的身上不停地迸溅。奶奶说，初见爷爷并不待见他，他身上有股说不出的味道。奶奶说的味道区别于浓郁的香水味、辛劳的汗臭味，那是一个男人发自内心深处的味道。奶奶在她的暮年告诉我，你的爷爷怪怪的，说不上来，一辈子都是这样。

改变奶奶印象的是两件事。第一件是爷爷在外出采购时，和日本浪人狠狠打了一架，爷爷的头撞击了日本浪人的头颅，鲜血染透了他的前胸，他哼也没哼地躲进自己的房间。爷爷弟弟的长官发现了，带着太太来看爷爷，当然我的奶奶随行。长官要自己的太太为爷爷包扎，面对疼痛，爷爷眼眨也没眨，只是眼中喷出的火焰让长官打了个寒战，长官一句话没说，把爷爷的手狠狠捏了下。奶奶说，消毒的酒精味那么浓，还是闻到了爷爷的味道，特别浓烈又特别怪异。第二件事让我的奶奶彻底地放下了自己。长官家时常聚会，各色人等良莠不齐，酒过三巡，竟有轻佻者欺负我的奶奶，长官装作没看见，我的爷爷从侧面冲出，一下将轻佻者高高举起。我奶奶说，只要她略作暗示，我的爷爷就会从高处把轻佻者摔个七零八散。尽管奶奶一再羞涩地否认，我还是认为，就是这次奶奶爱上了爷爷。

花前月下的日子并不长久，上海的战事，让爷爷的弟弟冲锋陷阵时，在一颗炮弹的爆炸中丧失了生命，接着上海失守。爷爷弟弟的长官匆忙中转移家室，按照爷爷的性格必然要追随长官。长官决绝，用自己的手枪顶着自己脑门，让我的爷爷逃走，否则就打死自己，爷爷的弟弟是他最得力的战将，他的眼圈红得可怕，手也抖得惊人，爷爷别无选择，只能带着奶奶回了家乡。

依我的浪漫，爷爷该是领着奶奶私奔的，然而这不是事实，爷爷弟弟的长官在爷爷临别时，为我的祖父母举行了一场盛大的婚礼，即便战火纷飞，鞭炮的声音还是击落了子弹的啸鸣。奶奶说："你没见过那阵势，好热闹。"实际上爷爷的长官是在为自己送别，不久的日子他就战死在了和日本鬼子刺刀见红的战场上。多少年后奶奶都说东家好，没有架子，为人真实。她告诉过我这人的名字，而我所知道的这人却是另一种写照，剿灭共产党他是急先锋，镇压学生运动从不留情，手中血债累累。我翻读这期间的两面，终于明白了爷爷不愿说出这段经历的原委。

在这长长的叙述中，我没有提及爷爷、奶奶、爷爷弟弟甚至爷爷弟弟长官的名字，为写作及阅读带来了诸多的不便，但直至现在我依然不愿提及，很多事被淹没了，淹没一些人的名字，当不会是一件辱没他们的事。

但我必须交代我奶奶的名字，她叫章尚高，这名字是我爷爷起的。爷爷和奶奶相爱的日子，他们肯定有过亲密的接触，恋爱中我奶奶的身世让我爷爷着迷，一是她的故乡，二是她的出生年月，三是她的姓名。对此我的奶奶无从回答，奶奶从小就被遗弃，故乡何处？出生年月何时？姓甚名谁？她一概回答不出。我爷爷没作犹豫，作了最终了断，故乡以自己的故乡来定，认识时当作十六岁，正月初一为出生日，至于名字就叫章尚高。我无法知道奶奶是否高兴，反正在奶奶之后的岁月里就是如此对待了。我曾问过奶奶，爷爷为何给她起了个男人的名字？奶奶告诉我，和你爷爷认识的时候，就喜欢爬高上低。我大彻大悟，长官公寓种了许多果树，爷爷喜欢吃水果，上高处摘果子是奶奶的专长，原来"尚高"用的是"上高"的谐音。

怀有身孕的奶奶和爷爷一起回到了家乡，随后就有了大姑和同岁的伯父，他们一起在黑暗中把家的灯火燃得更明亮些，但也只能如此，平平常常地在日脚里挨来挨去。

我真的希望发现爷爷更多的壮举，但一切总是平平凡凡。爷爷面对黄保长不卑不亢，但绝对没有反抗的意识，反而比过去多了些走动。我的姑奶此时已双目失明，她看不惯我爷爷她哥哥的做派，甚至吵过架、翻过脸，爷爷依然故我，他早把自己的目光盯在了不远处日本人的炮楼上。黄保长不敢动我的爷爷，他知我爷爷有一个带队伍的弟弟，生怕有一天剿了他的老巢。我的爷爷肯定是个智者，他借力打力的本事，至今还让人眼热，他把弟弟的死讯藏在心的深处，让一支可怕的队伍压住了黄保长的气焰。犬牙交错中，爷爷肯定是个成功者，他流动在国共、土匪之间，把日本鬼子生生地放在了对立面上，犬牙交错咬住的是日本鬼子的头颅。我不愿拔高把爷爷放在抗日英雄的位置上，但他的作用无疑在默默中无可替代。

前些日子我的父亲和县里修县志的较真，我的爷爷作为省劳模（这是后话）没能写进县志，所有的借口是没有材料，而我的父亲是将材料送达某人手中的，两个人间的事没人作证，谁也不能做出最后的判定。我安慰父亲，一切都刻在了岁月中，如果为爷爷写进县志，我们去求人说情，爷爷也不会放过我们的。我相信爷爷在天之灵不会怪罪我们，他做过那么多有益的事，何曾从他的嘴中说出？心有了一切就都有了。不过我还是鄙视一些人，让谎言把自己淹没了，只能永久地开出谎花。我在写这些文字时，并不想为爷爷树碑立传，想的是传达一些感受，让自己睡得安稳些。

四

真实的爷爷是和我靠得最近的时候，是我无法排斥他不畅的呼吸和经年不停咳嗽的日子。

我记不清在爷爷的怀抱和膝上玩耍过多少时间，但我仍愿意，以我不多的写作经验，不甚清晰的记忆努力刻画出亲亲的爷爷。我的挚友在读过我众多文章之后，说我把描写当作了主业，而对话却丢在了一边，在这里我翻遍了所有记忆，把爷孙间不多的对话复制出片断。

爷爷："大孙子月季花开了好多，该去送花了。"

我睡眼蒙眬，打开眼帘，爷爷立在我的床前，我说："好的爷爷。"当我挎着一篮子鲜花走家串户送去时，我看到的喜悦超出了花的美丽。

新中国成立后的爷爷，把生命的力量放大到了极致，分田到户、互助组、高级社、合作社一路走来，带领乡亲挖塘修水利，田间套种增加产量，等等。当他当选省劳动模范时已是六十多岁人了。爷爷受到了省长的接见和奖励，除了一纸奖状外，还有两样奖品，一副双轮双铧犁，一袋乌桕树种子，顺带着从入驻的宾馆折了枝月季的枝条。双轮双铧犁用在了耕作中，岁月沧桑，茫然中已不见踪影。四散的乌桕却活到如今，家乡方圆十里都能见到它的影子，即便家乡已被犁为平地，许多小区却让合抱的乌桕成了一抹风景，年长的人都知道，这些树来自张劳模（到此我不得不提到我爷爷的姓氏）。乌桕树全身是宝，从叶到种到树，在困难的年代，乌桕树拯救了一方百姓。

月季的枝条起先在我家的后院勃发出生机，在我给左邻右舍送花的同时，爷爷会剪下一段枝条，送给张三李四家。到我记事时，一个郢子家家户户都有了月季的芬芳。彼此送花成了一个郢子不寻常的仪式，爷爷去世那年即便是秋天，家家户户的月季还在开着，我永远忘记不了爷爷的坟头散落的或大或小的月季。我是否有点小资，对这样的细节念念不忘，但这是真实的，真实得让更多的琐碎排开了去。送人玫瑰，手有余香。当如此。

爷爷的晚年，不让我伤害任何一只虫子，男孩顽皮，对虫子有着虐待式的喜爱。爷爷说："大孙子，别搞死虫子，我死后它们会护着我，不啃我的骨头。"我瞪大眼睛，仍把手中的虫子撕成八瓣。爷爷一声长叹，摸着我的头，说："以后你会懂得的。"我真正懂得这番意思，已过了而立之年。虫子对爷爷及子孙有救命之恩。三年困难时期，爷爷把蚂蚱、青虫烤熟了充饥，救了我的堂哥和已经双目失明的姑奶。姑奶生前多次回忆说："最好吃的是烤熟了的青虫，一咬一嘴油。"爷爷是要让我去为他救赎的，这么多年我坚持做着，对每一只虫子怀有一份怜悯之心，尽量不去打扰它们。我暗暗祈祷，所有的虫子们别伤害我爷爷已化为灰尘的遗骨，他是善良的、无奈的。

爷爷去世的那年夏天，夜晚星空明亮，一颗扫帚星猛地滑过天际，爷爷说："天上的星宿，地下的人，又有一人倒下了。"倒下的是"头号走资派"刘少奇，爷爷悄悄说："刘少奇是好人。"长叹之余，他的话一天天少起来。就在这个夏天我挨了一顿永生难忘的痛打。记不住我从何处寻到了根"文攻武卫"棍，满世界追着村里的"牛鬼蛇神"，爷爷不知哪来的劲头，一把揪住了我，扒掉裤子，用细细的柳枝猛抽我的屁股，气喘吁吁的爷爷用尽了全身力气，没人敢拉，没人敢动，只有奶奶立在一旁喃喃地说："老头子要死了，留想头。"我记得爷爷流泪了，他说："大孙子，记下爷爷的打呀，别忘了。"爷爷的心是苦的，下手也是狠的，直到写这篇文章时，我的屁股还在隐隐作痛，我真的希望给我留下一条伤痕，可时常摸摸它，可如今已被岁月彻底磨平了。

爷爷的朋友多，如同他植下的树，生命力都很强。比如羊朋友，是他用一碗米汤在田间地头救活的人；比如李四哥，是他在路边救助的孤儿；比如工作组的老郑，在他落难时，藏在我家后院躲过一劫；老刘炯是淮海战役投诚的国民党将领，"文革"时帽子戴上了，活得落魄，我总能看到，一大早他就拉着爷爷的手，在槐树的荫凉下，说着无境无止的话。对爷爷的深度理解，只能在这些片段中构成，似乎已别无他法。我试着走进爷爷的胸怀，一次又一次走进了，又被挡了回来，他该是什么样的一种人呢？青史无名，只能在口口相传中。

奶奶活到了九十四岁，无疾而终，这年龄是爷爷给的，爷爷打了折扣，我们相信，她早已超过了百岁。弥留间她一再说：死鬼老头子，方丈大汉，一头满发，力量过人，脾气温和，就要见着他了……奶奶躺在"老单"上水米不进，十多天后硬要起床转转，当时我在外地工作，没能见到奶奶告别人世的最后一幕。父亲告诉我，奶奶的手劲真大，甩开所有搀扶的人，一人拄着拐杖，直奔一棵大树，树是乌臼树，她把脸贴在树上，一分钟、两分钟……十分钟过去了，回到"老单"上，心跳渐渐地离去，一丝笑容，从嘴角边洇开来，爬满了脸宠，静静地远去了。乌臼树是爷爷吗？至少种子是他领回的，如同奶奶是爷爷从上海领回的。

五

时间任性地流动着，我发现一个人的容貌愈来愈和我的爷爷接近，他就是和平姑同年出生的我的伯父。特别是伯父的晚年，蓄起了长长的胡子，加上稀疏全白背梳的发式，几乎和我爷爷一个模样，甚至他老态的步伐，挂着拐杖的姿势，远远看去，完全就是我记忆中的爷爷。由此，我对他有了更多的关注，实际上这种关注，既是亲情的使然，更多的却是想在伯父的身上找点爷爷散落的碎片，从而构建一个完整、血肉丰满的爷爷。

尽管时间、地点、生发的时代不同，伯父经历的苦难和爷爷也差不了多少，起先是婚后生子，子却早早夭折，之后是妻子，我称之为伯母的人，在天灾人祸的日子撒手而去，留下三个嗷嗷待哺的孩子。在所有的苦难中，我的伯父硬性地撑持着，将三个孩子拉扯成人。期间我的爷爷做了什么？相信一定做了很多。至少在我伯父晚景不长的日子里，他常将"爸"挂在口边。爷爷是条汉子，这条汉子的坚韧、挺拔，多多少少可以从伯父的身上看到。不能不说这是种遗传，基因在约定中似乎铸造了一切。

如果说是种巧合，是伯父在临终之前，也和我的奶奶一样，硬性地要从"老单"上起来，要在家里走走，堂哥遂了他的愿望。他穿着一身全黑的老衣，在不大的家里走了一圈，然后端坐在堂屋的藤椅上，身后的墙上挂着我爷爷、奶奶的遗像，他多次试图回转身子，再看一眼他的"爸""妈"，但已没有力气，只是反复地念叨："爸、妈我要去找你们。"此时，他的脸上挂满笑容，那笑是孩子气的。比较伯父和挂在墙上的爷爷遗像，他们太像了，像得如同一个模子刻出的。伯父平平静静而去，他心中一定有底，他将奔赴的是一场隆重的会面，那里有他的亲亲的爸爸、妈妈。

整理伯父的遗物，在他平时视为禁地的箱子底，发现了爷爷的遗踪：一张爷爷发黄的县人大代表证，一张写有两行打油诗的爷爷的遗像，一张由当时安徽省长黄岩签名的劳动模范奖状。或许由于平时喜欢写点歪诗的缘故，对人大代表证、奖状之类兴趣有点索然，倒是对爷爷遗像后的两行小诗生发了追寻下去的念头。"欢欢喜喜离乡去，我在上头喜洋洋"，两行小诗的字分明是我母亲的笔迹，我问母亲，母亲说："是你爷爷去世前反复念叨，记下的，应该是四句，另外两句没有听清。"真是一种莫大的遗憾，我反复读着这两句诗，也想续上两句，但搜肠刮肚，难以达到圆满。爷爷去世前是种什么心境？自是难舍难分，而面对生老病死，爷爷一定是看开了，他一辈子的追寻，已有了不错的结果，爷爷是可以"欢欢喜喜"离乡而去了。把黄泉之下又当作"上头"该是一种大彻大悟的智慧了。"上头"一定不远不近，可以看着自己的子孙，花开花落、藤蔓缠绕。我揣测爷爷，他的心中是充满诗意的，只不过他无法用文字写下，他率领我给户户送花、不让我去伤害围绕在身边的虫子、在玉米地里套种豆子、在黑暗的日子借力打力，不都是诗的表现吗？在今天的日子，我的父亲和我都对诗歌有着摆脱不了的情节，肯定是和爷爷一脉相承的。

我的爷爷没有文化，我的家族却从他起口口相传一句话：养儿不如父，要钱干什么？养儿超过父，要钱干什么？到如今我们还常常挂在嘴边，许多年后我找到了出处，它原出自《曾国藩家书》。爷爷一辈子贫困，几乎没有过上一天富裕的日子，吃糠咽菜，吃蚂蚱吃虫子，他企图改变这些，但靠的仅是一双手、一副挺立的脊梁。奶奶告诉我，我的爷爷一辈子不爱钱，对赌钱、耍钱恨之入骨，君子爱财取之有道，无法取到，就一辈子受穷。而他对子孙的要求，却在平和中透出严厉，在我微弱的记忆里，他有一种不怒自威的气度，寄予后辈的就是把腰挺起来。爷爷有一句很粗俗的话，我记下了："身子正了，就别怕，他要咬你卵子，还要向你下跪。"很幸运，我又找到了有关爷爷的另一碎片……在爷爷去世后的很多日子，我恨自己没有长大。爷爷是穿着平时衣服，破破烂烂离开人间的，一口薄薄的棺材容纳了他平凡、苦难的一生。当然这是爷爷的执意，任谁也拦不住的。但我仍恨着自己，直至为爷爷迁坟时才有了一种释然，除了他坚强的头颅冷冷地摆在泥土之上，其他早已化为尘埃。

从记忆的深处，我拼命地将爷爷散落的碎片拾起，有演绎和打开的部分，更多的却收敛又收敛，我不敢任笔墨流淌下去，我试图还原真实的爷爷，岁月真的无情，一切都在模糊中。

回望爷爷，想说的话很多很多，想写的也很多很多，逝去的岁月不容许我深入其间，我还是想再次刻画爷爷，这是他去世前的容颜：满头银发、胡须拂扬、瘦弱的身躯、和蔼的面容，刻满沧桑的皱纹，一种特定的美从身体里透出……味道特别。

感谢爷爷这样的容颜和特别的味道，让我早早懂事。

舅　家

　　从三河出发，过小南河，渡三汊河，再经过王四六渡，翻过一两个圩心，在水网交织的阡陌上走走停停，就可远远看到舅舅家了。一路上的故事反反复复，说了多少遍，也就听了多少遍，但从不同人嘴里说出，味道却又不相同。"泥马渡康王"的故事和王四六渡有关，父亲的语言生涩，线条单调，铁马金戈，如同他军人的性格，只能听个大概；临到母亲讲了，枝枝丫丫就多了起来，加上她似是而非的评点，和父亲说的迥异起来，好听、柔和，人间的节义多出了难得的情谊；舅舅是说故事的高手，他远远开开地扯起，把场景指点得清清楚楚，王四六渡的周边，竟不是眼下的了，人欢马叫，捉对交错厮杀，泥马驮着康王，涉过湍急的水流，成就了一个帝王江山；至于外祖母，她会絮絮叨叨，大把大把地搂过闲话，东家长西家短，穿插了无尽的串头，泥马上岸，康王全身湿漉漉的……说到此，舅舅家恰好到了。

　　三河的市声甩在远远的身后，水流、沟渠、涵门、斗闸，麦浪或者成熟的稻穗，在每一次奔赴中，都会用亲和的面孔擦抹眼睛，敲打脚面，和岗地不同，少有的跌宕起伏、高低落差，飘动着永远的清香，而这清香又水意丰沛、鲜汁涟涟，在眼睛里，在鼻息里，甚至手上、脸上，停留久久，让人挥之不去，赶之不走。和岗地不同的，还有游走的田埂，沙土地富有弹性，小雨刚过，不见岗地黄泥巴的泥泞，一汪汪清水在洼地停留，小鱼小虾自由自在，引来一路疯跑，惊起一串串叫天蛉飞入云天。去舅舅家的路不寂寞，一路撒欢，轻轻松松、明明快快，直至许多年后，一踏上这方土地，便能放下了所有尘世的繁杂和迷惘，即便脚步沉重了许多，还是小跑起步伐，身轻如燕。

一

一条叫马槽的河横亘在舅舅家的门前，舅舅家的宅子就盖在马槽河的堤埂上，门前的空地也就一丈见方，丰水季节推开大门，眼前一片茫茫的白，水急浪高，鼓动的飞沫时而敲响窗户。幼小时的我，无心无肝地喜欢这样的场景，小鱼被浪冲起，落在不大的空地上，小手捧过它们，放进瓶瓶罐罐里，和表弟、表妹们看着被囚禁的鱼儿，上上下下、左左右右地冲突，寻找突围的方向，有一种特殊的虐待式的快意，外祖母心善，看不得我们的胡乱捉弄，连瓶带鱼扔进了马槽河，鱼儿得救了，剩下的是我们无休无止的吵闹，盼着另一拨鱼儿被浪赶上岸来。我们不明白，舅舅的焚心之急，他前前后后、左左右右地奔波，破圩的可能揉碎了他的心。伴着马槽河的丰水，往往是瓢泼的大雨，盼着天晴，如愿的日子总是一推再推，终于太阳出来了，马槽河恢复了平静，水一寸寸退了下去，河的温柔一面开始呈现，它大度地清澈起来，淘米、洗菜、捣衣、涮洗，在河的两岸声声应答。

除却这些，舅舅的家园美得让人时时捧在手上，鱼米之乡、风水宝地，要风得风、要雨有雨。大集体的日子，圩区的日子比岗上好过，那些年母亲时常牵着我，步行四五十里到舅舅家，一来探望我的外祖母，二来就是混上几天饱饭，过上几天不饿的日子。对我而言更重要的是可以和表弟、表妹们好好玩上一段日子，放浪形骸在圩区里，疯疯地跑上一气、闹上一场。

今年清明，我的父母带着我和女儿踏上了去舅舅家的路，外祖母和舅舅已先后去世多年，马槽河仍旧在舅舅家老屋前静静地平卧着，裸露的河床丑陋不堪，不多的水漂浮着种种杂物，寻觅了半天也没见到鱼虾的影子。据最小的表弟介绍，马槽河已改道了，眼前的河早成了一条死河，岁月流动，人事变迁，和人、和各色生灵一样，河的生命也不是永恒的。

母亲是在马槽河边长大的，按母亲的说法，马槽河的水一直流动在她的身体里，每到丰水季节就周身发胀。七十多岁的母亲腿脚已难灵便，我和女儿搀扶着她，沿着河不再平滑的岸线，按她引领的方向走去，一路上指指点点，故乡让她的脑子特别清晰，点滴中恢复着往日的情景，何处是渡口，何处曾有棵春天里开满白花的老棠梨，何处破过圩、决过口，为她的珍藏，又无论如何要寻觅出佐证来，脚步自然而然慢了下来。老渡口依稀可见，只是水停下了步伐，被一堵不高的堤拦了起来，上面铺满了青石条，往往复复的人脚步匆忙，对水的敬意乃至恐惧都平淡得出奇。老棠梨的遗迹被一些莫名的草和灌木覆盖，面对此景母亲只有摇头的份了。而曾经破圩决堤的地方被水泥、砂浆、石头灌得严严实实，母亲跺着脚，就是这个地方，淌走了一个个家庭。圩区的人家都住在圩埂上，面水而居，最大的优势是水，最大的灾难也是水。记得一年春夏之交，住在岗区的我家，深夜的门被急急敲响，匆匆打开门来，摊在门前的是舅舅的一家，那年外祖母已六十多岁，扯着嗓子对我母亲说："破圩了，家淌走了。"母亲和舅舅一家抱头痛哭，凄凉的场面引起了我心中难以平复的恐惧，对水的认识也由此深刻起来，我理解母亲的顿足，曾有过的痛苦历练、提心吊胆，触景怎能不生出情来。

母亲执意要向前走，奇怪的是她突然硬朗起来，她要去寻找曾读过书的小学。小学学校是过去的祠堂，局促而又逼仄，青砖、碎瓦，排山排柱，典型的圩区建筑，两排房子草草地摆在那儿。或许是星期天的缘故，学校的对开大木门紧紧地关闭着，只能通过门的缝隙，看到一些边边角角，母亲兀自激动起来，原是两棵虬扎的老柏树，原原本本地还生长在院子里的老地方。母校让母亲羞涩起来，或许她想起了自己的青葱岁月，不知幼小时的母亲是否是牵着外祖母的手，第一次奔赴学堂的，尽管心中渴望，还是没把这一想法说出口来，怕引起母亲对外祖母更多的回忆，在外祖母的坟地上，母亲已大哭了一场，前些年她大病了一次，已八年时间没能探望沉睡九泉的外祖母了。对两棵老柏树，我的印象也是深刻的，记忆中，它们高大挺拔，树的枝丫上结满了各色鸟巢，我和表弟曾试图攀登而上，只是由于树的粗壮，无法向上攀去。透过门缝，我的目光肯定是眷恋缠绻的，在舅舅家过了许多日子，外祖母、舅舅都先后过世了，甚至和我同龄的表弟也英年早逝，过往的物物件件大多物是人非，看着依旧伫立的老柏树，睹物思人，油然间漫漫亲情袭来。母亲喃喃自语："老得不成样子了。"不知是说她自己，还是说故土的草草木木。我理解应该都有吧，她老了，故乡也老了，否则匆匆而过的人，不会没有母亲的熟人，儿伴也好，同学也好，见到的几乎都是陌路人。

我生出的感叹却是另样的，童年不多的记忆里，沿着河埂的住户拥拥挤挤，孩子打闹，成人下田，用嘈杂和鸡飞狗跳形容毫不过分，和岗上的村庄团成一簇大不相同，圩埂上的住户随弯就曲，顺着圩埂排开，活动的场地线型排开，碰面的机会相对多得多。而如今人烟稀落，要不是清明时节，可能真的撂棍子打不到人了。随行的小表弟说："村庄瞎了，河瞎了。"也真的如此，房子要么倒廊塌壁，要么翻盖一新，但十有八九都门户紧闭，见不着一点点生气。这还是舅舅家园过去的鱼米之乡吗？我曾多次和女儿说起舅舅家一方地域的美好，面对此景，女儿疑问的程度正在一次次升级。悲凉的气息从我的心中一点点洇染开来。清澈的河没了，奔忙有序的身影没了，大块大块的亲情、热烈的场面没了，剩下的只能是<u>丝丝缕缕寂静而无助的凭吊</u>。

行走中可以打开更多东西。小时我喜欢打开舅舅家的后门，一眼望去是一马平川的圩田，圩田地气丰足发旺庄稼，种啥收啥，何况接着后门的是一块坡地，坡地边是一口一亩见方的塘口，塘水里住着鱼虾和起起落落的水鸟，夏天荷花盛开，间杂着还浮动一尾尾菱角，水不见多深，却甘洌得照见人来，每次我都会留恋地在周边打圈，无意间就有新的惊奇，比如一窝水鸟蛋、一个结在埂边的莲蓬、一枚鲜甜可口的菱角、一只独立忘世站在水牛背上的苍鹭，往往一玩就忘了吃饭的时辰，非得外祖母大呼小叫，才依依不舍地离开。直至如今推开舅舅家老宅的后门，美还是扑面而来，除了机耕路两边的树木，金色的菜花一浪接着一浪，碧绿的麦苗齐齐整整，风吹来，天际间起起伏伏，绿黄相间找不到一点杂色，水塘还在原地待着，尽管岁月让它走失了一部分，但久久生长的鱼们，仍是家丁兴旺，一窝窝"大眼鱼"随走动的身影潜游，不惊不乍地和人熟稔。如此的景色独自得无法复制，特别是穿堂风越肩而过，别样的香气早裹缠了观望者的周身。

中午不自觉地把酒喝多了，过去喝点酒父母总要絮絮叨叨说个不停，这次父母却要我多喝点。菜是大表弟媳精心准备的，以"土"为标准，美美地吃、美美地喝，中间蹿动着各式各样的回忆，当然主要是有关外祖母、舅舅和早逝的大表弟的。逝者已去，而音容笑貌还在，特别是不曾被了解的，新奇着被娓娓道出，又再次激发了难以表述的情怀。外祖母的慈祥、舅舅的勤劳、大表弟的聪慧都在这不大的村庄和小小的老宅里演绎过，他们浓缩成一个近百年来社会的走向，品味起令人惊叹，对此父母已泪眼婆娑，而我也心软软的。

瞎了的马槽河、瞎了的村庄，不瞎的是人的心。何况舅舅的家园正在运作着走向美好。

二

对于外祖母的身世我了解甚少，如果不是这一次清明随父母为她老人家上坟，连她的姓氏我也搞不明白。当我深深地跪在外祖母的坟前行跪拜礼时，我惊异于外祖母的名字——钟密诚。这应是一个男人的名字，燃烧的纸钱随风飘逸，我的心不由自主地颤动了起来，钟密诚是外祖母的名字吗？得到的是十二分的肯定。讲实话，我从没有探究过外祖母的身世，更没有问过外祖母的姓氏名讳，中国的传统似乎就如此，对男性长辈可以刨根问底，而女性往往就放在了一边，直至如今，各色履历表关注的仍是伯父、叔父、舅父、姑父之类的，何况外祖母呢？男权社会已让我们丢失了许多东西，包括女性的辛酸、苦难、伟大、无奈，也不知这样的丢失还要持续多长时间。

外祖母喜欢我、爱我，是不争的事实。我和舅舅的大儿子，也就是我英年早逝的大表弟同一年出生，这两个"心头肉"是她最大的宝贝，她肉麻地把我们称之为"心""肝""肉""眼"，在我的记忆里她从没喊过我的名字，一律用"我的心""我的肉""我的肝""我的眼"来称呼。

外祖母的双脚是被裹缠过的，走路极不方便，我不知她是如何用"三寸金莲"量过人生路的，其中的痛苦、无奈，或许只有她自己知道。童年的记忆仍很鲜活，外祖母时而从五十里开外的圩区到岗上的我家去看我，大多是擦黑进门，进门的外祖母几乎如水般瘫软，母亲见此情景，总要发上一通莫名的火，甚至狠狠地在我屁股上打上几巴掌。我很为母亲的做派生气，紧紧地依着外祖母，外祖母搂住我，"心儿""眼儿"地叫上一气，不管不顾地从布袋里拿出好吃的，有时是三河街的麻饼，有时是一捧煮熟的菱角，有时是一把山芋熬成的糖果。懂事时，我开始明白母亲发火的缘由，外祖母每次来看我，天麻麻亮就要起床，拐上一双小脚，那时交通不便，难以有车船方便，从早走到晚，才能到达我的家里，一双小脚早已布满了燎泡。送别外祖母我是老大不情愿的，我和母亲送了一程又一程，母亲总和外祖母吵，中心就是不让外祖母再来，外祖母不吭一声，紧紧地拉着我的手，恨恨地松开又紧紧地抓住。在回去的路上，母亲却一次次地抹泪，不敢回过头去看外祖母捣动的脚步、缓缓离去的身影，我忍不住大声地哭着，呼喊外祖母，母亲不拦我，还要我多喊上几声……隔上一两个月外祖母又来了，仍是擦黑进门，仍是母亲莫名其妙地发火，我的屁股上仍是又挨上几下，我不止一次地看到，夜晚母亲跪在床边，为外祖母挑脚上的水泡，外祖母强忍着痛甜甜地笑着，而母亲早已泪流满面。

逢年过节去舅舅家无疑是最快乐的事，舅舅早早在三河镇接我和母亲，一路的奔波早已累了，舅舅不管三七二十一，把我往脖子上一架，过小南河、经王四六渡、涉三汊河，圩心的半中腰外祖母一定在守候。按母亲的说法，外祖母把舅舅家老鼠洞里的东西都掏了出来，千方百计地做出好吃的，生怕亏了我这个"好吃包"，舅舅家的日子比岗上的我家要过得好些，我这个长头外孙，自然而然地要撑个死饱。到了晚上，外祖母量过我的脚码，凑在昏暗的油灯下，一针一线地为我做起鞋来，不管在舅舅家停留时间长短，回去时我的脚上一定穿着外祖母做的新鞋。夜间的圩区一片寂静，半夜醒来，我的耳边总有外祖母纳鞋底抽动的风声，以致许多年后的今天，熟梦中那缕缕游动的风声还会伴着我，度过一个个或甜蜜或痛苦的夜晚。外祖母一直为我做鞋，她做的鞋柔和跟脚，暖暖和和的，娟秀好看，到了我上大学乃至工作，外祖母的鞋一直跟着我，春天单鞋、冬天棉鞋，生生地变成了一成不变的"习惯"，那些年对我而言，合脚的鞋只有外祖母做的。

1987年的冬天，父亲电话告诉我，外祖母去世了，且已安葬数日，我扑进寒冬，顺着工作地的一条大河号啕大哭，河水滔滔，不绝地向东流去，我无法安下悲恸的心跳，彻夜难眠，脚上穿着外祖母做的棉鞋，起先的暖和，似乎在一瞬间失去了。穿着鞋在炉边反复地烤，还是彻骨得冷，直至一双棉鞋被烤煳、烤焦，奇怪的是没见一缕青烟和刺鼻的焦煳味。是否如同父亲告诉我的，外祖母去世前反复念叨的是我，却又坚决不让通知我，并要求死后当天下葬，怕我误了工作、伤了身子。外祖母不想最后惊扰我，甚至让我保存的念想也要化作尘埃，随风而去，这是种宿命吗？

让外祖母难以释怀的是我对她的称呼，我们家乡习俗把外祖母称之为"外奶"，我不能例外，当然要沿袭，见面时"外奶、外奶"地喊着，外祖母对其以一种排斥的态度相对。到了我恋爱的时候，带着恋人去看望她老人家，见面时恋人亲亲热热地喊了声"外奶"，外祖母猛地放下了手中的活计，背转身去，喃喃地说："什么外奶、外奶的，就不能叫声奶奶。"恋人乖巧，扳过她的肩头，倚着她的脸庞，深深地喊了声"奶奶"，外祖母才孩子般地欢天喜地，手中的活干得更欢了。外祖母排斥一个"外"字，"外"自然不是家里人，是外人，想来外祖母的想法由来已久了，深埋在心中，发酵了许多年，终于找到了爆发的机会。事后恋人对我说："外祖母真的很可爱。"我想也是的，老人孩子般的心态，大事不计较，却计较起被我喊了大半生的称谓，还从来没和我提起过，在我的恋人第一次进门时，来了个下马威，源头上截断了恋人以后的称呼，有意思的是，我的恋人，后来我的妻子，对我的外祖母一直奶奶相称，这也多多少少了却了外祖母的一个心愿。

到了说说外祖母身世的时候。外祖母生在一个叫"百神庙"的地方，她的父亲当是一位开明绅士，也是一个饱读诗书的人，从她的名字"钟密诚"可见一斑，或许她的父亲对外祖母寄予了平淡而厚重的希望，希望她一辈子百密而无一疏、诚诚实实地做人。战火与动乱让外祖母远嫁他乡，在平平淡淡中了却了一生。当然这些有许多猜测臆断的成分，而一件真实发生的事却让众多的猜测尘埃落定又谜团纷扰。20世纪80年代初，外祖母的弟弟从台湾辗转而回，费尽了周折找到了外祖母。据大表弟写信告诉我，姐弟俩抱头痛哭，在相互彻夜倾诉中，外祖母的身世大致才浮出水面，甚至外祖母的名字才被提起，钟密诚、钟密实，姐弟俩诚实的泪眼将别离的时光一遍遍地梳理，那些肝肠寸断的岁月，实实在在的又让外祖母沉默了许多日子。大表弟告诉我，他曾一遍遍地问过外祖母，她的童年时光、中年时期的事情，外祖母话到嘴边又咽下了，咬着牙背转身去，抹过了一次又一次的眼泪。外祖母把人生中最难得的时段带进了另一个世界，或许是甜蜜的，或许是苦涩的。扑朔迷离有时也是种美好，当我坐在灯光下，写着怀念外祖母的文字时，心中鼓涌的除了对外祖母入丝入扣的怀念，更多的是种想象，特别是对外祖母童年、青年生活场景的想象——童年的外祖母活泼欢畅、青年时的外祖母美丽大方，在百神庙那个可意会可想象的地方，留下美妙的身影。有些事可品味，却永远也找不到了。

回来的路上，我的女儿没大没小地问起我的父母，她的爷爷、奶奶恋爱的事，我的母亲说："人家介绍的，介绍人是爷爷的同事。"父亲接过话说："那年我二十岁，你的奶奶十六岁。"女儿接话："你们早恋呀！"赢得一车子笑声。外祖母把她的"老丫头"，我的母亲许配给了我的父亲，让自己钟爱的女儿走上一条幸福之路，从此后注定了她要拐着一双小脚，在相距五十多里的或圩或岗的路上来回奔波，一头是儿子、一头是女儿，她谁也放不下，何况之后又有了一群"心""肝""肉""眼"。

三

母亲说舅舅一天书没有读过，到了如今我还是不信。舅舅多才多艺，算盘打得精巧飞快，石匠手艺炉火纯青，一手小炒鲜嫩可口，故事说得活灵活现，在我的眼里舅舅几乎是无所不能的，有他在的地方必然充满了活力和安全感。

在我的记忆里舅舅是每天早晨起得最早的人，放猪、生火、做早饭、打扫卫生，一早晨的活，浓缩在早早的晨光里，到我们起床时桌上已摆好了吃食，而舅舅的一杯早茶已喝过三旬。舅舅钟爱喝茶，喝得有滋有味，特别是早晨的茶，水要刚开的，杯子要洗得干干净净的，至于茶叶的好坏倒不讲究，水中有点颜色就可以了。按他的说法，早晨把自己喝开了，一天就敞亮了。舅舅喝的是心情，在喝茶的过程中，理顺一天的思路，好好地把一天的时间安排妥当，心情通达了，一天的日脚也就顺畅了。此时的舅舅特别和蔼，看着我们吃着香香的早餐，他有说不完的话题，故事、笑话、掌故，幽默地从他的嘴里淌出，不记得他用教训的语气说过我们，而其间所包含的忠、孝、节、义等道理，却又反反复复地荡来荡去。舅舅话说完了，早餐恰好结束，而他也掉转身子，出门离家去做另一类活计了。

舅舅的绝活很多，比如生炉子，外祖母说，给舅舅一块实心的石头，他也能在石头上生出一窝火来。那时的煤金贵，一年到头就那么百十斤煤炭可供使用，早间起火、晚间熄灭，断不敢让炉子白白地烧过一夜，浪费煤炭。舅舅便天天早晨生火起炉子，动作快而麻利，一会工儿夫一炉子火就熊熊地燃了起来，烧水、做饭连贯着就一瞬间的事情。这样的绝活不是谁都能学会的，那个时代过来的人，对生炉子充满了惧怕，炉子灭了，一家老小面临着吃生食的可能，生炉子的人背负着一种使命，必须尽快地将一炉火燃起来。烟雾熏人，连声的咳嗽、满目的泪水、一脸的黑灰，而往往事与愿违，柴烧尽了煤还没点着。我曾细细打量舅舅生炉子的过程，他漫不经心，架柴点燃、用捅火条一下一下地捅着，火候到了倒下煤块，火听话般地舔着，不一会儿煤红了，火也就旺旺地烧了起来。舅舅摸着我的头说："火要虚心，人要实心。"他说的是生炉子的诀窍，而我却听出了弦外之音。话说过一遍足矣，而听进心里，也只要一次，就能伴人终生。舅舅的一辈子在周边的地界口碑甚好，和这一"虚"一"实"是大有关系的。

外祖父去世得早，遗下小脚的外祖母、刚刚成年的舅舅、刚刚懂事的我母亲，生活的重担可想而知，光靠外祖母做点针线活，去十里开外的三河街为富人浆浆洗洗、缝缝补补是永远不够的。舅舅自小就知道生活的艰辛，学过徒、做过朝奉、干过零活，一字不识的他，学会了打算盘，做石匠手艺，烧得一手好菜，剽学中断文识字，到了我记事的时候，《红楼梦》《三国演义》之类除整本地读，还能加上自己的评点，说起来如数家珍。母亲在回归故里，为自己的母亲、哥哥上坟时大声哭诉："哥哥让我上学，他自己天不亮就出门干粗活。"我不知母亲说的干粗活指的是什么，我理解也不外是扛麻袋、砸石头、做护岸之类，反正是出死力的。繁华的三河街给舅舅提供了历练的场所，但所有的历练都是泡在辛酸里的，为生计奔波，为紧巴巴的肚皮，除了下苦力别无他法。怪不得母亲紧紧地依着母校的大门久久不愿离去，在那样的场景，她会想起外祖母的点点滴滴，舅舅的一举一动也都会历历在目。七十多岁的母亲的心的波澜我无从领会，但从她茫然的眼睛里，我却读出了一家三口曾拥有的相依为命的凄然。

走走停停，说说笑笑，当然有泪眼婆娑，中午聚在舅舅的老宅

031

长歌短叹

里，二十多口人浅斟薄饮，关于舅舅的话题源源不断。舅舅善饮，喜欢喝上几杯，高兴时一天三饮，菜不在多少，几粒花生、豆子也能喝上二两，父亲善于归纳，说："这和你舅舅的劳累有关，喝酒可以解乏。"果真是这样吗，舅舅的酒是从何时喝起的，果真和劳累有关吗？我无从找出答案。不过舅舅一辈子辛劳，一辈子和泥巴、石头打交道，不劳、不累是说不过去的。一件有趣的事搞得一桌子人哈哈大笑，之后却又辛酸无比。舅舅好客或苦于生计的需要，时而有三朋四友相聚，割上斤把肉，打上壶烧酒，炒上几棵时令蔬菜，就可叙起来、喝起来，农村习俗妇女是不上桌子的，外祖母和舅妈只能忙前忙后，干点灶口的活。送别客人，外祖母客气而又晓义，倚在门框上，对着据说是公社刘书记的人说："刘书记慢慢走，没吃好、喝好，你就吃了三块肉。"闹得书记下不了台面，一个劲地拉着外祖母的手，大妈大妈地喊个不停。难以复制当时的情景，外祖母的表情、舅舅的表情该是什么样子的，说着好笑，听后却让一桌子人猛地静悄了下来。接近90后的我的女儿，紧紧地攥着我的手，她的目光稀软，看着她的爷爷、奶奶，我的父母早已泪流满面，我猛地饮尽了杯中的酒，把一口辣辣的酸楚深深地带了下去。

小时最喜欢舅舅到我家去，那时我们随着父亲工作的变迁已在县城安家，他还是大包小包地带着东西，一些农村的特产、一些他外出时寻得的稀罕之物，母亲忙不迭地跟前跟后，命令我打上一盆水让舅舅泡脚，口中不停地说："跑上一百只要泡个脚。"由此我知道了舅舅又在外面奔波了很长时间。父亲总要找出最好的酒，让舅舅喝上几杯，我们看着他有滋有味地喝着，偶尔用筷头蘸上一点嘴中吮吮，一股子辛辣味只冲嗓门，舅舅笑着说："别学我，酒不是好东西。"既然不是好东西，为什么还要喝呀？大惑不解中，我看着父母的眼睛，他们充满敬意和怜爱的目光，又让我释然了。到我工作后，一次次陪着舅舅小饮，他总要说，来喝上一杯苦酒。我们甥舅俩酒杯轻轻一碰，舅舅满饮，我仅仅舔了一口，天地间突然晕乎起来，舅舅笑意的眼睛竟然格外明亮起来。

在舅舅的家乡寻找舅舅很简单，水系住的家园，涵门、斗闸到处都是，而这些大多是舅舅带人做的，舅舅终其一生的手艺是石匠，他的手艺精湛，把涵门、斗闸、护岸、小桥当作了工艺品来做，加之人的忠厚和包容，方圆的小打小闹的工程都是他做。顺着石头漫就的水系，找到舅舅确实不是件难事，舅舅去世多年，那些涵门、斗闸、小桥仍然鲜活地立在、躺在泥土之上，时时刻刻地发挥作用，比起现今的豆腐渣工程，它们的生命坚固而顽强，相信只要不是人为地大拆大建，它们一定会经久地活下去。对舅舅而言，工程的坚固先要从原料开始，他会跋山涉水地选择石料，选好了才是精雕细琢，尽心尽力地安装，记得舅舅提到最多的地方是散滨，那里的石头坚硬，可堪大用，于是，散落在舅舅家园周边的石头都是散滨的。这应该也是一种坚守吧。认定了就永远不去改变它。

马槽河的两岸有多少石做的物件，除了涵门、斗闸之外，俯首还可大把拾起的是门楣、柱石、门转等等，圩区人盖房子排山、排柱，大水冲来墙倒了，房子却不会落架，石做的构件显得尤为重要。可以说，有房子的地方就有舅舅的手艺。如今"瞎了的村庄"，以舅舅家的老宅向东西延伸，到处遗落着舅舅的踪迹，一方方门楣、柱石、门转要么坚固的在原地安然生存，要么丢弃一边和杂树、野草做伴，掩于泥土却铁般的硬实。我用一种特别的敬意打量它们，甚至想一一地收藏了，给点小钱整车地拉了回去。随行的表弟说了句深刻的话："这些都有父亲的体温。"诚然，诚然。舅舅用心雕刻出的东西，随着岁月流逝，它们良心般完完整整，没因风雨浸淫风化，从石纹的深处开出一朵朵花来，说不上大气，却无比生动。

舅舅刻得动最坚硬的石头，却无法刻出自己命运的通道，五十多岁得了癌症，几经挣扎离开了人世。对此马槽河是有责任的，它

长歌短叹

流淌的水含有污染物，舅舅所住的郢子几乎每家都有癌症患者，看似温柔的水却含着毒辣的杀机。好在政府采取了措施，家家用上了自来水，将一段命运的隐忍丢在了流逝的岁月身后。

采着马槽河两边初生的香椿头，辨认或美或凄迷的各色野花，女儿很是高兴，母亲也焕发出了新的力量，她说，她闻到了母亲和哥哥的味道。我闻到的却是一种坚韧，如石头。

四

和我同龄的表弟聪慧，却命运多舛。七八岁时发现有先天性心脏病，医生断言最多活到十岁。随后的日子是舅舅背负着他到处求医问药，好消息坏消息不断地传来，断断续续中到了十岁大关，却好好的，活蹦乱跳。舅舅不放心，又带着他奔省城、赴上海，结论仍是相同的，活到二十岁就不错了。舅舅和我父母商量，医生说："如果手术，下不了手术台的可能有十之八九，保守着将将就就地还能活到二十岁。"舅舅一声长叹，满目泪痕："就当小狗、小猫养着吧，让他好好活几年。"无有他种选择，也只能豁达地去做了。

表弟的书比我读得好，文字也很漂亮，小学、初中、高中成绩总是拔头筹，读书的日子表弟是快乐的，病魔似乎刻意地躲过了这段美好的时光，没在表弟的身上表现。寒暑假我们时常交流，高中时他竟和一个女孩相恋了，爱得昏天动地，女方家没有多大异议，倒是舅舅、舅妈一个劲地反对，表弟身上的事舅舅知道，他要下大决心掐断这根线。表弟"愚着"认死理，爱第一次让表弟违背了舅舅的意愿，执着女孩的手一步步向前走去。好在不久就高考了，恢复高考后的头两三年，大学、中专是分开考的，为了稳妥起见，表弟报考了高中专。去县城考试女孩送他，情切切意殷殷，表弟后来告诉我，他第一次亲了女孩，感觉真好，引得我心旌摇动。表弟没负众望，高分中专达线了。之后是体检政审，命运的无情一下子呈现在了表弟的面前，先天性心脏病体检不合格。失落的不仅是表弟、舅舅、舅妈，自然还有相恋的女孩。双重的打击降临在表弟的头上，中专上不成，相恋的女孩自此潜然而去。不知表弟是如何挨过那段日子的，后来听说，他睡了三天三夜不吃不喝，起来后拎着锹下田，拼死命地干活。

在我上大学时，收到的第一封信是表弟的，娟秀的如同女孩般的字，淌过一溜溜关爱的情谊，他偶尔提到自己，说最美好的时光是在门后的树荫下读书，记得我曾给他寄过《第二次握手》等文学读物，也知道他开始写散文、小说、诗歌，他要把自己的感悟和情绪宣泄出来。艰辛的田里生活，却让他健壮起来，二十岁过了，活得好好的，舅舅舒了口气，他自己也一定长叹一声：终于活过来了。

我工作后，表弟曾到我异地工作的地方看过我，我正处于热恋阶段，表弟对我所处的女朋友赞不绝口，一口一个"国气"，我不明白"国气"的意思，他解释说，就是各方面都不错。夜间我和他交流，问过他个人婚姻的事情，他告诉我，舅舅的徒弟的妹妹愿意嫁给他，他自己犹豫着。我问他，为什么？他说，不想伤人。表弟心中的病永远没有痊愈，有初恋中刚刚愈合的伤疤，更多的是对自己病的深刻了解。多年后，我在他的坟前深深地鞠下躬来，他的一双儿女还有外孙女，就在我的身边，他苦命而善良的妻子正在为我们张罗中饭。在为表弟送葬的那天，他的一双儿女甚至不懂死亡的意义，幼小的儿子不停地喊着爸爸，要他醒来，绞碎了所有人的心。之后的日子，表弟媳却用前所未有的勇气挑起了家庭的重担，一步步走了过来，走得艰难，也走得硬气。

应该说表弟最快乐的时光是在我身边度过的，外祖母、舅舅相继过世，他也大病一场刚从医院里走出，此时我正在一个乡挂职，

长歌短叹

担任党委副书记，母亲几乎是乞求我，让我给表弟找份工作，我答应了，把前前后后的情况和书记、乡长一说，他们异口同声地说："行。"我恰好在乡里分管乡镇企业工作，利用不大不小的职权给他谋了份粮油公司会计的工作。表弟聪明、能力强，几月一过竟成了粮油公司的中坚，他用自己的智慧赢得了周边人的好感，企业在多日的亏损中出现了难得的赢利，表弟的身体也日渐地好起来，每每夜晚我和表弟谈文学、说理想、叙亲情，水乳交融中再次领略了昔日在舅舅家前场后院相扶相持玩耍的感觉。如果不是一年后出现了不该有的岔子，或许这段美好，还可以持续下去。也许这段书写是对表弟的不恭，我曾和表弟发誓要将这秘密永远藏进心底，但我还是想写下去，不写感到对表弟而言就不完整。一个刚刚涉世不深的女孩，在日常接触中对表弟产生了好感，爱上了表弟，当我发现时，女孩已陷入了痴迷。实话实说，表弟一表人才，聪明能干，足以引起人的爱慕。表弟没错，一而再地拒绝，说了自己的婚姻、说了自己的身体，也不知女孩哪根筋没通，撕不开打不烂。我给表弟分析，这是种同情不是爱，表弟认可，最后他做出了自己的选择，打铺盖回家。表弟的善，在行动中表现得淋漓尽致。表弟说："我连一个指头也没碰她。"我说："我相信。"表弟在一个夜晚离开了我所挂职的乡镇，目送他远去的背影，我的心充满了酸楚，满满的月色静静地铺陈下来，我想一定会有一个人躲在阴影里，和我一样目送着表弟，让他一路走好，或许就是种宿命，美好总是短暂的，痛苦才是永远的，比如表弟。

表弟最后的日子过得艰难，先天性心脏病反复发作，没有良药可治，没有好的手段可使，心脏积液压迫着各种器官，躺不是、坐不是，只能整天站立着。他有时会说："我的肚子要破'圩'了。"在舅舅的家园破圩是最可怕的事，一片汪洋、白浪滔天，水能孕育一切，也能毁灭一切。表弟经历过破圩的惨痛，他知道灾难的后果，但在大限最后来临之际，他挺住了，离别人世没有流下一滴泪来。破过的圩，房子淌走了，还能留下舅舅经心经意凿出的石枕、石楣，表弟的"圩"破了，留下的只能是一汪人生十有八九不如意的苦难。

五

苦难过往，总要翻出新的一页，我的笔也不可能在许久的痛苦里揉来揉去，给外祖母、舅舅、表弟扫过墓，过多的情节多多少少地解开了一些。看着表妹和另外两个表弟的生活状况，心中陡然明亮起来。

表妹带着两个表弟外出打拼，他们都拥有舅舅坚忍的品质，吃得苦、受得累、经得穷、守得富，如今都各自好好地有了折腾的空间。表妹拥有了自己的店面，小吃部开得红红火火；二表弟凭着自己的一身力气，为人搬家，为单位搬运物品，竟然在滨湖买了观景的住房；小表弟一身好技术，机械行业车、钳、刨、铣样样精通。他们的下一代或上大学或上小学，相聚间平添的是一种积极而有作为的力量。

从舅舅的故园往回赶，水泥和柏油筑就的通道，让我无法再领略小南河、王四六渡、三汊河的风采，春风吹来，但见行道树郁郁葱葱，大块的麦地、盛开的菜花洋洋洒洒，莲藕基地、水产养殖场，洒落在圩区的田地里，一抹抹、一缕缕，如诗、如歌、如赞、如叹。

车上我和父母、女儿始终没闲着，除了眼前的景色，说得最多还是舅舅一家，从外祖母说起，到舅舅、舅妈、表弟、表妹，或缺的就是外祖父，我问母亲，母亲一个劲地摇头，她说："外祖父死得早，连长什么样也不知道。"谜又一次地布开，写舅舅家，不能写上外祖父几笔，不能不说是种遗憾。

实际上谜多得不能再多了，外祖父是谜，外祖母的谜也没解开，舅舅就没有谜吗？他扛粗活的码头，做手艺当学徒的艰辛，临终前想喝上一杯酒的心态，都是谜呀。表弟就没谜吗？他初恋的情人，面对过多大的压力？不然她会在表弟的灵前长跪不起吗？谜永远如同道路，不走过不知是平坦还是坎坷。

车在飞驰中停了下来，一座小桥正在加宽，石垒的桥基，青石铺就的桥面，护栏上一行略显粗犷的字戳眼戳目：一九七二年修。这曾是舅舅杰作，如今仍然摆渡般，迎来送往，这也该是舅舅的家了。

"脱"树

一

　　乡间人对树寄予众多的美好，树是他们的左邻右舍，爱树护树自不用说。树似乎与生俱来伴着村庄生长，如青青草，有土的地方总要清清楚楚地铺陈上一些。树起先漫不经心，不要多久，一簇簇自生的树就会风风火火地抢占地盘、争夺阳光。杂乱而品种繁杂的树没有章法，歪歪扭扭地生，参差不齐地立，长不高也长不壮。和树一起生长的村人办法多，让脊背弯了的树挺起腰杆，让相互缠绕争吵不休的枝条放弃纠结，裸露的根沉入泥土中……而其间为树修枝剪条，又成为一种技术活，并催生了一个方言词汇——"脱树"。

　　写下"脱树"二字，我的心尤其不甘，这和乡间的说法只是音同，所表达的意义相差有一定距离。我和一诗人朋友交流，他说用"脱"最多可打四十分，用"拓"可打六十分，而想打高分还得费些周折。久久思考，我想到了"挩"字，"挩"的本意是解脱，和树联系起来，就是让多余的枝条解脱，进而是让树解脱，对与不对，我心仍然无底。无论"脱树""拓树""挩树"，抑或"托树"，都似是而非，难以吻合爱树、护树人创造这个词汇的本意，而用修剪，却又将一份发自心底的美好丢失了，难以表达乡间人对树的依存、爱恋和期盼。想来还是用一组同音字表达为好。"脱"去树的多余枝条可让树长得更快些；"拓"出树的生存空间可让树沾到更多的雨露，沐浴更多的阳光；"挩"除不该有的生长可让树健康活泼起来；"托"出树拔节向上的劲头可让树挺入蓝天。或许真的是种智慧，乡间人把美好的愿望用了音同、意不尽相同的系列字，灌进了拿拿放放的动作里，显得学富五车，既能意会又可言传。

二

小时候常跟着爷爷"脱树"（请允许我用这个字写完这篇文章），时间要么是初春，要么是盛夏，所用的工具大多是剪刀、锯子、斧子，爷爷精瘦却目光独到，瞄上一眼，该"脱"的枝丫，三下五除二，转眼间就拿下了。

初春，大多树还处于悄悄地萌芽期，天微微地寒着，一些弱弱的树枝随风摆动，爷爷看准了，"咔咔嚓嚓"地动着剪子，"吭吭哧哧"地挥舞斧子，力不从心地拉开锯子，半天工夫就将房前屋后的树打理了一遍。到了盛夏，树叶浓密，该"脱"的树枝藏在深深的绿色里，爷爷目光到处，被病虫侵害的树枝、占着其他树阳光的枝条、可有可无而又影响树粗粗壮壮的枝丫，都在他一连串的动作里纷纷落下。跟屁虫般的我，围着爷爷乱窜，身上早被树叶上的虫子咬得大疱连小疱，但仍乐此不疲，羡慕得连连伸手，想帮爷爷一把。

乡间的"脱树"是从小树开始的。"从小看秧子"，而秧子的好坏，修剪打理最为重要，一棵树有没有"料"，是做椽子的料，还是做锹把、锄把的料，"脱"自然可助一臂之力，放纵生长成不了"大料"，甚至长"猴"了，成为永远不成器的"小老树"。爷爷带着我"脱树"，常常为一些刚刚生出的小树花费精力，他总是左瞄瞄右看看，才狠狠地下起剪子，他想得更多的是树的明天，怎样的修剪才能让树苗壮地成长起来。记得门前一棵沙槐树，也就六七岁孩子样高，酒盅般粗细，在我的眼里和其他楝、椿、榆相比，不起眼、难入眼，歪歪斜斜地插在场地上，树干上乱七八糟的枝条，如一蓬杂乱的毛发。爷爷找来了从别的树上"脱"下的枝干，"裱直"了沙槐的身躯，毫不犹豫地动起了剪刀、斧子、锯子。"脱"过的沙槐猛地好看了许多，歪歪斜斜的主干条理分明，去了多余枝条，不高的树因此秀气俊美了起来。爷爷对我说："十年后这树有大料。"如今这树仍在故乡的家门前戳着，高高挺挺的树干，上面是一片绿云。爷爷虽已作古多年，而这沙槐耸入云霄、百鸟云集，俨然成了方圆几十里内的树胆，村子的标志。

三

想起如今的孩子，他们也如同一棵小小的树秧子，家长和社会都希望他们长大后有"料"，成为精英之才，呵护有加，含在嘴里怕化了、揣在怀里怕冻着，对于横生的枝条却大多懒以修剪、不想"脱"去，生生地让一棵本该成材的树长歪了、变形了。

独生子女自私已成为不争的事实，刚开禁的单独家庭生二孩政策，生出了不少的故事，父母和独生子女开玩笑，想给他们生个弟弟或者妹妹，大多的孩子第一反应，就是坚决不同意，怕丢失了父母独一无二的爱。网上一段母子对话却从另一层面打动了我，儿子仍然不同意母亲生个小妹妹。母亲问："为什么不同意生个小妹妹呀？有了妹妹就有人陪你玩了哦。"儿子："怕你痛呀，你的肚子上划上一刀，会死的。"孩子以为，母亲生小妹妹会和生他一样，是需

长歌短叹

要剖腹的。孩子知道爱护自己的母亲，拥有了大爱之心，比起一些孩子的自私、冷漠该有天壤之别了。相信这母亲是幸福的，在这之前，她一定拿过"脱树"的剪刀，修剪过孩子傍生的枝枝丫丫，并且用自己的言传身教，让孩子拥有了一颗不失童真而又柔软的心境。

对孩子修剪的刀子，更多是无形的，不用"脱树"那么生硬，其中家风这把无所不在的剪刀，起着决定性的作用。爷爷常挂在嘴边的一句话："养儿不如父，要钱干什么？养儿超过父，要钱干什么？"他坚定地认为，孩子无论如何得有"料"，大"料"小"料"却是其次。他在贫困中过日子，却过得有滋有味，每当初春或是盛夏，他会拉上我，指点着一棵棵"脱"过的树，发出有"料"无"料"的感慨，而在爷爷的眼中所有的树都是有料的，大料可以做椽子，小料可以做锄把，最次的也可以做柴火，燃起炊烟，烧熟一锅饭来。

不知在爷爷的眼中，我是否有料，但肯定是一而再地被"脱"过的，如同一棵瘦弱的小树，被支撑过，被去除过一些绊绊拉拉的旁枝侧芽。长这么大不会骂人，这和爷爷有关。小时身子单薄（如今还是），常被同龄人欺负，一次被欺负急了，拾起乡间骂人脏话，边哭边劈头盖脸地骂，爷爷把我拉了回来，洗去了我脸上的污垢，让我去草堆拽上一把草，罚我把嘴擦擦，我不明就里，爷爷说："草是畜生吃的，骂人是畜生，你骂了人，得吃草。"也就六七岁光景吧，我记下了爷爷的话，有理说理，骂人是畜生行为。一根刚刚生出的侧芽被爷爷脱去了，它没能在我幼小的心灵吸取过多的营养，在我的身上占位生出更多的无奈，对我而言绝对是件幸事。

四

这些年南来北往地走过一些地方，每到一处总喜欢看看认识和不认识的树，热带雨林也好、沙漠戈壁也好，树往往最能打动我。

沙漠戈壁的树散漫而自由，千年生长、千年不倒、千年不枯的胡杨，接受风沙的洗礼，红柳耐住寂寞，悄无声息地捧出绿心，它们早已没有多余的枝条，大自然用自己的有情和无情之手，"脱"去了它们所有的累赘，即便生得艰难、长得艰难，站就站在苦难里，倒也倒在煎熬中，它们用自己独特的"料"昭示着生命的意义。

热带雨林充满绿色的喧哗，沿着或晴或雨的时光，树们一层层向上生长，那些叫不上名字的植物，相互依存着占有大小不一的空间，欺凌中相互扶持，扶持中相互竞争，林子太大，簇长的树们形色各异。让我吃惊的还是"脱树"人，他们持有和乡间人几乎相同的工具，只是型号大了许多，他们的目光和我爷爷的目光完全相同，"脱"去枯枝、病枝，在茂密的枝丫间打出阳光通道，让一些小树沾上阳光、雨露之气，用他们的话说：树不"脱"不长。树喜欢向阳光奔去，热带雨林中最高挑、最和太阳接近的一定是笔挺的。我不敢妄加论断，这些笔挺的树肯定被"脱"过，但从树干上看到的疤痕一级级升起，自然有过断臂之痛，是人、是风、是雷暴，是人为的，是自然的，似乎并不重要，关键是被"脱"过，被向上的力量"脱"过，这施"脱"的手大意恣肆，成就了它们一直向上的梦想。

五

今年的一场雪来得迟，上春头才来到，飘飘洒洒，尽管匆匆如过客，门前的一棵合欢树已被压断了半爿。合欢花美，花期也长，从春天茸茸的吐香，要到深秋才停下开放的动作，任谁也舍不得"脱"去它蓬蓬勃勃的枝头，生得美丽、活得安宜，由此悲剧就产生了。

树是被动的，它们发不出自己的声音，不可能和人打上声招呼，对于自己过于沉重的树冠，旁生的枝丫，只有听凭命运的安排。面对被雪压断半爿的合欢树，我陡生出众多的联想，大自然之手还是留情的，它只是压断了合欢过于沉重的树冠，让它轻松起来，实际上是换了种形式的"脱"，只是过于严厉了些罢了。

而人不也如此吗？在功成名就、鲜花盛开、硕果累累时，杂意的念头、不经意的表现就会陡然地生出，此时也正是遍地笑脸，赞许有加的时候，没有人愿意、更没有人敢于拿起"脱"的工具，剪上一刀、砍上一斧子、锯上一锯子，人般的树，开始杂枝乱舞，在狂风起时，雨雪鞭打时，雷电劈来时，只能断了枝丫、伤了主干，甚至被连根拔起。人和树的不同，在于人有灵性，可以让人"脱"去多余的念想，更可以自我调整、自我修复，只要愿意就能做到。不过树对阳光的追求是普遍的，而实际生活中，许多人不如一棵棵生长的树，往往把自己埋在阴暗里，苦苦地摸着认定的黑暗四壁，拒绝别人，也拒绝自己。把笼罩的黑暗"脱"去，直穿进和煦的阳光里，多好。

六

"脱树"是可以脱出悲悯来的。

夏季是鸟们欢快的季节，一树九丫，总有一两个丫上有筑巢的鸟儿，爷爷带着我肯定要绕过它们，不去惊扰它们的悄声慢语。鸟对树的依恋，绝不亚于人对土地的拳拳之心，树是鸟的家乡，有多大的林子就有多少鸟叫。乡间的鸟对人热络，人是它们最可亲近的伙伴，但也是最可怕的伙伴。在爷爷一年两次的"脱树"过程中，有几棵树是每每放过的。比如一棵皂角树，挂满了刀状的果实，算不上高大，尖锐的刺从树的根部向上攀去，树梢上一个筛子大的喜鹊巢已存在了许多年，爷爷不碰这棵树，也不允许我碰它，更不可能去"脱"它的一枝一叶了。爷爷说："皂角树是喜鹊的家，就像我们的家任谁也碰不得。"喜鹊碰到我们"喳喳"地叫着，盘旋在我和爷爷的头上，如影相随，多出了难得的喜庆气。在我的记忆中，这喜鹊巢一直存续着，也正因为如此，故乡的周边，飞动最多的鸟是喜鹊。

我曾问过爷爷"脱树"动刀、动斧、动锯子，树会痛吗？爷爷说："会的，你看树枝都在颤抖呢。"说这话时，爷爷正在锯着一棵榆树斜插过来的枝干，枝干已有茶碗般粗细。爷爷的喘息是粗重的，他拉着锯子，细碎的锯末，在夏日的阳光里落满了他的脸颊，汗水一遍遍淹没过他的皱纹。爷爷要我从秧田里捧上稀泥，仔细地抹在榆树刚锯出的茬口上，动作轻柔而细致，嘴中念念有词："不痛了，不痛了。"那时爷爷一定把榆树当成了自己的亲人，心中鼓涌出一拨一拨的悲悯之情。

善意的"脱树"传达出了人间善良的愿望，对树、对鸟、对周边，对人就可想而知了。俗话说草木无情，在我看来却不尽然，树是知回报的，在我不多的有关树的记忆里，"脱"过的树长得更欢，成为"大料"的更多。乡间靠着树生长的事举不胜举，盖房子的桁条，打桌椅板凳的木材，烧锅燎灶的柴火，甚至人死后的"老屋"。而"脱树"告知我们的道理，从哲学命题到人生历练，再到深深的情怀，都是任何一件活计难以全面做到的。

我随着爷爷"脱树"，很多时候爷爷也在"脱"着我，不过用的不是金属工具，而是用他目光的穿透力和一言一行的顿挫。在"脱树"中体现善良、体现对生命本源的热爱，实在美妙而不可言之。

七

城里的树也是要"脱"的，由于树所处的地域不同，被"脱"的位置和枝条区别就更大了。乡间希望所有的树高高挺立，成材成料，伸出的枝丫再美、再富有特色，影响了树的生长、树的成"料"都要被抹去。而城里的树恰恰相反，有"料"与否不重要，重要的是美观、好看，甚至奇形怪状、纠纠结结，所以，绿意绵绵的城市，拥有的树木一概没了头顶，如盖的树冠平铺直叙，少了直指蓝天的气势。乡间人对长"猴"了的"小老树"放在了眼的角落里，城里人却钟爱"小老树"，把它植在公园中心，盆景般呵护起来，俊男美女们时而在它的面前，摆出叫酷叫美的姿势，留下动人的瞬间。乡间无"料"的树，在城里宝贝般有了大"料"。价值取向不同，造成了两种不同的"脱树"方式，孰对孰错不是一时一地能定论的。

所住的小城有些年头了，随一条不宽街的道，两边植下的龙柏郁郁葱葱，遍布枝干上的树瘤道出了它们的沧桑、磨难、历练，它们自觉地向上和太阳靠近，虬扎的美表现在不遗余力的挺拔上。然而正因为向上的力量，被"脱"去了钻天的树梢，树梢的上方是密如蛛网的强电、弱电，为了安全它们不得不被去了势，本来的"大料"被人为地改造成了"小老树"。树如何"脱"在城市成了不大不小的问题，进城的大树，在山里就被"脱"成了城里需要的模式，即便这些大树一路哭泣，还是被生生地安放在陌生的一隅。"树挪死，人挪活"，进城的大树在现代栽培技术的保证下，似乎活得很好，而从另一个意义上说，这树早已死了，至少它是城市的活囚徒。

城市的土地比较清闲，没有乡间的金贵，可以大片大片地种植小草、一些连柴火"料"也没有的灌木。乡间不行，一捧土就是一棵庄稼，小时陪爷爷顺着田埂、田间地头"脱树"，对伸进田里树枝、树丫毫不留情，它们会抢夺庄稼的阳光，尽管影响的稻子、大豆、山芋之类仅几苗、几株、几棵，但仍然不能放过，放过了就等于白白地撒出了一捧捧粮食。

城市需要阴凉，乡间需要阳光，不同的需要，直接导致了"脱树"的取向和方式的不同。

八

"脱"过的树长得最直，"脱"过的树没有媚态，这是乡间的哲学，也是我人生最早的体验。不能不说从爷爷"脱树"的活计中，我学到了生存、生活的技巧，挺直了就不容易趴下，一棵树如此，一个人也大同小异。而做一个有"料"的人，是要时常被"脱"的，还要"脱"得情愿，"脱"得干净利索，然后直奔阳光而去，即便头顶的上空阴霾遍布，心中也要晴晴朗朗。

怀念乡间"脱树"的日子。在杂七杂八的树林间穿梭，对着即将开花的树、结满鸟啼的树丫说话，饱吸盈目的清新，听阳光撞击土地的回响，感受土地的恩惠，这种体验会从脚底传达到周身，舒筋活血，从而"脱"去世俗的尘埃，心中的旁门左道，绝不失为一种上上的选择。

"脱树""拓树""挩树""托树"看来也就是表述的方向、方式不同，兼而有之，合而为一种练达和情怀。还得感谢故土乡间的深奥，走了进去，就难以一时间地走出，倒不如沉进去，将一抹乡愁放大开来，细细地糅合，过去也好，今天也好，明天也好，都可从中找到明明白白的说法。

　　有趣的事又一次发生，中午时光一个过去的学生来看我，说到家乡的拆迁，父亲满心欢喜，即将城市化了，农村的日子就要结束了，但唯一舍不得的是家门前屋后的树木，相互依存了大半辈子委实割舍不下，树带不走，只有丢下了，任凭砍伐和移栽。学生的父亲这些天围着树转，还和往年一样为大大小小的树木"脱"枝，劝也劝不下，"脱"下的枝条，如柳之类还得扦插在塘边、沟旁，期盼"五九、六九沿河看柳"的日子。我问他："会回去帮帮忙吗？"学生说："下午就去，帮父亲'脱树'。"说得轻轻松松，分明眼睛里全是绿意。

　　春天的阳光敲打着大地，拂在眼前的绿树上，就要繁花似锦了，想有一次"脱树"的机会，投入林中，"脱脱树"也"脱脱"自己。

上海一点点

一

车过长江，感到和上海临近了。对于上海有点急迫，向往中的期望左右着自己，国际化大都市，有着太多、太多的诱惑，有着太多、太多说不清，道不明的情结。长期生活在小城一隅，这般难得的新鲜，是得好好领略一番的。

长江的风在秋天依然润湿得可爱，恰好受台风"菲特"影响，车在风雨中兼程，透过朦朦胧胧的玻璃，江南有点看不清楚，但仍是婀娜多姿。南京是无法不停下思想的，若干年前我和这六朝古都失之交臂，这里似乎成了我的伤心地，如果不是身体的原因，我也会在这古都之地，扎下浅浅的根须，至少可以生活很长一段时间。好在车速很快，一路镇江、常州、苏州，不久就到了上海。

雨中的上海，首先是清新的，搁置下一幢幢高楼，以及奔流入海的黄浦江，上海人在匆忙中，显现出自己的韵味。讲真话现在我只能如此地为上海写上这几句话，因为车子直奔复旦大学，我们此行是为了学习，贴身感受复旦的博大精深。安顿下来，讲座就开始了，教授的讲解充满着激情，铺天盖地的知识，让我在新奇中多出更多的落魄，新知识的缺失，对知识的渴求唯有竖起耳朵，放弃周边的风雨之声，死死地在教授的言语间吸吮。

夜晚的复旦美不胜收，想着"旦复旦兮"的意味，在两股台风夹击的瓢泼大雨中，推窗远望，被风雨打斜的灯火，还是发出了夺目的声音。这晚朋友来访，相约去看上海的夜景，风雨太大，只好放弃了。几个朋友围桌而坐，对着三几样小菜，浅斟慢饮，将一段由来已久的友情，品出了深长的意味。朋友已从家乡土著成了实实在在的上海人，他们的观念之新，见解之鲜，在交流中我等只有击叹之份，倒是时而冒出的家乡土话，令人生出格外的亲切，时空交叉，一座都市改变的何止是芸芸众生。

关灯之后久久难眠，在微博上写下几句话，权当作对上海的一点点认识：风雨中的上海，多了份秋的意韵，人行匆匆，树和高耸的楼宇，和我们做着不停的交流，复旦静谧，一缕缕风雨打断的灯火，反复着"旦复旦兮"的古意。穿越风雨，找到了醉的邃远，那么多年的孜求，就在这样的时刻——和一本大书谋面。

尽管夜深，我还是将这段微博发了出去，我知道这仅是发给自己的。

二

上海的天不知是何时亮的，我知道从这个早晨开始，就可以从复旦的身边悄然漫过，一点点走进上海的心域。

"博学而笃志，切问而近思"这是一所百年名校的写真，"日月光华，旦复旦兮"这来自《尚书大传》中的名句，将一所集思想与学术的校园照得剔透光亮，我无法不在这期间，打开自己的身体，敞开所有的毛细血管，深深又深深地吐纳一番，尽管时间短暂，但所有的分秒都有着拉长的弹性，所有时间的角落都可以存贮硕大和微小的元素。

翻动上海的篇章，这曾经的村落，如今摇身而成世界都市之一，风雨之后，她的身躯显得挺拔而伟岸。复旦大学所在的杨浦区，按上海本地人所说，若干年前聚集的也只是一帮地痞流氓，城市破败，摇落的仅仅是遍地的枯叶。现今的所有走动，已显见格外的轻松，复旦等一连串名校入驻，五角商场商业圈的繁华溢彩，加之众多的公园、绿地，所看到的只能是一片光华。至于教授所推荐的静安区，以区区七点九平方公里的土地，生长出的二百三十亿财政收入，成了新兴城市的样板，楼宇经济、总部经济、品牌经济、外资经济，它们所诉说的已是历经沧桑后城市的另一种风貌了。

还是回到复旦校园吧，在竖起如笔、平铺如书的光华楼里，风雨之声永远淹没不了翻动书墨的力量——好久没有静下心来听老师上课了，久违的心境回到了心的深处，真好！风声雨声尘世的噪音，一时间离得远远的，剩下的只能是吞吐的自如。复旦的校园飘忽的只有书卷的芬芳，在这里搁下自己，肯定是最好的选择！

上海是可以让人静下的地方，犹如现在，风声过耳，我却可以静静地把思量放开，把一段以后的日子想明白。

三

置身复旦园有一种超脱于世的感觉，清新之味代替了烟尘的繁杂，和众多的学子们一样，守着一方课桌，听教授、大师们布道，把心域充分地扩大开来，深深地呼吸着，恨不得在此间永远不要走出来。

复旦是美丽的，百年老校沉淀了太多太多的"干货"，除了浓厚的学术，剩下的就是弥漫的文化味了。在陈在道首译的《共产党宣言》面前，我流连了很长时间，"一个幽灵"反复地出现在我的面前，这个影响了整个世界的宣言，拉动了世界、改变了世界，还将久远地创造着新的世界。有趣的是《共产党宣言》的首译本，在第一次印刷时被排印成了《共党产宣言》，可见一个新事物、新理论的出现，既需要一而再地被实践刷新，还得在形式面前做一些或多或少的周折。复旦的本身也是这样的，她走过了不平凡的路程，饱经砥砺甚至战火硝烟，当日寇的铁蹄踏在上海的土地上时，复旦用"五不"作了回答，挺起了中国人不屈的脊梁。充满书卷味的教授、学者以及学子们，他们做出了坚定的抉择，我想这已足够了。风雨过后，复旦出现了前所未有的光华，她大气地彰显着自己的魅力，源源不断地输送出新鲜而又活力迸溅的血液，将"旦复旦兮"的交替和更新，保持得充满了永恒的魅力。复旦是充满了"精气神"的地方，走上一遭，自然会年轻许多。

早晨被嘹亮的军号唤醒，所住的地方恰处于军营的边上，让我们感受到了上海的早晨来得更早些，轻轻吸上一口黄浦江的清新，连同长三角勃发的生机，也一并列入了身体的方阵，之后就又得跨入校园做一天名副其实的复旦人了。

走在大学生们之间，忽然又有了种时空错位的感觉，时而觉得回到了读书上大学的时期，日子显得轻松而自如，看着周边青春的面孔，对岁月又有了新的认知。"菲特"过后，上海的天终于晴了，复旦的校园薄薄地铺上了一层和煦的秋阳，桂花的香味来得格外及时，贪婪地吸上几口，天际辽远，心充实得无以表述。

在上海、在复旦，随意地拾上一片落叶，也得细细地看去，深深地想下。

四

冗务仍是丢不下，手头的工作还源源不断地通过现代的方式传达到身边，事还得干呀。谁说过：工作是我们唯一的谋生手段。其言不差，真的如此。

在上海依然有梦，梦中的场景，都是家乡和工作的故事。由此，才深深明白过客的内涵，上海和复旦再好也是别人的，自己的根在何处，是无须探究的。老师说：进入复旦门，就是复旦人。复旦对每一个走进来的人都是包容的，包容得有点过分，但这种包容却满载着对走进复旦的人的期待，她期望所有从这里走过的人，即便是匆匆过客，也要沾上复旦的灵气，捎带上复旦彰显的精神。努力去做吧，我对自己说。

晴朗的上海似乎是从复旦园内升起的，学习之余我们自可领略校园的美丽，感受复旦博大的文化内涵，更重要的是越过校园的绿篱去一睹大上海的风采。短短时日，是无法抚摸一个都市每每跃动的心跳的。约好三五个同伴，在月色中沿着车水马龙，轻轻和上海打着招呼，却奇迹般得到了回应，所有的回应都亲切而又自然，时间将生硬的色调揉碎了，变为一抹抹绿色。开放的上海，如同温暖的胸怀，张开了当然会驿动亲和的力量。众多的感慨在流连中生发，井然的秩序，绿株间的随和，刻意地把上海写意成恬静的园地，大而不乱，闹而有序，肯定有种力量在支撑，想来这一定是东方明珠文化的使然。

从上海走过，回去不知能否常在梦中和她相见，应该是会的。有一幕相信我永远是不会忘记的，夜幕降临，教室的灯光从窗户洒

长歌短叹

向校园的绿地，教授侃侃而谈，时过境迁的一帮学生，静静地听讲，时而发出会心的微笑，时而爆发热烈的掌声，将一幅久已不见的图片生动地留在了异乡的土地上。

适应，成了今天的主题词，对家乡的适应、对外地繁华似梦的适应，如同我在教室里，对喜欢不喜欢都作着漠然态。

我已把自己搞得很乱，但相信定力所拥有的钉子般挺进。尽管从一些场合逃了出来，心在处，根变不了，一方泥土适应了，挪一下就死了。

五

从教室里走出，带给的新鲜是猛烈的，上海的繁华，从每一个角落里传达出来。安排的考察活动时间太短，太短的时间让眼睛太累，一路车行一路去看，可要装进心里却难上加难。

当东海漂泊在眼前时，心突然涨开了，四溢的豪情带来了无限的畅意，蓝蓝的海水，在狂风的抽击中，掀起巨浪。沿着近四十公里的东海大桥，在海上奔驰。满目是一望无际的辽阔，本来满车的议论声，突然平息了下来，所有的感叹似乎都深埋在了心中，唯听着车窗外风的呼啸，海水拍打、交错的声音，才能找到斯时、斯地的感觉。海中挺立的风力发电机，巨大的扇叶扭动着乳白色的风轮，一圈又一圈地把流动的时光切成碎片。桥如蜿蜒的长龙，高高地在海平面上起起伏伏，桥是安宁的，但在海浪的颠簸中，它早已耐不住寂寞，真的有飞的动作，潜龙在渊，为的依然是一飞冲天。

真的很想在桥上走走，最好是一个人，沐着海风，让巨浪的飞沫打湿自己，但这一切都不可能成为现实，只能尽量不让眼略略地睡去，随着风力发电机扇叶的转动，也让目光切成碎片，这样就能多出一些眼睛，沾上更多海的湿气。

　　小洋山兀自在眼前。山是从海中长出的，它已是舟山的一部分，踏上它就踏上了浙江的土地，由此因为桥的缘由，上海又长大了许多。登山成为必然的选择，朋友劝我，风大、天气冷，薄薄的身体会被风刮走的，别登山了。面对此景，我能放弃吗？拾级而上，风猛烈地灌来，撞得脸生痛，随着人流，我没有挪下半步，山顶极目，偌大的东海尽收眼底，东海大桥更显出它不凡的气势，而周边的港口，高高的吊塔，犹如种下的巨木，它的叶片，自然是吊起的一个个集装箱了……

　　远远地去打量过往，肯定找到了更多的感觉，东海的风浪似乎涤尽了心的隔离，在这里应该找到了走向远处的路径。真实如海的波浪，泥沙淘去，剩下的只能是一望无际的守候，会保留永久的本色吗？我问自己，问苍茫，问小洋山和蛟龙腾飞的东海大桥。如此感慨，或许只能在东海上找到，从上海的繁华中找到。

六

　　感谢崇明岛，这拥绿、拥花、拥住安然的世界。

　　崇明岛到处都是绿色，即便中秋已过，到了萧萧落叶的季节，或许是长江风水的润泽，这里的绿大大方方得一点也不做作。过往的日子对大上海的了解，仅是她的都市风范，异常的繁华，但对作为上海重要组成部分的崇明岛却知之甚少。崇明岛竟是中国除了台湾、海南的第三大岛屿，且是因长江的冲击淤积而成的，作为大都市的一个县域，经历了长久的沉寂，只是近年来开始大声、小声地发言。

　　从上海的中心出发，一路高架，穿过过江隧道，再跨长江大桥，两个多小时的车程，崇明就到了眼前，此时没有了市声的喧嚷，没有滚滚的车流，没有人头攒动，一片天然和宁静，淡妆、天然地摆在了面前。

上海的大气就这样用另一种形式表达了。崇明的森林公园不见得比内地的好，没见千年甚至百年的古树，湿地也就小小的一块，不过苗木交错、芦苇成片、竹林恬静、路网纵横，还原了大千世界该有的一种面目。美好自在眼前生长，和故园风光竟然连在了一起。树也就是家门前生长的树，草当然也是小时田埂上常有的。上海离我们太远，而崇明却是邻村，抑或田连地埂。

租了辆自行车在森林公园里蹿来蹿去，又多了种特别的情趣。我知道长江就在身边，大上海的繁华离之不远，这些已顾不上去想了。放下心，沉进这世外桃源般的境地，幸福、自由之感油然而生。从密林里穿过，都市的尘埃，心的累赘全然可以放下，何况芸芸众生中的自己，所沾染的尘土之味早该彻底洗涤下了，所以我只能加把劲，把车子骑得飞快，让更多的汗水滴在崇明的土地上。

从繁华穿过，在绿的层叠中放下自己，确实拥有无比的快意，而归于平和一定是种境界。崇明用它的手法在告诉我们，世界最高的楼，扎不下自己的根，不如一棵树，吸了地气就能开出花来。上海几日常常在流连的风景里寻找自己，突然就倦了，倒是在崇明，得到了自己的所思所想，最好的风景还是自己，心有了，就有了所有。

七

去时的风雨隐去了面目，归途交给了阳光。

短短的七日，作了上海的过客，作了复旦校园短时的学生，经历过一场台风带来的狂雨，走进了历史和现实交融的繁华，也在书声、风声的境地里领略了阵痛后的平和，一切来得匆匆，去得突然，事后的回味可能会更真实些。

同行的五十人不知有何感想，七个小时的车程，除了沿途观望，更多的可能留给了思想。一两个小时过去，车仍在上海的高架上，上海已令人疲倦了。进入旷野，被高楼大厦挡住的风景，开始渐次地拥进眼帘。阳光正好，染透了阳光的秋色，是可以实实在在饱看的，道路两边，叶十有八九仍旧绿着，偶有花红落在自然之间，风声过后，滤秋的水流，多了皱褶和波纹。

深深地叹息一番，心中突然涌来一番轻松，上海是否让人太压抑了？在上海遗落也好，拾起也好，都仅是一抹小小的写意，过客自有过客的思考，过客自有过客的打量。

途中过去的学生打来了电话，自是对老师一路平安的祝愿。我工作不久之后的七个学生，都在上海扎下了根，他们拥有了自己打拼的空间，甚至做得都很优秀，靠一己之力，成了纯熟的上海人。他们为自己不解，为什么能从乡村一隅进入了上海的天地，我为他们解释了其中的偶然和必然，为之我们师生八人在上海醉了一场，醉得彻彻底底，按学生们的话说："找醉是一场豪放的心情。"我又一次叮嘱学生们，对着电话絮絮叨叨，深知多余，还是说了。我不知道是否仅是对学生说的，还是说给自己，说给上海。

放在胸怀的东西，拿起和放下都不会那么有诗意。到了家乡的地盘，楼矮了下来，路开始凹凸不平，母亲河泛着或多或少的泡沫，秋水漾起时，还泛着淡淡的腥臭，似乎这水也在老去。但我还是深深地呼吸了一口又一口，除却略略的滞涩，还是可以大口地吞吐的。

终于到家了，仅和上海半个字差别的上派。

散走查济

穿过七月的豪雨抵达查济，查济的天空骄阳似火，一滴来自久远的徽墨慢慢地洇晕开来，查济用她的别样，道出了娓娓动听的一面。

沿着许溪顺流和逆流都无关紧要，现存的三十六座桥枕着水声，古意的桥、自由的桥、放松的桥、平实的桥，一座桥一道风景，一座桥一个故事，一座桥一枚惊叹，桥是石桥，造型迥异的石、粗浅的石、敦厚的石、刻意而卧的石、散散淡淡的石，它们传达深远也临近市声。

桥的两岸静栖着淡然的民居，推开大门，一幅画是个世界，一尊石是块天地，一座古旧的来自悠远的民居是生生息息的家，那么的天然，那么的平和而雅致。跨过一座桥，循着错落天然的石阶，隐映在绿树丛中，或许就是一位超越时空的大师的居所，他把一生的追求摆在这里，畅达胸怀，用一幅幅写意的画、一首首倾情的诗和世界对话，自然之声大气却不张狂、小声却不希音，天际之间，有宽松的容量，揳入自然的建筑除了徽意，平凡间多出了创新，即便是一座草搭的凉棚，悠然间也多出了一份禅意。

一百三十三座古建筑，散落在查济的山川水系间，这些来自元、明、清的古老，汇集了徽文化的雕刻、绘画、诗词、歌赋等各种元素，尽管陈旧沧桑，带着呛鼻的灰尘，但扑入胸襟的生命仍然跃跃欲试。元代建造的"德公厅屋"，位于村中水郎巷，古巷悠远，却见楠木檐柱，三层门楼，覆盘柱础，生生地留下了元朝的风貌。靠在楠木檐柱上，你不得不去想象，元朝的绿叶和今天有何不同？反正我把自己当作了一片绿叶，长在了元朝的巨木上，有香、有绿、有春天。清朝的"涌清堂""进士门"用铭心的雕刻告诉昨天的风云，细致、精巧、深刻。"奇葩三雕，交相辉映"，查济的木雕、砖雕、石雕在民居、祠堂、牌坊、桥梁、墓石上一生长就是千百年，不枯萎、不凋落，风吹不动、雨打不去，一任时光增加强健它们的厚度，而这些，容不得用手去抚摸，只能开动湿润的目光，一遍遍去濡湿、去梳理。

意念中，我忽然感觉走进了查济的一百座祠堂、一百零八座庙宇，千千万万的民宅，甚至是断墙残垣，和风相握有古意，和水相握有渊源，和人相握多了久远的亲近，凭身驻下的动作一步步逼近了，何况心。

风偶然把我吹进了一个叫"翔义堂"的人家，这是一座保存较为完整的五间二层明代建筑，二层为小姐绣楼，沿着鹅颈状的楼梯可直达绣房，小姐悄然移动的脚步早已离去，穿针走线的斑斓也已消失，留下的是跨越时空的王氏夫妻，老两口悠然自得，妻子手持蒲扇，清风送过来，抿上一口，细细品啜当然是明的味道了；王姓先生，有点仙风道骨的韵味，一手持书，一手提笔，透过窗户看着一拨拨游人，心在书页而目光却游动在现实中。客厅中的一方石吸引了我，石中有河、有山、有松涛、有花开、有水声，好奇中问价，王氏夫妻异口同声地告诉我："至少传了四代。"言语中在说，得世世代代传下去，闹了我个大脸红。古民居应该就是这般一代代传下来的吧，如一方石，经久不朽。

雷雨骤淋，画家朋友把我们引入了严姓人家，入门的厅堂古色古香，已让人流连忘返，进入如画的廊檐，之后又是另一番天地。大厅里一幅幅名家书画如同皖南的细茶，越品越有味道。查济人爱画，他们把画家、艺术家当作自己的太阳，据说，两千多户查济人有百分之三十的人家收藏字画。收藏的爱好折射出了查济人的文化品位，他们敬重文化人、艺术家，许许多多家的门户是永远为艺术家们洞开的，小憩可以，长住也行，奉茶、递烟、提供食宿，一律免费，当然醒目处会有条案横陈，文房四宝一应俱全，留下一幅字画就足够了。严姓人家和严凤英同宗，黄梅调在他家四处弥漫，但表现最突出的却在回廊的一株芭蕉处、两棵白兰间、三五盆兰花里，曲意演绎。雷雨减弱，我们离开严姓人家，雨打芭蕉的声音，引起了同游者的心绪：雨打芭蕉，手持香茗，品味皖南当是一大快事。诚然，诚然。有诗画做底，情味做伴，人间的美好不过如此。

四面环山的查济，随意走进钟秀门、平岭门、巴山门、石门就能进入她的内核，有三水引领（岑溪、许溪、石溪）必然十分流畅。五百年的紫荆、三百年的桂树、上百年的栗树，比比皆是，它们用自己的年轮一圈圈打出自然的旗号。在三水合一处，绿海绵绵，百年前的桂树、栗树交谈，桂树霸气，花朵细碎但香味极具冲击力，她浸透了山川，又染透了果实，查济的板栗带着桂花的香味，吃这样的栗子可得有点儒雅味，否则你品不出其中的真谛。

查济人聪明，引进了一个个画家工作室，五十多位著名画家入驻查济，查济俨然成了画家的乐园。画家们占据的位置，不同风格的工作室，和查济的山水融为一体，傍水依山或没入古村落，为美丽而恬静的查济，注入了新鲜的元素，查济凭画走出了山的包围，迎得了新的乾坤。真的为画家们眼热，他们如此地受欢迎，一支如椽之笔、一方轻灵的宣纸、一块画板，完完整整地把查济搞定了。查济人对文化的钟情当十分悠远了，查济的三水汇聚后注入了桃花潭，十里桃花、万家酒店，吸引了诗仙李白，"李白乘舟将欲行，忽闻岸上踏歌声，桃花潭水深千尺，不及汪伦送我情"。踏歌是民众对李白的热爱，更是对文化的向往，不能不说，查济人对文化、文化人的敬重，源远流长，一脉相承。查济人是有慧根的，数百年前祖先留下的，后代就要传承下去，"保护才能发展""创新才能迈进"，千百年后或许这里会留下千百个"汪伦"、千百口"深千尺的桃花潭"的美谈。

相信查济的绵绵群山，秀水环绕、淳朴民风一定吸引过大诗人李白的目光，在饱览了"十里桃花""万家酒店""深千尺的桃花潭"后，李白自然会投入距桃花潭仅仅二十公里的查济怀抱，何况一路风景一路歌。据查济人口口相传，李白在别了汪伦之后，受查济人查师谟所邀，来到了查济的石门碧山游览栖息，数日间游遍了查济的山山水水，开怀畅饮，将诗人的抒意情怀发挥到了极致，他放声歌唱："问余何意栖碧山，笑而不答心自闲。桃花流水窅然去，别有天地非人间。"碧山之美、查济之意，在诗人的心中是"非人间"的画卷，徐徐打开又默默掩卷，闲下的心只能默坐在诗中了。放眼查济周边山川，和古村落遥相呼应，诗的潜质、诗的意境一个劲地鼓涌，即便不会作诗也能吟上几句，诗句的鲜活来自于心的激荡，更多的可能还是来自于山川、水系、古意涟涟的积淀吧。或许今天我们行走查济，翻读的已不是李白当时的场景，我们关注的更多的是沧桑之美，是历史沉积下的一方方扣人心弦的"窅然"，但一脉相通的韵味是时间、光影的更迭抹不去的。让千百万人怀揣着带走是种幸福，无论人还是自然，走进查济有了她，远行千里还有她，李白曾经揣过她，放在诗行的空隙间，今天我们也是这样，揣着她，时而还要摸摸，是否揣紧了，自然就有了自己的体温。

查济适合三五人同行，和青山塔、如松塔照面，和平桥、洞桥、拱桥招呼，和岑溪、许溪、石溪相见，和元、明、清建筑同在，你得和同行人交流，不同的人感受出不同的韵味，综合起来就是大块大块的文章了。细雨打着许溪，两岸的古建筑依着青山雾气升腾，选择不同的角度，都能看到不同风景。画家支开画板，一层层的颜色涂抹在宣纸上，倒不如说涂抹在许溪两岸的风景上。诗人可以大

061

长歌短叹

胆地想象，通古达今，那一束丝状的脉络，断不可截断了，拉远再拉近，眼中的风云跌宕，最新的诗句自可澎湃进出。音乐家看到和听到的一定是许溪两岸踏动的音符，以溪流做底线，高低起伏的古村落、群山、绿树，一定是跳跃在水涌波漪的五线乐谱中，水声欢唱，有了高山流水寻觅知音的天然。知音难觅，同行的三五人在这里做了知音，此间善意只有身临其境才能体会。

除了查济扑面的古意，群山环绕、三水畅流之外，背着画夹、树荫下写生的学生是查济的另一道景观，查济已成为全国高校的写生基地，流进目光的美丽，通过一支支熟稔的或幼稚的笔，开始作创造性的流动。徜徉在新建的徽派建筑长街，和一些青春的面孔擦肩而过，心变得年轻，尽管不会作画，但挥笔涂拭的愿望一次次地冲击着自己。由画而走向世界的景观不乏成功范例，查济会是这样的吗？答案已不言而喻。画家朋友告诉我，二十年前他就把查济定位为创作基地，每年数趟，每次都有新的收获。四季变换新鲜面孔的查济，适合用不同的手法记录，春天大写意，夏天作小品，秋天画古意，冬天写场景，笔触的指向一定是心的驰往。我和随行的画家妻子打趣，说："查济留住了画家，他的家安在了这里，可别忘了娇妻你。"画家朋友的妻子哈哈大笑："查济是他师，他是查济友。"和画家一样聪明，她改用了刘海粟大师十上黄山的诗句，把画家朋友牢牢定位在了查济，而这种定位又何止画家一人。

是的，新建的徽派街道如同一根山中翠竹制成的扁担，一头挑着古老的村落，一头担着群山拥住的秀色，时而悠悠荡荡，时而上下起伏，行走之间清风徐徐，多重的意味一并向这涌来，忍不住放慢脚步，让目光之网撒得更开些，恨不得把所有的色彩全都打捞上来。

友人好客，在一查姓原住民家豪饮，三五杯下肚，绕着查济就有了说不完的话语。想着自己抚摸过的查济古墙，以及投进十指和掌间的涌动，古老的砖石发出历史沉积的低吟，砖石也是有心的，它们怦然而动，从砖石缝间抒发出一段段故事，不正——验证了她所有的过往和今朝吗？时空挤压着砖石，缝隙间透露出许许多多信息，一株株草、一朵朵花拾趣出簇簇新鲜，从远古走来，叶和花仍是那么清新，而攀缘在古巷道两侧的藤状植物，挂出的一串串果实，散发着丝丝香甜的声音，莫名中让我们浮躁的心平静下来，果前的花定然是十分美丽的，错过季节此刻只能想见了。古意开花，古藤结果，相信她的根扎在辽远。原谅我们这些后来者吧，叫不上名字的果实，肯定一样甜美、香糯甚至凝重。

晚间的查济无须灯火，完全可以提着一盏萤火行走。当一只只萤火虫闪烁、明灭升起时，我们一行已然进入了另一世界，起先一点萤火，之后是千百盏相映，它们在丛林中、在山道上、在水流边、在古村落里，顺着我们行走的方向，把黑暗打开。此刻，细雨绵绵，友人赠送的花折伞，躲进了我们的身躯，也躲进了我们的眼睛，不知是谁提议，索性收了雨具，让山中的雨淋湿千百度寻求的心绪，让簇簇萤火擦拭躲闪的眼睛，和自然紧紧地贴合在一起，听修竹唱歌、听桂树吐纳、听栗树长叹，当然还有山中人家甜甜的呓语。突然一只萤火虫扑进了我的掌心，它明明灭灭地闪烁着，亲切的麻酥酥的感觉传达给了我。从查济的绿色中穿过，我想，我的掌心一定携带上了青青的草味，莫非萤火虫也想啃食我放纵的心情、放浪形骸的诗意。

向导般的萤火，一路把我们送进了下榻的悦桂山庄，迎面的"朝天重节"的牌坊已在等着，"天"和"节"的滞重与我们扑了个满怀，"天人合一"都得在"节"上，不是吗？查济的夜色告诉了我们。乘着夜色，我独自没入萤火山道，此时适合一人行走，那份孤寂让思念占了上风，如果不去思念真的就辜负了一片天然，这思念是人、是物、是情、是景，是说不清道不明的一种使然。

或许是雨的缘故，那滴来自久远的徽墨洇晕得更开，它的须触慢慢地向四周漫延，查济变大了，变得深不可测⋯⋯这里是可以彻底放下尘世、放下自己的地方，寻一处古建筑住下的念头越来越强，寻一株合抱古树合二为一的想法茂盛地生长，寻一滴水照见自己心灵的心境越来越透亮，寻一座古桥通达久往的愿望无法打住⋯⋯在这里可以有想法，更多的是不应该有想法，任凭心跳散走，到达的境地绝对止不住。

回途中家乡的雨依旧滂沱，而查济从雨中出浴，骄阳之上，天空的云层薄薄铺开。

两河事

一

写写河吧，我对自己说。

此时身边的河正在湍湍流动，一场突如其来的雪，封住了阡陌原野，银装素裹的世界，千鸟飞绝，洁白畅意，花朵流逸，四野辽阔，空灵得任由思想驰骋、目光疾走，聚约而来的元素侃侃而谈，一河水进入化境，带上禅意，犁开耀眼的白色，向远方奔去。河流是生产联想的地方，她来自何处，又将落幕于何方，她的终极位置会不会栖于一枚叶的硕放、一朵花的盛开、一粒种子的发芽、一棵树的生长、一个人的眼眸？

在雪浴的河流边想这些，说不上深沉，也谈不上浪漫，只不过心灵的指向，戳中了最柔软的一处。

流于身边的河叫派河。据《尔雅》解字，"派"是水系的称谓，字蕴古朴，用作了一条河的名字，显见独特的创意和智慧，贴切而又自然。雪花无意侵扰河水，落下了、融化了就成了水中的一滴，平添起水的高度。大学毕业那年，狂雨肆虐，派河的水位高于了拢住水的河堤，河水漫延开来，首先冲击的是桥梁，之后把周边变成了泽国。我提着不多的行李向家摸去，肩上的被子在雨的浸染下沉重了起来，肩臂的幼稚不堪重负，我狠狠地将被子扔在水中，恰在此时母亲赶来接我，委屈的泪水在我的眼眶打转，望着一地的河水，以及河水被湿漉漉的被子砸出的窠臼，我的心里满是对派河的怨恨，暗暗下定决心，要远离派河，一辈子不去和她打交道。

事与愿同，我的执意和决心，让我去了一个远离家乡近百公里的山区城市工作，山城很美，尤其夜色迷人，而迷人的夜色竟出现在一条波浪翻滚的河的两岸。这河是真正意义上的河，长年奔流不止的水来自群山深处。清凌凌的一河水，随时而驶过的船只，水波凹凸帆影绰绰，伴之以喷吐的晨光，圆润的月色，让我捕捉到了许许多多的清新和灵感。我在河边找到了自己的爱情，写出了一首首令自己怦然心动的诗歌。因之常把这河和派河相比，将家乡的派河斥之为没有文化、产生不了美的河流。

循着山城的河，我上上下下地追寻，自此我知道了这河的历史和由来。悠长而宽阔的河实际上是一条人工河，它曾聚集了成千上万的民工，在国家最为困难、最为严寒的年代，用一双长满燎泡的手和血肉的肩膀挑抬而成，用当地人的话说，叫作平地凿眼，逢山过山，遇岗越岗，生生地挖出了一条碧波荡漾的通道。水款款而下，灌溉了无数的良田，成就了水利史上不多的奇迹。而它的另一面，却又不忍卒读，饥饿寒冷加上高强度的劳动，常常发生批量民工死亡的事情，挖河的时间往往就在大雪飘飘、天寒地冻农闲的日子，一头挑着柴火粮食，一头担着单薄被褥的民工，高强度的劳动，在河床里一头栽下，口吐清水，就再也爬不起来了。野史和正史都说，我曾流连忘返的河两岸，每隔百米，就有一个民工为之丧失了生命。所以说筑起的河堤不仅是泥石夯实，还有人的骨殖紧紧固定。我曾和几个朋友相约，去河流擦边而过的一个叫小华山的丘陵探幽，正是三月桃花、梨花盛开的日子，河水的漾动和美丽的花朵相映成趣，怎么看都是姣好的景致，而就在景致的深处，一抹连绵的荒冢，被四顾的野花包围得紧紧密密，坟已称之不上为坟墓了，左右黏连，前后相拥，最多是平坦的土地多出了些微微的凸起。周边劳作的老乡告诉我们，这些是修河、挑堤死去民工的坟地，我们为之悚然，这一抹坟地，隐约的土丘至少上百座。老乡说，有的坟里埋着好几具尸首呢。

众多的生命为一条河的流淌、水的畅达而失去了，值还是不值？我们难以得出结论。不过前人栽树后人乘凉，前人挖河后人得益，却是千古不变的真实。山城的河一路向东，输出了流动在庄稼、禾木身体里的液体，又让它们长出了粮食、树木、油料，不能不说，我们的温饱乃至生命是来自于河流的。

山城的河昼夜不停地奔息，我多次扎入她的怀抱，在碧波里放松心情，浸泡去夏天的炎热和周身的污垢，居家过日子所用的水也来自于这河，水清洌可亲、怡情养人，面对它身心自可生发一些寻常外的松泛。倒有一天，我的好友沉没于河水深处，心才紧而又紧地抽搐起来。不知何因，当地人创造了一句话："要死去死，大河没盖子。"说得特别生涩、坚硬。大河没有盖子，人心也没有盖子吗？山城的河果然每年都要收去几个人，意外溺水的、沉水自尽的，甚至渡船沉没的，生命在水的深邃里，显得无力、脆弱。对死亡的无奈，岸边的人自有说法，他们没有怪罪河水，而将所有的理由归结于河神，河神收人，似乎是天经地义的，想想这也是一种豁达，水滋润万物，水怎就不能颠覆生命呢？

常在河边走，除了湿脚，多出些沉重来也是应该的。对于河感念系之是种文化情结，对于河感恩戴德是种美意情怀，对于河悲悯有加是种现实情意，对于河原罪般的沉重可能就是种历史情绪了。

长歌短叹

二

　　鬼使神差般，我又回到了家乡工作，并且第一个工作地点，就是派河源头所处的地方。

　　派河无疑是故乡的母亲河，她从江淮分水岭发端，由西北向东南蜿蜒而去，飘带样在高低起伏的丘陵地带穿梭、周折，最终归于巢湖、到达长江。江淮分水岭神奇将水分割开来，一半流向淮河，另一半流进长江。两个水系，在岭上汇聚，又从岭上分开，有时一滴雨水也能分成两瓣，向两个归宿地滚去。归于长江的水由派河输送，她起先窄小湍急，激流奔涌，到了中游时却猛然地开阔起来，平缓得如同一面镜子，和和气气地向巢湖流去，性格迥异的派河由上派河、中派河、下派河三段组合而成，上、中、下的分割处界限不甚明显，何况一河水本来就连在一起，分割的只能是河岸和地块，水是永远分不开的。派河的支流不多，却有趣味盎然的名字，比如苦驴河、梳头河、王老堰河、古硬河、滚子河之类，令人生出许多的想象。

　　河是产生文化的地方，长不过五十里的派河也完全如此。远的不说，来自民间文化的一副"上派河、中派河、下派河，三派一河"的上联，求对下联，就难为了众多联坛好手，久之也仅是口口相传对出了"三十铺、四十铺、五十铺，十里一铺"不甚工整的下句，加之地域尚不明显，难以被广泛接受。至于"李家峡、刘家峡、万家峡，三家一峡"，又远在黄河两岸，真的有点摸不着鞭梢的感觉，如此创作的下联还在源源派生。派河水在黄土地上拱动，滋润了万千绿色，也濡湿了风俗民情，"十里不同俗，百里不同音"，说得实在，比如派河发源地的岭区，常常回避"干"和"搞"字，把"干某事""搞某事",说成"舞某事",诗意而又轻松,到了派河中下游,却把"干"字、"搞"字说得咬牙切齿、毫无顾忌。无法去考证,这些是否和水的湍急、平缓有关,但可以肯定地说,和水的滋润流动、行船走筏一定是有关联的。

确切地说,派河的源头是在江淮分水岭上一个叫枣林岗的地方。枣林岗的过往是什么样子,只能凭想象了,和树木有关的地方,充满了浓郁的青草、农耕气息。我曾在深秋的季节造访过枣林岗,岗地也就方圆五百来亩,小块的田地一阶阶地向上攀升、向下跌落,适宜种植水稻、旱粮等作物,晚稻正在低头灌浆,豆子、棉花接近于收获,不多的沟渠大多干涸了,但仍有涓涓细流式微地向东南流去。随行的人告诉我,这就是派河的源头,我大失所望,但还是从心里默认了。绢绢细流归集成大海,一滴滴水滴怎么就不能汇集成一条河呢?我漫步枣林岗的另一个目的,是为了寻找一种叫枣的植物,无果的是田连地埂、阡陌村庄,连一棵枣树的影子也没见着。造物主捉弄人,岁月更迭,或许枣林岗上曾连绵的枣林、果子连同枣树的枝叶早被风卷了去,野火烧成了灰烬。没有枣树并不影响一个地方名号的叫响,更不影响一条河发源地的水意涟涟,枣林生长在人们的心里,生长在口口相传中,作为生存过的事实,一定会长久活着的。一条河从挂满了枣子的树林发端、源起,应了"早生贵子""多子多福"的俗语,自然福气满满,漾动着让人追寻、诉求的渴望。

对于派河源头的认知,在之后事情的发生里。到故乡工作的第二年冬天,雪出奇得大,大雪连绵地下了好几天,枣林岗陷落在雪海里,我和同事们冒着鹅毛大雪出发,直奔枣林岗上不多的郢子。故乡乃为古意的吴楚之地,村庄的名字,大多用郢来命名,如栀树郢、王郢、旗杆郢、油坊郢等,带着吴楚之时浓烈的印记。雪深路滑,加之炫目的雪白,再灵光的眼睛也难以适应,摔跤是常有的事,我却幸运得没摔上一跤,和同行的人打趣,因为我是近视眼,凭着本能和心走路，自然不会摔跤。事实上同事们照顾我，他们大多提着粮油、扛着衣物，只有我空着手，能很好掌控自己、平衡身体。我们一行是在雪天为老百姓送温暖的，看似有点做作，却无一例外地受到了老百姓的欢迎，"舞"得我们的心暖和和的。到了傍晚时，我们送温暖的任务完成了，我执意要去派河源头探访，同事们众口反对后，却又一致同意，我想他们的心中也是有这一情结的。雪封的枣林岗早没有了可行进的道路，只能直奔制高点，深一脚浅一脚地向上攀缘。在制高点上，我们终于领略了派河源头难得的清亮的景象，即便风雪交加，一缕缕融化的雪水，顺着枯草的叶脉、土地的缝隙、树的枝干，步调一致地向一个方向聚集，汇合成"哗哗"的欢唱，匆忙而又有序地向低凹处汇去，迎接的自然是一条深刻大地的河流，天地寂静，唯有这水大声发言。冬河的源头，竟然是春天的驿动，尽管带着浮冰和天空飞舞的雪花，绿叶已然在眼前呈现。

夏天的派河源头又是怎样的情景？得从洪水的肆虐说起了。分水岭上的雨聚集而起，会产生冲天的力量。我是在半夜时分被叫醒的，带队的头儿叮嘱了我一句："带上身份证。"缘着夜色而去，倾注的雨丝毫没停下的意思。枣林岗的下首有一座不大不小的二级水库，此时已是白浪滔天，土筑的坝子在水浪的拍击下微微颤动，水很快就将溢过大坝。挑土筑高大坝，还是泄水保全水库？成了指挥者一时难以做出的抉择。几经考虑，还是当地的一个农民提出了方案，他让我们沿着靠近的水田，浅浅地开出一道宽敞的口子，让高筑起的水向下游漫去。好法子果然奏效，水库的水缓缓地降下了高程，只是过去的细带一样连接派河的沟渠陡然饱满起来，巨大的冲击力带上大朵大朵的泡沫呼啸而去。过去常说的"大河有水小河满"的论断，突然间被颠覆了。只有小河水流急涌，大河才能满荡起来。派河源发起威来一样的可怕，再不是平时的涓涓细流，雪天的温柔如春，倾泻起来也足以排山倒海。回途中头儿对我解开了带身份证之谜，一旦被水冲走了，有了身份证好确定身份。在派河源头我们竟作着被水冲走，死亡的准备。说得我心颤，源头之活水，竟有它凶狠的一面。

三

山城的河边虫多，月色朦胧，灰色的虫子从流动的水面钻出，直逼人的鼻息，稀疏的河岸灯光，本就灰淡，光线穿过虫子的翅膀，泛出绿绿的色调，让投进河水的光丝多出了曲折、绕动。虫子并不影响我们对水的依恋，缘水总能找到心跳停留的地方，青春在水边的放纵，不用说充满了浪漫。一朵浑圆悬在空中，沿河岸一溜泊下了大小不一各色船只，泊下的船就是一个人家，它们随着波浪轻轻颠簸，将不大的舷窗口投下的灯光映在流水中，还原出一串串扯藤走丝的亮光，引得小小的鱼儿恣肆追逐。

董女子像玫瑰一样的美丽，她的家就在船上，是一个典型的船家女。董女子写诗歌、写小说，不凡的成就自是吸引了一批批文学爱好者，其中也不乏求爱的人。董女子古怪，只能在逐波而动的船上写作，轻风里将诗篇写得柔和，急浪时诗行随着波涛狂卷，跌宕里诗的豪情源源不断。她曾提议我们为灰色的虫子写诗，记得众多的诗歌中她的诗歌最出彩，她把自己比喻为一只灰色又致人死命的虫子，它的叮咬不痛不痒，却能将麻痹的毒液注入人的血管。朗诵时董女子泪流满面，那时我们还不知道，她的父亲，一个走船千里的艄公，就死于一只虫子的轻轻的一咬。河是她如今泊下的河，虫子就是千万只围着我们打转中的某一只。许多年后，她一再告诉我们，寻找咬死她父亲的虫子，是她一辈子的事，只不过虫子的大千世界她不知是哪一只。奇怪的是董女子不愿伤害围绕在她身边的任何虫子，她说虫是河的精灵，有了它们鱼才能鲜活乱跳，撒下的网才不会十网九空。冤有头债有主，董女子一辈子执意于某一只虫子，实际上她的内心，早将咬死她父亲的虫子放在了一边，尽管她写下的虫子诗歌倾注着一腔恶毒，但细细品味，却全是对河流的热爱，对疾走远行、逝者如斯水的悲悯。

我常为河流的忍耐和宽容叫好。只要流动着、行走着，我们濯洗自己、淘洗衣物，她就将污浊远远地搬走，变脸样换给一张白纸样的清新；我们对着她喊话，她没作应答，却将一番情意传递了出去，"我住江之头，君住江之尾，日日思君不见君，同饮一江水"，说的就是这样的故事。山城的河没有长长弯道，她平铺直叙敞亮自己的胸怀，敢爱而又敢恨，裸露出一副铮铮铁骨。

就是在山城的河边，我的好友兆兄爱上了董女子，他几乎用一种痴狂，迷上了玫瑰般的女子。他的求爱方式奇特，每天晚上手持点亮的蜡烛向董女子水上的家走去，颤巍巍地踏上连接船的"跳板"，"跳板"晃悠，河风闪动烛光，他一面看着脚下，一面护着闪动的烛火，尽管心中柔情万分，却是一派难以陈说的狼狈。我们每次看着兆兄迈上烛火之路，心中总会百感交集，风雨无阻中的烛光闪闪烁烁，他的行为本来就是一首抒情长诗的题材，不过这样的诗没人敢去作，都说留给兆兄自己。兆兄说，董女子是水做的女子，他要用烛光照亮她的心底。实际上，董女子对烛光的需求，甚过其他物质，她那时正在写着一部叫《水的女儿》的长篇小说，用一个女儿的目光审视走船行水的父亲的一生。董女子有众多的怪僻，除了在船上才能动笔写作之外，还必须在烛光下才能打开思路。董女子家的船，是一艘木制的帆船，没有电的日子，伴随了她的童年和青春，河养育了她，也泊起她简陋而纯净的家。兆兄的烛光先是照亮了不大的船舱，之后就点进了董女子的心坎，他们以清流、烛光、月色、游鱼、灰虫、帆影为证，深深地爱恋起来。

山城的河，我得说出她的名字了——浠河，这是一条从大别山山峦出发，靠着一双双手"扒"出的河，浠河的形成唯有用"扒"，才能表达她在我们心中留下的痕迹，刻痕深达骨髓，她流淌着深情厚谊，也流淌着深深的痛。河有没有伤痕？我时常问自己，故乡的派河是水系流动冲击形成的河，她曲折辗转，极尽温柔之意，而浠河不同，她笔直（至少某一段）顺畅，坦露出一眼可尽的直白。浠河派河都应是有伤疤的，而正是这伤疤，更能触摸出土地尖叫时的痛苦。疏堵间她们自是用了十二分的人力和自然之力。

浠河的事必定要河自身来解决。兆兄和董女子的爱情，受到了前所未有的挑战，家境甚好的兆兄父母，死活不愿意娶一个船上女子为儿媳。就在兆兄秉烛前往水上爱巢时，他的父母尾随而来，一番语言较量，惊得水波四起、船身摇晃，激动的兆兄母亲，说话间竟从船头跃入水中，以死相逼。兆兄当然知道父母都不识水性，自己也是旱鸭子，此去，母亲甚至就要和水永远做伴。惊慌中董女子扑进了浠河，奋力向未来的婆婆游去，奇怪的是兆兄的母亲在水里折腾几下，竟静静地平浮在了水面上，此时月色正好，波澜不惊，董女子踩水待在一边，天地星月见证了一次浠河的自然之力，托起爱情的壮举。惊慌过后迎来的是一片平静，兆兄的母亲端坐于船头，审视浠河，感受水波的柔意，第一次认真打量起董女子，忽然发现董女子如水中升起的花朵，含露带笑格外端庄、大方、美丽。一桩美妙的姻缘，因了河的帮忙，升腾起水雾样的氤氲。

因河而舞。因河而歌。河成就了爱情。河濡染了山峦。在河的面前唯一能做的是将自然之力顶在头上顶礼膜拜。

四

对派河真正留下印象，是在我五六岁随祖母进城时，派河急不可耐地从小城的中央穿过，将小小的城区分成了两爿，一座水泥桥梁联结着城的市声，如同一根担负不起千斤重量的扁担，忽忽悠悠的，随时都有断了的可能。桥的护栏高过我的头顶，我奋力向上跳去，看到的一河碧波由风激荡而起，阳光下闪烁动人的粼光。美丽的河光冲击着我的眼睛，突然陡生出和年龄不相符的想法，如果纵身一跃，随着击起的浪花，我肯定会成为一条鱼，顺着水声流向远方。直到今天我还记着当时的冲动，或许人的年龄越小，对水的依恋程度越高，因为母亲的子宫里，充满了水的漾动。我只能作这样的解释。如果深究下去，不外乎人的祖先是从大海中出浴而来的，水组合出了身体，交给水就永远干涸不了。

实际上我是在派河岸边的医院出生的，出生的日子正是桃花水暴涨的时候，春水并非像诗文中描述的那么美好，湍急地打着漩涡，拍岸的叫声急促而沉闷。母亲对我说，我的哭声特别嘹亮，盖住了派河水的激越。祖母说的却是另一番场景，她说，她急急地提着瓦壶去派河灌水，又把这壶放在半阳半阴的煤炉上，水滚了，冲了碗红糖水让母亲喝下，我竟盯着母亲的嘴唇，嚅动着小嘴，母亲怜爱地看着我，将半勺糖水点滴进了我的嘴里，我吧嗒着嘴巴有滋有味。如祖母所说，我来到人世间开口的食物不是母亲的奶水，而是派河三月的春汛。对此母亲不置可否，她强调的是儿子是吸吮着母亲的乳汁长大的。其实完全是一回事，母亲的乳汁和大地的乳汁一样甜蜜，一样养人。

随着母亲下放下乡，远离了派河，又由着母亲回城，开始长久地依偎在了派河怀抱里。漫长的岁月里，爱过派河也恨过派河。而夹杂在爱恨之间，却产生了巨大的空间，任由着自己放大、扩充。我不止一次面对如今的派河和身边人说，过去的派河撒下细密的网具，能打出活蹦乱跳的银鱼。银鱼位于巢湖"三珍"——银鱼、白米虾、毛鱼中的首席，味道鲜美、营养丰富，而银鱼对水质要求甚高，就连现在的巢湖产量也连年下降。身边的人没有一个人相信，否定多了，让我也怀疑起自己来，把记忆当成了春天一梦。而事实真的如此，我家居住的地方离派河很近，巢湖开网时节，联动得派河繁忙起来。早晨太阳刚刚升起时，捕鱼的人已早早下河，不多时打出的鱼已在集市上蹦来蹦去了，这中间就有银鱼，它们被养活在大口径的洗脸盆里，就着派河水游来游去，五分钱一大酒杯，向来来往往的人兜售，它们细巧、透明的身子特别诱惑人，买回来拌上"渣面"做上一盆银鱼糊，既能做菜又能当饭，极受居家过日子人的欢迎。

银鱼何时从派河里消失，肯定难找到确切的时间，这中间有一个漫长的过程。现在的派河和过往的派河已大不相同，掬水可喝的日子已一去不复返了，守着河、湖无水可喝，却要去深山，运回水来过着日常生活，真的是种悲哀。逼仄的空间里，河的两岸依然是常去的地方，有鲜花盛开、芳草萋萋、华灯齐放，就是找不到一片宁静和可以放浪形骸的清新。我们对河索取得太多，贪婪的心集体狂跳，恨不得榨出她骨髓里最后一星点的水分，何况可透过太阳的银鱼。眼下的派河几乎是死的，没有鱼虾浅翔，没有渔歌唱晚，偶有一两只水鸟也是失望地掠过水面，对着一河异味飘荡的黑水发恨、犯愁。

幼时派河水在夏秋季节时常泛滥，一不小心就淹透了水泥桥，向城的两片没去。夏秋季看水涨水落，是我们心极易狂跳的时候。连绵的几天大雨，水自然涨了起来，有从枣林岗一路冲下来的，有从巢湖反衬上来的，也有从小城流入的。我们怕发水，又盼着涨水，当水擦着桥底而行时，我们期待着新的一天的到来，巴不得睁开眼来身边已是一派泽国。

果然烟雨茫茫。果然一地的走浪。我们在惊吓中充满了兴奋，赤着上身绾起裤脚向水中蹚去。平时想和水嬉戏是万万不可的，大人们看得紧，只有水淹小城，才有了难得的机会。结伴的大都是年龄相仿的玩伴，水深的地方自是不去，不深不浅的地方容留了我们，打水仗，激起一地的水花，猴上人家的院墙去摘泡在水中的梨、枣、苹果、石榴之类，弄得满嘴生涩。水造成的灾难似乎和我们毫无关联。往往领头的是一个绰号黑皮的家伙，黑皮黑得出彩，点子多、胆子大，水性也出奇得好，一个猛子扎进派河里半天不露头，在我们的惊叫中，出水时手里要么逮条鱼，要么高擎着乌龟、王八。我们服他，除了水性好之外，还有众多的淘气做法。比如他时常从家里偷出烧好的鱼、肉，带上小瓶的散装酒，邀我们在风光旖旎的派河岸边小酌一气，酒辣得嗓子冒烟，却抢着去喝，生怕面对派河被认为是"屄人"。就着派河的水起水落我们长大了，大得有些人早早走去，黑皮就是走了的其中之一。有一年派河的水出奇得大，刚从部队转业回来的黑皮，加入了抢险的行列，恰巧口袋里揣了三百元钱，怕被水湿染了、弄烂了，就蹿上了僻静处的一棵老榆树，将钱塞进了枝头的喜鹊窝。赤裸上身的黑皮发挥了"浪里白条"的神奇，救了一个又一个人，抢出了并不值钱的物物件件。当喘口气准备回去时，想起了塞在喜鹊窝里的三百元钱，手伸进喜鹊窝时，竟被因水而登高的"土公蛇"狠狠咬了一口，踉跄着还没走回家门，就一头栽倒在了浅浅的水里，再也没有活转过来。没有多少人知道他救人的壮举，他死得轻飘飘的，只是赢得了一河水的激荡起伏。洪水过去，黑皮葬在了派河岸边，坟低低的就要和水亲吻。

河的浪漫让人着迷。河的放纵让人无奈。活着的河活力四射。

死了的河却又让人感慨万千。沿着派河的岸线，我一直在寻找，寻找的东西正在远去，留下的又难以扎下根来，风吹草动便只能悚然地离开。有一天，我独自来到了黑皮的坟前，荒草包缠坟包，小鸟们在周边啁啾，它们对坟地上的草籽更有兴趣，时不时争食打斗，将一地的宁静破坏得荡然无存。我低下身子想看清黑皮坟前石碑上的文字，一条蛇火辣辣地吐着芯子露出凶狠。回途中蛇的影子挥之不去，想着这蛇一定是黑皮坟的守卫者，自觉地做着忏悔的事，为黑皮，也为眼下将死的派河。

五

小时候爱读被称之为中国著名乡土文学作家，"荷花淀派"代表之一的刘绍棠先生的小说，常沉湎在京东运河浓郁的氛围里走不出来，这位天才的作家，他的笔下水意息叹，气度非凡的描述，将运河两岸的风土人情、人物传奇、生瓜李枣，源源不断地向我搬运过来，许多段时间里我伴着《运河的桨声》入睡，梦想做个《蒲柳人家》人，甚至将自己的笔名取为"蒲"。

前些年，在我和女儿分食一只甜瓜时，甜瓜香甜，我冒出的话语是："这瓜包着一窝蜜。"说得女儿好奇，实际上这是刘绍棠小说中的情节，只不过小说的主人翁是在京东运河的沙滩地上偷食的。我曾经无数次地幻想，要做个运河岸边的人，整生领略刘绍棠先生笔下的运河，以至于若干年里，我所写的文字都有着乡土味和水的潺潺流动声，而最期待的评价，就是我的作品充满着乡土味和水流的气息。远方的河吸引着我，京东运河源于千里之外，却在我的身体里流动，我为之自在，为之无怨无悔地做着白日梦、黑夜梦。

　　好在我生命中的两条河作了弥合般的补充。我在浉河边上生活了八年，听闻了浉河生生死死、甜甜蜜蜜的故事，我拉着我的初恋不舍昼夜地和河水争夺柔情，也为一只只灰色的虫子挥舞双手，想赶走它们带来的迷茫，最终还是接纳了这些从河水里冒出的精灵，无意间却发现了它们暮生晨亡的生命轨迹，生命短促，透过它们薄纱的羽翅，读懂了光亮穿越而过的翠色深意。当我一次次渡船而过，横跨她的身子时，对水能载舟也能覆舟的理解多出了几分深刻。浮仰水中，我有了在母亲子宫里的惬意，双唇被水轻轻地撩拨，人间的至柔，攒动在我心的最深处，我所有的倾诉可以告诉水流，水流把话语传得远远的，又回音般传送回来，像是另一世界的人在向我耳语。

　　前些年的一个夜晚，我又一次回到了浉河岸边，两岸的树簇拥而生，灿烂的灯光送出了更多的光明，仍是灰色的虫子铺天盖地，我拒绝了朋友的陪伴，一个人顺流而下，走走停停，试图还原过往的情景，河却生分了起来，我连连地呼唤，得到的应答却生涩无任何的韵味。河道更加流畅了，曾泊于水中的人家，长了脚般走上了陆地，曾倾慕过的董女子和亲如兄弟的兆兄也不知流落何处。水竟是这般的无情，我不甘心于这样的结果，走下河堤对着明月照亮的河水，我的身影浮动了起来，水中的我明明白白，一道道挂在脸上的皱纹，被流动的水静悄地抹去，脸一下子青春得清亮了起来。适时里一只灰色的虫子落进了我的掌心，它抖动着翅膀，它是在向我打招呼吗？发愣中，皓月千里，天空繁星朵朵、瓦蓝瓦蓝，满河的月色星斗深不可测。我在河边待了很久很久，直至闻讯的朋友聚集而来，我才把手从极具吸附力的水中抽出，交给朋友们，任他们搓揉使劲，谁也没有发现我的眼中已满是泪水。

　　雪中的派河拿捏得稳稳当当，无异于情窦未开的处子，雪的天空干净，所有的尘埃都被雪花吸进了开放里。我的心从爱恨交织中走了出来，面对这河，即使她狭窄、浅显、破落，我还是深深地鞠了一躬。此时我最想倚着她，尽管天寒地冻，雪披满了她的堤岸，我想听听她的心思，哪怕是不经意间的一声叹息，像年迈的老祖母发出的梦呓，那也是有着震撼冲击和富含情节的故事。或许派河负累太多了，面前的她一片安然，我害怕这种死寂，捏出了一个大大的雪团，向河的深处扔了过去，河水富有弹性地回应着，几上几下地弹起雪团，雪团由大到小慢慢地融化了，转眼间成了一汪稀软，随着水波悄然地向东流去。雪还在飘着，雪落无声，我的脚步却踏出了无声里的沉重。派河像天下的河一样包容，她的每一个转弯处都是兼容天下的怀抱，把怨怼排解开来，把死结疏为顺畅，把激愤化成平缓，然后留下传送久远的诗情画意。

不要多久，派河就将开阔起来，刘绍棠笔下的运河，将缘着派河的走向，连通起长江和淮河来。似乎这又是一梦，20世纪50年代开国领袖毛泽东，就曾在地图上淡淡地描过一笔，将长江水引入淮河，引江济淮。而在这之前，曹操也曾大兴土石，切开江淮分水岭，空留下将军河的遗迹。两道水系的灌通，该是什么样的图景，分水岭曾一分为二的水滴聚成了一个整体，她的圆润和丰满定然会救活一条河的生命，然后还有一座湖的鲜灵。银鱼会来的，一行行白鹭会来的，种在沙滩上的甜瓜们也会饱含深情，口口鲜甜。按照规划，我居住的小区就将临河而立，推窗就能看到运河的帆影，招手就能抚摸运河的风声，而被一条河分为两爿的小城将在运河往来不断的桨声里沐浴出新的风采。枕着桨声入眠，我可会在夜里醒来？这是近来常常设想的事，我决定再次翻读刘绍棠先生的著作，重温先生娓娓道来的真实，作着做一个运河人的思想准备，然后如先生一样，一头扎进运河里，用运河的水濯洗去周身的困顿。派河由此而活了，我的身上还会有困顿吗？

生命中的两条河腾挪扑闪，她们有血有肉地生发出或大或小的事来,这些事对我都极度重要,对河的依恋、对河的感慨、对河的情意、对河的怨恨、对河的谅解、对河的深入,都在河事中得到了释然。河是土地的伤疤、河是土地的血脉,河是一切的归结,面对一条河无声的记录,我只能不停地问自己,何是河?是人,是物,还是所有可知、未知的生灵?大千世界没有告诉我。

一边风景

城市的细胞

沿着巢湖岸线走了一遭，别样的景致扑进了眼帘，水和生动的蒲草、苇子交相说话，岸上的高大建筑隔着吐纳的湿地和湖光波影打着招呼，远方的帆影隐隐约约，似乎都有着自己的故事，向岸边缓缓地飘来。湖活着，岸边的景致、建筑也就活络了。

突然就想到，硕大的巢湖一定是城市的细胞，这细胞不断地繁衍出新的细胞，让一座城市鲜活，让城市打开的花朵水涟涟得自然。城市自然是由无数细胞构成的，细胞不分大小，一棵草，一棵树，一个人，一口塘，甚至是连纵的阡陌，而这些细胞活泼、亮丽的程度，往往又决定了一座城市的活力、大气和走向。

早晨上班为一段偶遇而感动，一个满头白发的老人，在春风里和一片飘浮的塑料袋较劲，老人步履蹒跚地追着随风而动的薄片，当他气喘吁吁把塑料袋送进垃圾箱时，他展现的笑容绝对是一朵花的意境，他是城市的一个细胞吗？当然是，尽管他已老迈，但这细胞发出的冲击力，却那么强劲。

所有的细胞都应该被不断激活，一条河，只有水声不断才会有鱼的游动。家乡的河曾经是活泼的，清澈中透出甘甜味。之后有段日子却迷失了方向，充斥着死亡、无奈的味道，这游走的细胞呈现出的是呆板、滞涩，莫名其妙地把温柔劲弄丢了。好在这个春天，清流又潺潺而动了，一河的春天向东湍湍流去，带着家乡人的希冀和梦想，逐渐地还原出本来的面目。河被激活了，从而又带动了所流过地方的一个个城市的细胞，它们让河生根，让鼓动的地气涌向河流，水濯洗过的地方，演绎的明快当然妙不可言。

在巢湖岸边行走，岸线依然是野性的，熟悉的东西或多或少还可以从记忆深处找到，比如盛开的野花，偶尔从苇丛中惊飞的水鸟，都会擦亮自己的眼睛。湿地里一只野鸡率领一队毛茸茸的雏儿，不紧不慢地啄食野草，它们已没了过去的惊慌，歪着头打量贴近的游人，不远处就是鼎沸的市声，这难得的和谐将大自然的野性引进到了都市生活之中。我想野花、水鸟、野鸡肯定是城市的新鲜细胞，它们开放或者亮翅一定是在告诉我们，一方天地多种多样的活法、多种多样的色彩。

文化必然是城市不可或缺的细胞，打量巢湖岸线，矗立的一处处地标，大抵都是文化的符号，纪念碑直指蓝天，博物馆大气厚重，就连一株株植物也透着文化味，特别是行进的人流，他们在观赏风景的同时，也成了巢湖岸线上不可多得的风景。人、物、景、绿地、蓝天、湖水这些城市的细胞相互渗透、相互激发，构成了一座现代大城市最亮丽的一面。

曾记得有一首抗旱的民歌："端起巢湖当水瓢……"产生过很大的影响，今天的巢湖俨然成了一座城市最大、最美的盆景，城在湖中，湖在城中，城湖交融的景象不久就要展示在世人的面前。如何呵护城中的湖？我想湖既要成为城市最鲜活的细胞，城市更要是激活这一细胞最强劲的动力，如此推动，湖才能永远的波光粼粼、千帆竞发，城市才能保持永不干涸的水分、保持那份初有的和不断增加的灵动。

在巢湖岸线行走，我拾起一块久远的瓦片擦着水声，打出一串轻巧的水漂，我对女儿和妻子说，现在的我们是城市的细胞，更主要是湖的细胞……放眼望去，波光激滟，城在湖中的倒影和丽日汇聚在了一起，真美。

一边风景

初秋樟树林

小城这几年树栽得多，最发旺的还是樟树，这从南方而来的树种，对小城的地理、气候还是钟爱的，一年年的蹿动和长高，道路边、河岸旁、公园里、小区花坛间，到处都能见到她们的身影，绿绿地窝成一团，蜡质的叶片散动淡淡的香味，一簇簇树荫联动着，随着人们的行走，不依不饶地跟进，缝合人与自然的空隙。

初秋的樟树林绿得如在梦中不忍醒来。季节变换，樟树的绿是永远的，到了秋天，她的容颜似乎更加坚定了，和周边的树木不同，她用不变的色彩说话，小风吹过，大雨淋过，她一以贯之保持如沐春风的姿态，自自然然从不做作，没有秋风、秋雨后的凋零，更没有略经风寒就黯然失色的变幻，挂满枝头的叶片，明目张胆地和身边的红叶、黄叶较劲，翠翠的绿还是欲滴的景象。太阳会从她们的枝叶间，一缕缕地拂照下来，打在树下仍旧贪恋时光、土地的小草身上，碎米般的花朵三五朵地开着，恰好做了对应的景观。大绿中多出了另一种溢出，好像一只只眼睛，在细细打量，以不变应万变的从容。

极喜欢秋雨后的樟树林，空气清新，滞留在樟树叶片上的水滴，晶晶莹莹地折射出似有似无的香味。香随水走，滴在皮肤上，清清静静地被皮肤吸收了，周身就会透出一股大自然的味道；仰望间，香气会滴进眼睛里、落在唇齿间，悄然地品啜上一气，一段时间里带着这股子悠然出门，天地辽远，话语中多了清新和自信。

如果是早晨，樟树林还会多出些景致，散步的老人、晨读的女孩，透出特别的安然和恬静，他们领悟天地之气，将人融合在自然里面，入身、入心，全然是一棵棵樟树的气息。做瑜伽的白衣女子，完全就是一棵随风摇曳的樟树，她柔曼的身子，如藤状起伏，在初秋的日子里，合着樟树绿意的节拍，吐纳间，大地的灵气、云天的旷达，萦绕着周身。此时大片的樟树林是静谧的，她们几乎都在配合着白衣女子，深深地吐纳、静静地消融。

到了秋天樟树林聚集的香气，一管管向树的身躯输去，粗壮的树干里蕴藉着深刻和幽远。日出日落里，妈妈最是喜欢一口樟木箱子，箱子有些年头了，据说是外祖母的母亲传下的，作了妈妈的嫁妆。打开箱子一股扑鼻的木香味，清清幽幽，一个房间都会被充满的。妈妈说，这箱子盛衣物，防霉变、防虫蛀，特别是毛料衣服，放进去了捂上一气，就等于被清洗了一遍，来年穿时挺括、有形。妈妈在许多年里常对着箱子发愣，外祖母早年间已经过世，或许她睹物思人，又一次次想到了外祖母的音容笑貌。如今这樟木箱子还摆在母亲的床头，面对其他家具显得局促、缺少光泽，但母亲时常会轻轻地抚摸上一气，一头的白发在灯影下格外透明发亮。母亲所住的小区，一地的樟树，她一天数遍地走过，有时她会对着硕大的樟树喃喃自语，如同和自己的母亲、老伴、女儿说话。秋天的樟树大大气气，面对母亲的抚摸，甚至捶打，她们用特别的容忍包涵着，最多左右摇摆做出体贴状。曾随着母亲在樟树林里踽行，她不止一次地指着樟树说："樟树不生虫，树好。"然后还会很骄傲地说，"家里的樟木箱子香味好闻。"诗意地想，母亲的床头不正生长着一棵巨大的樟树吗？只不过换了种形态，但包容度更大了。

推开窗户，楼下空地的樟木林沐着秋意，努力释放季节的活力，几只鸟儿寻寻觅觅，迫不及待地吞食早熟的果子，初熟的果子紫紫艳艳，在阳光的拂动下，闪着和青翠不同的光芒，想来果实是甜蜜的，不然鸟儿们不会争斗得"叽叽喳喳"。想着，樟树们会快速长高的，总有一天，她们的枝丫会长进阳台里的，鸟儿们也会来的，那时的楼房将淹没在树林里，伸手就能和樟树亲近，人的所有落寞和寂静都将通过树木传达出去。天人合一，该又是一番新境地了。

在小城四处走动，樟树林当是最亲近的朋友。

冬 山

树叶落了，山高大起来。

森林把山裹得紧紧的，从春天开始，到夏天，到秋天，直至风寒的冬天，阔阔的叶子落个干净，山才从树的枝条间挣脱出来，忽忽闪闪地表现出苍劲和包容。面目说不上亲和，谈不上狰狞，像是一个受尽了委屈的男人，终于掀去迷雾，还给了他一个坦然。

沿着山路去走，一块块略经风化的山石，个性张扬棱角分明地硌痛行走的脚板，坚硬中透出柔情。山石曾死死护卫过的根，在冬天里扎得更深，先是表层皮肤，后是见血见肉，终于在冬天来临时渗进骨头里面，树动根也动，动得一座山刻骨铭心。冬天的树忘不了招摇，落尽叶子的枝干，呈现钢铁的硬度，偶尔低首探望还会鞭子样抽打山石，击起尘埃，迷失来来往往的眼睛。

山石如同一个深爱着又不停行走的男人，在心仪的爱人面前，曲意地做着一切，让世间的赞美都落在所爱的女人身上。花开灿烂，芬芳四溢，一抹抹惊天动地的绿当然不属于它，属于它的是寸步不离的固守，"咬定青山不放松"，这一咬就是千万年，谁也不知牙痕深到何处。

山高树也高，峰顶上，树从不落下，更不沉默。仰望山峰，映入眼帘的依旧是弱不禁风的幼苗，甚至是一丛丛有名无名的小草，何况还有参天的高大。好在是冬天，阔叶的林地，只剩下树干虬扎，山草早已枯萎，山峰隐约地露出了真容，如果不是阵阵寒风吹走满地的落叶，一片片无际的金黄，还将一而再地隐藏山本该有的颜色。

山的颜色壮观，褐色的肤体，透出特有的劲道，一道道栉风沐雨的痕迹，如同岁月凿刻下的印记，时而让人想起金戈铁马、风传消息、硝烟弥漫、柔情轻抚。由不得观望者停下脚步，细细地抚摸、静静地打量、深深地思考。

因山而起，心不禁抽搐起来，表象所瞒住的事实，抬高了浮华的高度，而浮华总在不断地推出自己的美丽、喧哗自己的声音，恨不得留住天下流连的眼睛，堵住大千世界所有的倾听。冬天的山本真，不暧昧，它的温度藏在山石的心中，尽管表面清凉，内心却燥热地流动，山石本身就是岩浆注成的，永远不会须臾冷却。

冬天的山开花，霜和冰凌绣在山体上，大捧大捧地开着，迎着风寒绚丽而多姿。山泉逗留不离，眼睛般看着这些，盈盈而动，又把这一切拢在之间，风来时迷离，风静处向深层吸纳，似乎唯有至柔的水懂得山的胸怀。男人般的花不香，却能扎中人的心怀。

太阳从树枝间跌下，山激灵一下醒了，即便是严寒的日子，它也醒得彻彻底底。碎碎的太阳暖和，树枝挡过，鸟的翅膀阻拦，阳光最终仍还原出了它拥有的执着，山石温暖，整座山也就活络了，它的大气和磅礴，远远超过冬季的设定，山没有任何的犹豫，将阳光的碎片抱紧了，一丝丝地向内心深处吮吸，联动整座山也微微颤动。山石传动脉动，为扎进它骨头的根须，为一些微弱如粉末的草芥、种子，为闭着眼进入深深睡意的冬眠，为霜寒压痛了的昆虫翅膀，为春天漫山遍野的花红，也为夏的生长、秋的收获。一座山被冬天的太阳镀亮了，即便树影如勒痕，阳光披挂，照透了，山就在春天里。

不自觉地踢动着金黄的树叶，绵绵的一层，像是在呵护着山的皮肤，猛然间有了不小的感动，树是知道报恩的，它们脱下了自己最美的衣衫，在严冬里一层层地盖上，甚至期待着火，燃烧自己，给山传达温暖。

　　"空山鸟飞绝"，并非如此，不多的几只鸟仍在歌唱，唱得欢快，正因为稀疏，让山多出了空灵，也让树的枝条多出了随风而动的韵律。就这般在严冬，沉沦在了山里，顾不了寒风四逼，想着自己是一块山石，或者是一棵树，甚至是一只鸟，想解透冬山，几番周折，倒是让眼睛湿润了。

冬夜丽景湖

寒风中细细品尝她的味道，丽景湖似乎睡了。一缕柔和、一泓浅水、一湖灯光，足以让人在沉醉中忘了近在眼前的残雪、嗖嗖而过的寒风、一地的落叶和凋零。

一湖灯光被细细的波浪轻轻推动着，五光十色还原着水的本来面目，轻薄的冰在水面上挤来挤去，它们坐拥着灯光，让灯光折射出所有的斑斓。水应该来自久远的过去，古老的派水擦肩而过，留下一片生生不息的湿地，它小声地吁叹或急促地呼吸，让满湖的灯光打着转，寻找自己扎根的地方。湖中小岛是灯光聚集的地方，一叶小舟停在岛的对岸，灯火该是它运去的吧？灯火尽管轻巧，但这不大的小舟，也该运上九十个回合。丽景湖依恋着灯火，又养育着灯火，没有灯火的丽景湖该是寂寞的，而没有湖水的滋润，这灯光又会何等的枯燥？灯光从树的缝隙间散漫地传出，长青的灌木、落叶的乔木，都用自己的盛情呵护着灯光，风吹动照耀，细碎的雪偶尔打湿一两缕灯火，只是一而再地增添了多重的颜色。

残荷孑然在湖面上做出冬天的思考，绚丽的花朵、婷婷的绿色已然成为过去，它们把坚持和坚守做到最后，等待春天的到来。看似残荷在夜风中是孤独的，但谁能想见，倒影罩住的根底是何种的景象？它们的根一定紧紧地纠结，依次传递对生长的渴望，对一湖景色多方的设想。一些叫不上名字的水生植物，依岸而生，挂在枝头的雪成了它们的另一种花朵，尽管没有芬芳的气息，灯火时而打湿它们，别致的色彩早已超过春天花开灿烂的时光。随着细浪的鼓涌，残荷和不知名的水生植物漫不经心地摇曳，几只水禽躲在它们的影子里，"春江水暖鸭先知"，想来这水禽已感知了春的讯息，冬天过后就是春，水禽在告诉一湖水，也在告诉严寒中一湖凋零的植物。

　　沿着湖边栈道，细数一地寂寞中的植物，风从它们的枝丫间穿来穿去，拂扬的柳条赤裸着时不时打痛行人的目光，冬青、忍冬、栀子等植物一如平常的绿，弱弱的灯光下闪现出自己特有的光亮，它们呼应着丽景湖的波光、灯影，保持着一种矜持的姿态，任谁也赶不走它们，它们守定了一抹美丽，守卫着一泓水从过往走到现在。市声更多地是从树中间传来的，笙歌之声随着灯光飘动，大多时候要在丽景湖边的一隅稍作逗留，一个叫"古埂人类活动保护地"的碑亭是市声停留最久的地方，人类逐水而居，古派水养育了人类，我们的祖先在这里休养生息，留下了一方足以令人惊叹的活动空间。可以想见当时的派水两岸一定土地肥沃、水草丰满，我们的祖先们刀耕火种、捕鱼捉虾，把一天天的生活布满在流逸的水声里，侧耳倾听，数千年前的市声和今天的市声交融在一起，即便仔细分辨也不知谁的声音更大。

　　真的希望自己是夜风中丽景湖畔唯一的徜徉者，这样可以拿出所有的心境打量和梳理水的美丽、树的安宁、灯的平和，放纵一下沉沦已久的心思，让湖边的夜风冷冷地清醒自己。或许是和我有同样想法的人，他们或徜徉或伫立，把目光投进湖水里、糅进灯光里，久久的不愿离去。当然也有几对恋人执手而行，做了冬夜湖边的另一道风景，风生水起，他们的爱情在冬夜里显得格外清纯。此时，远处《梁祝》优美的曲调随风送来，一种凄婉的美布满了湖的周边。雪霁后的月光挥动着自己的清辉，在湖光、灯光中拿捏得特别的准确，没有做作、没有粉饰，是月从湖水中出浴，还是湖从月色里走出，已经难以分清了，目送远去的一对对恋人，我还是决定在斯时斯景里流连段时间，把心装满了再回去。

卸去铅华的丽景湖回归了本质的美，冬夜里最能看清她最动人的面目，方圆不过百亩的湖面，原曾是口古老的塘口——古埂塘。当人们发现她的丽质时，稍作打扮，她就成了一个十足的美人，丽景湖畔如今坐落了许许多多和湖光水色对应的建筑，而竹雨轩却成了夜晚丽景湖又一美丽的去处，竹雨轩的主人周隆久是小城有些名气的书画家，他用艺术家独特的目光，把竹雨轩安放在丽景湖的景色里。在竹雨轩的露天平台上，放眼丽景湖，春有春的流连，秋有秋的景色，但吸引我的还是冬夜里的安静和平和，一杯香茗在手，和周兄谈诗论画，就着寒风吹动的风景，如果再有几片雪花刮来，几乎就进入了仙境。我和隆久能够成为好友，想来想去除却志趣相投，更多的成分可能因了丽景湖吧。

相信自己流连忘返的脚步还是惊动睡了的丽景湖。夜已很深了，我的归意还迟迟没来，城市的灯火开始稀疏，丽景湖的景观灯已没有几盏，此时的丽景湖似乎悄悄地灵动了一下，水禽在水面缓缓地游动，沉入水底的鱼也开始活动身体，我分明听到了一声声耳语般的对话，是来自古老的派水，还是来自清辉荡漾的月光？我想插上几句，耳际却是一段细波推动残荷、薄冰、细柳、古埂、炊烟、淡月的声音。

冬咏残荷

喜欢荷到了骨子里，连同他残败的枝叶也深深喜欢着。

残荷是值得喜欢的。惨烈的冬天酷寒逼人，方塘中的残荷在风寒里孑立，透出一股子无以名状的骨气，如铁的枝干牵挂着枯萎的叶子，不列阵容，不成规矩地扮演战士的角色。实际上他们本身就是战士，一场战役下来，硝烟熏黑面孔，烈火销蚀血肉，剩下的全然是铮铮铁骨，凛冽的风吹过，相互撞碰发出金属的声响。绿叶消失，花落成泥，此时的他们雄性而果敢，抖落的霸气，足以斩断所有挑剔者的目光。

华盖已成过去，岁月淡化成一片残叶，但季节难以掩去荷之美，枯焦的叶子蜷缩，依然保持叶的从容，绿过的脉络清晰可见，被日月星辰打碎的花瓣，小舟般由风荡漾，只因时光浸没，多出了暗色的深沉。莲蓬的心窝虽被寒意注满，坚硬的果实，仍如一颗颗充满激情的子弹，狂飙袭来，犹上膛击发，震得一塘水久久涟漪，没入塘的深处，寻找生根的所在。满塘的碎萍，依稀绿着，它们围绕残荷，让周边的世界皱褶出一缕缕温柔，水鸟难耐寂寞，倏忽间扑动翅膀，碎萍更碎了，而残荷仅摇了摇身子，倔强的个性，岂是一抹风可打动的。

残荷如同经历过震荡的瓦砾，无声地诉说游踪离影，盛放生命的表情，尽管苍茫迷漫。来自历史深处的瓦砾，时间越久，越显示出它的分量和硬度，捧在手心细细打量，便可发现隔着时间长河的真实，面对瓦砾被岁月刻凿下的细微裂痕，吹上丹田之气，汹涌的往往是大千风云。瓦砾借用外力，在水上行走，一连串的轻快，过眼云烟般已滑过了上百上千年，痛惜和怜悯绝不在叹息间消亡，沉重得令人难以呼吸。残荷亦如此，他们独撑着一方天地，将"出淤泥而不染，濯清涟而不妖"的声音，随风送去千百年，深刻的底蕴，不是一眼能望穿的。瓦砾是陶器的残骸，在时间的奔忙遗失里，又成为陶器的灵魂，抚摸和审视，分明能感受到它的律动。残荷不也如此吗？他们枯萎的身躯和肉质的根茎隔着厚重的泥土，谁敢说他的执着，不来自"不染""不妖"的品质？情丝相连，孤傲之气就永久不会失去。

时常吟哦"留得枯荷听雨声""至今寒窗风，静送枯荷雨"的诗句，"枯"和"雨"成了相辅相成，相重相叠的意境，雨打枯荷发出沙沙的声音，也符合审美的均衡。不过冬阳下的残荷，可圈点的地方更多，水清而见底，阳光打湿残荷，又将不再绿意婆娑的身影投进水里，上下连动的黑色，竟成了立体水墨画面的主色调，如方塘边恰好有一地虬枝满满的榆、槐等落叶树，可供想象的空间就更大了。阳光照不透残荷，就只能更多地停留在铁色的枯败上，游游走走，不舍不弃，阳光生动、残荷老成，由反差而造就的和谐，可品味，可咀嚼。

一场小雪如期而来，雪打残荷，黑白分明的世界，呈现得彻彻底底，一半残荷一半雪，残荷在雪中的影子，千姿百态，世上没有相同的两片树叶，池塘里更没有相同的残荷雪影，连片耸立或孤身只影，全由独立的性格决定。水面已薄薄地结了一层冰，世界开始寂静起来，原先奔荷而来的欣赏者，大都寻找温暖的去处，就连常来常往的小鸟也缩着脑袋，默听风雪飘零。天冷地寒，残荷的衣裙除了单薄，更被缕缕风寒扯得褴褛，不过他们还是战士般宁折不屈，不舍昼夜地守卫着生养过他们的方塘，他们的心中一定在默念即将到来的新生。风吹田野，花开灿烂。残荷落尽，春天就该来了。如此来说，残荷叶片只能被春天摘去。

听残荷独白，最好是在严寒的冬天，一半清醒一半醉时，绕方塘周游，恍惚里花开花落，叶举叶落澎湃更迭，醒来时满目肃然，全是铁色交响的世界。陡然间感悟深刻：解花语虚晃，莫如读残荷实在。

一边风景

二月天的雨

二月天的第一场雨，软软的、弱弱的，在寒风之间悠来悠去，还是正月时段，年的味道正悄然弥漫，大红的春联、时而被孩子点燃的爆竹、三三两两拜年走亲戚的人，没因细碎的雨放下自在的响动，雨润中显得格外贴切。

雨中的红梅衬在窗前，一树艳艳的花骨朵，每个上都挂着精巧透明的水滴，雨雾沥沥深入，或许早渗进了梅花盛开过程中最细小的动作。眼见着花骨朵渐渐长大，挑在铁色枝杆上，有点娇柔，有点卖弄，更有斗寒傲雪的骄傲。忍不住抚摸起她们凛然的美丽，冰冰的凉，却透出征战良久、胜利来临前的笑容、二月雨洗落的征尘，一粒粒向泥土投去，根底下一簇簇耐不住寂寞的小草，已然绿得可人。

村野对二月雨欢迎的程度超过了城里，绿着的麦子和油菜，在寒冷中从没放弃过生长，一场雨给它们带来了新的喜悦，"春雨贵如油"，即便春雷还没沉沉地炸响，春还在路上匆匆地行走着，蒙蒙细雨交代出的清新比和煦的阳光还要有质量。好心情在野外油然升起，看着连片的绿色，所有的疲倦，特别是劳累的眼睛，立即化为轻松和愉悦，雨中淡淡的青草味，在鼻息内外构成了一个世界，幻梦般将人引入了遐想中……许许多多的沉重和负担都可以放到一边了，弯下腰身，对着麦苗上挂着的晶莹，似乎可以看到自己的影子，迷离又亲切。田地活跃起来，我们的心也不会再寂静下去，是该在春天来临前，实实在在地准备好些什么，脚踏实地地迈出步伐来。

母亲对二月的理解比我们深刻，她是在田地里忙碌了大半辈子的人，她懂得农时和地气，尽管她已在城市里生活了很长时间，对缺水的土地，还是生出了深深的爱怜，晴朗的冬天可以给人带来温暖的快意，但生长庄稼的土地却需要水的滋润，一场雨带来的可能就是一场令人慨叹的丰收，而作为农人，又有什么会比丰收更让人激动的呢？她要我们搀扶着去外面走走，并且指明要去有草生长的地方，这时她已转身成为一个农人，面对润湿的空气，她大声地吁叹，我相信她的思绪已跳出了很远，甚至我们在她的眼里已是一株株生动的麦苗，她期望有更多的雨露滋润，让我们的根扎得更深些。母亲执意在雨中逗留，舍不得早些回家，寒意绕在她的身边，她没有任何的归意，而是反反复复地念叨："雨该下得更透些。"

书桌边，我悄悄地打理好心思，准备在书中漫游，远处的朋友通过 QQ 和我聊诗，外地也正好下着雨，诗自然从雨中而来。他感动于二月雨的绵延，感动于春天的脚步伴着雨声向他靠近，问我感觉如何？我说："二月雨含在我的眼中，如同春天在我的目光里怀孕，只待分娩了。"书当然读不下去了，推开窗户，深深地吐纳一气，久已被雾霾锁住的空气，泛出了久违的亮色，恰在这时一只斑鸠飞到了阳台的天竺树上，透过窗户和我对视，它天真地和我较着劲。二月雨天，斑鸠的信心一定增加了许多，它是有理由占领这一隅的。雨后，春天就要来了，在这方天地，安下身子，享受生活，一定是季节巧妙安排的。我把这一发现告诉了诗人朋友，他不无感慨地回了一句：二月雨，是鸟的翅膀扇动的。二月雨是该有诗的，长也好、短也好，但必须是抒情的。

独自走进二月雨时，天已久久地黑了下去，顺着长长短短的水声，

097

一边风景

河边的路灯昏暗摇曳，雨丝却在灯光下拉得很长，我刻意去听雨落大地的声音，真的非常美妙，如不同乐器悄然弹奏，落在沙地有金属的意味，落在树梢有绿的流连，落在水面有咬住风的纠缠，落在自己的呼吸上有心跳的感觉……是春来之前的冲动吧。

我相信，夜间的散步无论路途远近，前方会有一个等待，那是春天。

风送晨光

　　最短的莫过晨光，春天的晨光尤其是这样。一段时间天天早起，顺着湿地公园打转，看比我更早起的植物落落大方地接受露的洗礼，花朵缓缓打开、生命舒舒展展的姿态，在深深吐纳里，和草丛中寻寻觅觅的鸟儿对视，感觉鸟眼中的春天。平和中散淡、渴望中充实，彼此互不惊扰，相安无事而相互欣赏。

　　湿地在晨光里生出了众多的枝条，这些枝条多汁而浪漫。有时是一位老人面对朝阳的张望，伸出双手揪过一缕晨风，或紧或慢地在满脸的皱纹里抹来抹去；有时是一根根柳丝布出的迷局，拨开它们，就能见着匆匆奔来的时光，不打折扣地走进手心，面团样搓揉，又空气样飞去；有时是一朵蒲公英的种子，盼望风端起它的柔软，飘飘荡荡地去寻求另一方泥土；有时是一尾游动的小鱼，啜饮晨露嘴中发出的贪恋之声，以他人感知不了的快乐，向天地间做出追问，弱小的生命不该有活蹦乱跳的权利吗？有时是略显孤独的自己，放纵目光，从过往收拢到现在，让自己叶般吸收、花样打开、鱼似吞吐，晨光缠绕，如鸟飞动的心思起起伏伏，吼上一嗓子，杂陈的百味，就只剩下一味爽朗，滋润地从心底泛起。

　　淡淡的乡愁隐约中越放越大，许多年前风送来的晨光，除了润湿之气，更多的是和汗水、劳顿结合在一起。麻麻亮的天，田埂陷落在晨露里，赤足走上去，露珠晶凉，不小心还会滑上一跤，往往伴着这一跤正好跌进田里，一天的活计由此而开始了。早晨干活，田野里干净，栽苗、移植，都是极佳的时间段，太阳还没升起，一抹抹霞光红红得好看，散落在田间的人，在水田里做活，低着头、退着步子，不用抬头，就知道了一天的天气，水中映着朝霞，打破了又在涟漪中重现。

喜欢平淡的清晨被奶奶揪着耳朵拽起，蒙蒙眬眬地跟着奶奶，直到走过了一条条田埂才清醒起来，奶奶不知道，我没醒的梦刚刚又续了一段。奶奶要我和她一起种南瓜，南瓜垱早先就打好了，里面各种基肥填得满满的，鸡毛、猪粪、泥土暖暖和和地交织在一起，奶奶从篮子里取出双芽的瓜秧，此时动不得铁器，她的双手在泥土里拿拿捏捏，为瓜秧做出一个舒适的窝，剩下的事就是我的了，我小心地捧出带泥的秧，放进瓜窝里，周到地填土压实，临了，奶奶要我给每棵栽下的瓜秧尿上一把，她说，童子尿发瓜。到了秋天，一只只硕大的南瓜卧在草丛中，人模狗样地沉沉睡着，奶奶就会发出感叹，还是孙子的手巧、手气好，栽下的南瓜就是不一样。回味那样的场景，我的心总是软软的，一老一少背负晨光，把希望种下，在等待中获取最后的结论。我的手真的巧吗？换成奶奶的老手，情况也一定相同的。晨光发物，不负它，什么样的事情都能圆满，"一年之计在于春，一天之计在于晨"，晨光虽短，种下了，就能实实在在地长一天，不矬、不短，端端正正的。

能把晨光看透的，不用说是乡村，乡村的晨光比城里要早上三四个小时，以头遍鸡叫为起点，第三遍鸡叫晨光就来了，先把炊烟升起来，之后就是下田干活，待太阳升起八竿子高时，一田的活已干得差不多了。乡间最重要的活计都是在晨光里铺开的，一年中"开秧门"的日子关乎一方百姓的温饱，日子由季节而定，得是一个有太阳的暖和天，早早地起床，妇女们拔秧，男劳力赶犁下田。妇女们铆着劲双手飞快地动作，下手又准又狠，碧绿的一片密密匝匝的秧苗，在她们的手下，变成了一个个匀称的"秧把子"，根洗得干干净净，否则难栽也挑不动。之后就是下田插秧，大田里栽秧的妇女从田边排好队列，退着步子，手灵巧地翻动，一会儿工夫，绣花样，大田里布满了成规成矩的秧苗，横看成线，竖看成列，而此时太阳刚刚升起，使牛的汉子正吆喝着使牛的歌谣，把升起的晨光喝得上下颠簸左右摇动。秧门在早早的晨光里打开了，一年的生计开始变得充满了希望和难以担当起的复杂。

晨光里的油菜花还是很美的，可能正因为美，它才能在湿地的周边张扬，眼见一些红男绿女在它的周围取景照相，我却难以为然。多年前，油菜花轰轰烈烈地在乡间的土地上散发出熏人的浓烈，黄得瘆人，光景虽美，也正是乡间青黄不接的时间，大多人家的锅都是冷冷的，把肚子搞饱了，是许多人最大的愿望，土里的生活，美景当不得饭吃。不管怎样，眼前的花海还是引起了亲热的欲望，如同见到了天天碰面的老邻居，话不多，看一眼也能进入骨子里。过往的日子，怪不得晨光，晨光如同今天一样美好，也是和煦的风吹送来的，怪谁呢？每个人的心中可能都有着各具特色的答案。

循着湿地伸出的晨光枝条，我刻意选择一些、放弃一些，心满当当地充实了起来，我和所有的生灵打着招呼，一只黑水鸡从水的中央向我游来，它似乎在打探我，我何尝不在打探它呢？我想彼此的心境，没有管道沟通，愿久久地沐浴在风送晨光里，却是相同的。

桂花闲落

　　早早醒来，梦境刚刚离去，桂花的香气已慌慌地撑开了我的眼帘，拥拥挤挤地填满了家的角角落落。实际上在这之前，甚至在月亮挂满树梢的时候，桂花的香味就开始弥漫了，随着月色的移动，桂花有意无意地铺陈开来，到了曦光初现时，她找到了爆发的突破口，倏忽间占据了空气中的主导地位，不问来由地倾泻出本真与自我，霸气地叫着、嚷着，把本该由鸟喧嚣的早晨清洗得特别的宁静和透明。

　　在阳台上深深地呼叹，快和楼房齐肩的几棵桂树兀自开得热烈，星星点点簇拥的花朵，米粒般就着绿叶的光芒，平静的外表，却各自张狂地发出独有的香的讯息，凑合起来，就成了一浪浪的汹涌。紧急的香情，由不得不使出丹田之气，吸上一口，再向辽远喷出，好生的畅意。

　　小区也就几幢楼房，桂树是它不多的特色之一，树冠如盖，在见缝插绿，不大的空间里招摇，平时不见得多么惹人喜爱，不像月季之类，月月开花，天天出彩，时而让人故作娇羞状，对花顾盼而自赏自恋。刚搬进小区时，桂树还显得柔弱，不粗、不壮、不高的树，时有被野草、青蒿欺住的危机，只是到了九十月间，才会引来人的关注，因香而作，走近了观赏一番，那香也是稀稀的，隐约在各色草木之间。岁月打不住，树的生长也就没有止境，桂花树自然如此，她们穿金戴银的花朵，年年守时地开放，到成为一抹抹景观时，赢得的就是一声声感叹了。

桂花树是一直生活在我们周边的，只是寻常里不被注意，总在短短的花期里被反复地拾起。眼睛和鼻息都是势利的，对过程的忽略，让我们丢失了很多东西。一对白头翁在初春时，恋上了小区一棵桂花树，它们辛勤地将一些枝枝叶叶衔了起来，在一个它们看起来比较隐蔽的角落，垒起了遮风挡雨的爱巢，它们彼此爱怜地照应着对方，巢秀丽而娟好，如同它们成熟的爱情。白头翁机灵，伴着晨光飞飞进进，到了人来人往时，很少有活动的时候。加上桂花树的枝叶茂密，大多时候一对爱的情侣都可以独享爱的私密。白头翁对桂花树的了解，肯定比我们多得多，它们喜爱树的绿意，对桂树的包容，对桂树所提供的荫庇，心中一定充满了敬意，白头翁不贪慕花的娇丽和香气，在桂花的香气四溢前，一对情侣的爱的结晶已羽毛丰满，振翅飞向了云天，只是偶尔会飞回家园，立在枝头倾情地鸣叫上一气，把浓浓的香味传得更远些。

故乡也是拥有桂花树的，但就那么一棵，还是爷爷和我一起种下的，严格说是爷爷带着我嫁接的。上春头，父亲从山里归来，捎回了两枝桂花的枝条，说一是金桂、一是银桂。爷爷在门前的场地上找了棵比手指头粗不了多少的冬青树，削去了侧枝、乱条，爷爷小心地修理好父亲带回的桂枝，捆捆绑绑，将金银二桂嫁接了上去。起先，我好奇得天天都去打探上一番，嫁接上的枝条了无生机，时间一久早让玩心代替了。嫁接过的冬青混杂在自生、自长的树木里，没见大的响动，爷爷时而会去浇浇水，修修枝，比对别的树木多了些精心。有一天爷爷喊我去看嫁接了的桂树，两枝桂枝竟在冬青的身上活了下来，接口处两种树木紧紧地吻合在一起。金桂、银桂的枝芽冒出了簇簇绿叶，到了秋天，即便桂树还没成多大的气候，花竟也一串串地贴着枝条开得热烈，金的香、银的香，熏得我手舞足蹈。

到了我上小学的日子，门口的桂花树早长得有模有样了，在这

一边风景

之前年年开花，也没有大小年之分，或许故土肥沃，一半开金花、一半开银花的桂树已秀于其他林木了。乡间人忙，没有空闲的心赏花观景，倒是爷爷常在桂花树下伫立，他已老迈，许许多多东西不再打动他，而这树花却咬着他的目光，一站就是半天时光。有一次我惹恼了老师，被爷爷得知了，正是桂花盛开的季节，爷爷让我给老师捎去两枝桂花，他选了又选，挑了一枝金桂、一枝银桂的枝条，花开得满满的，香扑鼻得浓烈。起先我老大不愿意，最终还是拗不过爷爷的目光。当我把桂花放在老师的案头时，老师突然双手捧起深深地嗅了起来，她的目光中有了我看不明白的湿气。老师是上海下放的女知青，她对我说："谢谢爷爷。"嘴中喃喃自语："攀枝折桂。"后来我发现，两枝桂花被老师夹进了一本厚厚的大书里。

爷爷去世那年，金桂、银桂开满了枝头，星星点点的找不到缝隙，但我总感到，向着爷爷坟地的方向花开得更满，开得更密。由此，我感到桂花树是有思想和感情的。到了故乡被拆迁的时候，我最担心的是桂花树的去向，好在现在人们对树的保护意识增加了，没有动粗、砍伐，最终请来了专业人士，悄然将她平移进了街心公园里，如今仍年年秋天花语涟涟。我曾不止一次地去拜望过她，站在树下，心中自是滋味多多。

除了小区桂花繁陈，所工作生活的小城，桂花的香气在九十月间也是满当当的，车流和人流奔赴在桂花的涟漪里，烦躁中多出了份安然。城区的主街道的绿化带里，一些桂树都有些年头了，金桂、银桂间杂着生长着，似乎听到发令枪样，齐齐地开放了起来，轰轰烈烈的香味漫过人的周身，即便雾霾不间断地袭扰，但她们阳光般地传递，美好仍旧可以成把成把地抓起。去年的一天，秋风凛冽起来，桂花一夜间凋零了，城区的街道上薄薄地铺了一层花朵，一种惊心动魄的美呈现在人们的面前，清洁工似乎不忍心动用手中的工具，行走的人也小心翼翼，生怕踩中了花的香味。"人闲桂花落"，人的心静了下来，把美放在天地间，不再伸出攀折的手，让桂花闲闲地落下，是自然的境界，也是良心的境界。

　　面对桂花的香气，无意刻画桂花的美好，我在寻找一方安放心的地方，在植物的气场里或在书房淡淡的灯光下，相信自己做到了。桂花闲落，我分明听到了窗户外，偌大的桂树香气飘浮的余味，花朵开放的声音。

含在眼里的春天

春天是从眼里开始的，起先她小得如同一滴眼泪，柔柔弱弱地含在眼里，围着眼眶盈盈地转动，总想找出一个缺口，沿着预约好的小溪，陪同涓涓细流一起，奔向旷野和阡陌。这滴泪由扑进目光的雪花融化成，铺天盖地的雪片，絮状地从空中飞来，没有选择地跌落，巨木、高高的山峦最先接纳了它们，之后是土地和河流，无声的拥抱、无声的抚摸，随即披上了厚厚的一层银装。目光比巨木、高山、大地、河流看得更高、更远，在半途中就截获了飞飞扬扬的雪花，把它们蓄进了眼里，一个夜晚在梦的搓揉下，雪花温柔地收拢了自己的翅膀，摊开了水柔软的本质。春开始在一双双眼睛里诞生了。

当红梅盛开时，眼中的那滴泪已漾成了一潭清澈，她饱满得如同欲开的花朵，许许多多飞动的倒影倾注在她的深邃处，甚至越冬入眠的鱼儿也开始自由地游动起来。红梅自自在在地硕放着，她们吐出独有的花语和红红火火的姿势，刺激着怀孕的眼睛，快快地分娩出一个季节。"俏也不争春，只把春来报"，红梅报告给眼睛，驿动的风声，已从雪花的间隙刮过，在多情的枝头开出花来，该放逐收藏了，让含蓄的泪奔涌而出，汇进沉寂已久的水声里，裹进即将漫山遍野的绿，招蜂引蝶的花海里。

真正开始摩擦眼眸的是大片大片走出冬天的麦苗。厚雪还如同毯子一样覆满麦苗身子的时候，迫不及待的麦子就使出了周身的劲，奋力地向上顶动，没待积雪融化完，大批的麦苗已将雪踩在根底。眼睛无法漠视这连片的欢呼，看在眼里，手早痒痒地忙个不停，施肥、除草、整埔，在初初的春里，农人将春天拿在了手上细细地打量上一番、修剪上一气，生怕春天长出了另外的枝丫。麦苗在目光内外生长，蹿动的速度自从突破了雪线一天天加快，快得让眼睛追不上，目光含不下，那种疯长、爆炸的意味，只有闭上眼睛，任凭目光去听了。

花红涨满了眼睛，成熟的春天开始肆意起来，似乎所有的花朵都在一夜间舒展开来，草质的、木质的、田野里的、公园里的、房前屋后旮旯里的，各自用不同的手段实施藏了一冬的美丽计划，她们撩动的方式有时是一阵风送出的清香，一会儿是和煦阳光下推出的蜂迷、蝶乱，眼睛得忍受着这些招摇过往的美好，在深层次里贮藏提炼玫瑰花精油般的元素。花朵盛开、爱情迷离的季候，除了眼睛，还得用心去体会，去品味，否则肯定会辜负了来也匆匆、去也匆匆的春光。"花无百日红"，或许一夜风雨声，枝头的花朵就会凋零，那历经寒冷喷吐芬芳、曲意绽放的动人就会消失殆尽，而此时心中有了，眼也就牢牢地关住了她们。

春水东流，目光不得不追随下去，而这追随是自觉自愿的。春雨过后，大河小河都激动起来，它们湍湍地流动着，一任被风吹起的花朵抛洒在河面上，和浅翔、深游的鱼做伴。春水流处，碧碧的绿从不放过任何一个角落，大处有树、小处有草，按照农家人的说法：针眼大的空地，都能长出斗大的绿来。这都和春水有关，水的滋润加上春的调养，将压了一冬的热情，生生地提升了上来。春水抹过目光，眼睛一遍遍地润湿起来，含在眼中的春天丰腴而活泼，她一而再地冲撞、挑战目光的权威，还有很多看不到的流动，在目光之外，比如心中的春天，早乘上了春风鼓起的风帆，沿着春水的流向，冲进了博大的海洋。

把春天含在眼里实在是最好的享受，不论春天来得早迟，眼里的春色都可以时不时地兴起，特别是寂静的时候，微闭双目，将春的景象一页一页地翻过，就可读出大千世界难得的美好，就可在平凡的生活中提炼出更多的诗意，何况春天已迈进了门槛，伸伸手就能摸到。

春天来了，我眼中含着的来自雪花的泪滴，该去找潺潺的汇聚了。

河畔冷月

冬天的河畔，月是冷艳的。寂静的天空特别干净，稀稀拉拉的星星伴着高高的月亮，没有一只鸟的飞动，去拉开它们的距离，独自在河边散步，除了轻飘飘的脚步，只有在寒风中荡来荡去的喘息。抚摸周围清亮的空气，自在得如同放逐的心绪，由不得感叹一番，今晚的月色是自己的，今夜的自得是自己的，谁也抢不去。

一弯灯光随河而去，带状的光亮缘水由风，飘飘忽忽地向远处发问，是月色点亮了灯火，还是灯火打湿了月色？一河水由衷的清澈，不宽的河道里拥拥挤挤地排满星星、月色和灯火的身影，它们彼此因水而系结在了一起，亲近中透出和谐之美，似乎久已不曾谋面交谈，交融得令人眼热，相互间的招呼、应答，不用倾耳也听得明明白白。冷艳的月在水中，敦厚浑圆，一抹清辉在微微的波动中，泛出难以排遣的细密，浮浮沉沉，如同人的生活，波动里多出了可搓可揉的意味。在河畔，我忍不住拾起岁月丢失的瓦片，用力地向河中掷去，一河水以至一河的灯火、星星、月亮竟然瞬间乱了，乱得扑朔迷离，然而也就是刹那间，有容乃大的河水，将这一搅局的举动，平息得干干净净。河水潺潺，流过了岁月的无声，一路疾行，倒是冷月的无边率性和星星、灯光一起留了下来。我不再为自己的发问犯愁，有月色、灯光、河水流动的夜晚，即便寒气逼人，心之一隅还是光亮和暖和的。

　　顺河而去，下游就是通江达海的湖泊，月亮跟着人走，由不得放慢了脚步，天际间此时最为寂静，繁忙运动的树，在冬的抚慰下都已沉沉睡去，枯萎的草根留在深深的泥土里，因了风的缘故，沙沙地发出轻微的抖动声，如细铁的敲击，静静地响上一气，反衬出更加的寂寞。世间的繁杂落幕在这之间，合乎自然、各得其所。

　　我还是想再捡拾起些什么，环顾四周除了月色，一片的萧然，涟涟的寒意在初冬的夜晚，特别的刻薄。无意里一泓月色停留在了我的指间，手指轻轻捻动，有湿度的月光在手掌的纹路里汩汩流动，粉末般却彰显出重量。冬月透进衣衫，打湿手面，比春天、夏天、秋天分明多出了分量，或许是寒霜染透过了的原因，沉沉地想抬起它，还得花费不少的力气和时间。手指变得不灵活起来，一时间不知如何对待，轻轻地对着掌间呵了口气，月光竟融化了，有了水的声响。原来月色的流动是如此而来的。

　　又一次细观河流，满河的月色正在湍动。寂静的最好去处竟被我寻觅到了，一湾河水，一圆冷月，是值得记在心里的，寂静处什么都可以铭刻在心的深处。

　　月光的深处泊着一叶小舟，小舟紧紧地傍依着一棵苍老的柳树，也许是冬还不够深透，一些枯黄的柳叶还停倚在枝头，稀疏而又缺少章法，叶在月色的冲压下，瑟瑟地流落而下，落进小舟，让本来就浅显的多出了逼仄。在我的记忆里，小舟春天就停泊在这里，它肯定在等待着什么，一场预谋已久的约会，一个匆忙而来的行人，一朵花开，一个果子的成熟，都可能成为它等待的客人，算不上野舟，它自然不会莫名地横将起来。想来是想渡过一船冬月的，不然它的舱口里不会满当当地载满月光。我的诗情油然而起，情不自禁地写下"小舟还在／延续春天的等待／但月色下多出了深意／它不想再来来往往地搬运／迟疑者的缺席"。不敢说自己不是迟疑者，春天的足迹早被枯萎的野草带走，月光下我想找到曾在春天里的失落。

拂动的冷月，镀亮了四野，只有花开的春天它照不见、照不透，空遗下一阵空空的叹息。客人来了，小舟竟自横了起来，对岸的市声，真的需要一船明月了，冷艳的月自有它的美妙处。

面对河畔，面对冷月，此时此景，需要一壶酒助兴，举杯邀月，浅斟慢饮，该是何种的惬意。"清夜无尘，月色如银"正是此时的写照，仰望长空，有一场大醉定是一桩美事。不过还是留一分清醒的好，冷艳的月仍在天空，我陪着它，它也陪着我，默然中可相互多看几眼。

也不知河畔冷月可就是我的心境？

一边风景

进　山

　　每年都要进山一次，山的名气、高低不重要，重要的是寻找一种心境，把一些东西拾起来，再把一些东西丢弃了，仙在心中，龙在感念中，去时沉甸甸的，回来时在轻松中又塞得满当当的。

　　谷雨前后是进山的好时机，山绿得明快，花开得青春，约上几个好友，不需充分的准备，一路向山区奔去，当然是随遇而安，没有目的地，没有主题。在一座孤零零的山脚下可以停下来，面对连绵的山头，更可以流连多些时候。

　　一路山声，一路景致。山涧清泉，是风停下脚步的地方，悄然之间，聚集了众多的花香，清爽溢过，心中停驻的浑浊已被过滤去了大半。上山的路免不了崎岖，鼓着劲向上奔去，偶尔跑上几步，气喘吁吁中，浑身的每个毛孔都舒张开来，透进去的山中阳光，把汗逼了出来，腿酸酸的，心明亮了，自然多了快意和坦然。对不认识的山草，多出了十二分的关心，特别是众多的蕨类，总想试着拔出几棵带根的栽进心的庭院，可惜它们都深深揳进了山石之间，根永远留在山石里，染手的只能是大千世界中的绿色，而这些绿色通过手的关联，一丝丝渗透进可能已经多多少少污染的心境，心从此多了一方绿。对于石头，可以想见它的沉重，屹立着的整体，一方又一方紧紧地咬着，即便是独自的存在，它深扎的根，也一定是和整座山连在一起的，试着摇摇当然是一丝不动，撼动它很难很难。

放纵的目光从进入山的领地就开始了，卧在山岙中的山居肯定最先进入眼帘，山中的房子已不是早些年的模样，城里的元素，现代文明的元素或多或少有了体现。由于随意，去年，我们推开一扇虚掩的门扉，洁净的山居，简约的生活，静得可听见不远处的花开花落的声音。房主从茶园赶回，对闯进家门的来客没有半点的惊诧，不久我们就知道这位山中刘姓大嫂家庭的一切，刘大嫂泡上一壶热茶，香茗扑鼻，情意浓浓，我们似乎就是她久没走动的亲戚了……亲切、随和，与城中小区紧闭的门扉截然不同，放松的笑容，让人听得出大自然的呼吸、阳光洒下的气息。挥手告别时，她随着我们送了一程又一程。山和山里人的朴实，有了一次接触终生便不可忘却。

　　夜宿山中，睡眠来得早。半夜间往往会醒来，扑进窗户的树影、山影，带着些许的调侃，偶尔被惊动的夜鸟扑扇着翅膀，月光被鸟儿划动，一波波如水般涌进，自己似乎成了一条游在山溪中的鱼，沿着水的波动，一个劲地向上溯去，山、月、树影、鸟的呢喃、平和的心跳，把人送进了另一种波澜不惊的和谐里，轻飘飘的身体，开始了如梦、如诗的畅游，多日的劳顿，堵住心中的块垒突然间全不见了，那种畅达、豁然，包围住了夜，也包围住了肉体凡胎。

　　山中的草木很少有开谎花的，即便是四月间，众多的花草已开始挂果了，它们或如纽扣般大小，或如米粒般细碎，但它们都实实在在的，挂在枝头像模像样地、自自然然地、大大方方地青涩着，不像城市园林中灿烂的花朵，开过了就凋零，留不下半星的果实。敦厚的山不说谎，和山联动的草木也是这样。我和同行的朋友打趣：对山望上一眼，整座山就怀孕了……

　　不知不觉在进山的过程中卸下了身体和心中的许多重负，同时也带回了众多的感怀。

　　今年又一次进了离家百多公里的深山，领悟比往年陡然多了几层，下山时，远在更深山处的朋友给我打电话，他告诉我那边山的雄伟，诡异风景的美好，突然间惊呼，一只雄鹰在云绕雾掩的山头翱翔……我不自觉地向天空望去，天空蔚蓝，一只苍鹰盘旋在天际之间，是感应？还是山和山心思的约定？我无法作答。但我知道，有翅膀就会有天空，有山的地方就会有鹰的搏击，天空也会更高。

惊羡梨花

去砀山看梨花，说了许多年，盼了许多年，终于成行，如果没有朋友的再三邀请，或许对一场盛景花事的领悟，就失之交臂了。

七十万亩果园，五十万亩梨树是什么概念？五十万亩梨花集体发声，又是什么概念？无论如何是想象不到的。洁白的梨花铺天盖地，不多的绿叶三三两两，主导的颜色叫白，如霜、如雪、如痴、如醉，目光之处，花朵挥挥洒洒，吹动疾走的风沙，花打量春风，春风又去回顾花朵，花的海洋淹没了春天琐碎的细节……

观赏梨花必须有静而又静的心态，不过穿梭梨花海洋，再浮躁的心也会静下来。似乎尘世和这里无关，一株株独立的梨树，一朵朵打开的花蕾，一颗颗时而飘忽的沙尘，都保持着自己独立的性格。当一根根虬枝挂住衣袖、一朵朵洁白擦过鼻息、一片片细叶抹拭眼睛时，周边的纷扰已不存在，心依于万千世界之外，做个边缘人的想法油然而生，"种梨"东篱下，悠然见南山，出乎意料地打着旋儿，期盼久久地在这停下脚步，即便做一粒沙土也好。

静自然从心中生发开来，朋友问我，可闻到梨花的香味了？凑近花朵，我对朋友说，没有。朋友说，再闻闻。排除所有杂念，一股淡淡的清香，从花朵间透进了我的肺腑，香味那么经久，那么诱人。陶醉间，我猛地发现，这种香味是从眼睛里透视进去，传到心坎的，闻香倒不如说是观香，眼睛里的真实，从洁白开始，再到洁白结束，这样的美好确实难能可贵。世上的花朵千万种，从国色天香的牡丹，到象征爱情的玫瑰，最后到落地生根的野花遍地，又有谁能和洁白如玉的梨花相比？早春三月，用一注冰清玉洁的气质，压下所有的张扬，香味直逼眼底，在细细回味中，反反复复地去回念、忆及，只能是大把大把的梨花了。

阳光曲里拐弯地在梨树的枝条里摸索，是生怕碰疼了花朵的静谧，放慢脚步，在千树万树梨花开的境地里多徜徉一段时间，一定是所有观花人的想法。我索性找了块绿地，平躺在梨园深处，仰望蓝天，无云的碧空，挡住视线的只有抱团驿动的梨花。万千感慨代替了眼中的风情，红尘中许多人无时不在展示着自己，哪怕是一点点亮色，梨花却不曾有半点的虚伪，她们把自己的美好寄托在"忽如一夜春风来"的等待中，然后被绿叶收藏，然后结下自己的果实，再去等待风的抚摸，人的采摘。

黄河在砀山丢下了近一百公里的故道，水的冲洗留下了不朽的灵气、经久的韵味，梨不失时机地在这里布下了自己的故园、繁杂而又有序的方阵。"十里画廊"是梨花的手笔，到处可见百年梨木，她们如同大团的彩渍，在铺展的黄土地上，一边大写意，一边作着哲理的小品，游动的枝条，时而触动左邻右舍的窗户，窗户明净洞开，她们用花的语言相互招呼，老树新花，没有一个枝头不繁花似锦、硕果累累。百里黄河故道的梨王、梨神都已有三百多年的树龄，但她们精神抖擞，一树的花朵连春风也找不到缝隙。据当地人介绍，三百年的"王"和"神"每年要结出上千公斤的果实，比任何单株的树都要结得多，这正是梨的品质，树越老花越繁，果也越甜，所以砀山的田野，随处可见如盖的梨木，三几棵树就占了一亩见方的土地。

一场微雨让梨花更加美丽，带露的梨花没有福气见着，沾着春雨的花朵倒让我们开了眼界，一滴滴晶莹挂在花的脸庞之上，雨微弱，花娇柔，只有如铁的枝干坚挺着，黑的枝干、白的花朵，透明的雨滴，无时无刻不在打造"乌龙披雪"的意境。难怪那么多的游人，放弃了雨伞，任凭细雨敲打，认认真真地做个雨中人。此刻最适宜放荡胸怀，让春雨打湿，心花放开，伴着满目梨花，在心中结下沉甸甸的感叹。

语言在上万亩梨园里是多余的，所需要的只是眼睛，去看，去看，去看。当然也会有让眼睛睡去的时候。我和一位称之为梨花仙子的小妹交谈，她告诉我，梨花美丽，酥梨好吃，但所付出的劳动是艰辛的，不去说除草、治虫、防菌、疏果，仅仅授粉一项，就有着一连串的工作。酥梨不能自花授粉，得在一片园地里种上几棵鸭梨、黄梨树，但仅靠风传、蜂传，坐果率很低，得靠人掸下鸭梨、黄梨的花粉为一朵朵酥梨花授粉，千树万树梨花呀，必须一一点到……足以让人微微闭目，想象那劳动的场景，梨花似雪，飘动在这之间的手指不也是一种花朵吗？

沿着黄河故道，惊羡于花朵的盎然，感动于勤劳善良的劳动者，风吹果林，红的桃、白的梨，成群成群阵鸟飞动，还有自驾游的车队，染目的仍是大片大片的梨花，白得纯粹、白得霸道，深深呼吸一口，吐纳出的已然是一朵朵映在心中的洁净。改道的黄河，水声从百里外出来，润湿的空气飘着花的芳菲、果的香美。朋友临行前搬来了成箱的去年的酥梨，回途中我们品鉴着生活的汁液，几乎是在季节的隧道里漫游，从春的梨花盛开，到秋的硕果累累，从眼的放纵，到心的甜蜜，一切都满当当的，一切都水涟涟的……

看　海

　　初冬，去了趟淮北。淮北平原在高速公路的两侧飞掣地移动，城市、村庄、不多的河流，游若细线的小路，在目光所及处影子般闪过，倒是一地的麦苗，连绵地、持久地、漫不经心地冲撞、搓揉、软化着我。

　　许多年前在淮北的某座城市读书，恢复高考制度后不多的年头，城市瘦弱，校园破败，设施陈旧，名为高校，实际也就是个乡村中学的样子。到校不久天就渐渐冷了起来，冷得有点莫名其妙，干冷干冷的，水龙头下洗脸，水彻骨得凉，毛巾匆匆搓上几把，刚拧干，薄薄的冰随之就结上了，毛巾伴着冰在脸上搓揉，真实体会到了"冰扎骨"的味道。吃饭更是问题，一天三顿馒头，拉拽得肚子里几乎一点油水也没有了。那时最真实的念头，是放弃学业，到来年重新参加高考去南方上学。

　　好在春天来了，天气渐渐转暖，班上的女同学喊我去看"海"，我在大惑不解中还是极乐意地跟随而去。我所学的数学专业，一个班三十多人，五个女同学，宝贝一般被称之为五朵金花，女同学喊我外出，多多少少有点受宠若惊。实际上原因很简单，一来我的年龄小，她们都比我大上一截，平时我的嘴甜总是萍姐、玲姐、霞姐地叫上一番；二来我相比她们而言算是南方人，她们时而会拿我的方言开上会儿玩笑。如此而已，我尾随而去，自己心安，她们也自得，即便被一帮子男同学惊羡，甚至回来还会被狠狠地调侃上一气，我仍是很乐意的。

出校门再向北走上五百米，跨过铁路，"海"就在面前了。"海"实际上是一望无际的麦地，麦苗连遍地碧着，大平原绿风鼓涌，不高的麦苗确实有着海的波浪的模样，我在起初责怪几位学姐骗我的同时，突然感到了她们的可爱，她们让我领略了过往不同的世界。家乡也是种麦的，小块的土地，丘陵地带高高低低的抬起或降下，一畦畦麦相互看不到彼此的长相，显得以邻为壑小里小气。大平原的麦就完全不同了，它们疾走千里，肆意地相互守望，比着生、比着长，麦是成片成片撒播的，密得插不进手指头，连风钻进去也得花点工夫。我对学姐说："我想下海游泳了。"学姐说："是海吧，可曾骗你？"其中萍姐对我说："游泳不行，你可以在海中打个滚，小狗一样地打滚。"萍姐有点诗人的气质，如今她还活跃在诗坛上。我顾不得她们的哈哈大笑，竟真的在连片的碧绿中打起滚来，麦苗在身下柔和地托起我的身体，土地格外平整，没有一点硌痛的感觉，身体一浪浪地被绿色浮动着。不知滚了多远，连学姐们的喊声也听不到，起身时，大片的麦地被我侵犯了，一片狼藉让我生出了深深的悔意，我这不是有意在破坏庄稼吗？还是萍姐解了围，她告诉我：在麦苗分蘖前，种麦人是要拉着石磙走上一遭的，用来促进麦子的根系生长，让麦更多地分蘖。为之我又得意起来，或许我这肉磙子会为午季的收成做点贡献呢？

从此一发不可收了，到了晚饭后，我开始缠着学姐们陪我去看"海"了，起先，她们一起陪着我，或许到了恋爱季节，几个姐姐凑不齐了，但总一两个陪着我。春一天天深刻，麦苗蹿动得更快了，眼见着没过了膝盖，此时的"海"真叫波澜壮阔，平原的风本来就大，麦苗就着风势，鼓涌出一卷卷浪来，一浪接着一浪，置于其间，即便站在田埂上，颠簸仍旧一阵阵袭来，我犹如一名水手，使劲地把着舵不让自己偏离航向，向海的深处驶去。心由此被染绿了，总

119

一边风景

想找到个制高点，极目四望，找到绿的根源，但绿是那么平静，即便在风的招呼里，上下跳动，那种平和态度，却是世间难以找到的。

"海"开始金黄起来，还是连天接地的，只不过变了种颜色。学姐们都回家割麦去了，剩下我，仍旧一往情深地去看"海"，眼前的"海"是要闭上眼睛去看的，成熟的声音"哗哗"得不绝于耳，麦穗沉甸甸地和风做着交流，我偶尔会停下脚步，随手拽下一穗麦，搓揉下麦粒，一粒粒地品尝着，奇特的香味冲击着味觉，这该是"海"的味道吧？麦粒本该是"海"中的一滴水呢！当有一天，我发现"海"在一夜间消逝后，我的落魄和茫然突然无影无踪了，一地麦茬还牢牢地在田地上规整地矗立着，似乎是海潮退了，海水变浅了，而海还在眼前，只不过又一次变换了动作，海由此平静了，要好好休整一下。

开始爱上了淮北，爱上了读书的城市和破败不堪的学校，一年一季生长的"海"，让我有了更多的希冀和留恋。不是吗？"海"擦着城市的边缘低声细语或疾动呼啸，拉动的心域自然会扩大起来……

在海中穿越，高速公路成了观"海"的栈道，我开始漠视人间的红尘和空中的雾霾了，但愿从"海"中的又一次出浴，能把身上的每一粒尘埃都洗净了。

林　地

　　林地不大，三亩见方。林地树木不多，稀稀拉拉的，粗不过合抱，细的也就碗口粗。林地树杂，大多是本土树种，刺槐偏多，剩下的榆、楝、椿混长在一起，偶有紫薇、桂花显得另类点，但只是在花季有些招摇。

　　林地在村庄的东头，中间一条泥巴路生生地将林地剖开，穿过林地就是大片的冲地，种些水稻、紫草（紫云英）之类。林地是有故事的地方，村里田地本来就少，却独独地让林地闲了下来，让稀稀疏疏的树，一年又一年慢吞吞地长着，几乎不曾有人打过它的主意，比如把树砍了，开出几亩荒来，种下一些旱粮，聊补口粮的不足。林地应该有些年头了，从记事起它就杵在那儿，不声不响地，将青翠的树叶、繁乱的花搅成一团。爷爷对我说过，林地是老祖先传下的，动不得。如此而已，林地的历史到此为止，对上追溯，还是这句话：老祖先传下的。

　　村里人对林地有着特别的敬畏。记忆中村子里没有烧香拜佛的，倒有许多老人愿意到林地插上几炷香，许上个把愿，偶尔还会放一鞭爆竹。似乎也少有猪拱牛啃的现象，大家约定好一般，细细地护着这片林地。1958 年大炼钢铁，村里人死死护着，林地躲过了最大的一劫。林地中最大的一棵树是皂角树，周身的刺，树枝上挂满了刀状的荚子，一村人用它洗衣、洗头，树枝上喜鹊喳喳叫，按照现在人的说法，皂角树该是林地的树胆了。

放树的时间也是有的，村里需要犁梢、扁担、锄把之类，就会叫上德高望重的长辈，在林地里左右穿梭，选上那么一两棵，小心地拉着锯子，把树伐了，然后在树茬上糊上泥巴，不久树茬上就会抽出一圈绿芽，选上一株健壮的枝条，施上点肥，这棵树就又以新的姿态出现了。敬言大爹去世那年，村里人破天荒为他地砍了两棵合抱的树，为他做了口薄皮棺材，葬在了林地深处，一村人为他送葬。记得是我爷爷牵的头，敬言大爹无儿无女，是村里的五保户。直到前些年修县志，我才知道，敬言大爹是有儿子的人，抗战时死在了对日作战的战场上，是了不起的英雄，可惜尸骨无存。不久前，我回老家，专门去林地看了看，敬言大爹的坟已快被大大小小的树木淹没了，大爹该不会有怨言吧，实际上村里人把他看得很重，是在以老祖宗的名义安葬他，他会和村里的林地同在的。人们对他敬重，更是对他战死在沙场上的儿子的敬重。

小时候没少在林地里发过"疯"，摘果子、挑野菜、掏鸟蛋、玩过家家游戏。春天的林地格外美好，树绿了，草青了，槐花开了；到了夏天满地的树荫，凉风爽爽，挽上一领草席，围过一圈讲古的人，如同现在城里的文化广场；秋天的林地满地落叶，一片金黄，树叶是烧锅的好材料，同时还有些野果可以解馋；冬天我们盼着下雪，雪天鸟和兔子的脚印是我们追踪的目标，追着追着就有了收获……当然林地里也曾丢失过一些东西，知青上山下乡的年头，一对男女知青在林地里幽会，被当时的大队民兵营长发现了，一根绳子绑了去，把一对鸳鸯整得死去活来。听村里人说，就在去年二三月间，这对终成眷属的知青还回来过，在林地里转悠来转悠去，最后植了一棵连理的玉兰树，悄然离去，或许这外来的树种今年在林地里该开出大捧的花了吧。

实在担心老祖宗留下的林地会在如今的日子里消失，好在好消息传来了，大建设规划把林地列入保护名录，专家论证时，说这村里的老祖先有眼光，留下了一块福地，于是宽广的道路绕开了林地，高大的楼房避开了树的根须，不久的将来，林地将生活在城市的中央。

林地还是那块林地，树还是那些树，流传的故事多了起来，静下心来去细读树的叶脉，有意和无意间总能找到丢失了又回归的东西。

掠影宣城

宣城这地方应该有梦。因为走过了，即便浮光掠影，一些如诗如画的场景，放在心上，拈在手中，就再也放不下了。

一

宣城打动我的地方很多，但首先打动我的是广德的竹子。修美的竹子遍布在广德的山川，有山就有竹，有竹的地方飘动的自然是绿绿的云朵，这云朵不高，它久久地挂在山峦之巅，随风摇摆，随雨发出沙沙的声响，随阳光喧嚣出色的清香。

人家是陷在竹海深处的，先有竹还是先有人家，说来已不重要了，围着竹子生活，自然而然成了一种常态。清晨推开门扉竹子扑个满怀，之后就得整天整天和竹子打起交道，从虚心的竹节里掏出生活的空间，从高挺的身姿处找到立身生活的位置，然后就可编织出众多的容器，把一天天的收获，实实在在地收藏起来。

萦绕竹子生长的村落，竹子的根有多长，村落就有多古老，村落塞在竹林深处，炊烟似乎是从一丛丛修竹高耸入云的枝干里生发出的，事实正如此，靠山吃山，倚住竹子吃的也就是竹的生活。这生活看似原始而又落后，不过聪明的广德人，却围绕着竹子做起了大文章，深加工的竹制品、绿色的乡村旅游，让生根的竹子动了起来、唱了起来。

应该说我们是带着任务走进广德的，我们无暇去顾及悠久的历史、千顷卢湖、"天下四绝"之一的太极洞，但成千上万亩的竹海是绕不过去的，它们用纤柔的手臂环绕着你，睁开眼是竹，伸出手触动的仍然是竹。好客的主人，把我们引向了居于群山怀抱的东亭乡阳岱山村、高峰村、卢村乡甘溪村，山峦起伏、溪涧横斜、鸟语密布，但永远的主人还是竹，竹成就了山村的美好，掩映在竹海深处的徽派建筑，时而用自己的一抹白色，作了细腻的画布，将美好乡村的图卷，写意般地呈现在世人面前。

生态这方最重要的资源，辅助根深蒂固的徽文化，在广德还原出世间涤荡心灵的美好，走进去就再也走不出来了。曾经听过这样一段故事，久居深山的老宅，主人清早起床，却发现竹床缓缓地升了起来，低头一看，床底下数根竹笋在一夜春风里，齐齐地生长了出来，笋和人一样早起，它们抬起了主人的卧榻。故事并不新鲜，却道出了一段深刻，如今的我们是否和大自然争得太多，争得让一些自然的生长失去了领地，当有一天我们去怀念身边曾经的小草乃至喋喋不休吵着、闹着的虫子时，悲哀真的就会从心底发出了。

回望广德多种慰藉终于一起来了。

二

古树还原着村庄，当面对宣州大地上散落的古树时，心莫名地跳得厉害。

对于树我有一种特别的亲近感，记得小时候的村落四周都是树，远远地看到一团树的地方，一定就找到了村庄。宣州的村落如今仍是这样的，它们被树簇拥着，更重要的是被一棵棵合抱的古树拥护着，树肆意地张开枝干，民居寂然地在树影下浅泊着，树下的人悠闲散淡，当问起大树的年龄时，他们大声地回答，让你在一头雾水中找到了答案。他们说："反正比我爷爷大。"回答者大多是满头白发过了七八十岁的老人。古树无须用年龄作答，它们相互交织的绿叶，甚至一串串玲珑的果子，正在用恣肆的方式抖动自己的年轻。

有古树的村庄必然是美好的，这方美好已无须打造。能够完好地保护古树，畅动着一种特别的美德，对树如此，对人、对其他事物就可想而知了。在宣州走了不少村庄，除了优美的环境，小家碧玉般的美外，立在房前屋后的果树又是一景，去时正是枣挂枝头的时候，枣树长得奇特，不高但古意得敦实，枣把枝头压得弯下身子，随手就可摘得，随行人忍不住摘了几颗，浅浅一尝，鲜甜。油然想起小时候读过的一篇文章，一棵树挂满了红彤彤的果子，就在路边，行人如云，而没有任何人去摘，原因是这一树果子苦如苦胆。宣州村落的枣是鲜甜的，除了偶有好奇的游客采摘，季节之外，没闲手的人去摘，这是否也反映了一种美好？这种美好一定是发自内心的。想到这我伸出的手又缩了回来，让宣州的枣味留在永远遗憾里吧，心尝过了，滋味绝对丰润。

在宣州的水东镇，我几乎是流连忘返，落在了一行参观者的最后，每一棵古树都让我走不动路，都想在参天的大树下多逗留会。大张村的银杏树挂满了银色的果实，起先是一棵、两棵地散落着，到聚集时，真的令人恐慌了，那么巨大，那么平实成阵，最大的一株竟要五人合抱，令人发出奇思妙想，天地间容下了这等宝贝，不能不说是人的福气，山川水系的福气。而榉里宗村的古青檀，树和树默默对望，树和农家相守，树下的老人、孩子、游客自然而然地悄然休闲，青檀可是宣纸的重要原料，自然让人奇思妙想，远望山色，竟和头上的绿景连在了一起。美呀，也不知是谁喟叹了一句，寂静猛地袭来，连聒噪的虫声、鸟鸣也一齐消失了，天地之辽阔似乎全在这里了，全在各自的想象里了。

随山、随水、随缘，当然也随古树的生长，宣州的村落有着古韵和禅意。随行的好友和我多有交谈，他的不经意间，往往和我不谋而合，比如建筑之美、环境之美，特别是牵人顾盼、不忍离开的优美，绝对不是生造出来的，天人合一，取势而为，才为大美，才为从心底泛出、挥之不去的美。诚然，诚然。

宣州的古树撑起了一种大意深刻的生长之美。

三

在宣州不可能不提起诗仙李白，他曾在古宣州寻访诗意，留下众多脍炙人口的绝唱，我对宣州的兴趣，还是从"相看两不厌，唯有敬亭山"缘起的。行程中有一处参观点，位于宣州孙埠镇的嵇村，据不多的资料反映，"嵇村建于盛唐，依山筑溪而居，与茶花岭相对"。嵇村之美在于穿越村落的溪流，水潺潺东流，两岸傍倚着古意的民居，时有小桥跨越而过，古树隔溪生长，村冠紧紧地纠结在一起。村民告诉我们，李白踏访宣州时，曾到过嵇村，小溪上的龟背桥，就是李白命名的。想来古嵇村一定曾有过不小的名声，否则难以引来诗仙下凡。不过今天的嵇村仍有着自己的独到之处，村风淳朴，房舍整洁明亮、古居新宅参差对应，小溪水清澈见底，时有村民淘米洗菜，小鱼随影而动，增添了水墨画般的小村的鲜活和灵气。

古意伴着新风在嵇村荡来荡去，许多新元素漾出了独具特质的生命力，比如文化广场、农家书屋、独到的漫画长廊，它们引领着一股风气，一脉相承地从过往迎来今天。

一条小溪流过，古树伴着水声，偶尔会有一个李白之类的文化名人，从村落里的深处踱着方步迈出，身后是一抹群山，近前是徽意的村落。在宣州走过了七个村子，所观、所听、所思，空白处全是谐和的自然，扑面而来的文化，幽静平和的生活，彬彬有礼的致意……我深深地记住了这些村落——郎溪县北山村、黎明村，广德县高峰村、岱山村、甘溪村，宣州区稽村、老张村。这些从历史遗落的深处走来的七子，它们是宣城乡村的代表和缩影，有众多的理由镌刻在宣城的风光和美好里。它们不是名胜却又胜似名胜，美不胜收间，值得好好地去想一想、去盘桓一番。

紧张的行程没能打消我们对敬亭山的仰慕，不知是谁提议，我们夜游敬亭山峦，响应者众多。

伴着满天星斗，一行数人，在夜风里向敬亭山进发，耳际间是阵阵蝉鸣，除了偶有的调侃，说得最多的还是李白，山因李白而名，李白因山而诗兴大发。孰为主次？只能靠各自去理解了。夜间无法看清敬亭山秀丽的风景，只好任凭耳朵四处周游，山声的美好是要用心去衡量的。我似乎听到了耳语般的低吟，那么的轻微而动人心弦，或许李白也曾经有过这样的夜晚，他彳亍在山道之间，敞开斗酒后的醉意，让心中的诗情一再鼓涌。我有点痴人说梦的提议，我们夜宿山林，抵足而眠，回答我的是同伴们的一片哗然。而我的心真的是这样想的，山的深处一定包容了宣城所有的符号和内涵，只有在夜深人静之时才能品味出它的真谛。我当然还想在寂静的夜晚，去咀嚼一把李白的诗句，去把一些如诗的场景以及一路走过的宣城添加在记忆里好好地掂量掂量……此时我已醉了。

还是把这些交给梦吧，对于宣城，对于敬亭山。

拍遍栏杆

　　掀开水的波纹，一层层如丝绸般的景致，便随时间的剥落呈现出来，水养育的合肥玉石别样剔透，而在剔透的灿然里，一座叫赤阑的桥，由浅吟的诗人娓娓动听地撩开了面纱。"我家曾住赤阑桥，邻里相过不寂寥。君若到时秋已半，西风门巷柳萧萧。"客居合肥的南宋著名词人姜夔，对一座流连爱情、诗意、风光的桥充满了深情。"巷陌凄凉，与江左异，唯柳色夹道，依依可怜。"赤阑桥刻在千年历史的风雨声中，弥漫出水的浸润，柳色常新的婉约，由不得人不在疾走无声的意会里，拍遍循水而生的栏杆，寻桥，也寻一座城池的前生和来世。栏杆轻叹微微颤动，联动出生于斯长于斯的波漪，"镇淮角韵""梵刹钟声""藏舟草色""教弩松阴""蜀山雪霁""淮浦春融""巢湖夜色""四顶朝霞"，一一呼应着浑圆的月色，浮身而现，水墨般写情写意，雕塑般拳拳而立，只感到水声四起，还原出乾坤晴朗、碧波荡漾、柳烟挥洒。

　　合肥因水而生而名，淝水的交汇处，聚集了众多的豪迈情愫，无论是"暗约琴心"，还是"金戈铁马"，一律标明着自己鲜明的符号——水的印渍、水的柔情、水的胸怀。水生万物，水润万物，曲曲折折、环环绕绕的水，让一座古意的城池花满高架登高走远，而又不失英雄气概。逍遥津聚水而逍遥，却让三国时期的魏将张辽，率八百勇士击破吴国的十万大军，将军飞桥，悄然间改变了历史的走向，载入厚重的历史典籍。此时的津渡，古淝水湍湍东流，也不知激起了怎样的浪花，打湿过多少人的前胸后背、忽忽闪闪的眼睛。淝水源远，李鸿章一干合肥人等，将北洋水师打造成一支貌似永不沉没的巨舰，晚清的淝水仍旧清澈，一叶叶小舟渔歌唱晚、帆影绰绰，辽远中或许还在和辽远一唱一答，淮军将士缘着水的名字，将合肥的土腔土调，叫得铿锵，叫得日月有意。刘铭传在台湾孤岛上恣肆吁叹时，淝水自是凶猛地暴涨，把一个铁打的合肥汉子，抬升得很高很高。古香古色的合肥水，应了"天下之至柔，必驰骋于天下之至坚"的训导，涓涓中，寻找滋润万物的缝隙，于人于物做出了最为圆满的交代。

在漫不经心地抚摸合肥的水声、水意时，手不免被金属般的历史遗存的硬物硌痛，那是跨越时空的长长的河流桥梁的栏杆，更是水的脊梁、水的景色。偶尔因硬朗之气碰破了皮肤，流出了鲜血，潺流的淝水自会搅和这一切，将淋漓的血稀释开来，绽放成水生植物五六月天绚丽的花朵。

曾在岁月的搓揉里，数度寻访淝水的源头。淝河起点处，四周静寂，细弱的水流，在一地奔走的绿色里，几乎屏息静气，不愿闹出丝毫的杂音，不过正是这大音希声的流逝，一路呼风唤雨、邀约雷电、挟持风月，流出了一座都市的市声和自古至今的魅力。与沉淀在诗情中的赤阑桥相比，静卧在淝河源头上的红石桥，显得底气不足而身份委顿，想在它的身架上发现伟岸和诗的柔情，似乎是万万不能的，倒是隐约在青石板上的车辙与淙淙而过的水流，一再引发着眼睛的追随，有鱼游动、有鸟飞过、有花盛开，而吸引住人眼球的，只能是来自历史深处的声声碰撞，流年里的款款水韵。轻轻拍动红石桥的栏杆，栏杆缥缈，那是阳光和连片的绿色造就的，拍动一下，风水传递出了巨大的声音，它们聚拢了所有的水滴，一个劲地倾泻，致有大河奔流，灌溉出一座现代化城市的兴旺发达。

再拍一次，心开始一往无前地震颤，触发出万千思绪，一滴水放之大海可永存，一滴水存之于城市的根须，所生发出的力量，是一片叶的摇曳，是一朵花布下的香，是一个个人含在眼睛里的喜悦。溯水思源，合肥母亲河恬静的源头，真的如同一座城市的初始，又昭示一座城市以后的生生息息，小心地打开，自可尽情地扩张。

古今之水是连贯着的。流连于巢湖之滨，能拍动的栏杆何止千千万万，沿环巢湖大道周游，壮阔的水面，闪动的帆影，兀立于湖中的姥山、孤山，自然之风带着千百年的固执，挥挥洒洒里，将一方方美丽的纱巾披在厚重的土地上，引得人时不时地掀开，看一眼，再看一眼，最终牢记下深刻的一抹，在有月的夜晚寄存在甜甜的梦中。

在湖边种下森林般的城市，也种下湿地公园，甚至种下高耸入云的纪念碑，是合肥大气的选择。孤寂的巢湖，在"陷巢州长庐州"的传说中，迎来了人声鼎沸，也迎来了市声的安详平和。两座传说中的城市临水交谈，借助一座座傍依的村庄做交谈中语句的停顿，曾经不同的方言，不同的风俗，找到了最好的交融点。一条条小船在湖边浅泊，柔和的阳光轻描淡写地将它们镀上一尾金色，曾一而再地设问，逼仄的小船是怎么来的？风吹来的，阳光送来的，还是时光之舟运来的？久久没有答案，船上世代打鱼为生的人，已奔市声而去，过上了都市人的生活，他们将记忆泊在水波的拍打里，带着百年的梦想，把"有巢氏"的巢，建在了风景潋滟里。推开门听湖水涌动，打开窗户看月色星光在湖水里浮浮沉沉。风光做了湖的栏杆，巢湖又成了合肥的眼睛和人人钟爱的盆景。

倚在派河入巢湖的端口上，又一次做思考状，又一次拿赤阑桥和眼下的桥比较，轻叩派河大桥的栏杆，八百里巢湖烟波四起，天籁之音油然而生，眼前的风生水起，眼前的绿树交织，眼前的平台延伸，不都是一个个跃动的音符吗？我们的家，我们的大湖名城，确实需要有一种叫"毅走"的行为，沿湖而走，沿水采撷，把幸福记在心中，把感受留在眼底，把快乐交给脚板。赤阑桥淹没在了历史的尘埃里，而更多的桥，缘大湖布下，轻叩这些桥质地不同的栏杆，分明有拍打赤阑桥的清亮之声，和古淝水畔咿咿呀呀柳絮飘动的余音。折了根岸边的芦苇，孩子般吹响童年的稚声，童言童音学不会虚晃，实在是好听，引得众多的水鸟和鸣起来，滨湖拥湖的合肥，深深地做了番吐纳，水做的城市，到处是湿趣的润泽。

散落的合肥碎片，一次次因水而凝聚成篇，它们如同一本大书的章章节节，每一段生动都让人感念系之。与巢湖襟连的千年古镇三河，每一条青石，每一块瓦片，每一抹巷陌，都有着水意的流通，何况三道水、三条河。无数次叩动三河的水、三河的青石古道，无数次在三县桥、龟背桥、对月桥放慢脚步，让身体的每个旮旯，饱饱地蘸满水汽，甚至在天高月黑的夜晚，推开虚掩的古宅门扉，门轴滞涩的"吱呀"声过后，侧耳倾听千年前的运载橹声，总能如愿以偿，逼人的水的清涟，将凡俗的周身洗濯得干干净净。

拍遍倚水的栏杆，合肥的水韵都是沟通的，水运载着历史，运动着生动的风景，细数镜子般的水面，如带的包河、天鹅湖、翡翠湖、岱山湖、南艳湖、柏堰湖、荷花塘……不一而足，她们既是古淝水的留存，又是密密匝匝的现代水的聚合。将这大大小小的水合在了一起，水做水生的合肥，怎么会不清亮爽意。

拍遍栏杆，大湖之水、大湖之城真真切切地漾动起来，我们的家也在漾动。

秋天的密语

　　拉拉杂杂的秋雨终于停了，天空瓦蓝，瓦蓝得找不到记忆。中秋刚过，曾浑圆或失落的月亮，在一些日子里，还将还原出呓语般的交代。我似乎有一种预感，放平了的思绪，即将凸显出它的坎坷和一望无际的流连。

　　早晨被"咕咕"叫的斑鸠唤醒了，它是经年累月飞飞落落于我家阳台上的常客，和春天的叫声不同，显得急促而柔和。随着叫声，几只斑鸠振翅而来。我知道是因了阴雨天，我撒下的一捧谷物，这定然是斑鸠的一家，密密匝匝、高高兴兴地在用着早餐。秋阳柔和，我透过门扉看着这和睦的一家，两只稚幼的鸟脖子上挂满珍珠般的斑点，头也不抬地啄食秋天的美味，而另外的两只却警惕地看着四周，不停地打着圈子，它们用肢体的语言，告诉秋天，抑或告诉同伴，这是它们家园的领地。

　　秋雨凄然过去了，周边的树叶开始凋零，亲情自然紧紧慢慢地聚拢起来，随之冬天来临，是该在严寒之前找到取暖的干柴。我理解了斑鸠秋阳下的短促叫声和周旋的动作，春天是爱情勃发的日子，到了秋天，收获需要收藏，年幼的动物如同植物的种子，收藏在眼睛里、在心里。两只年幼的斑鸠停止了啄食，另外的两只却相互谦让着，将一段春天以来的情意，绵绵地演绎下来。

　　秋阳中，我穿梭于树林、草地、河流、田野，虫子的叫声早已式微，

一边风景

冷静的几句嘶鸣，得当作呐喊来听了。被一只蚊子狠狠地叮了几口，它的杰作是在我的手臂上留下了一串丘疹，奇痒难忍。我在诅咒蚊子的同时，突然想到了一句笑话："我的身上流着你的血液，你还要拍死我。"竟然由之释然。或许这是蚊子和人类对话的另一种形式。我所了解的蚊子，雄蚊是以食花露、植物的分泌物为生的，只有雌蚊吮血，只不过是为了繁衍后代。除此之外，我对蚊子又了解多少呢？蚊子在这个秋天"嗡嗡"叫着，它们眼中雨后的秋天可会是美丽的？它们是一定会和秋天对话的，它所使用的一种密语，大自然注定是听得懂的。

秋天最事张扬，贡献出各色种子之外，它总是想告诉我们些什么，可惜灵动的心难以长出灵动的耳朵，白白地浪费了季节的殷勤。我们对秋天的了解微乎其微，对大自然的知之更是不如一只虫子来得深刻，比如蚊子。人在江湖身不由己，山水处于自然，也是由不得解读的（当然这里的山水指的是人之外的生灵、植物、一草、一木、一土、一水）。

中午时分，消失了近半月的宠物乌龟，不知从哪个旮旯里晃了出来，而这半月正是阴雨天的日子。我曾在家的每个角落里寻找过它，养了近十年，和它有了一定的依恋。晃出的乌龟没和我们有半点的交流，循着阳光径直向阳台爬去。阳台上，阳光铺了厚厚一层，绿色的植物们大多葱葱绿绿，乌龟枕着阳光，和天竺、兰草、茉莉们一一打着招呼，最终大口大口地吞食起长在绿植周边的三叶草来，那么贪婪，似乎要将半月的缺失在一瞬间全部补充上来。秋天的阳光诱惑了宠物龟，秋天的密语定告诉它，一蓬它喜爱的三叶草长得正旺，作为季节的一株丰硕早给它预留好了。乌龟是有灵性的，我从一家饭店的菜篮里买下了它，一养就近十年，在我外出的日子里，它会爬到我的书桌边，寻觅我的气息，喂食它时，它会用滴溜溜圆的眼睛看着我。而在这个秋天，我却感到它和我陌生了，它望着阳台外的秋天，气喘吁吁，或许秋天给了它某个神圣的指令，它要努力去完成。我妄加揣测，一泓秋水哗哗流动，对于它才是最美好的。

秋雨过后，家乡的母亲河正是丰沛流远的时间。

母亲七十多岁了，六年前突发脑梗死，昏迷了三天三夜，从病床上挺起时，腿脚、手、脑子都已不灵光了。上午她给我打电话，问我们为何迟迟没到，口齿清楚，声音洪亮。我正奇怪时，女儿接话："秋雨停了，奶奶也硬朗了。"毋庸置疑，秋雨过后，让我最高兴的是母亲竟然可以练书法了，神话般打破了医生的预言：即便活过来了，也会终身卧床。到母亲处，母亲提笔悬腕，在宣纸上写下了个大大的"秋"字，字圆润而又有筋骨，喜得我悄悄地背过身子，一个劲地抹着眼泪。之后，她一气写下了家里所有人的名字，当然也有掉笔、少画的，在我们的指点下，补齐了，仍是一幅幅精美的作品。

和秋天、秋阳有关吗？自然是的，秋天里的母亲，花白头发，一脸的红润，门前她种下的石榴树红艳艳地挂着果实，不知疲倦的月季大朵地开放着。我希望母亲能对我们说些什么，比如秋天的一点感悟，人生的诸多历练，她没有说，只是看着我们，看得痴痴迷迷。或许她是在用自己的目光传达秋天的密语，我们不就是她的果实，不就是她停停顿顿说出的语言吗？

蛛网盘结，被雨打破的网络，在秋阳下又重新织补好了。稳居中央的蜘蛛如同一个哲人，在大自然密语的指导下，等待守成，守卫家园。我的心在秋阳下顿了又顿，倏忽间一阵疼痛穿透我的身体，一年一度的身体疼痛又开始了。疼痛使人清醒，时光逃离，秋天的密语我听懂了几分，逃离的可以追赶，背叛的无须企及。在秋天里更多地收集怜爱、理解、宽宏、坚韧，到了冬天取暖的柴火就有了山般的高耸。

碎碎的阳光

　　早晨被透过玻璃的碎碎的阳光摇醒，有点迫不及待地穿衣下床。推开窗户满目的明媚，一方摇曳的心思由此而来，昨夜坚硬的梦开始柔软，正好穿透力极强的光丝打在了翻开的韩少功《日夜书》的某页，一群跃动的青春身影再次生动起来，书中的情节已经不那么重要，归位和还原于自然成了一天中最需要对待的事情。

　　野外的阳光整块整块的，但仍是碎碎的，只是碎小得难以找出缝隙，细致入微令人迈不开步伐。小风不再，缜密的丽景湖水，在一队队水鸟的犁动下，如收获完成的大片田畴，休整中偶见一株越冬的绿色，特别夺目。水的倒影引发着冬天阳光的柔情，水鸟不管这些，它们左左右右、上上下下地划动着，阳光由之丝丝缕缕地分割开来，交给水、交给倒立的树影、交给一个猛子扎下去的水鸟。我想着在众多的水鸟中，找到春天和我靠得近而又近的黑水鸡，一对春日里的黑水鸡，曾在名为"再力花"的水草丛中筑巢做窠，两枚爬满斑点的爱情之卵静卧其间，面对一双双好奇的目光，黑水鸡的目光与我对视，没有慌乱，专注和宁静的境界令人眼热。一定是自己的目光独到，我找到了春天里的黑水鸡，它们亮着光泽而黑白分明的翅膀，在细碎阳光搓揉的水面上穿梭，身后已是一个团队，领队的黑水鸡"咕咕"地叫了几声，它们就团团地围在了一起。水深透明，水的底部，浑圆的太阳浮浮沉沉。

残荷无法摇落春夏的梦想，更谈不上撑托起一粒晶莹的水珠，它们接受阳光的抚摸，做着低头沉思的样子，实际上残荷还沉湎在或许是春天如盖的绿色、或许是夏天奔放的花红、或许是秋天低垂的饱满的睡梦中。残动的美靠一方方联想去抚慰，此时能宽舒它的一定是碎碎的阳光，阳光在枯落的叶片上镀满了金色的光芒，除了低垂在水下的部分，阳光裹紧了它们的身子，游动的鱼碰了下，水上水下联动了起来，发现这不多的机会，阳光一头就又扎了下去，阳光碎片连瞬间也不放过，何况还有鼓动的心跳和大片大片不曾凋落的憧憬。残荷的梦在阳光下可以做得很久，并且长长地保持着，这种无涯际的幸福一定是要连绵到春天的。

绣眼、八歌、乌鸫、白头翁、斑鸠等鸟们，领会了晴朗天空和飘飘忽忽的冬日阳光的意图，它们在落尽了叶片的树枝上，做起了飞动的叶片，从一棵树移动到另一棵树上。学舌的八哥闲不住自己的聒噪，成群地捍卫着自己的领地，春天无尽头的叶子都跌落在了树的根部，树枝挑着阳光，有声有息，这定然是八哥们要争夺的，它们站在高高的树梢上，动一下阳光就随之动起来，大片的暖温化成了细小的碎片，每只八哥肯定都分到了一片。和八哥完全不同的绣眼鸟，纯属阳光的体格，尽管小得如一只只大黄蜂，但疾速的飞动，似乎没有一刻停止过，它们专情于一丛丛冬天的绿树，转眼间从我们的眼睛里消失，又从余光里归来。比起八哥来，我可能更喜欢绣眼鸟，它们不抢不夺，一片绿叶就掩藏了自己的张皇、快乐、灵动，绣眼鸟，就像一个个挥洒自如的针脚，牵动来来往往的目光，把碎碎的阳光缝合在一起，让空旷的冬多了一抹抹稠得推搡不开的意境。

一株盛放的蜡梅面前，我终于拾取到了在连绵的寒意里最温情的暖和。一个盲人和他的妻子十指紧扣。妻子说："你看，蜡梅全开了。"我注意到妻子用了"看"的词语，丈夫伸出双手、凑上鼻子，他"看"得十分仔细，说："好漂亮，我看到了。"仍然是"看"，只不过丈夫的"看"说得更重些。碎碎的阳光洒在这对夫妻的头上，和谐得如同一汪清泉。我无法不停下脚步，细细去打量这人间的失缺和完整。目送他们一步步远离，我感动于他们紧紧拉着的手，十指紧扣，没有一点缝隙，一种胶合状自始至终地完美着。羽片般的阳光为他们一再吹送，我明白，在他们紧扣的十指间已经投进了深情的光芒，伴着他们相互传递体温，悄无声息地走向了生命、生活的深处。阳光不该是这样的吗？这万物之长，倚着它，再小的点滴也会放大。

当地的树种在冬阳里，透出了古意的喘息。阳光敦厚了脚下的土地，冬天是安静的，不像其他季节，有着生长的拔节声。侧耳去倾听古意的传达，感到由衷的真切。我会想一枝伸出的老柿树枝丫和老榆的不同，也会去想槐树花穗和楝的果实存在的差别，然而在脱落了叶子的冬天，它们伸出的手臂方向相同，一致地朝着阳光，被阳光彻彻底底地润湿了。我又突发奇想，一定会有条密道，通过树的枝、干、根须，源源不断地输向历史的喘息和喟叹处。因为我的脚下曾是古人类逐水而居的地方，他们的冬天靠着一堆火取暖，靠着太阳的碎片堵住四面冒风的穴居，甚至也会和我的今天一样，把碎碎的太阳拾起来，装进心中，柔软曾有过的艰涩梦境。

水面起着的涟漪是水鸟犁动的，是古意的喘息吹起的，当然也有我们的目光的弹拨，而这一切更应该来自于碎碎的太阳，是它用体贴的温度和煦了我们的皮肤，吹动了我们的脚步、翅膀甚或轻轻的鸣叫。远处一管萨克斯优美地吹响，曲目是《好一朵美丽的茉莉花》，芬芳扑来，涌进了我的鼻息、眼眸……碎碎的阳光已是春的前奏了。

微听合肥

喜欢合肥不需要挑挑拣拣，俯仰间都会有众多碎片，闪烁夺目的光彩，冲撞眼睛，缠绕手脚，捧起心跳……比如雅致里透出亮色的合肥声音。

听合肥声音得从水说起。淝河源头，水的声音私密，一条涓涓细流，跨过车辙深深的石板桥，流动的声音如同耳语，但它说得动听、柔和得喜庆。当细流扩充为宽阔，水的声响汇聚成三国古战场的呐喊，金戈铁马、干戈玉帛，在有月的夜晚，逍遥而又自在地演绎出一段传奇。将军岭风声不断，水分流而去，发音显然已是南腔北调，合肥卧下身子听懂了这一切，便一棵树般扎牢了根系，挂上酸甜可口的果实。天鹅湖、南艳湖、杏花塘们，自得其乐，将琴弦调准了，反复吟哦一座城古老而年轻的明媚，其声轻盈，其律安怡。

巢湖安然得没有杂音，水波涟漪，点点帆影似从天边而来，它们长途奔波，运来了一座城的市声。湿地公园，千万棵树和飞动的鸟鸣，浅翔的鱼影，自是波浪拍击的余韵，传播开来，湍湍的却发出轰鸣。我曾在巢湖岸边，对着一丛芦苇发问，天际间是否该有一个通道，交换星月滴落和地气升腾的快乐？吹响芦笛，倒是渔歌唱晚的境地——林立的高楼洒下万家灯火，映在湖中又被湖中的鱼牵进水底，敞开的窗户，饱吸了水的湿气，又被水的声色染透，人在画中，吐纳的自是美人般的气息，如荷香四溢的丝缕，走走停停，说到底还是水的温存。

何处风景最美，水在作答，临水而居，被水的声音拨动了，就是上佳的景色。

一朵花上停留的声音和蜂蝶有关，和城市有关，我曾一再目睹金寨南路上月季花一路的盛景，红的炫目，黄的醉人，紫的风趣，车流提速，五颜六色早已目不暇接，眼睛无法看清的却在耳朵里存留下来，那是一抹用芬芳柔软了的声音，张狂而又低迷的倾诉，这些个笑脸张张合合，顺带出了合肥生动的表情。跟进蜂蝶的翅膀，八月的桂花，开出了暖和和的声响，巷陌处一丛绿，藏进或金或银的星星点点，观花赏景的心动，无须凑近，悠远的空气连着桂花香味的颤动，风来了，灌进鼻息也荡进了耳朵里，听出了的甜美，似乎是亲爱的人悄送的暗示。至于绕合肥而动的桃花，她们幸运地被流连的三月脚步搬动，成了一块块陌上的节日，桃花有情流水有意，人怀揣着怦然的心跳，此时闭目抚摸，耳间传动的是桃花舞蹈的景象。翅膀般飞动的花瓣，会有那么几片落在发际、挂上耳轮，细细品味都在密密切切地自语，道出人间万象。城如桃枝，总要硕果累累。

六月里走进乡间，一个叫双龙的村庄吸引了我，城连阡陌，村庄也在用连绵的鲜花发言，家家房不同，户户花相似，村里人善意地装扮着自己。有一户不同，家的门前，两棵木槿倚门而立，满树花盛开，犹如生长着的红门对，随风摇曳，摆出了千姿百态，侧耳去听，除却一家子的欢笑，都是花朵生长出来的声音，悠悠荡荡，平和里流露出稻谷、麦穗、大豆之外的绚烂，这也该是合肥声音组诗中的一行吧？

山石有音、树木有声。围绕合肥的山，穿插在城里城外的树，无时不在发出自己的声音，和着城市生长拨动的节律，散发着体贴的温度。合肥的山不高，紫蓬山以淮军的记忆，刻画出固执的年轮；银屏山却以一种盛开的姿势，招呼季节的花香；四顶山浴明月而立，秀出了夜的深情，大蜀山独立孤寂，插在城市的中央，做了一个独自的观者……风带着山岚的声响，蹿动在高楼大厦间，时而推开虚掩的门扉，让合肥多出了"山不在高，有仙则名"的灵气。这般有形无形的声音，漾动在疾行的道路、凌空的高架上，轻柔地扯上一缕，再多的汗水，也能——拭去。

树的声音倚人而立，绿色的项链上，它们就是一粒粒露珠般的宝石，挂在合肥的胸前，端的美丽，端的惹人心怜。绿着的城市有了森林的气度，繁繁杂杂的零乱也会被——收进宽容里。合肥的树滴落的声音有时是古意的，受命于危难间的李鸿章，曾手植过慈禧赐予的广玉兰，多少年后广玉兰依然健壮，史实游向了时光深处，广玉兰如同夹在巨制中的惊叹号，欲表现出什么，却永远哑然，只能用一种矗立的形象，表现自己坚定的态度。合肥的声音就此多出了滞重，不是风声过耳，不是蜻蜓点水，听锣听音、听话听心，其中的意会和言传都能生生地拧出大把大把的水来，不该去好好听听吗？当妄自菲薄成了一种时尚，在滨湖的涛声里，细而又细的去分辨，合肥的另一种声音，分明可以好好地搓揉。

如果这些还不够，就走进城市的深处吧。天鹅湖畔升腾的湿意，淋透了高楼的眼眸，散落的沙滩和隐于绿间的栈道，被梦呓般的脚步踩醒，"沙沙"声、"吱吱哑哑"响动做证，那些个脚步，是合肥最轻灵的青春，无须去寻找天籁的巧作了，屏住呼吸一种发自心中的亲切已油然而生。合肥在小小砂粒的摩擦间变得可以捧在手心，任柔情的目光摸来摸去。源于声音吗？是的。细微的声音来自细节，如果仅就是一泓水，贮满了密不透风的倒影，那么所有的生动，很难有流动的空间。

合肥的绿地在城的深处生根，时常认为是鸟衔来的，似乎也只有鸟的翅膀可以承受他们的静谧，鸟语滴落在绿地敞开的胸襟，不一会儿就洇染开来，一朵朵有名无名的花开了，花开有声，顶在草叶上的露珠、阳光有声,密密匝匝,转身又被鸟带上了合肥的天空,美美的音色,如同早晨水中升起的烟雾荡来荡去。大美的声音微小,自可慢慢品咂。

我时常在想,居住的城市散发出了多少美妙的声音,包公祠三把铜铡关合的故事是的,水的流动是的,姜夔的吟哦是的,花朵开放的动作是的;大圩葡萄酸甜甜是的,三河古镇青石板下老蚯蚓的蠕动是的,还有源于居巢氏故里的水波是的,滨湖新城节节升高的目光是的,科大学子翻动书本的优雅是的,淮军圩堡群远于城市的呐喊是的……或许这一切都基于,一座城市抖动翅膀,扑棱下雾霾与睡意,看见了瓦蓝的天空和金光灿烂的太阳。

如此合肥,一个不经意的碎片已引领出周而复始的倾听。

无雪之年

到了年的节点，天空仍旧晴光耀耀，一个腊月都是这样，二月小阳春早早地提前挂在了年的脸庞上。晴冬烂年，该下雪了，不下雪的年，缺少年味。

能记住的年大多大雪封门。鹅毛般的雪花从守岁的时光开始，随着北风呼啸，雪淹没了阡陌，又一个劲地围着村庄打转，树梢被雪压得弯下了腰，对开的门扉缝隙间，偶有雪花飘进，不久门堂里都是雪，雪花只好打着旋，找着飞翔的路径，平坦的场地自不用说，连坡坡的屋顶上也被轻灵的雪花厚厚地码了一层又一层。

大年初一早早地开大门，雪必然要和人扑个满怀，蹚着过膝的积雪，把一个个爆竹安放在雪地上，"噼里啪啦"一阵爆炮炸响，鲜红的纸屑撒了一地，白的雪、红的纸遥相呼应，透出了一股子喜庆气。拜年的人就要来了，一家子老小齐上阵，铲的铲、扫的扫、运的运，不一会儿门前的雪就被清除得干干净净。雪还在稀稀拉拉地下着，偶有雪花飘进人的脖子里、眼睛里，大年初一的雪和以后的雪不一样，透出一股新鲜劲，看着这雪大多数人都要叨咕上一句：瑞雪兆丰年。乡间人爱过年，爱年里的一场雪，大雪封住了新年的第一天，这一年如同触了头彩，大雪的年成肯定是丰收的年景，庄稼不收当年穷，丰收的日子可以唱着过、跳着过的。年有了好心情，必然过得有滋有味。

一边风景

厚厚的雪压在屋顶上，不粗的桁条有点受不住了，正梁、二梁、三梁，大多打起弯来，当家的赶忙找来梯子，把屋顶的雪细细地扒下，除去重压，不高的屋子又挺了起来，红红的门对、五符、窗花精神了许多，年似乎定下了神，可以开始好好地过上一番了。成群成群的鸟从野外飞到了家的四周，野外一片苍茫，鸟着意和人亲近起来，草堆头、场地上，平时鲜见的各色鸟们纷纷亮出自己多彩的翅膀，吵吵嚷嚷地争食年的味道，善良的老人和不谙世事的孩子，把米饭、稻谷撒了一地，引得了一群鸟吃饱了，另一群鸟又飞来了。说不透的和谐，在大年的第一天，传达出自然和人摸不着际涯的意韵。

雪缠住了鸟的脚印，却难绊住拜年的脚步，雪中拜年多出了另一番情趣。喜欢雪中拜年，新买的鞋子踩在"嘎吱"作响的雪地上，深深浅浅的脚印不一样，心的愉悦却是相同的。家家户户的大门洞开着，堂屋的八仙桌上摆满了好吃的食物，花生、瓜子、糖果、麻饼、白切、寸金、烘糕，尽管吃、尽管拿，几户人家年拜下来，不大的衣袋已装得满满的了。吉利话说了一稻箩，收到的祝福话早就无地方放了。拜年的孩子开始打斗起来，雪地上乱成了一团，还是尽情地疯着，三天大年家里的大人是放开手的，不会吵孩子更不会打孩子。乐得有这样几天，大人和小孩都拿得起、放得下。

雪再大也是封不住亲情的，给舅舅拜年，年初一是必须的，天上下刀子般的雪也得去，舅舅一家盼着呢。于是三五成群的走亲戚人，向四面八方奔去，当然四面八方的人也向郢子拥来，大路上人来人往，最偏僻的小路也有人走上。野外的雪厚厚的，雪地上留下了一行行兔子奔忙的足迹，调皮的孩子们不自觉地追寻下去，一不小心多走上了三五里地，到了舅舅家，早过了吃中饭的时间，一桌菜热了又热，单等着呢。舅舅会把外甥整个地抱在怀里，若岁数更小点，舅舅早不耐烦地接上三里开外，把外甥向脖子上一架，在雪地上走得飞快。

年尾的雪终于在年头停了下来，过了三天年，就该忙着种田了，当然拜年的人还陆陆续续地要过完正月，来客也不生分，除了在田上添把手外，女眷们会和女主人灶前灶后地忙着，等着中午好好喝上一杯、叙上一段段热辣辣的话。伴着有了暖意的太阳，雪慢慢地融化起来，但田野上的雪还是成片成片的，似乎在告诉人们年还没过完呢。高兴的仍是孩子们，年的余味久久难以从他们心中走出。大人们会长叹一口气：小孩盼过年，大人盼种田……

看来今年的年就真的无雪了，雪的缺失让年少了特别的劲道。不过我还是盼着大年的早晨掀开眼帘，满世界的洁白。雪闹枝头、雪闹梅花、雪封门扉该是多美好的事啊。好在早晨下了场小雨，清洗出了雾霾中的一角天空，下午太阳就又和和煦煦地洒下了它的金银之丝，让人多出了一些遐想。无雪的年该过出什么样的滋味？问自己也问别人。好心情，好心境，保持平和可能是最重要的。

无雪之年，心是可以来场大雪的，实实在在地去感悟一些东西，包括对过往的回忆，未来的畅想，都应是有意义的。不再去问明天是否下雪了，平摊着手悄然等着，无雪的冬天，春一样会到来。

一边风景

乡野小记

一个阳光爽朗的日子，我一头扎进了乡野里，什么都不为，就为找到一个把孤独存放起来的地方。孤独的理由很多，寻上一百条也不会重复。孤独犹如时间长河里时而遇到的石头，要么搬走它，要么就绕过它而行。

乡村野外实在是适合寄存放逐孤独的地方。秋季的田野稻子喧哗，金黄的是即将开镰的中稻，低垂着头，做沉思的样子；挺着身子的是不多的晚稻，它们一律沐浴在阳光里，大只大只地饱饮即将落幕的暖和，灌浆的声音齐刷刷的如风吹起。穿行在关住水声、地气的田埂上，成熟的稻子扫荡着我的双腿，被稻子抚摸，有着一种说不清道不明的感觉。此时我倒成了一棵植物，需要大千世界的关爱，一滴水或者一捧泥土都是我迫切需要的。

独行者很累，一双脚板已走得很久，心却困顿在一个地方，的确需要管道，引领到另一个新的世界。

和植物对话，成了在乡野必做的事情。如今乡间的荒地多了起来，快没过人头的野草，大方地结满了籽粒，沉甸甸得能和近处、远处的稻子相互映照。和它们对视，久久地看着，眼中不免迷茫，草木的秋天到了，一岁一枯荣的兴替，似乎就在眼前，它们奔着春天而来，在秋霜前完成自己的所有使命，所结的种子，要么被寒风刮走，要么被鸟啄食，要么被虫子、鼠类搬进洞穴，只有少许的陷落进泥土里，成为春风吹又生的产物。过往的日子还有一把野火,惨烈地烧过原野,让轰轰烈烈的昭示成为一道风景,烟雾起处,风尘落进泥土化为新年护花的养分。如今这些都沉寂了,秋风吹过一片寂然,我索性席地而坐,众多的草芒刺激着我的身子,麻酥酥的动作抬动了我的身高,人只不过高于草低于树,最终还得在草的护卫下长眠,此时自己的身姿比草还矮。草没有告诉我些什么,面对它们的生生息息,我的领悟要比草主动,或许草的领悟埋在泥土里,我无法用一双手去发掘。

　　一河水和我一样的孤独,它也流动,它也吹唱,但除了水什么也没有了。我静守着这水,希望有一缕感动发生,比如一条小得不能再小的鱼,比如一只青蛙蹦蹦趶趶,比如一只蜻蜓无声点水,比如一只青虾咬紧一棵水草……这些都不存在了,水独自周游着,它的领地里只有它自己,黏黏糊糊的没有任何生命,分解开、排解出细细的涟漪,小河能不孤独吗?我的影子被太阳击中,落在尚算清澈的水底,我疾走的心绪早已逃离,我怕水的孤独,水孤独了,它所滋润的万物,能明快起来吗?我突然感到自己的孤独是有来由的,小时掬塘水、田水而饮,不小心青虾会蹿进口腔,搅得我满嘴生津,渴意早被调皮的快意冲走了。那时不曾孤独过,河边的水声、花鸟、游动的生灵,能将所有心身的疲惫带得远远的。

　　不过一对正在谈情说爱的田螺还是被我捕捉到了。我得感谢它们,它们青黛的衣着和田里杂草几无二色,在死寂的田野里,显得戳目和另类,不知它们是如何闯进肆虐的手掌设置的重重关隘,活下来,还将一段爱情演绎得风生水起。田里的水已渐干涸,我不忍心它们相濡以沫地固守,小心地捧起了它们,一对丰硕的壳体,迎着太阳泛着悠然的光亮,受了惊吓的田螺紧紧地收拢起自己,我不知相爱的一对是否在相互关照、相互叮咛,甚至打量上我一气,这人是否是善良之辈?早已难见的田螺,我本想带着回居所,养在水缸里,看能否生发小时候母亲常说的田螺姑娘的故事,但还是忍住了一时的冲动，悄悄地将它们放进了河流里。河显然活络起来，有一对生灵的介入，它的孤独被小小地搅动。田螺在最初的静止后，不一会儿就动了起来，它们慢慢靠近，彼此的触角轻柔地抚摸。"相濡以沫，莫如相忘于江河"，我听到庄子在孤独时自言自语，孤独放进随水而去的时光里，消融成了种可能。

陷入泥土的孤独实际上是落进了乡愁里。我相信袭击自己的孤独是缘乡愁而来的。暮阳初下，我在一个到处长满柿子树的村庄迷失了道路，这种迷失是我故意设定的。走进一家农户，祖母般的老人接待了我，一杯清茶，几颗红艳的柿子，和老人喋喋不休的语言，还原着老人莫名的孤独。房子空落，儿孙们远走他乡，即便是灯火透明，亲情遗落下的阴影，空旷的家明亮不起来。我想到小时候，祖母期盼我每周六从县城奔扑她怀抱的情景，泪不自觉地挂在了眼帘，此时的泪也是孤独的，已难以找到一捧尘埃接纳它。

明月升起时，田野离我远了起来，马路边拦车回家，手中多了把稻穗、一枝熟透了的高粱，我丢给田野和村庄的除了背影，还有初生、初起、久生、久起的孤独。不由自主地将新熟的稻粒放进嘴里，轻轻一嗑，牙关间尽是田野成熟的味道。

小城旧忆

又一次回到小城是夜晚时分。穿过一座人行斜拉吊桥就到了生活和工作过八年的地方。桥下大别山水湍湍向东流去,夜声悄然涌过,让人多了些怆然、眷恋、感动的情绪。

在夜色中没入曾经留下美好、幼稚、诗情、初恋、梦中时而牵挂的厂子,心突然有了更加沉重的感觉,这是我工作的处女地,大学一毕业就来到了这里,猫在这里一干就是八年。沿着河边的风声,旧时的建筑大多还在,曾有的路还在坚守着向前,树长高了些,路灯依旧昏暗地招摇着,掐指一算离开这里已二十五年了。

我没打算拜访旧人,所有的想法就是一个人,摸着黑暗的线条,估摸出厂子的模样。八年时光足以把一个地方搞得透熟,何况不大的厂子。回忆在旧有的场景里次第打开,我曾经住过的小平房早已不复存在,但我无意间栽下的泡桐如今已可合抱,正是五月时分,桐花热烈地开着,月光下或蜂或蝶依恋地扇动翅膀,恋花亦恋月色。我是否留恋这个地方? 我已说不清楚了。但曾经拥有的美好俯首可拾,比如随意散落的诗行,若干年前就是以我住过的小屋为核心,创立了我们自己的诗社,让青春搭上诗的翅膀到处飞翔。

一股熟悉的香味扑进了我的鼻息,李家烤馍店竟然二十多年了还是原来的模样。我一眼就认出了闲不住的老李,递上一根烟,自然攀谈了起来,他对我多少还有点印像,我告诉他吃了李家八年的烤馍，他哈哈大笑，说吃过的人太多太多了。事实也正如此，建厂之初老李就干这活，从十七八岁小伙子，干到了七十多岁的老人。老李家的馍实在香，在厂子里的八年，每天早晨必备的是老李家的烤馍，一天不吃似乎就少了点什么，吃上瘾的东西如同老邻居般的自然和随意。临别时老李随手塞上一块烤馍，也没多少客套，似乎我这老顾客明天还要来似的，我迫不及待地啃起李家烤馍，味还是过去的味道，香甜中透出酒酿的醇和，这是我工作过的厂子味吗？

厂子深处的绿在夜风中哗哗地响着，这和二十多年前大同小异。那时热爱诗歌的我，写的组诗《工厂绿》引起了不小的反响，记得当时的厂党委坤书记，找到我，鼓励我，把整组的诗打印出来放进了宣传栏里，为我赢得了不少的声誉，甚至带来了相伴一生的爱情。坤书记却意外地在一次事故中离开了他工作了、牵挂了几十年的厂子，这当然是后话，他去世时我已调离厂子好几年了，在这之前坤书记还专程看过我，那时我落魄地在一个乡里挂职，他拍着我的肩膀说："干不了，就回厂子。"他是在激励我，为了调离我是避着坤书记的（他去党校学习了）。我为什么要写这些，当我一个人漫步在记忆通道里，特别是在由有关厂子的各种元素组成的特定场景里，睹物思人当是自然，第一个闯进我的思念的是坤书记，一个老大哥般我永远尊敬的领导。那些年坤书记是厂子的象征、主心骨，数千人的队伍，他一呼百应。据说他身后除了留下一大笔债务外，家里徒有几个纸箱和两个户口还是农村的儿子(那时城市户口吃香)。坤书记应该是这厂子的一部分了，即便他走了许多年，时常还会被人想起、忆起的，如我这般俗人，记下了就难忘掉。

还是碰到熟悉的人了，追着我喊了过来，原来是我到厂子后的第一批学生中的一个，忘了说我是厂子弟学校的老师。学生说看到背影就认出了我。一晃二十多年过去了，学生也不年轻了，嫁人、生孩子，做厂里的工作，也做家庭的主妇。学生开朗，整天乐呵呵的，过去是，现在仍是。她陪着我在厂子里转了很长时间，并为我约了几个好友，一会儿在厂门口聚会。很感谢学生和我说了很多厂里的事，但我的眼中全然是我刚工作上课时的镜头，工厂子弟难教，上课秩序差，下课孩子们还和我闹着玩，好在一年过去，我带的数学课拔了头筹。学生说看到我的背影就认出了我。我真的不知道自己的背影是如何的，一定是瘦削得几乎可以透过光来的，否则不会被孩子们一记许多年，一眼就认出了，并且这背影固执地不变。至于美和丑作为记号就别当别论了。

　　当我又一次和同居一室的室友双手握在一起时，突然感到了岁月的沧桑，彼此相互映照着，真的老了，韶华已去，几句话就叙到了孩子，买房、结婚、生子，似乎这是我们昨天谈论自己时的话的翻版。室友依旧做着他的钣金工，他有许多机会可改行，甚至做个不大不小的头头。他说："一辈子就干钣金工，喜欢。"我知道他坚守的缘故，除了喜欢，更多的是因为老母亲，他的母亲一辈子生下了十个孩子，室友最小，排行第十。室友的母亲用一双手养活了十个孩子，又让每个孩子学样手艺，诸如木匠、瓦匠、裁缝之类，并且终生不改。室友孝顺，听母亲的，至死不放下手中的手艺。我们笑着说这些故事，室友很坦然、淡定，在生活和工作面前，他如同我思念良久的厂子一样敦厚。室友问我，我们相居一室时吵过吗？我说吵过，现在还想吵。许多事情已难以回去了，我们唯有把过往的事拉近些，用心去触摸……

　　夜已经深了，厂子回答我的是更多的寂静。还得从原路返回，吊桥上的灯光有一半已合上了眼帘，稀疏的灯光洒在水上，桃花般开着。现在我要告诉大家的是，这河是溧河，河边的厂子叫齿轮厂……隐约中桥的另一头有人在等我，还是初恋时的场景，人、物、景全然相同，只是时间推开了所有，妻在桥的另一头接我。

一边风景

小倚秋河

到了八月份，小城小河边就可以常去走走了。

秋河比过往多了些野性，几场雨下来，水开始丰沛起来，湍湍地流动，加上不多的船只，宁静已谈不上了。晚风徐徐，天还没黑透，树的影子、草的影子、船犁动水波的影子，落在河里依稀可见，争食的小鱼鼓噪出不安分的动静，一尾、两尾还好，多了就让整条河热闹起来，引得恋巢的白鹭、苍鹭们，又从树梢的巢里飞回，像贪活的田中农人，擦着黑还要忙活一阵子。白鹭划着闪亮的弧线起起落落，苍鹭的轨迹只能听到，它们扑扇的风声，俨然带上了初秋的湿意。

河床上的平台已被秋水淹没，几棵老柳树兀自安然，垂下的丝条不停地亲吻随风而起的细波，又随风扬起，走近了便有碎碎的飞沫打湿灵动的目光。一条小船独自停泊在柳树之间，清闲地接住了柳条的飘扬，敦实的缆绳就拴在柳的身子上，树扎下了根，它的根似乎也就扎下了。空空的船舱，想来是在等待，一串脚步声，或者一曲渔歌唱晚的唯美。船的主人在初秋的日子放逐了自己，秋意袭来，也该有一声长长的叹息，缘水而去。

河埂上的野草到了成熟的季节，所有的草都结上了沉甸甸的种子。无名的野蒿，高得已没过了人的头顶，沿着斜坡争先恐后地抢着时光，种子结下，挑在头上的花，还不紧不慢地绽放，递到人的鼻息里，不要刻意去闻，淡淡的香仍然有着不小的穿透力。狗尾巴草摇着茸茸的尾巴，隔三岔五摇摆在人的眼睛里，由不得不去摸上一把，种子不经意间已揿进了人的指甲缝里，随人而去，来年春天，一棵散淡的幼苗或许就和行走的人、抚摸的手有关，如果恰恰落在阳台的花盆里，这草便成了水声洗过的景观。

　　见缝插绿的农人，在摊开的河滩、延伸的河埂旁，种下了不多的芝麻、高粱、大豆，它们正热烈而低声交谈，在季节的长河里，它们迎来的将是一双双手的采摘，面对旖旎的风光，它们大多挺起了腰杆，实实在在地饱览着周边的一切，它们知道，秋风之后是肃杀的寒霜，所有的力量都应该用在对阳光的吸收里，保持心里的温暖，即便是寒冬来临，饱满的心也一片光明。秋风溜过它们的枝头，河水漫漫，它们的宿命里从没有对影顾盼的矫揉造作。

　　趁着夜色尚远，寻了个面河而无隔栏的岸坡席地而坐，似曾熟悉的地方，是故乡小河边的场景，还是踏春时执手而过的旧地？这些都不去管它了。天薄薄的黑，水面呈现出青黛的颜色，周边的草抓人，肩臂上留下了似有似无的痒痒，轻轻去挠又有了进入心扉的感觉。随手拽了棵身边的野草，默默咀嚼，一股静静的甜味，津津地留在了唇齿间。我无所事事地拆着这草，像拆着一个人的名字，横平、竖直，无名的草没有一丁点暧昧的味道。秋河边的草纯净又有耐性，不娇柔、不做作，平平和和地容忍着、坚守着，一捧泥土、一滴露水，对它们而言已十分满足了。倚着随风而涌、随水而动的野草，我猛地听到了自己的心跳，密集、怦然，几乎让我跳了起来。人生一世草木一秋，有一方生长的地方，真的十分幸运了。

　　我还是寻了条瘦瘦、白白的小路，拨开掩映的蒿草向野渡走去。野渡无人而安，一条仅能容纳三五人的腰子盆静泊无语，河的对岸是一方陌地，大片的农田寂静无声，渡河而去都是小城边缘的农人，去彼岸耕作，到此岸安身，秋天的晚上沉默下来，当是自然。我寻

一边风景

野渡而去，想找的是一份水的灵气，乃至想在秋河里洗一洗被溽热浸淫的双手。水的清凉片刻间去除了我由双手而生的心中块垒，水生万物，水也能通达所有的管道，之前的所思所想在这片刻里早化作了一片蒸腾。此时正有一条载重的驳般顺流而下，小河虽小，但她通江达海，顺着她的纹路，就可以奔赴远方。心已如此，身何愁不能远行。

虫声响起时天已透黑。秋河边的虫鸣充满了湿漉漉的韵味，我试图分辨出各种虫子的叫声，还原童年时的一段真实，但繁繁杂杂的虫鸣层层叠叠，一浪连着一浪，偶有一两声熟悉的，早被其他的虫鸣盖住，不合章法的合唱，沿着水声，更多的是一种和谐。恰好远方的朋友通过微信给我推荐一些曲目，诸如：《全世界失眠》《淋雨一直走》《会呼吸的痛》《寂寞在唱歌》《晚安》《我没有很想你》之类。想了想，听上了一曲，还是没有虫子的齐鸣好听。倚着秋河边的虫子鸣叫而眠，今夜我定然是梦中最强力的主角。

秋河还将流得很远，无意追随下去。逝者如斯夫，面对其水、其时、其景，也只是想在人生的某个片刻，有意或无意地小倚上一会儿，如同乡愁，让心柔软起来——小倚秋河，八月份的一个晚间，我犹如找到一个可紧紧靠牢的肩臂，不被拒绝、不被排斥。

烟雾岱山湖

　　到岱山湖天已擦黑，朋友小聚又不胜酒力，几杯下肚早成醉态，匆匆中和衣而眠，天地间猛地寂静下来，静得让人义无反顾地放慢了所有动作，听凭难得的静默默打发，只知临水而居，所入住的月季苑，观景台下就是一汪碧波。清风袭来，枕春水而眠，春的味道灌满了沉沉的睡梦。

　　约莫凌晨五点多钟，啁啾的鸟声从四面扑来，分辨中熟悉不熟悉的音调沾着漉漉湿气，先是激活了双耳，接着又打湿了眼睛，披衣下床，放眼望去，岱山湖的烟雾实实在在地和我撞了个满怀，山岚之气，湖水之风，春花之美，眨眼间已玉立在我的面前。沿着湖岸，双脚由不得不去寻寻觅觅，细碎的砂石携带湖光山色的清新，微浪谨慎地做出选择，一抹抹夜的印迹在岸线的晨光里丝丝入扣；小船、竹筏泊在岸边，它们耐住性子，似乎在等待远方的好友亲朋，把最好、最安然的姿势保持成一座"浮"雕，随着水的波动，"浮"雕鲜活而不失雅致。鸟的啼鸣没因早起入侵的脚步戛然而止，居于水中央的小岛和四周的欢歌，独唱或合奏都显得格外轻松欢快、主题明朗，因水、因山、因绿、因花，散发出无穷的韵味。一声声雄鸡的鸣叫嘹亮高亢，打量四周不见农舍、村户，而雄鸡的鸣唱仍不绝于耳，想来是湖中小岛栖居的野鸡，盯住了缕缕晨光，野鸡欢唱，做了一天中最早的交代。

或许是早的缘故，湖边一只斑猫慵倦地守住一绺绿风，眼前是大捧的春水，它的影子投在树影、山影的搅拌里，任我在它的身边悄然走过，它对水的专注丝毫不曾分散，顺着斑猫幽深的目光，一群小鱼正在无忧地嬉戏，蓦然，想起了小时听过的小猫钓鱼的故事，莫非一场惊奇会在我的面前呈现？猫仍是静静地守望着，鱼仍是自由自在地浅翔着，无法探知猫的想法，更无从打听鱼的快乐，岱山湖洇染地卧在那里，面对这些生灵无休无止的打探、过问，她一如既往地敞开胸怀，用琐碎的砂粒、密密匝匝的微波小声应答。不长的木质栈道，努力向水的中央延伸，水有多厚、水有多重，我的脚步无法打量，也不知几只莫名的水鸟是否知道，它们在水中穿越了沉沉的夜晚，又在晨光里仔细地梳理自己的羽毛，甚至曾一次次突破水的皮肤，深入湖水的质地，让水履满周身，应该有自己独到的见解的，然而它们还是轻灵地抖动翅膀，一瞬间没入了岱山湖独自拥有的烟雾里，能把水汽带上天空，这水自然是灵秀、轻巧的。

湖水滋润湖边的草草木木，一地的草木见红见绿。草是周边常见的草、树是四邻八野多见的树，只不过因水多出了不寻常的地方。它们所具备的绿含蓄了许多，深刻而不张狂，绿得经久安详；它们拥有的红大胆而不收敛，肆意的火红，悄声慢语的飞动，侧耳去听，这花红、叶绿中分明有着水的濯洗之声、鸟的啼鸣之意、鱼的浅翔之景。

起伏的地带，藏住了一幢幢别致的建筑，加上"月季苑""桃花苑""梨花苑""桂花苑""紫荆苑"等好听的名字，不经意间就留下了想一次又一次亲密接触的冲动，一次再一次染指的热望。想着昨夜曾醉卧在鲜花苑里，周身油然泛起了花香的气味、大自然的劲道。因醉，不能记起湖边的幽梦真的是种遗憾，一定有花仙子娇喘枕边，开开合合道出了钟灵毓秀的秘密。

流连周边不忍离去，一片修竹又紧紧地拽住了我的目光，竹林生得蹊跷，仅限定在一亩方圆的地界里，新竹、旧篁密得风吹进去也得压着身子，当是有故事的地方。果然，这里原来是"演法禅寺"的遗址，相传元朝末年，此处曾建有一座小庙，香火极盛，庙后不知何时何故自然生长出一片竹林，庙前建有莲花池，水清澈见底，1355年，朱元璋率部自滁州行军向南，携大脚未婚妻途经小庙，马氏一路风尘，突遇眼疾，疼痛难忍，伉俪情深，朱元璋遂取竹叶，蘸莲花池水为马氏洗目，一觉醒来马氏眼疾顿消且双目更加明亮。1368年朱元璋取得江山，感恩施报，扩建小庙，更名吉祥寺，后再改名为演法禅寺。如今庙宇已荡然无存，而作为一段情深意长的爱情故事却代代相传，犹如生生不息的竹林盘根错节，把绿色伸向天空，把根深深扎进地气里，任人把帝王和普通百姓联想在一起，患难中的真情自是永远难忘。无意中摘取了几片竹叶，带回住所，恰好有好友送的诗集，夹了进去，顿感本就盎然情趣的诗行多了几缕清新、几分耐读的意境。

岱山湖的天空突然狂雨大作，连同滚滚春雷，让人猝不及防。意犹未尽，我还是冒着雨在湖边流连。雨中的岱山湖美得令人心疼，茫茫中迷离的景致，眼睛再也看不过来，得靠听、靠想、靠手去抚摸、靠鼻子去深嗅，众多的元素一并涌来，宿命的认知这肯定是种缘分——在静夜中临近岱山湖，在晨光中感知岱山湖，在春雨中品味岱山湖……不是吗？岱山湖在雨中又生出了一幕幕天景，春天执意地行走，四散的鸟声收拢进花朵里，桃花微红、梨花雪白、迎春从高处垂下，雨似乎难有落脚处，交给了一汪水，就烟波荡漾起来，排开的风景如心境，由近及远没有穷期……

烟雾起起落落，岱山湖深深浅浅的水总是见底的清澈，对着她当然照见了自己原原本本的面目。

一边风景

夜河边无风

　　夜晚河边真静，静得落下的心跳，也时时反弹起来。干枯的草摆着说不上来的姿势，月在它们上面薄薄地铺了一层，如果有晚风月会和河里的水一样，轻轻地摆动起来。适合行走的地方，特别是冬天的夜晚，此处再好不过了。河边的空地被凛冽的冷清空了，过往的绿树脱光了叶子，偶有满树青翠，也小心地作着应对，之间有鸟，大多缩着脑袋，细细瞅上一眼，这些个鸟都在寂静里打着呼噜，把异想天开的飞翔想得很美。河边的静，是冬天带来的，寒意锁住了人的脚步，牵手的情侣不见了，散步的悠闲成了远远的想念。

　　路顺着河走，河有多长路就有多长。路在水的伴随下渐渐向夜的深处伸去，脚步也是和路有关的，月色下的路好走，没有一丝风的羁绊，适合作一些或轻或重的思考，何况水的湿气濡湿了空气，冷冷的、软软的，思绪自然带上了鲜活的成分。几块收获过的稻田，整齐的茬子横陈在月色下，曾经生长的喧哗归入了土地深处，金黄的稻粒，在一个阳光的午后，收入进了厚厚的典藏，它们拥拥挤挤发出的声响，不可能传到这里来。油菜苗似乎在积攒着力量，屏住呼吸等待新的号令，它们蹿动的身子会在一个夜晚，活泼地向上跃动，然后用它们绚丽的花，回答一个静静的冬夜发出的提问。擦着城市边缘，而又缘水而居的村落，漫不经心地晃着几盏灯光，散淡地做着白天没有做完的事，星星落在不高的屋脊上，如一只飞疲倦的信鸽，想赶也赶不走。真的希望在这样的时候听到一丝丝响动，哪怕是许多年前，隆冬的夜晚深深的睡眠中，外祖母纳鞋底抽动纱绳的声音。

　　这样的静谧实在适合思念，远行的人走得太远了，远得只能在梦中找到。外祖母离开已有近三十个年头了，她也是住在河边的，一条大河贴着所住的大门，向前走上十来步，就能淘米、洗菜、濯洗衣物。外祖母是小脚，很多的夜晚，她都要拐着小脚，艰难地在河边忙着生计，抱回一抱早晨烧锅燎灶的稻草，收回一件遗落的衣物，看一看早些时候舅舅下的虾笼，甚至沿着河接上一早出门的孩子，外祖母肯定不会有着如今沿河追逐、安静的心思，她希望听到的是一些响动，比如虾笼里发出的"刺啦啦"的声音，孩子越来越近的脚步。记得一个大月亮头的夜晚，我生了场不大不小的病，外祖母和我的母亲，轮换背着我，沿着河又渡过河向"赤脚"医生家奔去。天地间静得可怕，只有我病中的烦躁，把一个冬夜吵得不眠，我伏在母亲的肩上，听着母亲喘动的粗气，脸热得滚烫，不久就沉沉地睡去了。到醒来时，天麻麻亮了，外祖母还守在我的床边，轻轻拍着我，嘴里哼着摇篮曲。我不知道这个河边的夜晚是什么样的场景，努力去想，仍然是一片空白，能记下的，也仅是外祖母小脚踏起的沙尘，一阵紧一阵慢。外祖母死后葬在了河边，由于有较远的距离没能奔丧，多年后的清明去为她上坟，一连串的坟墓，却被青草覆盖了，沙土随风走动，坟已弱小得没了声息，我无法辨认出，哪座坟是外祖母的坟，只好在河边燃上一堆纸钱，跪下双膝，遥远地叩上几个响头。想来如这个冬夜一样，外祖母栖息的地方也会安静得落下一粒尘土就击起大的响声来，甚至将联动水流泛出花来。思念会让外祖母不得安宁吗？我回答不上来。

　　一艘船逆水在冬夜里行走，走得艰难而又坚定，船的身体沉沉的，水几乎要没过船舷，它从何方来，又将向何处去？谜一般的犁过一河冬水，给夜的寂静带来了不同凡响的生机。缓慢的速度不要花费多少力气就可追得上，我伴着船行，脚步追着、月光追着、思绪追着，船的航向灯一直明亮而自信，我想它的目标一定是明确的，不然就不会始终使出周身的力气，在冬的深处做着春的猜想。不是吗？悠然间一阵歌声传出，抒情而又激动，绝不是若干年前外祖母，轻轻拍着催我入眠的摇篮曲。"冬天来了，春天还会远吗？"泰戈尔的诗句，随水而起，而生，或顺流，或逆流，船的港湾就是这船的春天。我不是也在坚守着，千方百计要到达自己的目的地吗？顺境有过，逆境有过，是船就得靠岸，只要行走下去，不停地走下去，注定能找到自己的目标。

夜河边无风。感受过了，思念过了，还得回归市声。灯火越来越多，风光越来越旖旎，我却不知该走向何方？让心远远地漂泊吧，只要心静静的无风。

无边夜雨

好长时间没在夜雨中踽行了，雨好大，夜正深，一方不大的伞筑建了一个小小的世界，眼前的所有都被骤雨打湿了。

街上的行人匆匆忙忙地走着，车辆反而慢了下来，初夏许多花正在盛开，河边公园显得格外的冷清，寻常的花前月下景象早已收场。我索性放慢脚步，在夜雨中独自把一些平时难以被淋湿的东西平摊开来，比如目光，比如遥遥的思念，比如一些怀旧之情。不小心被河边走动的藤条绊了一下，就着昏淡的灯光，我认出了是一根乘着夜雨悄然越界的常青藤，这样的夜晚她大可以放纵一下自己，让自己的路走得更远些。油然地想起儿时同样的夜晚，大雨滂沱，奶奶牵着我的手，提着马灯、穿着蓑衣，在田埂上把一条条游走的南瓜藤轻轻地放回田里，再用一捧潮湿的泥巴固定它们，预防第二天的早行人，不小心踩中了瓜藤，每个藤蔓上都有花朵，都会挂果的，农家人心疼果实，如同疼爱自己的孩子。那样的夜晚天空出奇得黑，偶然还会打出个炸雷，奶奶拉着我一方面为自己壮胆，另一方面或许是用自己的身教告诉我世事的艰难、除却光明的另外一面吧。我像若干年前一样，把常青藤轻轻地拉起，向着藤蔓走动的相反方向，找了一块不大的石头固定住了她的位置，相信她的明天会是快乐的，避免了来来往往脚的无意踩踏，她会在属于自己的土地上，让根扎得更深，绿叶打开得更坦然。

一边风景

　　夜雨中的景观是万千的，尤其是面对一条河，雨击水面激起一圈圈不大的涟漪，水面似乎看着看着就抬升了，水也清亮了许多，枯水季节滞留的水被新生的水滴冲兑开来，河水泛着甜甜的味道，曾经几乎是一潭死水的河流开始大气起来，疾速地向东流去。此时，真有了一种被带动的感受，想急速地和"斯夫"赛跑。想想也是，时光的流逝，让许多东西已物是人非，我们似乎还停留在原地，只是头发花白了，脸上的褶子一道道得如同沟壑，两手却是空空的，曾经的梦想遥远得不可触及，没有一样提起来沉甸甸的。

　　不自觉的，眼角有了湿润的感觉，此刻一股风挟着雨狂奔过来，不大的伞没能挡住它们，满脸满头的雨水流进了嘴角，有了股特别苦涩的味道。想起初恋时光，雨夜是一对恋人最好的出游时光，可以甜甜地依偎在一起，也是在异乡的大河边，把一段爱情演绎得风生水起，如今爱情开花结果，孩子都到了恋爱的季节。在这样的夜晚，突然就有了回过头来重走一趟的冲动，但一切都已经不可能了，还是将今晚的夜雨穿透吧，之后把一些感悟带到明天的生活中去。

　　无边的夜雨还在一个劲地下着，所住的小区，灯光已剩下不多的几盏，家的灯却全部打开着，我想这是在等我这个夜归人了。我的脚步仍旧是迟疑的，穿过楼前的花园，几株大树并列着在夜雨中摇曳，曾经关注过的鸟们和绿叶一样悬挂在树上，仔细倾听可以听到它们抖动翅膀的梦呓，说不清我是否在为它们担心，或许这样的夜晚，鸟们也在相互提醒，不过用的是另一种方式，如同我家的灯光齐齐地打开着。

　　还是在门前相思树下停下了脚步，一树的花被风雨打落了不少，花仍在散发着一股股清香，别致的香沁人心脾，茸茸的花在雨夜里有着格外的魅力，我弯腰拾起了一捧，柔柔的感觉一下子撞进了我的心里。挑上三枚完整的花朵，放在上衣口袋里，我想体温会将夜雨吸干，作为今夜穿越夜雨的礼物，一朵送给妻子，一朵送给女儿，留一朵给自己，当然还有大把大把的感念，我将喋喋不休地伴着相思花香告诉她们。

雨还在下着，无边的夜雨任何门也关闭不了。

颖东之上

颖东之上，长的最高的植物是粮食。

六月间小麦刚刚登场，六百八十五平方公里的颖东大地又披上了新的绿装，豆苗生长在麦茬间，随风荡起层层细浪，玉米起伏跌宕，肆意的太阳自由散漫，让每一棵苗吸足了阳光，还原出真实的面目，绿得可人、绿得透明。农人忙于耕作，弯腰间和草较劲。豆棵间的草强势，它们傍着根瘤菌，疯疯狂狂地抢地气、抢太阳，玉米和草有着同样的姿势，张开叶子，恨不得吸尽大地的精气神。耕作的老人，似乎就是为粮食生的，他们把土地拴在裤腰带上，亦步亦趋，千万棵草在他们的脚下，倒下了又长起，他们耐下性子，一场持久的战争，也不知打了多少年。颖东的田地肯出力，有多少耕耘就有多少收获，生风的土地吹出轻轻的爽意，六月的大热天，相信他们平和的心是凉爽的。随车而行，平原上的庄稼一望无际，偶尔高高仰起的向日葵缘太阳而在，鲜明地亮出自己的笑脸，让这块秀外慧中的土地多出了质朴里的生动。此时，颖河正在湍湍流动，一方水土，以灵动作为形象的代言，蕴藉在历史的厚重里，种瓜得瓜，种豆得豆，种下玉米自是满眼的绿色。

颖东的收获永远在路上，深沉的土地充满了无尽的想象力和创造力，土地引领着人们走上了收获之途，那么所展现的一定是另一番景象。

聚焦正午镇的现代农业示范区，传统的农业正在被——颠覆，优质粮油、绿色蔬菜、特色经济作物、生态畜牧业，横生出独特的魅力，让人流连忘返，心生出一抹抹诗情画意。走进示范区核心地带的张鹏家庭农场，两棵高秆月季笑意连连，花朵硕放，如同一张张笑脸。百年老梨树刚刚卸去累累硕果的重载，树下的火鸡、珍珠鸡、贵妃鸡，当地的鸭和鹅，或活泼或沉寂，似乎还在留恋梨花似雪、硕果甜蜜。去年种下的猕猴桃，已扯藤挂果，引得好奇的游人树下留影，和主人频频攀谈。其间的桃园为主人奉献出了收成，树棵间的杭白菊已然气候鲜明，它们将在寒霜来临前开出立体的花朵。油牡丹、海棠，无疑是主人的杰作，它们悄声慢语，和土地紧紧倚在一起。木槿花开得正旺，而在这花的甬道里，早熟的大豆已鼓瑟摇铃，呈现出土地微醉中的志得意满。没曾见到农场的主人，他的侄女周红莉如数家珍，盆栽苹果树将以盆景的面目出现，一盆硕果繁茂的苹果树出现在人的案头，该是什么样的情趣？品完自然再品甜美，身心的放松会全是自然的。周红莉时而提醒，一定要注意脚下，俯首去看，林木、果树间，一棵棵小小的雪松苗，伴纤纤细草而生，不要多久，它们也会是颍东之上的另一类庄稼。打量正在劳作的农人，他们分明有了另一种姿态，轻松、自信、豁达、幽默，骄傲中全然没了面朝黄土背朝天的落寞。他们热情相邀，春华秋实，这里有说不完的现实和未来。

枣庄镇的八里湖农业示范园却是另一种身姿，宽广的平原排兵布阵般落下了石榴、桃、枣、杏、李子、樱桃、葡萄、核桃、无花果等经果作物，一口口鱼塘连通着八里湖的地脉水汽，乡村别具特色的宾馆，成了一幅乡村美景画的点缀。说是淮北，倒不如说是江南新景。枣庄人有自己的心中梦想，"魅力枣庄，皖北水乡，生态轴心，农业都镇"，他们是这样想的，也正是这样一步步向前迈进。随意去示范园中的蔬菜基地探访，所展现的勃勃生机都是难以想见

一边风景

的。数十个现代化的大棚，静静地卧在魅力四射的土地上，展示大厅、培训中心犹如都市里的一隅，大气中显现出鲜活。大棚里的作物长势喜人，点滴、消毒、恒温一连串的动作，让本土和外来的物种，充满了盈动的喜气。碗口大的甜椒，一反过往的颜色，红得鲜艳，黄得灿目，绿得欲滴，这来自荷兰的新贵已俨然和皖北的土地合为一体；称之为红美人的茄子一反常态，它的根底来自邻国日本，通过嫁接，节节登高，个大皮薄，嫩嫩的皮肤似乎风吹即破；带花的丝瓜，流动在藤蔓间，毫不掩饰自己的娇柔，采摘下放在包装箱里，时而还会引来几只蜂子采蜜。和员工攀谈，他们大多来自高等学校，他们用自己的知识和专业工作，又将所取得的实践工作经验传授给当地的群众，相互牵扯、相互带动，悄悄地改变着传统农业的磕磕绊绊。蔬菜基地被游走周边的水环绕，水中的白鲢、青鲢、鲫鱼浅浅翔动，随行的朋友告诉我们，这些鱼朝饮白露，饥食花朵，煮上一锅，就上当地产的"醉三秋"，心中的醉唯有产自这土地上的瓜果才能解开。说罢"哈哈"大笑，联动得周边风生水起。

本来就对林地感兴趣，异地的树木当会认真地看上一气，插花古镇早在心中流连过多次，诗意的名字看上一眼就不会忘记。插花多苗木，苗木又和四旁绿化的杨树联动在了一起，环环相扣、点面结合，为颍东的土地平添出绚丽的旖旎。停车在一苗木基地观览，主人目光远大，所植树木市场广阔，仅榉树就种植了三百多亩，有趣的是每棵树都有自己的条形码，作为树的"身份证"，会跟随久远。好的政策，加上老百姓支持，主人发下宏愿，将流转土地一万亩，把苗木基地做大做强。无须去问苗木基地的名字，也无须打听基地主人的姓氏，在颍东的土地上类似的基地何止一个、两个。树本身就是大地的主人之一，颍东人有眼光，有气魄，他们把树当作小麦、玉米、大豆来种养，绿得自然、种得舒心。

庄稼不种当年穷，颍东人耕辍不停，在自己的土地上种出了花样，土地流转、公司加农户、基地加带动、示范加引领，正午现代农业示范区、枣庄现代农业示范区、老庙西兰花农业合作社、吉兴家庭农场，一块块闪亮的碎片，折射出耀眼的光芒，传统耕作的颠覆，让世代几乎是刀耕火种的原始，焕发出新的力量。土地因之又一次发力，力度之大空前，力度之源绵远。

颍东之上是粮食，粮食来自于农业。又一次细心抚摸六月间沃野千里的大豆、玉米，免不了心生感慨，它们之间开始生出了另类的庄稼，有意无意中对接、融合，对接得巧妙而又自然，我深信随着产业结构的调整，颍东之上的粮食会更加颗粒饱满、厚度连绵。历史之声在耳畔油然响起，古老的颍水灌溉产生了农业文明，千年古刹北照寺、晚清古建筑群陈文炳宅院的风声清远而来，古意的大豆、玉米滴落现代的露珠，开始洇染着一方土地，新的飞跃还会远吗？

颍东之上水声潺潺，颍东之上诗意流连，颍东之上堆积着疾走千里的粮食。

一边风景

缘荷而来

喜欢各式植物，小到苔藓，大到参天巨木，对它们都充满敬意，而在这之间又独独偏爱荷。爱荷和她出淤泥而不染的品质有关，和她可品、可赏、可听、可闻的性情有关。

缘荷而来，缘荷而去，都可以落落大方，自自然然。

最早与荷结缘还是五六岁时的事。想来母亲也是爱荷的，她不知从何处寻得了一株碗荷，翻箱倒柜找了栽荷的容器——一只有些年头的墨斗，墨斗浅浅的，堆上了泥土，盛上了清水，碗荷算有了自己安身立命的地方。不久碗荷撑出了叶片，到了初夏小如蚕豆的花箭挺了起来，复瓣的花娇娇艳艳，扑鼻的香足以让一个农家别样起来。母亲教我如何去调养这花，去除枯叶或者添水加肥，碗荷旺旺地生长，秋天竟结出了袖珍的蓬子，玲珑可爱。到了冬天母亲寻了个向阳的地方，让碗荷安然地度过天寒，春天时叶长出了，花早早地又和我们见面。不知花开花落了几个春秋，一次由于我的不小心，在春天来临前失手打碎了墨斗，盘在墨斗里的碗荷根茎，细如手指的藕根摔成了几截，一方面心疼，一方面害怕，猛地哭了起来。母亲没有责怪，反而拉起了我的手，捞了把黄泥巴包起了受伤的碗荷根茎，寻了家乡最美的塘口，远远地扔向了塘的深处。母亲自言自语：让她回家吧。

回家的碗荷在故乡的塘口里欢快地生长，我和母亲时而去观望，夏天时碗荷已占领了塘的一角，花朵夹陈在碗口大的荷叶间，开得热烈，比起小小的墨斗里的花朵，不知奔放了多少。许多年后，我仍然想着这碗荷，试图在自己的阳台上栽上一株，但想到碗荷在塘口里自由生长的模样，放弃成了最终的决定。不是吗？宿命的荷与墨斗、与我结缘是幸还是不幸？我难以找到答案。囚于一隅，何如放之江河？

家乡的塘口多，每口塘都密密地布满了莲藕，盛夏季节只看到绿的波漪，很难看到水的影子，荷叶们拥拥挤挤，连塘埂上也站立起荷的身姿，甚至连花都开在埂上。故乡的荷开着两种颜色的花儿，开白花的叫白花藕，开红花的自然叫红花藕了，红色的花朵比起白色的花朵要娇艳、俊俏些，而结出的藕却恰恰相反，白花藕又甜又嫩，红花藕竟又老又涩，弄得我们不知所措，到底该更喜欢谁？

家乡的荷对我是有恩的，除了喜食她的果实，欣赏她的美丽之外，她还曾救过我的一条小命。小时亲水，喜欢在塘边玩，鱼儿、蜻蜓总是吸引着我的眼睛，一次在追逐中失足落水，塘是深塘，按家乡人的说法，一个大个子也打不到底，何况我又小又瘦，眼见着向塘底沉去，好在厚实的荷叶支住了我的身体，众多的荷叶联动起来，竟将我半浮半沉地托了起来，待大人们赶来时，我已足足地喝了好几口荷塘水。爬上岸来，却见荷叶田田，荷花吐蕊，曾放逐的碗荷，花蕾如一只只小小的拳头举向空中。心落了下来，心中之荷却舒舒缓缓地开了起来。

故乡的荷来自何方？我曾为这问过年迈的爷爷，爷爷说，塘是古塘，他记事时就一塘荷叶满塘转。荷来自天际，如生生息息的野草。实际上，我想问的是自己来自何方，也如同荷一样吗？如真的能做一枝故乡的荷也挺美的。

前几天小城公园的荷竞相开放了，爱荷的天性让我流连于周边，精心栽培的荷花朵硕大，野性的奔放被欲滴的娇艳隐去了，众多的赏荷者，赞叹之余却又行色匆匆，估计大多不曾引发心中的波澜。

荷的美随时光走动，早晨的荷是一天起始的心情，中午的荷带上了太阳的印记，晚间的荷又为月光舞蹈。荷如仙子，从水中出浴，自然的清新，伴着一泓好水，鱼游其间，鸟穿花丛，蜻蜓小心地点破水面的神秘，谜一般的局，岂是人人能解开。我换着不同的角度，对一朵朵盛开的荷刻意打量，仍是花开花落的白花和红花，白的大气，红的羞涩，她们纠合在一起，织出了一番美的天地，荷风漠然而过，身心的块垒猛地卸去了几块。随手拍了几张荷的盛景，小景小趣，却得到了一画家朋友的认可，他汲取了其中的元素，泼墨出新的图景，一枝荷盛开在香蒲、野草之间，野性的燃烧，多出了更绚丽的热度。我随之索画，他满口应允，或许画家朋友并不知我的心思。朋友所作之画，正是我心中所缘之荷。荷风凉爽，而荷花的心最应野性的热烈。

晚间小雨，我又一次去观荷，雨打荷叶，发出另样的声响，天渐渐地黑得透彻，荷的美藏进了夜色里，缘着想象，缘着对记忆的抚摸，雨润泽着荷花，用声音模拟出荷叶的轮廓，我的心无来由地绵软起来，想到小时的碗荷，想到众多荷叶托浮起我的身体，想到白的鲜嫩、红的滞涩，想到缘荷而来，想到口吐莲花、脚踏佛莲的出世、入世……密密匝匝的雨滴在田田绿叶上如一只只明明灭灭的眼睛。

风吹起荷瓣，悄落在我的脚下，小心再小心还是踏上了她，足底生风，有点飘飘然了，今夜我能入眠吗？

月驻巷陌

难得清静下来，找了一个月辉涟涟的夜晚，躲进了古三河蜿蜒曲折的青石小巷。

夜正浓，三道水如三条拂扬了一天的绸缎，自然的舒坦下了身子，素面朝天，任满天的星斗，浑圆的月夜悄然地伏在它们的胸间。青石小巷宁静得可听到，压在千年石块下老蚯蚓舒展筋骨的声响。嘈杂的市声、寻寻常常的脚步，早已睡去。

幻境中的一袭油伞从《小辞店》的深处飘来，蔡鸣凤和柳凤英柔情似水，凄婉的爱情，湿润了脚下不知存留了多少时间的青石板。想当年蔡、柳二人或许就在这小巷里相识，又在这小巷里举头望月，山盟海誓做一辈子生生死死的爱人，别离时或许仍在这巷陌之间，蔡鸣凤一步三回头，柳凤英肝肠寸断，望断了蔡鸣凤的身影，始终把一种期候落定在小巷深处，再也没有移动半步。月色下的三河小巷显得幽远而淡泊，如一幅恬静的水粉画，不经意间作着意味深长的抒情。爱情的力量，足以冲破所有的栅栏，真情让心贴近，真情让心扯成八瓣。传说中的蔡鸣凤身首异处，也是在有月的夜晚，柳凤英独自离开家门，寻遍了三河所有的街巷，她有一个深深的预感，就是这夜蔡鸣凤会回到她的身边。到处都是他的身影，到处都见他的飘忽不定，柳凤英却握不住他温热的指尖，失望中她放声大哭，一时间三河所有的大街小巷在月色中浮了起来，青石板如同放逐的小舟，一行行漂流进东去的河流。

百多年时间流逝，我似乎想寻找点什么？或者有这样的邂逅，遇见一袭那个时代的红纸伞，伞下是一对执手的恋人，他们最好是蔡鸣凤、柳凤英，我会邀请他们小憩，甚或会递上一根现代的烟卷，请他们说说昔日月满小巷时的风光，遗落的故事和他们分别后狂奔的泪水的滋味，这一切都是那么缥缈，月色击打着小巷两边紧闭的门户，寻不到一句微弱的应答声。

月色将一人巷灌得满满的，相对于白天更加清瘦，小巷两边青砖的缝隙长满了瘦小的花，初露在它们的叶片上泛着月色的光华，一不小心就会碰下一朵，砸中了一地的月辉同样会激发一串的涟漪。细心地去看、去琢磨，却见一扇不大的窗口散发出昏淡的灯光，这是少年杨振宁夜读时留下的灯光吗？应该是了。

1942 年日寇的铁蹄践踏着祖国的大好河山，避难的杨振宁客居于此，或许这偏居的一隅，奠定了杨振宁一辈子路的坚实。一只蟋蟀抖落的声音在一人巷里落单地流连着，牙口肯定有了些年头，当我轻轻地穿越它时，它的声音老练而从容，我不得不去想，许多年前，少年杨振宁可会在读书之余，品味一巷月光，偶尔也会和一只蟋蟀对话，听着它单调而又坚忍的欢唱，伸伸懒腰，让自己的身体向上拔出一段。

月下的一人巷，自有着独自的品格，不仅仅是因为一人巷走出了科学巨人，不仅仅是"让他三尺又何妨"的气度，而是它千百年来独自的坚定，任凭大道通衢，驰越千军万马，它只是让不能并肩的脚步，一次次通过，它深知再小的巷道也是出发的地点，小巷悠悠通往的都是通天的道路。顺着月光的指向，我在一人巷走了好几个来回，心的静反而落在了这里。若干年后成为科学巨匠的杨振宁又回到了曾经居住的一人巷，已是皓发满首的他，依稀还能找到过往的脚，在感叹岁月沧桑之后，他回望一人巷陌，仍是那么逼仄，又是那么宽阔。从一人巷走出的巨人，在年少时一定有过这样的经历，散淡的月光下，他一人在巷道里摸索，没有执手的母亲，甚至没有灯光引路，他一人踽行，却通过了漫漫黑夜和幽深的小巷，将小小的脚步走得胆怯而又坚定。在这样的夜晚，我突发奇想，如果有可能，邀请杨振宁再返故地，自然是月色满天的时候，一人巷堆满月色的时段，让老人悄悄地在他的故居走上一遭，他定然会选择通过一人巷轻叩家门，他的身后一定会留下大音希声的脚步，没有了前呼后拥，他会给我们留下怎样的真实呢？

月随星移，蟋蟀的嘶鸣时断时续，我猛然听到了一串稚嫩的读书声，回过头来，我离一人巷已越来越远了，几缕月光从巷陌的出口处，还在不断地向里涌进。

月光下的三河巷陌实在适合一人松懈心绪，独自放松情怀。静卧的桥沿着鹊渚布下，古老或年轻的脊背却硬朗地挺起，月光映下它们，它们如一条条泊岸的船无声无息地停靠着，白天的喧嚣，初晚的笙歌都已远逝，它们早已睡去。醒着的就剩下一块块被磨砺得如同明镜的青石板了，千百年来它们到底见证了些什么？不应该在寂静的夜晚就着四处飘散的月光好好梳理下吗？相信自己是此刻三河古老巷陌最好的抚摸者，历史的深沉，人文的积淀，自然的流韵，水流的湍动，青石的镌刻，却在搏动它们的血脉，如果它们此时能说话，我愿陪伴着一夜不眠。

古巷陌家家户户的灯笼和一地的月色一样不知疲倦，明明灭灭地诉说着原著居民生生息息的故事，面对一扇扇紧闭的门扉，我突然有了诉说的渴望，能否敲开一家门户，随着月色走进古巷陌心的深处？一下，两下，三下，我轻叩着周隆兴号的门扉，这千年的老商号依然是用沉默应答。透过沉睡的大门缝隙，我又似乎走了进去，一杯香茗待客，五进五出的院落，直通河的身边，可听到细浪推岸的浪语，今夜是否有商船停靠，卸下盐、米、布匹和贵重的金银首饰？

千年的鼾声在月色四溢的庭院里到处走动，女儿背上，一根绣线随风飘逸，一头在女儿的心中，另一头也不知系住了何方神圣？湿润的月色丝丝缕缕地从关不严的缝隙里传来，月色早带上了古老的意味，百年商号该演绎过多重人生，把它们一并请到古老的巷陌中来吧，让疑问和想象的翅膀再一次张开，巷陌深处列队行走的就该是混合杂陈风尘内外、日月交错厚重的味儿了。

月光洗出的巷陌里一遍遍地走过，最贴近肌肤的是青石板的爽朗，月色穿在身上，时而能感到它湿漉漉的诚恳，如同三河软软的招呼。我索性席地而坐，在周边的寂静里，让心的节拍随着三水流出的韵律，惬意地闭上眼睛，让一夜好梦做在驻满月色的巷陌里。

属意大蜀山

　　家乡离大蜀山很近，所住的村子，走上三五里就到了大蜀山脚下。那时的大蜀山及周围荒芜，杂草丛生，灌木带着凄凉的风声。尤其是炎热夏天的夜晚，繁星一片，月亮挂在高高的树梢，一个悄悄的传言无声地漫延开来——大蜀山的狼下山了，一个拾荒的小女孩被"扛"了去，掏空了肚子。吓得我们连看看不远处大蜀山影子的勇气也没有了。

　　尽管在恐吓中度过了一个又一个日子，对大蜀山我们还是向往的，特别是秋叶飘落的日子，家家户户备上干粮，带上砍刀筢子，去山上砍荒草，扒松毛（针）时，我们总会求爹爹拜奶奶地要跟着去。而每当家人们满载而归时，我们又是欢天喜地，砍回的荒草、扒回的松毛里，间或会呈现出我们难得的惊喜，比如一些说不上名字的野果、大大的松塔，甚至还有躲藏在荒草里的活物。家人还会说出一些山的故事，有鼻子有眼、活灵活现，更增添了山对我们的吸引。

　　大蜀山应该是和我们的村子连在一起的，仰起头就能看到她的影子，都说看山跑死马，山却就在眼前。大蜀山鸟多，常见成群结队的鸟从山峦绿树间飞出，直扑我们村庄周边的田地、水沟、塘口，到了晚上又齐齐地飞去，特别是成群的白鹭，划着雪白的翅膀，黑暗里亮亮的白色养眼又戳目。冬天雪绵大地，山的距离一下子就拉在了眼前，山上的走兽从山上一路奔下，一个个深深的足印，引得我们一一去分辨，兔子的、狐狸的、野猪的，对着梅花状的脚印，有人大声地说出，这是狼的，搞得我们噤声而索然。

奶奶说的大蜀山里事，又充满了让我们可以大量补充情节的联想。她说，1938年时，中国军队抗击日本人，在大蜀山开仗，子弹满天飞，足足的一天一夜，枪炮声才平息了下来。年轻时的奶奶胆子大，她带着我的伯父、姑姑去了战场，看到了大量的尸体，大多是日本鬼子的，还有死在战场上的战马。也许是饿极了，她竟割了许多马肉带了回来。和我说这些时，她已经七十多岁，一个劲地说，马肉不好吃，酸。大蜀山由之在我们的心里多出了一种分量。直到许多年后，我翻阅相关资料，才得知这一战斗，是发生在川军和日本鬼子之间的一场殊死决斗，日本鬼子损兵折将三百多人。

实际上家乡人是把大蜀山称之为"大独山"的，因为大蜀山独自兀立，没有绵延、没有簇拥。故乡人是有眼光的，据《尔雅·释山》中称"蜀"就是"独"的意思。孤独的山不代表她内心凄凉。大蜀山的形成由火山而起，至今已有2800万年的历史，个中有多少故事已难以说清。而她所拥有的"蜀山雪霁""蜀山春晓"等诸多美景，还历历在人们的眼前。即便是1938年的战火，日本鬼子焚烧了她的历史遗存，砍伐了大量的参天古木，但一座山的内心从没有停止跳动，她的温度从没有降下来。我曾在一棵被称之为"樱花宝树"的华中樱面前久久流连，她高达二十多米，胸径接近五十厘米，一树粉白色的花朵星星点点，无疑她是一棵地道的中华树，长得恣肆、花开安然。对于被称之为"死亡之花"的樱花我素无好感，不过面对大蜀山上的野樱，我却多出了另一份感想，她来自何处无从考证，但她从山的深处冒出是铁定的事实，她带着大蜀山孤独而不落寞的心跳，一跃而成为灿烂，更是现实。大蜀山不孤独，她立于一座城的中心，又被众多的回忆念及，当是件特别美好的事情。

世间的名山大川太多，我还是属意大蜀山。从我的幼年一直至今，似乎从没有离开过她。就在前几天，一个秋雨绵绵的夜晚，我如同一个孤独的路人，围绕在她的身边，一把雨伞，一个灯下斜斜的影子，似乎只有这座山可倚可靠，耳边仍是幼年常挂在嘴边的话："牛皮不是吹的，火车不是推的，大蜀山不是堆的。"想想仍很深刻。

一边风景

走湿地

　　难以说清对滨湖湿地的感觉，比湖泊要寂静些，早晨的风一层层剥开早已的约定，数千亩场地，谜一般摆开自然和从容，恐怕除了心跳，没有多余的动作能惊动它。无风三尺浪的湖泊傲慢激烈，湿地静卧在湖的一侧，是可以一步步走进去的，抚摸或者亲近，都呈现出特别的大度和母性气质的包揽。

　　一千块湿地可能有一千种形色，它们因地域的不同，会各自摆出独有的姿势。黄河故道，湿地中穿插着梨、桃、苹果等果树，风沙扬起又纷纷落下，水深浅不一，一汪连着一汪，顺着曾经的奔流，小憩般作着停顿，侧耳去听分明有涛声不绝的余音。云南腾冲的湿地，以一块又一块草排著称，上百年、上千年的草根从水汽中升起而纠结，草上架草，根上垒根，撑起一块草排就可以涉过守望的渡口，草排上花香四溢，一不小心赤裸的脚丫就会钻出一朵花来。而眼下的湿地滨湖而成，年轻得找不出任何历史遗存，甚至指望不了那么一两棵巨树，浩繁地逗引着风去摧它、掠扰它。树几乎一般的大小，笔直地伸向天空，密密匝匝地沿着沙石路面、泥土小径通往远方，大片大片的树林，用拥挤形容毫不过分，吵吵嚷嚷中，抱着团，锁住从湖风中传来的湿气。多而琐碎的水洼，像随意撒出的种子，一枝枝萌动绿芽，贴在地面上，吻得深而又深。初春时节，很少有树吐出叶来，整齐划一地在等待，也许是一声青春少年撮起嘴唇吹响的口哨，也许是相邻而居，捕鱼船上妙龄女子轻吟的渔歌，也许是我们左顾右盼的目光……或许都不是，只是它们纠缠的根较住劲的感动。

对湿地的认识有些时日，少时的家住在丘陵的逆水地上，北高南低，推开门扑面而来的是连绵的水田，春夏间秧苗喧嚣地一天天抬起，秧棵间鱼虾嬉戏、青蛙鼓瑟，水鸟唱着或好听或怪异的歌声，夜晚萤火与虫鸣交织成一浪浪的恬静，观上一眼自可安然睡去。之间不大的水渠、清澈的塘口，穿起来就成了乡村和土地不朽的流动，人在其中，如一棵草样活络，一株树样平和，一条鱼样活泼。湿地在星罗棋布中多样而鲜活，它们在一个个村落边换着花样吁叹、温柔地娓娓诉说，和人相互依存，又和人相生相克。那时，我并不知湿地这一名词，只知道离开它，人的生存就会出现问题，没了水田或遇干旱年景，人就要饿肚子。到有了湿地是地球之肺的感悟时，周边的湿地开始干涸，面对雾霾以及沉重浑浊的空气，似乎对湿地只有回忆、怀念的分了。

傍着市声而起的滨湖湿地公园，凸显出了别样的魅力。等不得春浓花开，我有点迫不及待，一头扎了进去。阳光正好，何况一场春雨刚刚过去，湿地透出一股特别的清静与浪漫，杨树下是掉落沉淀的枯叶，厚厚的一层，踩上去富有弹性、沙沙作响，即便天气尚凉，赤足的冲动还是一而再地涌起，索性脱了鞋走了上去，脚心痒酥酥的，仔细看去，枯树叶下，一丛丛幼绿的小草见风而长，压痛了它们，它们理所当然地回报出了自己柔弱的反抗。抬头向树梢望去，一对喜鹊正在筑巢，黑白分明的衣裳，和它们的叫声一样鼓动着喜庆，相信没有打扰它们成熟的爱意，两只喜鹊亮翅劳作，根本没有停下的意思。周围的水一派温柔，平摊着身子，水草从水底深处探头，水包裹着它们的绿意，不要多久就会破水而出，可以想见，春天的手掌摩挲过去，水面浮起的花朵绝不会比土地上少。空气的清新和

一边风景

润湿，从树棵间发出、从水面上升起，更多地从人的心中氤氲蒸腾，在大自然面前，任何心中的块垒都在一一地化解和拆除，即便是一面之交的陌路者，也有说不完的话语，此时更多地是把自己定位为湿地中的一棵树、一束草、一汪水，大美环境里，自是亲切、亲近。我不自觉地脱离了同行者的队伍，向湿地的深处走去，小径悠悠，却多出了更多的情趣，无法不在一畦水边停下脚步，或许少有人的打搅，吞食阳光的小鱼，一律仰着头向我观望，我投在水中的影子和小鱼搅和在了一起，影子动了起来，原来是一群小鱼扛起的，我不知如此地伫立下去，我的影子会被鱼们抬向何处，如同我不明白鱼们是如何想的，鱼也不明白我追逐的思想到了哪里。终于我还是把留恋的目光收了回来，加快脚步去追赶同行者，脚步越快，耳边的低语就愈加稠密，回头时，原先还略显沉寂的树梢已绿绿地铺了一层，以为自己的眼睛花了，停下脚步打量，一棵棵独树没绿，而整体的林子绿了，真的应了"遥看却绿近又无"的意境。

当湿地被一只只鸟激活时，我的心已处于飞翔状态，小小的绣眼、快乐的喜鹊、谈情说爱的斑鸠、神出鬼没的白头翁，都是我久已期待的老朋友，相遇在湿地是我们的另一种缘分，当然有说不完的话语。如果不是一只松鼠闯入我的眼帘，可能还得交谈得更久。松鼠卷着蓬松的尾巴，不慌不忙地和我对视，它褐色的身子和透出亮色的眼睛，无疑让春天的地界充满了灵气。按说，松鼠的家不应在这里，但它实实在在地存在了，存在得悠悠然然、自自在在，一定是湿地的包容、大意吸引了它（我宁愿它不是动物保护主义者放生的，而是经过长途迁徙，寻找到了这一方安身立命之地）。目光随着松鼠跃动，湿地深处澎湃着无尽的活力，有新鲜地气的出落、有疾走绿色的鼓涌、有阳光搅和春天的奔忙、有人和自然大声地交谈……湿地捧着人，人也托着湿地。

中午时分找到了家邻近的渔庄吃饭，新鲜的菜肴，采自湿地的腹地，可品可赏。渔庄面向潮泊，湖叫巢湖，它的根扎在湿地里，古香古色，尽管和湿地的拙意不甚协调，但仍是惬意的，湿地质朴而母性的包容，不要多久它也将成为一抹水汁涟涟的绿色。

北京风语

或公或私，去北京，不少于十来次。对于北京的感受很多，政治中心、名胜古迹、文化遗存，都让我流连忘返，恨自己不曾加倍努力，做个北京人，不过也仅是一时的闪念，事后大多烟云越目，没太当回事。倒是纵横北京的风语，让人久久难以忘记，一天天在记忆里加深。

第一次去北京，恰赶上风沙的日子，风抽沙搽打得全身发麻，耳际疼痛，北京的风真的很硬。

长安街是必去的，还得找些流连，东张西望，吃力而又愉快地将大国首都的景象，牢牢捕捉在脑海里。感叹于车流的蜗行，却没有一辆车子愿为自己停下。车子滞缓，风速不曾留情，恰是初秋时节，黄叶纷纷落下，心中免不了有点悽惶。由广场登上天安门，手抚栏杆作伟人挥手状，身边的红旗猎猎飘动，绢软的旗面时不时抚过我的脸颊，泪竟止不住地流了下来，一无阻拦，如说心无杂念，此时最为准确。

风语连连，从前门穿过，再到天安门，直去敲响故宫敞开的大门，平和急促的喘息，拾足而入，也不知踩上了哪任皇帝留下的脚印。还是风在诉说，皇家的宫殿威武，穿堂风和平民百姓家里没见两样，即便政权更替，剧烈的冲撞从没曾柔软过，还是那么掷地有声，只刮得尘埃四起，在迷失后清朗，清朗后再度迷失，周而复始，充满了挥之不去的真实，纠结无痕的假象。汉白玉护栏、九龙盘虬的台阶似是历史沉淀后石化的符号，在风的穿越下还原成一幕幕图景，繁荣和虚化同在、战争与和平交织。迅疾和缓慢的脚步声，在三拜九叩中，隐藏了一个帝国多少秘密，吸纳了多少官员大臣呛血的记忆，谁能解透？皇帝老儿只管下旨申斥，朗朗天空下，黎民百姓的日子，仍旧是黑暗的。故宫依然，故事在眼前又在天边外。

风声交代出颐和园的一抹碧波，曾经的清漪园在战火中演变为新的园地，慈禧太后大笔一挥，将一艘远航的舰艇停泊在了这里，一任八国联军搓揉。面对昆明湖的波光潋滟，突然听到传自1927年的沉闷响声，王国维沉水而去，一个帝国在一个破落文人的无奈间拉上了帷幕，归结的风声在偌大的水面上盘旋，旋得肆无忌惮，毫无珍惜可言。

就这般在北京的风啸中穿越我的北京首行，欣喜中带着沉寂，沉寂的耳畔时时被砂粒夹杂的风语打中，耳鼓里灌得满满的声音，嘈嘈杂杂，全然都是历史的余脉。但一个声音却特别清晰，那是毛泽东自西柏坡去北京的途中所说：去北京赶考。实际上想到北京赶考的太多，李自成一路艰辛已坐在了考案前，手持朱笔，蘸着自己的鲜血，却写下了零分试卷。毛泽东不然，他用心怀中的人民断章作句，圆满答题，自己仅作为标点，一份试卷做得风生水起，自是赢得了高分。过耳的风声，倒是耳语般轻巧，"人民只有人民，才是创造历史的真正动力"，人民为大，北京城才会心平气和，天安门广场才会四面通达。

间隔了许多日子，又到了北京，为家乡的一部电影《圩堡枪声》找权威性的答案。八一电影制片厂犹如心中的圣地，看着它拍摄的电影，由孩提而青年而中年，电影中吹响的冲锋号，往往就是我等这般年龄的集合令。《圩堡枪声》受到了好评，心中的块垒陡然化为一泓清流，剩下的只能是一遍遍听阅北京风语。

一边风景

　　和十年前的北京相比，许许多多事情已不能相比，初秋的阳光和煦，北京的天蓝，风沙归于绿地作了护花的使者，如洗的天空被天安门广场擎起的国旗撑得高耸，共和国的首都，每一个细节都值得细细品味，风悄然地越过，北京的每个旮旯都荡漾着息息勃动的生机。

　　车过天安门广场，人民英雄纪念碑，在阳光的照耀下，全然是太阳的味道，长安街车流如织，摆渡过匆匆过客，又迎来新的惊叹，故宫的大门前人头攒动，似乎都想做会历史的主人。或许和心境有关，我的目光密密匝匝，张罗的网总想把北京的美好一网打尽，摇开车窗，陡然扑面的是风的和缓，只吹得每个毛孔执意打开，每一寸皮肤都春意盎然。

　　清晨起了个大早，信步于莲花公园，为盛开的荷花叫好，那么多人围绕荷花而动，太阳透过花瓣，也照亮了早起人的心房。尽管北京人拥有自己的自豪，我的话语仍能找到应答，我感到北京是中国每个公民的，它不仅仅属于皇帝老儿，也不仅仅属于皇城根下操北京腔调的人们。一只蜜蜂忙于在荷花里采蜜，它的翅膀扇起风声，北京的风语已向四面八方传递开去。

向麦而生

　　一脚踏进了一所在当地小有名气的学校文化广场，突然为脚下铺天盖地的汉字而震撼，学校的管理者别出心裁，每一个道板上都栽下了一个方方正正的汉字，作为学校学生的对应者，也就是说，跨入该小学的学生从入学的第一天起，就认领了一个汉字，这字将跟随着他的整个小学阶段，可能是"春、夏、秋、冬"中的某一个，也可能是"一、二、三、四、五"中的某一个，汉字博大繁杂，但总是横平竖直，透出力道和筋骨。

　　震惊于学校校园文化无处不在的同时，不自觉地留意起自己的脚下，我的脚下踩着的是个"麦"字，猛地感到有一股电流击中了我的周身，"麦"是粮食，"麦"是土地，"麦"是一道风景。我把自己的感受说给周边人听，无疑引发了众多的共鸣，一位颇具学者风范的领导，接着我的话说了一句："麦是骨殖"，把我的内心世界搅和得天翻地覆，果然如此，"麦"撑起了生命和肉体，它用柔软中的硬度，构建了进行中的世界。

　　《三字经》中说："稻粱菽，麦黍稷，此六谷，人所食。"麦置于六谷之中，它用自己的独特方式生长在北方，乃至南方和北方交会之地，成为碧绿和金黄的风景。困难时期，麦是度过青黄不接的饥饿期的最重要的粮食作物，麦的重要只有饿过肚子的人知道。新麦登场，所有的人都长长地舒了口气，终于可以结束饥肠辘辘的一段时日了。实际上麦子抽穗时，我们心中最为艰难的历程就开始平复了，眼见着麦子扬花传粉，麦粒开始灌浆饱胀，它们的颗粒里充满了津甜，实在饿急了，扯上几穗，连同青青的麦苗也可吃得满嘴鲜甜。到了麦子六七成熟时，拽上麦穗、揉去麦芒，一粒粒麦子已沉重得足以赶走飞来走动的困顿，大口地嚼动，填进肚子里，生生地起了劲，出了力，走上十里八里都不是什么问题。总感到，我对植物深深的感情，是因麦子而起的，许多年来，有植物生长的地方，就是我流连忘返的福地，一蓬草、一棵树，无论茂盛衰败，都是我心之最爱。而据我所观察，大多数人都是这样，对土地的感情和爱怜，都源于植物。我不敢断言，这都和麦子有关，但其中的成分应占有很大的比例。

记得爷爷去世的当年，二三月间正是麦苗勃蓬生长的季节，爷爷撑着久病的身体，要我扶着他去麦田里走走。爷爷是种田的好把式，脑子灵光也肯在土地里出力，他一辈子牵挂土地、挂念庄稼，对正在生长的麦子，自然有着十二分的用心。二三月里的麦田，麦苗说不上茂密，但小风吹过，"条播"或者"撒播"的麦地，绿苗仍是腾动层层细浪，庄稼人看生长而不是看风景，即便风景好看也是过眼烟云，风景不当饭吃，当不得日子过。爷爷看庄稼眼睛"毒"，没走过几条田埂就发现了，麦地中东一片西一块地出现"空白地"，他要我一一记下，家乡的田亩都是有名字的，好听或者不好听，就落个好记忆，比如"猪拱田""狗屎地""八斗种"之类的，听一次就忘不了。爷爷在田埂上大口喘息，那时我并不知道乡间的迷信传说：麦地上出现空白田，郢子里就要有一位老人死去，爷爷的大口喘息是因为病痛，还是因为他想到了自己将不久于人世？或者二者兼而有之。爷爷巡田归来，就忙不迭地要我的伯父，带人去空白地补种，或豆或玉米，他说，庄稼不种当年穷，心和地一样空不得。

爷爷死在麦子登场时，一地的金黄，就连补种的空白地也充斥着收获，直至如今，我一直认为，爷爷就是故土中的一穗麦子，他立于土地又扎根于土地最终回归于土地。他在濒临死亡的日子里，想着在空白地里补种上"六谷"，不就是要种上下自己吗？按乡间的说法，那出现的空白地本该埋下他的血肉之躯的，从这个意义说，土地上长出的收成，就该是土地的骨殖，麦当然也不例外。

思绪回到学校的文化广场，我的脚久久不愿挪动，天下的汉字汗牛充栋，我竟幸运地踩中了"麦"字，是冥冥中的宿命，还是偶然中的必然。一个诗人曾经对我说过，一个人生下来，脚下就踩着一块土地。我由此生发对自己说：一个人生下时，脚下就踩着一个汉字过活，只是自己没有发现。向麦而生，过去我从没这样想过，感念过，但从这天开始，我肯定会如此。

一边风景

月落湖畔

巢湖的水波从没平息过，落泊的月怎么就能安静下来？驿动的湖月该是何等模样？

夜晚的巢湖在星星点点的渔火中隐藏下了自己的面孔，如不是拍岸的涛声，还以为是一望无际的原野，浑圆的月投进了自己的倩影，浮浮沉沉中，虚拟出隔空相望的真实。水波漾动，月随风传，水中月羽化为了片片光明的碎屑，转眼间又合拢而来，坐实为可以轻轻抚摸，湖光四溢的元素。合拢的月再次被涟漪揉碎，夜鸟的啼鸣裹缠着，一次次升上了无垠的天空，抬头望去，天上一轮明月俯视着人间万物，巢湖展开了身体，万顷碧波在月的清辉下，富有诗意地弹动，让空落的心充满了润湿的情境。

总以为离岸边不远的孤山是明月落脚生根的地方，孤零零的石与山寸草不生，礁石硬气光滑，月光和阳光一样，尽情尽意地洒向它，让它的周身镀上了生命的迹象。夜鸟惊叫，鱼儿溯水观望扑腾，芦苇摆动摇曳，渔火激动浪花，月光似乎不在意这或有或无的声音，静静地洒落轻巧的柔和。山石带着水的温存，把月光揽入怀中，恨不能每个旮旯都被疏密的月光打湿，如飞动的水沫，生命般激活山的纹理，石的纹理。倒映在水中的月，守卫着山的坚实，突然狂浪卷起泊月，猛地向孤山扑来，月碎了，山仍坚定，只是山体瞬息剔透起来，月色细致地注入了山的心中，山明亮了，一湖水清凌了。

沿着月亮的岸线，去走最原始的心情，我已分不清在夜晚的湖声中谁是湖光山色的主人。缘湖岸而生的细柳、芦苇、蓑草、青苔，带着《诗经》中曾有过的太息，带着陷巢州、长庐州的传说，甚至还有巢氏夜间取暖嘘叹的拥挤声，密密匝匝地伸出自己的根须，舒展迎露陆生的绿叶，历史的况味在水波的冲击下清晰而又意味深长，而这些正是从草芥中生发出的。

我急于分辨出细柳和芦苇在夜色月光下扭结的形状，顾不得浪急风高，顺着湖坡向水而去，细柳轻俏，芦笛声脆，一湖水意蕴无穷。我捧起湖水轻贴面孔，此时我已是湖的一滴，湖月的一缕，我陡然感到生长在湖边的细柳、芦苇们真的很幸福，听拍岸的浪声入眠，顶一朵明月过活，天天都有"千里共婵娟"的境界，好生可叹。

月光下浅泊的几只小舟或许被主人遗忘了许久，主人早已离水波而去，在岸边或不远的城市，开拓出了新的绿地。小舟破败，连通的船舱积满了飞沫带来的水意，一些小鱼小虾自在地在船舱浅浅的水里游动。细鳞鱼是飞浪送来的，自是巢湖的生灵，如同对湖，天空的月没有忘记这一隅，明月垂下自己的光明，一再冲刷着小鱼小虾的啜饮，把自己博大的胸怀，停泊在船舱的底部，如一方明镜映照着天空的碧蓝、生命坚强。面对此景，我为浅泊的小舟担忧，它们可能托浮起皓月千里的重负，可能寄托下那空留下方舟离岸而去的主人的一抹乡愁？"明月几时有，把酒问青天"，月在身边，陋舟也该有起锚时吧。

明月唤归，行走巢湖明月里正是初秋时分，城市的灯光闪闪烁烁地袭来，增加了观月的心情，大湖名城将巢湖纳入心怀，不也将湖畔明月植入了市声里？"我欲乘风归去"，采一朵明月置于枕边，让所有夜晚的梦明亮起来，该是何等的逍遥？归途仍在明月里。

葡萄琐碎

从小对一串串葡萄的仰慕，总是要经历很长的时间，绿豆大成串挂枝的时候，目光便开始围着它们转，到了豌豆大时，忍不住馋劲，偷偷地摘下几粒扔进嘴里，酸得牙根都倒了，真的到了成熟时，时时牵挂的一串串葡萄剩下的也就三五粒了。似乎年年如此，耐不住性子，吃下的往往多是青涩的味儿，不过也好，葡萄的整个结果过程，隔三岔五都被品尝过了，留在舌底的印像特别的深刻，如同长久的恋爱，酸甜苦辣都有了，才会深深地珍惜。

不大的院落里是有一架葡萄的，白天铺下绿荫，夜间星星从枝叶筛落下来，怎么的都让小小的空间充满了乐趣，葡萄架下的故事多，可能绿叶婆娑，供应出了故事的原料，诸如"狐狸吃不到葡萄，说葡萄是酸的"之类，洋溢着哲理的韵味和深刻，让童年时光多出了一些轻松中的沉重，也让一棵相伴而生的果树，通过藤蔓的游走生出些幻象来，夜晚或者绝早，我会窥探上一气，看有没有狡猾的狐狸盯着一架子累累硕果流口水。鸟们的关注却是寻常的，它们的啄食动作快而果敢，非成熟的不吃，倒是从鸟的嘴角掉落下来的果子，红红艳艳甜得可口。

葡萄的枝条只受阳光牵引，向四处奔走是它的追求，院落里的一架葡萄玩心重，一不小心就越界了，起先是跃过院墙，之后竟大言不惭地在邻家的院落里吵吵嚷嚷，邻家也耐得住吵闹，任由它攀爬，由着它的性子挂下一串串果实。实际上邻里间越界的植物绝不止葡萄一种，只要是扯藤拉丝的大多如此，眉豆是这样，开香喷喷花朵的金银花更如此。葡萄藤在邻家游走得快乐，果挂得安逸，没有淘气的侵扰、酸涩中的品尝。按乡间的说法：人家的东西，没经人同意碰不得。邻家的大人孩子自觉。直到葡萄成熟时，邻家才会一串串地精心剪下，放在篮子里，小心地提将过来，算是颗粒归仓吧。作为葡萄的主人，提供了泥土和地气，也不会"薄"了邻家的阳光，总要将浅浅一篮子葡萄分上一大半给邻家，邻里间相视一笑，一条信任的河流汩汩流动起来。到了邻家也种植起葡萄来，两家的藤蔓就开始交织在了一起，再也无法分解开来，泥土相同、阳光一般，酸甜度自是一样的。

这几年兴农家乐，城市住久了，体验乡村生活，成为追求精神层面上的一种时尚，我当然乐于此道。摘葡萄不失为好的选择，往往都是葡萄成熟的日子，和家人一起驰车数十公里，一头扎入葡萄园里，今年和往年不同，多年没联系的亲戚，突然间电话相邀，说种了几亩葡萄，粒大味甜果汁饱满，约我们去体验一番。

葡萄园在亲戚的料理下整齐划一，微风穿过一棵棵葡萄树，串串红彤彤的果实泛着夺目的光彩。亲戚介绍，种葡萄效益好，比点麦、栽稻划得来，政府提倡，一年一次葡萄采摘节，根本不用外出兜售，几天下来几亩葡萄就一采而空。果然如此，在亲戚和我们介绍时，几拨子客人已深入葡萄园的腹地，欢快地品尝采摘起来。我也没闲着，除了大快朵颐，拿起剪刀拣大的剪了一串又一串，但不久就倦了，有一种掠夺别人的果实、不劳而获的感觉。细细追究，却是小时候的那份情趣没有了，那份曾有的仰望丢失了，看着孩子们快乐而无休止的动作，我突然有种冲动，想去和他们说说小时候对一串葡萄的仰慕和品尝整个过程的乐趣，当然还想说说邻里相望的故事，我相信其中包括的深刻，比一些枯燥的说教更有意思。

　　临别时亲戚的邻居拎了几串葡萄走了过来，说是新品种，让我们尝尝，也好做做广告。推托再三，还是高高兴兴地接受了。亲戚告诉我们，田连地埂的，葡萄连着葡萄藤，图个"热闹"。猛然间我的眼睛里蹿出了万千枝条，向四面八方，向众多的院落里攀缘。

　　回途中爱人绷不住劲，把采摘葡萄的图片发到了微信朋友圈中，曾是邻居家的长子，我的玩伴，现在新疆工作，竟快速回复，要快递新疆的葡萄过来，让我们比较一下新疆的葡萄和内地的葡萄谁更甜？我心软软地让爱人回复：可是翻墙而过的葡萄？玩伴回复简洁：是。时空拉短，藤条抖动，竟还原出了一架偌大的葡萄。

山野静秋

去山中寻觅秋天，当满目的秋天陡地摆在面前时，还是被一片静谧镇住了。

说山野秋天的静也不尽然，山岙里的叫秋蛉喊得热烈，野草连片，隐住了虫子们或绿或褐的身子，琐琐碎碎的声音从草的缝隙间、石的勾连处蹦跶出来，连绵得如一张细密的网，连目光也透不进去，零零落落的叫声汇合在了一起，带动了整个山林都在欢鸣。不过这叫声不再是聒噪的，和缓中多的是种冷色，反而衬托出了秋的静谧。除去这单一的声音，整面山坡心平气和，黄叶偶然从树上坠下，落在大部分尚绿着的草上，黄叶有情，跳了跳又向高高的树干望上几眼，柔柔的声音挂在草尖上，籽般透亮，籽般带着留恋。

稀稀的落叶提醒，还是初秋的日子，离霜冷和风寒还有长长的距离。

桔梗花可能是初秋的日子开得最为绚丽的花朵了，她突兀地从荒草野枝中凸显出来，蓝蓝的六角形杯盏，似一个个激动不已的泪眼，微微地向大地倾斜，又不甘心地迎向疏枝间洒下的阳光，不知她的杯盏中装满了什么样的液体，是晨露的留存，还是野果子酿成的美酒？我的目光只敢轻轻地触摸她，远远地和她打着招呼。仍在蹦跶的蝴蝶好像没有我的温情，它的整个身体伏在了纤弱的花朵上，贪婪地吸食着花蜜。桔梗花应该是情愿的，她惬意地配合，随风和蝶的吸吮摇曳着，不远处还有一丛桔梗花开得正欢，恣肆地向着惹蝶的花朵打量，盼着蝶的到来，花朵间也有书信函札来往的，而传递的使者，在静悄悄的秋天里，蝴蝶可能就是唯一的。伴着单调的虫声，桔梗花眨巴着自己眼睛，她一定想望透什么？看清什么？远处突然传来"叮叮"的风铃声，金属般的脆响，暗合了另一个世界的存在，越过树梢一座寺庙在山巅处安卧身子，倒让我想起桔梗花的另一个名字"僧冠帽"，合时、合地，合着季节的心思、人的心思。静秋里开出的花朵，此处安然最为适宜。

相信自己的脚步不曾打扰初秋的叹息，不会因我的到来干预了一粒粒种子的灌浆成熟。野山楂在灌木林中耀目地红着，累累硕果吐纳出一阵阵的酸甜，让人忍不住凑上前去，采上几粒扔进嘴里，大口大口地咀嚼，好浓的山味，好浓的秋味。野山楂还有个好听的名字"山里红"，她藏在山的深处，在石缝间牢牢扎下根来，针状的刺布满了枝丫，果却挑在枝头，招招摇摇地发出成熟的信号。我近于倾慕和贪婪之间采摘起来，不需费力，成熟的果子碰下就落在了掌心。当我捧着收获从山林中走出，围上来的朋友没有任何选择地品尝起来，有的说酸，有的说甜，有的说无味，但也没见一个人放弃了品赏。来自山野秋的信号，在唇齿间可能滋味千差万别，即便如此，可以想见，自此秋就要在每个人的心中疯长起来。好奇的朋友要我做向导带着他们再去采摘一些"山里红"，我却自私地拒绝了，指指正在下山的太阳，说，天不早了，实际上，我心里想的是另外一回事，一人进山林已打扰了野外的静秋，而更多的人一拥而入，静于山野的秋就会被踩碎了。

山野的一泓水再次挽留下了我的脚步，如今好水不多见了，而这水清澈见底，秋水草和游鱼是水中的主人，如果不细细观察，自然形成的水塘肯定会被一次次地忽略，也可能正是这样的忽略，才让这水充沛着旺盛的生命。山和水总是相伴而生的，和美丽的秋天也应是联结在一起的，原生态的水呼应了山野初秋的安宁。水塘的边上尚有几畦青翠的大豆，豆荚饱满，但离摇铃金黄的日子，至少还有半月甚至更长的时光。不知是农人的粗心，还是这里远离人家，一柄锄丢在了畦塥间，我执意拿起了它，东一锄西一锄地刮动起来，泥土松动，也打扰了叫秋蛉的清唱，一只大胆的翠色叫秋蛉爬上了锄柄，顺着锄的杆把竟游走到了我的手面，它好奇地在我的皮肤上划动，忍不住地哼唱起来，先是低吟，最后竟振翅起来，声音嘹亮。

芦 苇

湿地多芦苇。

芦苇的可爱之处在于轻灵，在于她始终可以吹响表达多样的口哨。苇中有鸟有鱼，把空中的飞翔当作鱼的浅翔，又把鱼的影子映在蓝天白云之间，芦苇"唰唰"地晃动叶片，似乎万物间，她独可统揽，不装腔作势，自然大度轻松。

家乡夹在长江黄河之间，两河冲击淤积的沙石和泥土，如同方言般内含丰富，芦苇循着这些，在田野上广为分布，即便是高坡、岗地，苇子也敢和耐旱的作物叫板，棉棵间有她，花生地有她，豆苗畦里有她，就连高高戳起的玉米地里，也少不了她的身影。故乡人锄地，对芦苇总是放过一马，她的根底太深，锄过了又会长出，家乡属楚文化领地，楚地里生长的蒹葭是种标志，"蒹葭苍苍"说的就是芦苇的故事，所以楚属的人如庄稼样对待芦苇。文化的根底无法刨出，就当了自己的左邻右舍。

湿地里芦苇生得尤为茂密，穿过水的封锁，她真的无所顾忌了，成片大片地张扬，毫无节制地做起独领风骚的主人。能和芦抗衡的唯有蒲草，它举着蒲棒，在芦苇的缝隙里东敲敲西敲敲，反而让自己的绿超越了所有的植物。骄傲的是蒲的文化含量，并不比芦苇差，端午间家家户户屋檐下遍插蒲草，倒成了可观可叹的风景，如此，芦和蒲近而响应，近而取暖，无疑义地成为家乡水土里的宝贝。不过家乡还有一句话，"墙头芦苇两边倒"，说得人心颤。芦苇生长对了地方人人喜欢，站在墙头上就让人费解了。实际上完整的表述是：墙头芦苇头重脚轻两边倒。也怪不得芦苇，故乡人搭建围墙，大多从田里取泥，芦的根茎随泥而走，风和日丽，加上雨水浇淋，芦就在墙头活了，活得自在，又为何不能随风招摇？

芦花白时，家乡的秋天来了，收获如期而至，这样的时间，对芦的忽视是在挑拣间完成的。到了初冬，芦花还挑在枝头，干燥得手指一碰就飘向了远方。居家过日子的人开始采摘芦花，把她当絮一样地看待，坚硬的梦暖和了，引导出甜甜的睡眠。芦花的枕头清香，如芦花里掺上蒲絮，就更美了，而这容易实现，芦花和蒲棒同在，只是顺手间的事。于是沉着的乡间夜晚，在芦花的柔软里、蒲棒的轻叩下，泛出劳累后土色土香的梦呓。也就在这样的时间里，芦苇以金黄的颜色和寒冷对抗，把一地的荒凉赶得远远的。

一不小心去了江南，在阳澄湖畔，跌进了沙家浜连绵的芦苇荡，心之美猛地漾动开来，平时不苟言笑的我，突然大声地唱起来，任谁也打不断。

沙家浜的苇子，蹿得快，大多高过人头，且粗壮得如同竹子，随行的人说，当地人称之为竹苇，应该没浪得虚名，苇直直挺挺，芦粗粗壮壮，闭上眼睛去抚摸，决然是一杆杆修竹。

平时乐水，爱大片的绿色，行船芦苇荡间，迷宫般地绕行，世界一片寂静，唯白鹭飞动和橹桨发出响声，油油得让心沉落了进去。身在芦苇荡里，自然去想芦苇的事，芦苇的绿色染透了眼睛，又让清清的水濯洗过，好生的盎然。沙家浜的前世和今生，似乎都和我有着关联，京剧《沙家浜》十八个伤病员的故事真实起来，"垒起八星灶，铜壶煮三江"的阿庆嫂也活泼泼地就在眼前，一场智斗自己竟成了剧中人。

我执意要摇橹，同行的朋友大力支持。摇呗，一叶小舟无来由地打起转来，无方向的船，撞了左边的芦子又撞向右边的苇，手忙脚乱间，船头已抵达前方的芦苇丛。引得一船人的惊呼，转眼去看，惊呼仍旧在欢笑中。我自我解嘲，船舍不得芦苇。九拐十八弯的水道，因芦苇改变方向，又因芦苇潺出水的意蕴，湿意涟涟的我，抓了把风声，在脸上抹了又抹，这世间最好的护肤品，让我顿时年轻了许多。年轻来自心头，年轻来自水的荡漾、芦苇的驿动里。

　　沙家浜偌大的湿地让我畅怀，飘荡的小路应是水和芦苇浮起的，我抚摸绿色，很想带一枝苇子回遥远的故乡，然而芦的根须扎得太深，无法揪动她。苇叶不曾留情，手指被割破了，一丝血像线样洇出。绿色止血，我拽了枚苇叶，把手指粽子样裹起，血止住了，微微的痛却留在了心底。我不也曾在故乡的芦苇丛中割破过手指吗？那是为做一管芦笛，去吹动星星般的眼睛。景不同，意却粘连着。

人生漫与

搓揉日子
——写在 2014 年最后一天

　　想想这一天和往日没什么不同，早上日升，暮间日落，天依旧着三分暖和七分寒意，群鸟集体失声，扑扑翅膀寻食找吃，该落的树叶飘然而下，盛开的花朵同样喷着馨香，行人匆匆，车流奔忙，孩子的读书声也不见低沉或高亢……但翻过这一天，就是新的年头，似乎一切都是新的、一切都得从头再来。

　　一年零零碎碎却又绵绵长长，有些事闪闪烁烁，有些事躲躲闪闪，有些事磊磊落落，圆满或者缺失，都一样一样地过来了。想到中午间的争论，为一个累字交锋，因累而长叹独吁，干不完的事情，摆不脱的烦恼，就不该放松自己，放弃一条条摆脱不了的尾巴？结论仍是，累也是一年，松泛也是一年，但累的结果，往往比松泛甜蜜，谁说过："理性的人让环境改变，非理性的人改变环境。可改变历史的不是前者而是后者。"原话比这精彩，我说的只是大意。对我而言，我既不想顺从环境，更改变不了环境，只想游刃于自己选定的时空，让心平坦下来，做点于己于人都快乐的好事。自己做得如何，给自己打分难，别人也实在难以评判。"是非成败转头空，江山依旧在，几度夕阳红"，诚然。

　　不过这一年，我寻找到了最关键的东西，就是平静。平静让我永久地沐浴在阳光之下，心中透亮也让万物由此亮堂起来。平静地对待这个世界，立足之间，纷纭的世界变得平和，包括工作、生活和久久难以放下的写作，我开始变得自由，竟然把累置于一边，把累当作一种释放的载体。

在欢娱和快乐面前，都表现得特别的随意，不是表扬自己，实在有点物我两忘的劲头。我深知累和轻松是相辅相成的，此消彼长，起起伏伏中将一条路的两边遮得严严实实。累和轻松也就是路两边七零八落的树木，有的高大、有的矮小、有的开花、有的荆棘丛生，好在它们都会垂下阴凉，低下身子就能得到它们的荫蔽，探过头去，除路之外，还有大片的开阔。当然会有些意外，低下身子有人说卑躬屈膝，探出头去，往往有荆棘刺破头颅。由于平静由心而生，所发生的一切，全又在平静中释然，随波而不逐流，又有什么不好？

这一年，我有了自己的一方圣地，那就是活在我心中许久的土街。土街早已被尘埃掩埋，借着回忆的狂风，将尘埃吹拂上了天空，反过来又向我的眼睛袭来，直叫我泪水涟涟。土街许多死了的人又活了过来，他们都是活在若干年前我故土中最底层的人，他们有着自己难以诉求的苦难，可对我来说，却又不得不把他们的苦难，反反复复地抖来抖去。真的对不起了，土街一旦清晰起来，苦难的人又得在人世走上一遭——老刀凭着自己的力气吃糠咽菜、大凤的血在疯了后滴了又滴、三荣唱着戏唱丢了自己的爱情、老油条还是那么油性、瞎眼明亮摸摸索索最终找不出明亮的路、仔细人一辈子仔细却让自己粗枝大叶地活着、良富最终用生命去赌没赢得生活的继续……他们在土街上行走，走得尘土飞扬，却又悄无声息。很多深深的夜里，我和他们对话，他们粗声大嗓门，我压住叹息跟在他们身后，往往是他们回过身子，抚摸着我的头，让我第二天脑仁疼痛。我开始原谅起土街上的人和事，甚至和他们妥协，希望他们能像一株草样，让我拆解他们，把自己安放在枝叶里，我想风花雪月一回，却生生地开不出一朵故乡像模像样的野花来。

人生漫与

　　日子过得或紧或慢，不免搓揉起它们来，想起外祖母在新麦登场时，搓揉面团，她对着一个面团下功夫，揉揉打打，左右周旋，直至一团生面揉制得有筋有骨，再动用擀面杖，将一团面擀出筛子大的面皮，面皮擀好了，切成面条、包上馅儿，花样就多了起来。日子也应该是这样的，反反复复的搓揉中，它的面积会在搓揉中变大而透明起来，至于包上什么馅就全任自己去调了。我为这365天时光调出了什么馅了呢？一年中的最后一天，我得仔细品尝，我吃到了苦、吃到了甜、吃到了酸、吃到了辣，几乎是五味杂陈，不过馅子是自己调的，怎么也得吃下去。

　　不想时光倒流的日子，不想安慰自己，不想扇自己的耳光，听着自己的心跳，数365下，日出日落和自己的心跳没两样。

再次迁坟

再次迁坟没有了第一次迁坟时的悲戚，心中的沉重多多少少减轻了许多，厚厚的封土被水泥和砖块代替，盘根错节的节根很少能侵入亡者的睡眠。撬动坚硬的坟的外壳，捡出骨殖，砸碎墓碑，曾经不可侵犯的墓穴，就空落得如同没了内涵的眼睛，茫然地朝向天空，无神地看着世界。

锤子、撬棒、铁锹齐齐上阵，寒风里间或冒出一串串和时令不合的火花，繁文缛节、琐碎的情节都省略了。面对裸露出的亡者遗骨，心被人生的虚妄与走势击中，曾经拥有的鲜活，枯草样沉寂，颅骨空洞、脊椎瘫散，似乎都在诉说着什么，大音希声，又有谁能听得懂？倒是牙齿洁白、饱满、硬朗，让人寻思，这切断岁月艰辛的物件，咬啐过多少树皮、草根、谷物、硬货和说不清道不明的话语。生命在如此不堪中，放下了所有的重托。

由不得让自己的眼睛深深垂下，因为在所迁的坟墓里，有我的祖先、太祖、祖父、祖母、伯伯、叔叔，甚至还有和我童年少年一起奔波的堂哥，他们在泥土里已生活了许多年，比如我的太祖过世将近百年，就连我亲亲的爷爷，在泥土里安息也超过了四十载。

爷爷的颅骨仍是完整的，苍苍的白色在深冬的阳光里，泛出一种唯有亲人能见的光芒，折射出他的容颜。胡须飘拂，全然是一种大智的形象，爷爷是我的启蒙老师，他的经历我咀嚼了很多年，还将永久地咀嚼下去，每每回味免不了浮想联翩，他的话语就在耳畔，他的狡黠仍有深意。时而在梦中和爷爷对话，醒来时却将梦中的情境忘得彻彻底底，盼着再一次梦来。

奶奶的遗骨保留得完整些，但也仅仅是一块两尺见方的红布就能包裹得起，她临终时身上缠裹得丝丝缕缕，还筋道地攀缘着，就像小时候故土的巴根草，一抹抹地向前拱动，一抹抹地留下根须。在故去的亲人中，我和奶奶相伴的时日最多，她的目光就是砍断再生的藤条，任何时候一闭眼就向我游来，奶奶深爱着我，我更眷恋着奶奶。轻抚着奶奶的遗骨，我打量了一眼又一眼，生怕不能从遗骨中复制出她的和蔼、笑靥。

时间让太祖的骨殖化为泥土，无法捡拾起他们在人世间消磨过的点点滴滴，但他们真实地存在过，即便成了一捧泥土，也曾是挺起腰杆的人。众多的故事在故乡的土地上演绎，缺了太祖们，故事的主角可能就要换作他人了。

堂哥是个悲苦的人，年轻时就离开了人世，他的血肉之躯，在烈焰下化作了尘埃，我不忍心去回忆他那一张悲苦的脸，但撬起他的坟墓，一股苦苦菜的气息，突然间从严寒中扑来，我不禁打了个寒战，眼眶竟濡湿了。少年丧母、吃菜咽糠、远离家乡……几乎就是他一辈子。

打开亡者的坟墓，肯定是阴阳间的谋面，活着的人说说笑笑，死了的人寂然闭目，或许他们也想做出某种表达，但也只能用泥土般的颜色，去暗示生命固有的颜色。活在世上的爷爷信奉沉默是金，却是一个村子乃至方圆数十里人的主心骨，他看淡生死，临终前一再交代，不穿新衣，薄板轻葬，竟口占小诗：欢欢喜喜离乡去……向人间告别，把自己长长的身影，留给了一个村落和他的子孙后代。爷爷睿智，人来自泥土，化为泥土，长眠于泥土最为安适。想人间的功名利禄，生时争争夺夺，磕磕绊绊，结局莫不一样，泥土相伴才是本真。感念于心，心莫名踏实，生死泰然。

拎着爷爷、奶奶的骨殖向他们新的栖息地而去，我的左手是爷爷、右手是奶奶，陪伴他们一路前行，心中默念他们的名字，脚步轻而又轻，生怕惊扰了他们的长眠，又盼着他们能醒来，和我悄悄地耳语上一气，自知不能，却深深地想着。手中的分量越来越重，免不了左右打量，心中的疑问一次次升起。我提着的分明是爷爷、奶奶留在人世间的悲苦呀，他们曾有的欢乐和笑容早化作了尘埃，只有苦难沉淀在了岁月的角落，久久不能化去。我听到了长长的叹息，是自己的也是亡人的。

跪在爷爷、奶奶和众多亡灵新的栖息地，心的虔诚再次落在了土地上。冬天的阳光到了中午和煦而安详，温暖拂动着我们的面颊，不知是谁说：老祖宗和爷爷、奶奶开脸笑了。可能真的是这样，他们新的安息地整洁、宁静，不远处一条高速公路东流奔腾，高铁线上"和谐号"正飞驰而过。

人生漫与

大寒在侧

　　坊间的大寒是不可小觑的，它几乎可以和清明节相提并论，但许多时候比清明节又多了份凝重、多了份逼人的味儿。天正是严寒的时候，空中偶会飘过雪花，地冻得硬邦邦的，百草枯萎，剩下不多的绿叶也少有精神，大地似乎在做着接纳的准备，比如藏紧即将冒出的铺天盖地的绿色、花红，比如可以将土地拉开一道道口子，将逝去人的灵魂放立在土地深处……接纳是大地的本质，万物生于斯又归于斯，人们带着土来又随着土去。大寒这一天以及之后不多的日子，冰封的土地，散发出少有的温柔。翻动它们可以找出春的根须，复合它们又将一些深深的意念贮在心中，随风带去……

　　第一次领略大寒的深刻是在十年前。由于家乡的大建设，老家的祖坟必须迁走，起坟、迁坟对于沉淀了数千年的中国传统来说不是件小事，对于一个家族、家庭更显得郑重而神圣，"死者为天"何况有着血脉的渊源，祖先的遗骨分量有多沉重，绝非用简单的数字能衡量的，祖坟约有十多个黄土垒起的坟包，上至曾祖父、下至叔伯兄弟，他们走过的人生路或短或长，印迹或深刻或浅显，一抔黄土就把他们隐藏得严严实实，他们的故事能否剖开黄土就看出个究竟？寒风吹过，我在寒战中多了一份悲凉的期待。

　　曾祖父、曾祖母的合葬坟最高大，年年培土、培了上百年，几乎成了不大不小的山丘。我对走过的程序，不曾有半点的兴趣，但心中涌动的神圣却随着黄土的剥离一分连着一分地增长，他们的生平对我而言陌生得如同一本用失传文字写出的天书，移动双目不曾有一行读明白。土层在时间的搅和下显得格外坚硬，起先是锹之后是镐，打开墓穴棺木已和泥土融为一起，骨殖呈现出泥土的颜色，仅仅百余年，我的曾祖父、曾祖母成了一撮细细的灰尘，而我们簇拥在这灰尘的周边，心境不同，唯有用久久的沉默、回忆打发过往的时光。来自泥土的生命，最终化为泥土，循环和来回那么彻底。曾祖父的悲苦和叹息丢在何方？他们的欢笑和眼泪可曾打湿一亩三分土地？只能凭着想象了。

　　祖父、祖母的坟被莫名的杂草、灌木包裹得严严实实，鲜活的树根一个劲地向下扎去，我细细分辨树根的走向，它们奔走的方向却是祖父、祖母搏动心跳的地方。对祖父、祖母我有着深深的感情，他们的音容笑貌闭起眼睛就在脑海里，梦中偶尔还会出现他们的身影。面对他们的遗骨，眼中的泪不由自主地涌了出来，不知是谁推了我一把：不要让泪打湿他们的长眠。他们就这般睡去了，睡得那么彻底和无奈。祖父和祖母都是从泥土里忙生活的人，祖父大上海当过长工，见过世面，在乡里乡邻是数得着的人，面对死亡他十二分的坦然，就连长眠的地方也是他自己选中的。祖母一生劳累，七十多岁还下田干活，九十多岁时还做着针线活，祖父在世时不知她和祖父是否争吵过，但她时常念叨的是，要过去好好陪祖父打架、吵嘴。捧过祖父、祖母的遗骨，天空的阳光突然就明媚起来。我想起他们忙于生计的身影，乃致病痛的呻吟，最多的还是祖父拂扬胡须时朗朗的笑声、祖母面对一日三餐唠唠叨叨的感念。情落何处，人何以堪，这日的对话已没有了永远的应答，家乡的田野发生了深刻的变化，熟悉的鸡叫、虫鸣将不复存在，祖父母的睡眠不知可被打扰了，他们的面容被泥土、风水带走了，掀开泥土，我们能看到的是他们立起的本质，他们平躺在泥土里，直立的腰杆不曾有半点的弯曲。我拾起祖父母坟土里不知名的根须，悄然地放在他们的骨殖上，希望在新的地方这些根须依然吐出枝条和绿叶。

叔祖父的坟到底藏着什么样的秘密？记事时祖父给我描述过，叔祖父骑大马戴弯刀，是一位了不起的英雄，他是死在抗日战场上的。叔祖父的坟显得平淡，低落，一棵不大的"小老树"陪伴着，树在冬日的阳光下郁郁寡欢，几片枯叶随风摇曳。坟土一层层剥去，向下再向下，什么也没有，没有棺木，没有骨殖。是否放弃寻找？我仍坚持着。祖父生前告诉过我，叔祖父的坟里有一把削铁如泥的大刀，和叔祖父戴过的头盔，或许金属比人的骨殖风化得更快，泥土里既没有大刀的残片更没有头盔的踪影。祖父给我留下了永久的疑问，他或许没有想到有这么一天，叔祖父的坟会被打开，他的孙儿会寻找一个见证英雄的答案。细细想来，叔祖父战死在远隔千里的抗日战场，那时的状况，怎么会千里迢迢捎带回一把战刀和头盔，祖父把一个故事告诉了我们，又把它封存在泥土里，祖父对叔祖父的怀念，以及他想传承给下一代的故事，这不也是最好的办法吗？青山处处埋忠骨，叔祖父没有遗骨占据故土的一隅，但一个顶天立地的人，故土会永久留有他位置的。

撕开和缝合泥土，在大寒的日子里首先来自人的心田，十年前的大寒我的心被激动过，伤感、震惊、平定、思索可以说百味俱陈，时间推平了一切，之后春天来了，夏天来了，秋天的收获来了。到了今天，大寒在寒风中又一次降临，早晨朋友来电话："大寒上坟吗？"我说："去呀！"当我手捧鲜花在故人面前久久伫立时，风雨飘零之后，不同材质的纪念碑显得格外寂静，一行行文字斑驳残落。大寒在侧，面临的自然是春天的来临。

"的确良"衬衣

"的确良"衬衣是姑姑买的,严格来说是姑姑扯的布,母亲缝纫的。

第一次看到"的确良"布,委实大吃了一惊,它不似棉布、绸布的柔和,摸起来清凉、光滑、有质地。姑姑买的布料是白色的,白得刺眼扎目,风吹来唰唰作响。布料本是姑姑为我的父亲扯的,父亲心疼姑姑,坚决不要,姑姑转而送给了我,我捡了个便宜,得到了一件"有模有样"的衣服。

母亲为我的这件衬衣绞尽了脑汁,由于布料是为父亲量身定制的,给我做显然"屈料"了,按布料裁剪,穿在身上又太"浪狂"。最终母亲和姑姑的意见达成一致,按布料做,他们异口同声地说,"的确良"经得穿,过个两三年就合身了。可能母亲是第一次做"的确良"衣服的原因,我的一件衬衣她足足缝纫了一夜,整夜间都听到她脚踏缝纫机的声音。

当着姑姑的面,母亲非要叫我穿上新的衬衣,忸怩中穿上,却引来母亲和姑姑的一阵子大笑。衣服太大了,长过膝盖,衣袖长得可以甩起水袖,陷在衬衣中的我实在太小了。然而母亲和姑姑还是执意地让我穿上,下襟塞进裤子里,衣袖绾起来。对着镜子一看,真是"人要衣裳,马要鞍",白色的"的确良"衣服就是不一样,不仅衬人而且抬人。母亲和姑姑如此说,我的心也由之痒痒的,恨

人生漫与

不得立即奔到伙伴们中去，好好地"抖"上一气。

　　姑姑一辈子不容易，许多年里随女儿生活，捡破烂为生。她的女儿也就是我的大表姐，婚后多年不育，我的姑姑不知从何处捡了个弃婴，当作表姐的女儿养了起来，女孩可爱、活泼，姑姑就揣着她，边捡破烂，边带孩子，捡破烂的收入，大部分贴补了家用，剩下的一点，明着暗着又塞给了娘家。如此，我想说明的是，我的第一件"的确良"补衣，是我的姑姑捡破烂捡来的。那时，我没心没肝地在同学们面前招摇时，早把这码事忘得一干二净。就在我写这段文字时，姑姑的面孔又一次浮起在我面前：因生活的艰辛而扭曲，又因充满了怜悯而慈祥。姑姑已故去多年，如灰一样的辰光将她淹没得彻彻底底，偶尔辰光会打开缝隙，姑姑又苦涩着鲜活。

　　"的确良"衬衣，确实在校园里让我显山露水了一段时间，那样的日子能穿上"白肤绸""白市布"衬衣就算一流的了，"的确良"想也不敢想。然而我拥有了，并且到处说是我省城的姑姑给做的。一段时间里，同学们都传着我在"杀路子"（谈恋爱），某某、某某某在追我。气得我说也不是，不说也不是。明知是"的确良"惹的祸，却又扔不下它，巴不得天天贴在皮肤上。

　　堂哥比我大了六七岁，也许是小时"囚"的日子太多，比我高不了多少，壮不了许多，他打起了我的"的确良"衣服的主意，说想借着穿两天。堂哥自小就照顾我，感情打小一直好好的，尽管我心中老大不愿意，口中还是正儿八经地答应了。堂哥是衣服架子，穿着我的"的确良"衣服，合身、贴体，人一下子就"立"了起来，健壮地显现出活力。

　　第三天堂哥来还衣服，一脸的喜气，连连说感谢"的确良"，手中还拿着几个桃子。原来堂哥是借我的"的确良"衣服去相亲的，一件衣服为他增色了不少，女朋友看中了她，桃子就是她送的呢。堂哥高兴地向我叙述相亲的情景，脸皮厚得像车轮胎，连亲了女朋友的事也说出了。我一直耿耿于怀，直至许多年后，堂哥感谢的还是"的确良"衬衣，似乎和我永远无关。

好日子总是过得很快，我的"的确良"炫目的日子过得也快。没过多少时间，穿新衣服的新鲜劲还没过去，我白色衬衣的背后，被染上了一团蓝色墨迹。我一下就认定了是坐在我座位背后的男同学明干的。明的同桌是娇柔的女孩丽。同学们帮我分析，背后的蓝色墨迹是用钢笔尖慢慢洇染上去的，只有上课时能做到。丽不可能干，能干的唯有明。我找到明，明缄默不吭声。一场大战在所难免，为我的、护明的，两个阵垒，阵线分明。事情的结果是我的白"的确良"衬衣从此被母亲收进了箱底，我和明在校园内外见面视若路人。再次和明见面时，已在他孩子的婚礼上，一晃三十多年过去了。没想到的是明和丽竟成了两口子，同桌的他（她）成了相互的爱人。相见时哈哈大笑，相拥相抱，酒喝得昏天暗地。

丽说要为我揭个谜，我紧追不放，她的醉意是明显的，她悄悄地在我耳边说，墨迹是她染的！丽和我说话，明的目光一直追随着她，相信明知道丽说的是什么。我没有再追问下去，一片墨迹真的不算什么，但其间隐藏的东西一定是深刻的。或许明和丽的相爱就是源于"墨迹"事件，一个愿意为别人担当的人是值得深深爱下去的。

我一手搂着明的肩，一手搂着丽的肩，三人满满地喝了一杯，丽突然对着我和明说了句，"的确良"衬衣白得好扎眼。说完已醉得不省人事。

人生漫与

独立中秋

中秋的夜晚最适合怀念。

沿着河岸，头顶的明月静静地挥洒清辉，不多的火把顺着水声布开，天空一朵朵忽忽悠悠的孔明灯，依风而眠，又悄然散开。心中的诗情不自觉地打开了来。独立的月色／独自的人／独自的十五夜晚／风吹醒酒意／今晚的浑圆是我的／谁也抢不去／久远的火把燃起炊烟的味道／有一缕来自怀念的间隙／月的边缘是明晨的太阳／就这般走下去／我的孤独有了驿动的掌声……孤独中的怀念，让我的思绪一再地向远方伸去。

想来空中的明月是痴情的种子，它千百年在空中悬挂着，偶尔的饱满总在约定的日子发出芽来，我不得不和若干年前的故乡——这样的日子较起真来。三五个玩伴必然会燃起火把，在家乡叫蒲塘的地方，对着空旷的塘口，挥霍火焰的尖叫，直到夜近深处，母亲一连串的呼唤，才依依不舍地归去。

这样的夜晚，应该是向后推移的，为了中秋的火把，我们已准备了很长时间。起先是对火把草的选择，故乡的草大都适合扎火把，随意地扯上几把，也能燃起火焰，让中秋的夜晚激动起来。我们没有这样做，农历七月，我们就按照各自的意愿，在荒岗野地，挑剔地选着心中的火把草，看准了，便时而去关照它们，等着这些草们，一天天老到下去，开完了花，结好了种子，待秋风吹过，飒飒地发出金属的声音，就可以砍倒它们，放在院子的墙头晒干，等着好日子的到来了。在我的记忆里，我所选择的火把草主要有三种，青蒿、辣蓼、茅草，这三种草都有自己鲜明的特质。青蒿泛着青青的香味，一棵棵分布在百草之中，有玉树临风的感觉，大多没过我们的头顶，是家乡草的巨人；而辣蓼成片成片地生长着，幼时不显山不露水，到了秋风响起时，大片大片地火红着，火焰般伸出半尺来长的种穗，穿梭在它们之间，一股甜甜的味道，自可穿越皮肤，传达收获之后的快意；茅草到处都是，得选中茂盛的，它们如刀的叶片，时而划伤赤裸的双腿，然而我们仍会乐此不疲。偶尔家里的大人会参加进砍割火把草的行列，当然这是在他们的田间劳作之余，"顺手带回"的。许多年后我对"顺手带回"一直耿耿于怀，大人们对火把一定有自己的情结，他们心中的火把一定一直燃烧着，只不过换了个方式表达，想通了也就释怀了。

扎火把自然是技术活了。谁都想把火把扎牢了，把火把扎长些、扎美些，由于父亲在外工作，每年扎火把都是我自己的事，母亲有时会看上一眼，随意地指点一两句。一年、两年的实践，我对扎火把早已游刃有余了。我会选择一根结实、顺手的木棍作为火把的炳，在木棍的四周一层层整齐地缠上青蒿，火把的大体形状出现了，随着青蒿的加厚，火把也随之丰满起来。辣蓼开始派上了用场，它们干透了的形状更加可爱，饱满的种穗，晃动中"沙沙"作响，火红的颜色夺目得如同花朵，一缕缕缠在青蒿之上煞是好看；最后我会小心地把揉软了的茅草安放在火把的顶部，这是用来引火的。整个火把制作过程就是天然的手工艺术品制作流程，有材料的选择、美观度的设计、小心的缠绕，缺了其中任何一个环节，圆月的夜晚火把发出的声音将失去原有的韵味。

十五的月亮升起来了，我们心中的火把在蒲塘的上风埂上熊熊地燃起来了。辣蓼的种子发出了"噼里啪啦"的声音，青蒿在火焰

213

的烧烤下，一股股青香辉映着水的清波，明月作证，这样的夜晚一定是故乡最美、最热闹、最透亮的时候。塘的对岸邻村的火把也一个个地燃了起来，遥遥相对，一塘的蒲草齐刷刷地竖起了耳朵，高举的蒲棒随月色摇曳，天地之间火光带来了最好的问候。而周边的田野，稻子金黄、豆粒摇铃，沉在地底的花生、山芋轻轻地翻着身子，一地的收获，透着深切的人情味。

摸秋在此时是少不了的，我们会扒出一棵花生、摘上几把豆子、挖出几个山芋，扔进火把的余烬里，不一会儿秋的香味就大把大把地呈现出来了，伙伴们争相把半生不熟的秋天送进嘴里，相互照面，一个个"猫胡嘴"让玩伴们笑个不停。除了吃和玩，也有传说和话题不断地更新，比如，"八月十五杀鞑子""月饼传消息""举火把为号"等等，让火把的故事多了份神秘和沉重。说鬼故事的往往是在回途中，火把只剩下星星点点，鬼故事显得格外恐怖，胆小的早已噤声不语，连摸秋得来的成果也扔在了地上，生生好了说鬼故事的玩伴，他自是"哈哈"大笑，意外中得到了新的收获。

中秋的火把还会衍生出另类故事。玩伴中叫明的哥哥，火把扎得最长，其中还夹杂着牵牛花之类，在我们玩兴正浓时，他悄然而去，找了处幽静的地方，让两支火把同时燃了起来，时而分离，时而交叉，最终合为一体，我们同时看到的，还有隐隐约约的身影。"哥哥大了，该找人了。"我们在不解中，找到了若干借口，随他去吧，只是将手中的火把舞得更明。明的恋爱发自中秋之夜，他爱上了邻村的妹子，他完全有理由，没入黑暗，在钟爱的人的面前，把一个秋天的夜晚点亮。乡间的爱情来得纯净而又自然，豆棵间的虫鸣和满天的月色，作了他们穿针引线的红娘，他们的爱情在秋天的日子成熟，必然会在来年的春天结出果来。草戒指送出了，秋天摸出的果实送出了，剩下的就是一顶红盖头了，我们幼小的心羡慕着，恨不得来年的秋天，独擎火把，照亮一个人娟秀的脸庞……

一朵回忆送出了许许多多的信号，我并不期盼此时此刻有人扰动我。只是眼前的火把少了草的香味，多了化工产品的无奈，火焰中刺鼻的烟雾，已无了往日的情结，天空中的孔明灯随风而去，心中的实在却远远地离开了，是夜我想独擎火把，让心走得更远些，似乎已成了遥不可及的辽远。

　　网络真的很好，朋友在 QQ 上和我攀谈，我顾及着眼前的月色、火把、孔明灯、沉思而又冷静的野草，悄然发去我的心声：月摇水色 / 做一次意中小舟 / 想今夜之满月有个约定 / 我们该打捞沉落的诗情吗……

　　月上中天，独立的中秋，陪伴我的已不仅仅是一轮浑圆的月了。

对冷的抗拒

　　早晨起得早，天便冷些，霜、寒风，不厚不薄的冰都是冷的元素。心却慌慌的热，我知道所干的事，是冷天里和温暖有关的。

　　原野还是空旷的，即便周边有楼、有无际的树木、有人来人往的穿梭，但裸露的黄土，说不清道不明的情绪，还是在告诉我，世间的空旷来自心中。村落依旧是破败的，破败得有点莫明其妙，没了人声和鸡飞狗跳，村庄落寞得只剩下老人和孩子。远去的人在春节前送回了挂念，热辣辣的回归在时间里发酵，还得有些日子才能膨化开来。读着老人的目光，一种叫空落的东西，挂在高高的树梢上，被寒风吹打得缩成一团，破絮般的一团，也不知什么能把它打开。孩子的眼中全是渴望，他们打量着我们，扭动自己的身子，张开了怀抱，就会不顾一切地扑过来。空旷一次次袭来，真的不知能做些什么、做好些什么？

　　这般地走进村落，很累，很累。累和身体无关，和长久以来的悲悯，以及悲悯引起的阵痛息息相关。握住一些硬邦邦的双手，坚硬无所不在地刺中我们已无法控制的泪眼，他们是如此感激，恨不得让十指咬进你的双手里，而这些手种出了粮食、油料、棉花，感激应从我们的心中走出，捧在手上献给他们。

　　朴实如一阵阵风，掀动我们低垂的眼帘，抬起双眼，他们站在面前，挡住了雾霾下的寒冷。一副春联摆在他们面前，数得过来的几个字，薄得透明的红纸，他们视为珍宝，风没吹干的墨汁，在抖落中滴下，他们竟单膝跪下，掏出已陈旧不堪的手绢，抹了又抹，之后用墨香擦去流下的清泪，风吹寒眼，眼泪是真实而诚意的。

所谓"三下乡"（文化、科技、卫生下乡）拉开了场子，在歌声中开始，我听到了一阵阵粗犷的附和之声，包括站在台下的一群孩子，也学着台上的舞姿，幼稚地扭动屁股。寒风没因此减弱，台下的观众张着嘴憨憨地笑着，他们似乎听到了自己的声音，土里土气地从张扬的音响里传出，或许几句台词、几句歌声打动了他们，比如空巢老人，比如女儿也是传后人，比如十八里相送，笑语嘈杂，掌声滞重，不多的响动似拍在土地上，沉甸甸、湿漉漉，有停留更有回声。

实际上，飘动的温暖已开始驿动。大红的春联会贴在春节的门扉上，迎来送往，沾上暗香浮动的春意；而歌舞之声更会在耳畔，时而响起，至少在连绵的冬夜，能和寂静的灯光攀谈，涨满缺少人气的陋室。那个量过血压、做过体检的老人，会为自己长期负重，而健健康康的体魄骄傲，来年犁田打耙，手腕上的劲可以使出十分了，何愁不能春华秋实，多收几百斤粮食。养殖户老田，欢天喜地地接受专家的指点，抱着一堆书籍，他肯定会有一个不眠之夜，把事理想通了，把市场看准了，推醒睡熟的老伴，让春天的事情发生在隆冬里。

这是另一种形式的温暖吗？我想一定是的。

寒风打痛我的眼睛，对冷我做出了最坚定的拒绝。含在眼中的感动，不仅仅来自于自己，更多的是一道道渴求、安然的目光。郑重其事的还有许多人，舞台上衣衫单薄的演员，没有应付和敷衍，他们捧出心来，亮着嗓子，跳出高度，对着时而跑风的音响、黄土硌人的舞台，尽心尽情地表演着，那份来自生命深处的真诚，已很少很少了。医生们向大自然问诊，和蔼的笑容，仔细倾听土地上的

人生漫与

心跳，那份纯真，只有在寒风中才可以淋漓地体现……真好，在空旷的原野里，所有的表达都是真诚的，因为面对自然，人更加自然。

朋友电话问我在何处，我说组织"三下乡"呢。他说立即赶来。我说来吧。他来了，如同主角，入戏特别快。

他和我们一样，做着对冷的抗拒、对冷漠的抗拒。

放 过

　　和心善无关，又打开窗户放出了一只苍蝇。清明刚过，苍蝇的翅膀软，顺着阳光、窗户的缝隙，就钻进了暖和的家里，之后总附在玻璃上，贪婪地吸吮阳光的味道。苍蝇曾列四害之首，猛打猛追了许多年，它也确实有讨厌之处，传播病菌，不论香的、臭的扑上去就狠狠地吮上几口，不分场合地嗡嗡乱叫，扰得人心神不安。

　　在北方上大学的几年，吃尽了苍蝇的苦头，到处乱窜的它们无处不在，刚刚刷过的碗筷，随你怎么小心，"蝇屎"很快就会三三两两地留下印迹，让你恶心不已；刚刚迷瞪上眼，嘴角痒乎乎的，睁眼一看几只苍蝇围着打转，赶不走、打不完；饥肠辘辘打了碗汤，苍蝇早就尝过了，还舍生取义地将自己的身体奉献了出来，喝不下去，也舍不得倒了；春天的窗户玻璃上黑压压的一片，光线照不进来，苍蝇的翅膀分分秒秒地抖动着，恨不得吸尽了春天所有的温暖。北方的同学称苍蝇为蝇子，他们不在乎，随随便便地和它们相处，家常便饭地和它们对话，被我们几个来自南方的同学说急了，他们会急急分辩，说这些都是"家蝇""饭蝇"，不毒、不脏、不传染疾病。起初还试图和苍蝇们作战，面对大群大群的侵扰，最终也只好放弃了，听之任之，学着北方同学的样子，挑出汤里的蝇尸，一碗碗喝得"吸吸溜溜"，撕去苍蝇吮吸、叮咬良久的馒头皮，大口大口吃得津津有味，不过也没见拉过肚子、得上肝炎什么的，或许时间久了对苍蝇有了

人生漫与

免疫力了。

麻雀也被当作四害打过的，这和人们相伴了千百年的鸟儿，差点遭受了灭顶之灾。麻雀是鸟类中和人最亲近的家伙之一，常年栖居在不高的屋檐下，叽叽喳喳闹个不停，亮晶晶的眼睛、白白的肚皮，欢蹦乱跳地跟着人下田、陪着人进入梦乡，偶尔还会飞入寻常百姓的屋子，打上几个来回，不慌不乱地登堂入室。在一个国度都缺粮的年代，它们穿梭在稻田、麦浪里啄上几粒果腹，一下子被视为了死敌，全民发动要把它们斩尽杀绝，要不是一个国家的领袖发话，锣鼓喧天、棍棒石子齐上、人海战术，麻雀的翅膀会生生地断送在人们目光的追击中。有趣的是麻雀在北方也有个"家"的姓氏，叫作"家雀"，它们和人走得近，自然是"家"的。如今成群的麻雀少了，清明去乡间一走，麻雀的身影几乎难以寻觅得到，问久住的村民，他们打趣，麻雀去城里打工了。而城里又有几多麻雀呢？由于农作物有机磷用得过多，千百年和人相依相伴的"家雀"慢性中毒，失去了繁殖能力，迁徙后躲在城里的麻雀，也只能在一些旮旯里聊以为生，种群的优势正在逐渐失去。相信不要多久，麻雀就会进入保护动物的名单。曾经的放过，又被无形的手收回了，喜过而悲，是麻雀的又是人的。

实际上我们随手的放过往往就是放过自己，苍蝇天生的免疫力，为这个地球做出了不小的贡献，动物尸体的分解、腐败有机物的化废为宝，都和它们有关，难以想见每天各种生灵的死亡，千年不腐、千年不化，一堆堆累积起来，活着的生灵还能找到立锥之地？我们可能更喜欢轻巧的燕子，飞飞落落的蜻蜓，而苍蝇也在为这些做着奉献，让它们有一顿顿美餐、擦亮眼睛、振奋翅膀，甚至苍蝇还会是送别人最后一程的生物，不管愿意与否，它都会来，作着分解、搬运的工作。小时候老人们常说：宁吃蚂蚁千，不沾苍蝇边。苍蝇的可恶已见一斑，忽略了苍蝇的另一面早已司空见惯。于是见到苍蝇就拍死，穷追猛打绝不放过，成了一种亘古不变的定式。现今的卫生状况越来越好，苍蝇眼见着少了起来，苍蝇携带的病菌想必会少了许多，见着的不多苍蝇也大多在花丛间、绿树里，是否能高抬贵手，时而放过一把，不要又像"家雀"一样，在不多的时日里去怀念它们。如果有那么一天，苍蝇从这个地球上消失了，随之而来的，燕子的翅膀剪动春天，蜻蜓的轻灵搅动眼睛，必然会失去。不是吗？飞入寻常百姓家的燕子已少得可怜，"小荷才露尖尖角，早有蜻蜓立上头"的景观更难以寻得。

　　早几年和女儿养过一只螳螂，绿绿的小小的，还是受伤的，我和女儿把它放在客厅的玉树上，起先不在意，过上几天喂上一只蚊子、飞蛾之类，不多久就脱了一层皮，长了一大截，月余后已活泼地立在玉树的枝头，自觉地成了玉树的守护神，应该是食物有限，螳螂隔三岔五就要外出周游一趟，吃饱了又回到原地，到了夏天竟羽化成提着双斧的勇猛武士。我和女儿决定放飞它，那天它亮着翅膀，迅猛地飞入了林地，一种对生灵放手后的快感充满了胸襟。佛家有放生一说，对生命尊重，特别是微小的，放松指头的捻动，七级浮屠就造起了。

　　打开窗户放过一只苍蝇，总比拍死了强。至于苍蝇飞向何处，就不是我能管得到的事，当然我希望它奔向花园中的花朵，而不是人和动物随意排泄的物体。

人生漫与

孤 独

　　一场雪后太阳明亮，阳光越过朝南的阳台，在书桌上铺满厚厚的一层，零乱的书籍、冒着白烟的清茶、一台电脑，轻描淡写的构出了另一个世界：难得一人在家，自自在在地看书、写作、抽烟、喝茶。偶尔起身回眸，清静中多出了些许感悟。

　　书房中一丛兰花开了，伴着暖暖的阳光两枝箭顶出了四朵花，薄如蝉翼的花瓣，近距离地对视，安宁中意味深长。素洁的美，素洁的香，和我此时的心境吻合得天衣无缝。养了二十多盆兰，她开得最早，而这兰是我不看好的，瘦弱的枝叶，还曾被病虫伤害过，在我的计划中她是单列的，往往置于兰花阵的边缘地带，不指望她开出花、吐出香来，甚至想淘汰了。而正是这兰率先起箭开花，带来了意外的惊喜。寂静中去打量她们，花朵竟然在喃喃低语，她们为春天的到来欣喜，似乎没有硕放打开的姿势，就对不起油然而来的季节。我莫名地心跳，一捧泥土、一个陶盆，盛下了一株生命，她的命运紧紧地抓在了我的手中，宠爱也好、放弃也好都在一瞬间。也不知可曾扼杀过同样的美好？想想一定有过，否则那么多夜晚的梦就不会那么繁杂，那么没有章法。同样作为生命的我们，盛装的天地可能大些，但也时常被打压一下，让刚刚冒出的新鲜一下子蔫灭下去。兰的幸运在于她的执着，固守生命的本真，就不愁开出花来。我们是否应该如此，好好地守住一些东西，面对红尘滚滚，把心收拢了，等待时间过往，筛留下最美好的干货。盛开的兰在书房无顾忌地香着，贴着一溜打开或紧闭的书籍，我想，她们是在和典籍交谈，甚至已成为一首抒情诗的诗行。

属于我的阳光也一定属于别人的，而别人的阳光自然也会属于我。阳光在阳台上停了很久，它伸出双手抚摸过我的额头，又紧紧地握住了我的双手，猛然间我不觉得自己孤独了，所有的讯息都可以通过阳光传达，比如思念、比如对远方春天的慕求、比如对生活的感激……与阳光同在的，当然还有其他事物，透过窗户望去，一株碧绿的樟树，在早春显得意气风发，一场雪清洗了它枝头的尘埃，绿开始一缕缕滴落下来，它拥有了自己的天空和气场，树下是玩耍的孩子，枝头是跳来跳去的鸟儿，还有阳光毫无怨言地裹缠它。在这之前我认为它是孤单的，从深山走来，独自一棵兀立在月色下，光秃秃的枝头没有一点生机。我曾陪着它说话，为它担着心，而今天我看到了它发自叶片间的微笑，对着我大声提示，山里山外的阳光都是一样的，撕下一片就能包装出整个春天来。我们是否责怪过，别人头上的阳光比自己和煦些、洒在自己头上的阳光比别人少些？自然有过。实际上每个人的头上都有一抹晴天，犹如脚下踩着的土地，就看用什么样的态度去对待了。阳光渐渐西移，将去洒在地球另厢人的头上了，心中的阳光却不应移去，即便是在深深的夜晚，在沉沉的梦中。如此所有的阳光都是属于自己的。

兰舒舒漫漫地香着，阳光在隐退前打亮了我的心房，在回眸中又突然被幸福撞了一下腰。女儿到了恋爱季节，她自然有了自己的世界，青春的风袭来，她是难以如同我一样静静地坐在书桌前的。她的一个小小的举动，让我的孤单远远地逃离了——知我晚上要去和同学聚会，怕我的脚凉，在我的鞋子里放上了"暖宝宝"。女儿漫不经心的举动，温暖了我的周身。女儿平时温顺，和我有说不完的话，她在我的身边我就感到特别充实，或许自私，怕她恋爱，怕她离开我的身边，她不在的时光，一种孤独便油然袭来。小小的发现，旋出了心灵的风声，女儿换了种形式陪我，她的心情无处不在，只是静静地，用爱营造了浓郁的氛围。实际上平时生活中，对细节、琐碎的忽略，让我们失去了很多可感知的暖意，为此感到自己被漠视，把在与不在当作太大的事了，背转身去，就只剩下抹泪的份了。离得最远的朋友往往可以处成最好的朋友，哪怕数年不见面，还是如同一本历久弥新的大书，翻读中满目深刻。

　　门铃骤然响起，难得的一人世界宣告结束，而这一段时光对我却十分的重要，想过了，看过了，写过了，感悟过了，孤独过了……阳光悄然退去，一屋子灯光挥挥洒洒地亮起来，妻子回来了、女儿回来了，我却要穿上暖暖的鞋子，去赴远方归来的同学的聚会，我不知可会将一段孤独丢给妻女，好在兰花还在静静地吐着清幽。

和霾有关

初冬的天空，一连数日和霾较起了劲，灰蒙蒙的，极低的能见度，一阵阵寒意和心悸迎面扑来，天被霾装进了偌大的口袋里，受伤的太阳，舔舐着自己的伤口，躲在某个角落，千呼万唤，露了下脸，又匆匆地逃离了。霾无所不在地统领着混沌，让好的心境退得远远的。

霾在另域有着自己好听的名字——烟霞，烟霞般的霞光应该是轻柔而迷离的，有着诗的品质、诗的意韵，"烟花三月下扬州""落霞与孤雁齐飞"如此等等都和烟霞有关，字面上的霾似乎是可亲的，可近的，甚至是可以捧读的。而如今的霾却成了人类的灾难，超量的、有毒的悬浮物，以自己超乎寻常的微小，逼迫各种生灵的呼吸退让和急促。古书《毛传》中说："霾，雨土也。"《诗·邶风·终风》又说："终风且霾。"不过是说霾是因风雨刮起的灰尘而形成的，茫茫泥沙随风而起，飞动的泥土导致不见天日。而如今的霾早已不可同日而语了，霾中的内容丰富多了，除了扬尘，还有众多诸如矿物颗粒物、海盐、硫酸盐、硝酸盐、有机气溶胶粒子等等，直接影响了人们的生活，危害了人类的健康，面对这般怪异的霾，可再也诗意不起来了。

相当一段时间里我是把霾和雾当作一回事的。对雾有过厌恶，但有些时候还是喜欢的，浓雾起时，一拨一拨的雾滚滚而来，把"庐山真面目"隐去了，一旦太阳出来，隐去的秀丽就会跳出来，让你满目的惊喜。雾是水的另一种形态，穿过浓雾，头发会湿漉漉的，犹如植物，沾上了雾气，拔节的速度就会快起来。谚语说：春雾雨，夏雾热，秋雾凉风，冬雾雪。面对早晨雾的状况，就能预测出天气状况。小时候盼着冬天的大雪，当浓雾下过三个早晨，心中自然就明白了，一场雪将如期而至，在这时日里，会好好地准备一番，备好扣鸟的筛子、打探野兔长期出没的地方，求着家人把棉裤、棉袄从箱底拿出来，扣鸟、撵兔、打雪仗，早在心里谋划好了。不几天果然大雪封门，鸟们缩着脑袋，围着村落四周转，一把稻米，一顶筛子，足以扣住心仪已久的飞鸟，一个冬天因鸟而流动起来，扣回的鸟也不认生，在家的四壁飞来撞去，偶尔会和家禽争上会儿食物，等到春天来临时，才飞出家门。兔子的足迹在雪地里清晰可见，顺着它们一直追下去，雪地里的兔子跑不远，总有大小不一的收获，拎着兔子回家，还得被数落上一气：年三十打了只兔子，有它过年，没它也过年。雾就这般的有趣，当然农人把雾当作了朋友和信号，他们以天气的状况安排自己的活计，十拿九稳地将田里的庄稼"舞"得妥妥帖帖。

霾的出现，频繁地出现是近几年的事，并且多数时间和雾联系在一起，统称为雾霾。霾可恶地吞噬了太阳，再温暖、热烈的阳光，对于霾都是没用的，它用肉眼看不到的微粒，裹缠成一张勒紧光线的密网，稠密得撕不开打不烂，不紧不慢地在人们的吐纳间，传送疾病和痛苦。可悲的是这张网是生在这方土地上的人织就的，编织的手肆无忌惮，起先破坏了植被，之后搅浑了水流，现在轮到空气了，在人们赖以喘息的氧气里，大把大把地加进了添加剂。多年养成的早晚散步习惯，突然被告停了，过往的清新一时间不复存在了，空气中充斥着莫名的气味，沉重而又滞涩，绿叶的声音、花朵的吁喘，都带上了粗粗的求助声。读《楚辞·九歌·国殇》有这样的句子"霾两轮兮絷四马"，此间的霾应是埋陷的意思，但我还是想和窗外漫天的霾连在一起，原文的大意是：战车的轮子被陷住了，马也被羁绊住了。我们的天空不是也被霾陷住了吗？而我们何止是手脚，连呼吸都被绑定了。霾和埋在古字中同义，古人聪明，今人有智慧，切实而准确。

除却空气中的霾，心中的霾或多或少也是有的，面对迷雾可以冲破，而霾就得治理了。心中升腾的水汽有时会化作迷雾，短时间方向迷失，彳亍徘徊，把心思放在太阳下晒晒，太阳每天都有，天天去晒，清明就会常常守在身边。霾沉积多了，必须刮上一场风暴，否则霾的厚度把太阳淹没了，就得长久在黑暗和寒冷中过活。从广义上讲雾和霾的区别或许就在这里。资料上说，雾和霾的区别主要在于相对湿度，一般相对温度小于80%时的大气混浊视线模糊导致的能见度恶化是霾造成的；相对湿度大于90%时的大气混浊视线模糊导致的能见度恶化是雾造成的。水生万物，雾自然，霾害人，心中多畜些善意的水分，霾自然就生长不了了。

推开窗户，该是月明星稀的时候，而天空扭曲、灰暗，窗外传来的空气清冷、滞重，今晚的散步必然又被取消了。此刻最渴望的是一场风暴，把霾打散了，吹远了。想想也很自私，一场风暴又能把它吹向何方？霾由人生、霾由心起，还得从人开始，比如把一些速度放慢、放缓些，甚至是脚步，比如把代步的车辆停止几天，比如让高楼变矮点，比如让树木长得更久远，甚至让绿色爬上屋顶，洒向角角落落。治霾由心开始，从心中起步。

初冬的晴空，本该有一轮明月的，寻了番，我只是从拥拥挤挤的霾中看到了她软软的轮廓。

捡拾生命

有时候一个生命的延伸就在弯腰之间。傍晚和女儿散步，路过繁华的街市，车水马龙，行人匆匆，一株"滴水观音"静静地躺在垃圾桶的边上，叶片已经残破，初春的阳光用不多的余晖照耀着它，孤单和饥渴让这株时而在叶片上挂着水滴的生命，显得落魄。不远处是大片的绿地，芬芳在暮色中时不时地传来，有人观赏，有人感叹，绿和花打扮出的一地春天，在细碎的叶片间好看、耐看。我弯腰捡起了根须完整、绿色尚存的滴水观音，这被主人遗弃的卑微，轻飘飘的确实难登大雅之堂。我对女儿说："一个生命，我们捡起它。"

生命都是沉重的，关键是如何对待。我的阳台上种满了各色植物，一年四季总能迸出一些惊喜，这些植物至少有一半是我从别人的遗弃中捡来的。见不得生命的枯萎是众多人的天性，我也无法脱俗。捡来的生命大多孱弱无力，甚至是病态的，它们都有被遗弃的理由，或者经年的栽培开不出花来，或者植株委顿伸展不出美丽，或者新的花朵占有了过往的位置……最早捡拾的是一株看似没有生命迹象的天竺，我从它的根底处发现了一粒微红的芽子，小心地栽进泥盆里，水大把大把地灌进，在初夏来临时，生命喷薄出了巨大的热情，衰老的根挺出了一蓬蓬嫩绿的叶子，俨然成了我阳台上最具代表的茂盛。之后，一株兰草让我充满了感激，同样是被主人丢弃的，风吹过它时，三片叶子连着一团肉乎乎的根须，小气而又猥琐，我小心地捧着它，在阳台上找了个避风的旮旯儿，一捧沙土安下了它的家，第一年它活了下来，第二年长出了新的绿叶，今年竟挺出了花箭，尽管仅开出了两朵，但素洁的花蕊、扑鼻的芬芳，委实让人感慨万千。善待生命，生命就会用心回报，天竺也好、兰草也好，它们在我的阳台上召唤着阳光，召唤着来来往往的目光，它们的真诚是发自生命深处的，在卑微中透出了生命的厚重和大气。

女儿已进入恋爱季度，我让她拾起了被主人放弃的滴水观音，并指导她栽下它，浇好水，每天还要认真地管理，直至生命安然地立下根来，再细细地去跟踪吐芽、开花、结果的过程。我要用对待一棵植物也要负责任的态度，告诉女儿如何对生命负责，如何对爱情乃至生活负责，相信女儿是懂得我的，面对栽下的滴水观音，她抚平被岁月操持而卷曲的滴水观音的叶片，找了块阴凉放下了它，做这些她是认真的，而我心中期盼的却是女儿能够年复一年地坚持。

一个个曾经被遗弃的生命在阳台上盎然着，我想到了生命的孰轻、孰重，小鸟会唱歌，走兽会狂叫，人有思想、有众多的表达，只有植物默默无声地面对尘世，无所谓争斗，无所谓嘶鸣，当根须裸露于泥土之外，不久面临的就是死亡，"感时花溅泪"仅是人们移情于物，植物的生命真的很轻，几乎就是卑贱，而正是这些卑贱的生命构成了大生命的框架，不是吗？由此，最轻微的生命也是最重的。

不日前，好友 K 君参观我的阳台，我给他介绍了一株株植物的来历，他的眼睛突然红了，花白的头颅面对花开花落的草木们，猛地低了下来，原来他也曾被遗弃过，家境贫寒，父母无法将一个生命养大，只能将他交给了草木，好在养父母精心呵护了他，如草木般贱的他，如今已是一个相当有实力的老板。他和我说，也有一个朝南的阳台，栽下了他……人如此，何况花木。我的滴水观音明天会如何？无论怎样？面对一个生命我和女儿弯下了腰。

焦虑的救赎

干净的大地上绿着一些寻常的菜蔬，一张偌大的网悄无声息地铺陈开来，两只饥饿的鸟奔绿色而来，陷在阴谋中，翅膀被牢牢地粘住，灵动的爪子失却走动、起飞的活力。凭众多的心机去揣摩飞翔的鸟儿，它们是幸福的还是痛苦的？它们是快乐的还是郁闷的？久久难以得出结论，而眼前的两只鸟，陷落在丝网里，让我深深焦虑。严寒的日子，阳光细细漾动，两只鸟失声于挣扎中，越是扑翅出力，欲望的丝网收拢得越紧。

必然是种缘分，一行人在这停车小憩观景，鸟的挣扎打乱了心身的放松和周边不可多得的美景。不多的鸟类知识告诉我，一只叫戴胜、一只叫乌鸫。

拉开的丝网柔软细密，四周的菜地收拾得干干净净，黄土和荒地一浪接着一浪，唯留下两畦绿色，菜的梗叶青翠欲滴，泛出诱惑的光泽。菜是为鸟留下的。网是为鸟布下的。诱惑、陷阱、阴谋搭配得天衣无缝。

鸟绝望地扑扇翅膀，每一次挣扎都引发网的颤动，而这对于坚固、韧性的网来说，鸟的撞击肯定是微弱的。顾不上和随行人议论，顺着坡地向陷入罗网的鸟冲去，泥土松软，春天还有长长的距离，陷落的脚印不紧不慢地跟随着我，两只鸟大声啼鸣悲叫，惊吓中又一次奋不顾身地冲动起来。网缘风阵阵飘拂，我弯下身子，在细密的网间向鸟靠近，打量着惊恐不已的鸟的眼睛，近距离观察一只鸟的悲情和无奈，本该在天空划过云朵的翅膀，竟被细若发丝的绳索紧紧地缠裹住了。我在心中默默地念叨：戴胜、乌鸫不要紧张，我是来解救你们的。戴胜根本没有领情，在解除它翅膀上的丝状物时，竟狠狠地向我手面啄了一口，血随着疼痛涌了出来。朋友们一溜小跑地赶了过来，手忙脚乱地忙活开来。戴胜突然间安静了下来，它驯服地躺在我的手心，美丽的羽毛，打开的凤冠如同盛开的花朵，天地间一片安然。解除了束缚的戴胜，怦然的心跳、温暖的体温，向我一缕缕地传导，而手背的疼痛却加剧起来，扯得我的心或紧或慢地狂跳。当我托飞起戴胜时，它急迫地飞向天空，仅留下一缕隐隐约约的风声。众人帮忙，对乌鸫的解救，轻松多了，可能是被网罗的时间较长，它虚弱地尖叫着，放飞时，它的翅膀凝重而滞涩，只能贴着地面浅浅地飞去。

天空辽远，两只鸟转眼间无踪无影，不远处山色秀丽，树林茂密，那里自然是鸟们眷恋的家园。随行的一位诗人，诗情大发，朗诵起深情而美丽的诗行：一个普通的冬日／一位诗人为两只受困的鸟焦虑……我为"焦虑"二字喝起彩来，"焦虑"正是我心中的驿动。这焦虑是来自鸟的，也是来自于人的。菜地上的丝网不知张候了多少时日，又有多少只鸟为翠色的盛宴投入深藏不露的阴谋中？而设网的人该是什么样的心态，为何要生生地剥夺鸟的飞翔、鸟的天空？为生计？为蝇头小利？为口头的一筷子鲜美？美丽的树林缺少鸟的啼鸣，树林是死的；蔚蓝的天空，没有鸟的飞翔，天空是低沉的。鸟语花香，天地久远，人在之间才会活出汁液满当的滋味。

回途中后悔，没能将菜地上张下的网拆了毁了，甚至想转过身去和这网较量一番，但转念一想，世间的网太多太多，有形的网可拆，心中的网能拆得了吗？记得著名诗人顾城有一首写生活的诗，独独的一个字：网。人也是生活在网中的，我们时而闯进去，被网

231

人生漫与

罗得喘不过气来，左冲右突，流血受伤再寻常不过了。网是架设的，没有了人为的罗网，风清气白，世界充满了悲悯，该是何等的惬意！

戴胜在我手上留下的伤口，隐隐的痛一再提醒我，两只鸟曾在有形的网中挣扎，我将会长记那不长的一刻，最好在伤口愈合后，留下一道深深的疤痕，让我常常抚摸它，常常在抚摸时联动得心跳，能想着去为众多的焦虑救赎。

看电影

朋友在外地经商多年，赚了大把大把的钱，春节间回家乡小城转了几圈，执意要投资开办电影院。

小城不大不小，城区聚集了十多万人，城不见多么繁荣，整天里人头攒动，似乎大多闲得没事干，十多万人口的城市竟没有家像模像样的电影院，逼得电影一族看场电影得奔上十几公里去省城。表面上朋友看上了这市场的潜力，而骨子里却是他的电影情结在起作用，他的父亲20世纪50年代就在电影院工作，卖票、把门、放电影，直至做了电影院的负责人，一辈子没离开过电影，退休时根也扎在倒闭的电影院里。朋友自小混在电影的光影里，一部电影看上十遍八遍是常事，许多台词对白倒背如流，模仿起一号二号人物，特别是反派人物更是惟妙惟肖。

20世纪70年代电影是稀缺物品，小城难得放上一场电影，对于电影，当时流行的顺口溜是"朝鲜电影哭哭闹闹，越南电影飞机大炮，中国电影新闻简报"，经济贫困、文化贫乏，心中的萧条，往往希望有一场略具色彩的电影作品来补充，当然更渴求的是一部有血有肉的故事片。

关于电影，朋友在同学圈中最具发言权，由于他的父亲，他能够较早地获悉一些信息，并且提前于海报若干天发布出来，逗得我们心痒痒的，恨不得时间过得快些，之后的一段时间三番五次地奔走于家和电影院之间，但大多时候，看的却是一场叫"英雄白跑路"的片子。朋友为此没少受过我们的奚落，甚至挨过高年级同学的拳头。

有一段时间电影突然多了起来，《渡江侦察记》《侦察兵》之类，把我们的魂勾得七上八下，疯了一样围着电影院转，朋友自然成了大红人，先是求着他买电影票，一毛钱一张，他的口袋总装着一沓红红绿绿的纸头。座位不管好坏，能看上，早看上就是大幸事了。看了一场不过瘾，还得想法子看第二场、第三场，除了躲在影院的旮旯里，想法不被清出场外，剩下的办法还有翻墙头、用过去的票头"冲撞"。用票头"冲撞"得有点胆识，首先要找到和场次同样颜色的票根，之后就得凭胆识和运气了。"撞"票是门技术活，半截子票头要捏得紧紧的，乘人多的时候，两眼随意地瞄着周边，漫不经心，显不得星点的惊慌，略有闪失就会前功尽弃，弄不好还要被罚站在一边，通知学校，写检查张贴在宣传栏里。那时我们最羡慕朋友，他任何时候都可以大摇大摆地进出电影院，忙时还能站在入口处帮着检票，引得一帮"撞"票的人一个劲地向他的身边涌去。

翻墙头看电影需要一把力气，影院四周的墙两三米高，寻常人翻不过去，何况我们这些半大小子。还是朋友出的点子，他对影院的四周熟悉，靠西南方向紧贴着院墙有一棵碗口粗的青桐树，爬树上墙省力气多了。我们一个个猴子般攀树而上，猴在墙头上，等着里边的接应，朋友早早等在了院墙的下边，把我们一个个接了下去，也有失手的，狠狠地跌了一跤，屁股摔得生痛，电影的吸引力是最好的止痛药，龇龇嘴还是满心欢喜。

"撞"票的、翻墙头的没有座位，我们只能在舞台上席地而坐，近近地观着屏幕，耳边的枪炮声震耳欲聋，激动时，一不小心站了起来，银幕上就留下了一块黑白，引得底下的观众一片责骂。前台坐满了，我们就看银幕的后面，所有的人物都是反置的，反而又多出了另一番的趣味。

有意思的是我们男生"撞"票、翻墙头，女生知道了也向我们学习，她们撞票的成功率几乎百分之百，翻墙头身手敏捷也是高手，她们对电影的热爱丝毫不弱于我们。那段时间，我们常常炫耀，谁看《侦察兵》《渡江侦察记》的场数多，当然和朋友不能比。他有得天独厚的条件。记得有一个同学说看了十八遍，对里面的台词烂熟于心。我们一哄而上，说学学，学学。于是一帮同学，哼起了《侦察兵》里的音乐，故事随即演绎了起来："你们的炮是如何保养了？""这里至少要保持两个继续的弹药。""太麻痹了，太麻痹了！"英雄在我们的心中高大起来，做个侦察兵，可能是我们当时最宏伟的愿望。

"手拉手，逛大街，翻墙头，看电影"。说的是和看电影有关的另类故事，上初中时，同学间的年龄悬殊较大，朦胧的情感在略略大点的同学间悄然流动。班长来自农家，他和另一个同样来自农家的女同学产生了微妙的感情，忍不住电影的诱惑，他们也学起了我们，双双翻墙一而再地去看电影，或许是晚场电影散场太迟，不自觉地在昏暗的街道上手拉手逛了起来，我不敢肯定是朋友发现的，不久校园就传开了，你凑一句，我凑一句，就有了"手拉手，逛大街，翻墙头，看电影"的歌谣，并且每每看到他们，我们就会拍着手大声地朗诵起来。不多年后，班长和翻墙头看电影的女同学，结为连理，幸幸福福地生活在了一起，想来也是电影催生了他们的爱情，电影为媒也很浪漫。

朋友的电影院办成办不成已是另外一回事，我们一帮子小时候围着他转的同学，又一次为电影生生地醉了一场，他要我为之写个可行性报告之类的，没加思考我就满口答应了，朋友有电影情结，我们又何尝没有，至于市场、票房、院线的论证，当然是必须的，但心中的东西只能装在心中永远无须论证。不知是谁提议，我们一起去看场电影，赢得的是一片叫好声，随之又长久地沉寂下去，小城的影院早已落魄，空留下一座遗址，在风雨里声声低吟。

空　落

多年前去一寺庙游玩，老方丈慈眉善目，和我攀谈良久，临走时送我一本有关佛教的书籍，一再叮嘱好好读读，说我有慧根，早晚应是佛家的人。书不记得可曾读过，但方丈的那句话却让我记牢了。对于佛家思想，我了解得不多，对他们青灯黄卷的生活不持肯定的态度，佛的境界太高远，不是我等凡尘中人可以参悟透的。

前些日子一场豪雨把我留在了紫蓬山西庐寺，山雨迷蒙，寺和各色树种在雨的招摇里，显得格外清醒。西庐寺作为庐阳第一名山，素有北九华之称，且是合肥大名鼎鼎的名教寺上院，为太平天国将领袁宏谟所建。西庐寺饱经岁月沧桑，毁而复建，建而又毁，最终成了如今的模样。

得感谢这场雨，让我在数度进入紫蓬山后，第一次认真打量修葺一新的西庐庙宇，寺庙依山而建，顺势而为，精巧地将一座座庙宇揣进了山的怀抱，体现了设计者独特的匠心，难能可贵的是一棵棵百年古树，挺着高傲的绿色，阔叶拂动雨中的香雾，多出了雨打树林"沙沙"之外，又有一种独特的声音，充满了和谐之气、仙境之韵。单就建筑而言，寺围山峦，树绕寺转，步步台阶，拾级而上再去回眸，见到的仅是寺庙的方顶，如同漂浮在绿海、云雾中的舟楫，是否应对着慈航又驶，普度众生的寓意，就不得而知了，不过在我心中却是如此的。

　　寺庙周边三百多棵百年以上的栎树，苍意正浓，据说这是全国最大的古栎树林，为紫蓬山成为国家森林公园添了把大劲，大多合抱般粗细，苍劲的树干上爬满了绿藤、苔藓之类，它们被绿包裹着，犹同植物间的庙宇被崇拜、被神圣。或许沾了西庐寺香火的缘故，细闻栎树的枝叶，青青的香气伴随着人间烟尘的味儿，突然和人亲近起来，此时对它们的敬意不自觉地超过了对菩萨的信度。佛家说，一叶一菩提，一石一佛陀，栎树成为心中的佛当不为过吧。大胆去想栎树扎进深山的根须，它们透过岩山，寻找通达的渠道，又源源不断地将调色的颜料送到几乎没入云端的树梢，留给这世界满目的温存，甚至它的果实，在苦涩中露出丝微的甘甜，在粮荒之际，救苦救难。突发奇念，拜仙、拜佛、拜菩萨，莫如去拜一棵实实在在的树。佛家还说，佛在心中，而此时栎树在心中满当当地占领着，它定是菩萨了。

　　风雨中梵音、钟声越发显得清朗，尘世间的浑浊去除了不少，心的住所油然地空落出新的地方，我知道这和寺庙有关，但关联的又不是太多，重要的是山雨、山风、山林、山石清理出了一片旷达，让心多出了蹦蹦跶跶的空间。俗务太重往往会引着心步入歧途，沉湎之间，心累了，人自然而然就疲倦、消沉。世间有许多指责，大多是对着他人的，为一些琐事既拿不起又放不下，心中的佛睡了，要自己喊醒他，外界天大的声音也没有用。

　　又想起若干年前方丈对我说的话，猛然感到了这话的深刻，每个人都是自己的"佛"，"佛"在心中，你得让这"佛"活着。

离　开

　　早晨起床按照固定的模式给花松土、给鸟添水、给鱼加食。每天总是这样，少了一样就感觉许多事没做，有一种失落的感觉，也是习惯成自然了。花、鸟、鱼早已成为我不可多得的好朋友，早晨打个照面，似乎只有如此一天才可始。有时也想，把花移到小区的苗圃里、鸟还给天空、鱼放逐江河不更好吗？让大自然去呵护它们，省得它们的根须生长不开、翅膀扑棱不起，最终老死在不大的空间里。

　　由此，我想到了离开。离开早晨的花、鸟、鱼，也让早晨的花、鸟、鱼离开我，在不多的时间里各自取得更多的空间或许更好。我完全可以利用这段时间，读读早报、看看电视新闻、帮妻子干点家务，甚至将每天匆匆的早餐吃得更仔细一点、品啜得更完美一些。花、鸟、鱼们自然可以更多地呼吸一些新鲜空气，如果已将它们放逐给自然，花此时会将芬芳送达千里之外，鸟定然在爱巢边歌唱了一百遍，鱼会逆着水寻找出生的家园……这样的景观出现在眼前，几乎是诗意的，但肯定是能摸得着。不过这样的离开是需要忍受割舍之痛的，养了多年的花、鸟、鱼，对它们已有了依恋之情，放逐它们既要有狠心又要有充分的耐心。花在温室里长大，面对大自然的狂野，它缺少了顶风冒雪的准备，而鸟和鱼它们的翅膀、鳍已然钝化，对于自然之光，除了倾慕之外剩下的只是恐惧。离开的双面性，让离开多出了许许多多的困难和不忍。

上班时打开电脑，上了 QQ，突然间有了种失落，同时段约好的头像没有闪烁，其实相互间都知道彼此的虚拟，距离千里之外，说不上牵挂，只是种习惯，谈谈创作、说说工作，三两分钟而已。之后各忙各的再也不去打扰。相识于何时早已忘记了，说过多少话记录里都有，讲实话对于这些记录连翻动的欲念都没有，但习惯成了瘾的源头。对方选择了离开，我很敬重他这一点，不把虚拟的东西当作真实来做，离开自可以拉开距离，而再见时或许可以产生更多的灵感，对写作、对工作产生新的动力。

而有些离开却是被动的，比如生死离别。朋友的母亲长年卧床不起，在病痛中消磨了一天又一天，朋友每天都去探望，工作再忙也不例外，隔三岔五还要整夜地陪伴母亲。朋友对我说，她的母亲每天都会对他说同样的一句话：活一天是一天。这样的话说多了，朋友就不当一回事了，偶尔还会回上一句：这句话说了十年了。言下之意不是又活十年了吗？朋友母亲的不想离开是用天来度量的，而朋友用千方百计来承接这样的度量，每当面对初升的太阳，朋友就会长长地喟叹一声：天亮了，又多了一天。朋友对我说，母亲总有一天会离开的，母亲每天都有一个情结——再多活一天，把最终的离开拉得长了又长。我感动于朋友的母子情深，也深深地祝福朋友的母亲，一天比一天好起来，这样的一天更多起来。

人生有众多的选择，离开必然是其中之一，或大或小，或自愿或被迫，或虚或实，这是题外话。我讨厌臆造情节，更讨厌在不真实中移动来移动去，时间做出的回答，既有效又深刻。离开是种必然，世上没有长久的厮守，水乳交融的恋情也有老去的一天，灿烂的花更有凋落的时候，只要不是人为的生生剥离，所有的离开都是美好的。孩子离开母亲是为了寻找明天，小鸟离开巢穴是为了澄明的天空，我们理智地离开某件事物，正是为了某件事物的展开和发展。

回到早晨起床时的状况，我开始试着做离开的准备。将花草移到阳光更强烈的地方，给它太阳的风暴；将鸟的笼子打开，让它学习飞翔；给鱼少些食儿，在半饥饿状态下，它会游得更快。还与自然，交给天空，放纵江河，这样的离开对双方都是最得意的美事。"相濡以沫，不如相忘于江湖"，离开的境界，多少年前的哲人就说过了。

木落桃花

日本东京，九十八岁的八木为第四十五次踏上中国土地做着最后的准备。

春天的东京繁花似锦，面对樱花盛开的场景，老迈的八木，一次又一次抬起艰难的双脚，围绕别墅的花园，她每走一圈放下手中紧握的石子，一圈一圈又一圈，整整八十个石子，堆集在她既是起步又是终点的地方，她长长地舒了口气，她知道自己尚存的力量，还可以支撑回到魂牵梦萦的地方——桃花源。是时，桃花硕放，满目春色的中国，就是一座五彩缤纷的花园，八木的心早已驰往，她自命为桃花源中人，根深深扎下了，就没有离开的理由。

1987年一块热土吸引了八木，爽朗的桃花源创始人王兴业的手和八木紧紧握在了一起。此时的八木已是七十多岁的老人，老人的目光盯住历经沧桑的土地，也十分看好创业做事的王兴业，之后的二十六年，八木把心留在了桃花源，尽管天南海北，她没有一天忘记安徽肥西一个叫桃花的地方。桃花是中国的缩影，桃花是中国一个小得不能再小的地方，八木把一汪深情倾注在这里，也就把自己定位在了中国。

出生于1913年的八木，家境富裕，良好的教育让她对中国文化有一种特别的向往，1938年卢沟桥事变后，她来到了中国从事对贫民的教育，日寇的暴行摧残了她良好的愿望，对战争的痛恨催动了她心中和平种子的发芽。战后，她开始把所有的心血倾注到中日民间友好中，一次次率团参观南京大屠杀纪念馆，淮南万人坑，为仍在贫困、温饱线上的中国民间送来一份份善物善款，用自己目睹的事实一遍又一遍地谴责日本军国主义的暴行，她的身影在中国大地上久久徘徊，而更多的时日却落在了桃花源。

1993年肥西大旱，龟裂的土地呼唤着天降甘霖。八木从王兴业处得知肥西严重的旱情，她顾不上八十岁的高龄，在日本奔走呼号，募集救灾款，随后又匆匆赶往肥西，把一份份深情送往受灾的村落。夏季的肥西炎热潮湿，受灾的地方更是人畜饮用水也难以解决，她每到一处总把一个老太太最灿烂的笑留下。晚上她执意要在吴郢小学住下，体验民间的疾苦，并且不洗脸、不洗脚、不洗澡、不喝水，她要把节省下的水送给稼禾、农户。每每提及这些，作为当时的陪同者王兴业总是眼含热泪，他时常用这样的故事教育属下、鞭策自己。

八木先生一生没嫁，她自诩为自球上的航天飞船乘客，她是用自己的爱和善完美着自我的人。面对日本军国主义的暴行，她捧着自己的良心大声谴责，战后她致力于中日民间友好，中国改革开放后，她清理"门户"无偿将自己的房屋提供给中国留学生使用，每年还要资助一批留日学子。追随八木近二十年的许晶女士，对八木饱含深情，她说，八木既是她的恩师，又是她的亲人。昔日的桃花源刚刚起步，起步的艰难和百折不挠的精神，感染了八木，从那时起，八木就认定了这是一块能够奋力崛起的土地，她是用自己的心支持着王兴业的桃花源人。九十八岁的八木在2011年再次踏进了桃花源，此时的桃花源已是一方新的天地，高楼抚摸着白云，绿树衬托着天空，她亲手植在中日友好纪念亭边的樱花树已经合抱。可以想见，八木的兴奋和喜悦。面对她深情凝望了近三十年的一方天空、一群可亲可爱的人，她郑重地对欢迎她的桃花源人说："我是桃花人，桃花源是我的家，死后也要落葬在这方土地上。"

2012 年迎来了八木的一百岁寿辰，桃花源人要为他们祖母般的亲人过一次隆重的生日。以王兴业为代表的一行八人直飞东京，病榻上的八木仍显得精力充沛，她紧紧握着王兴业的手一刻也不愿松开，一握就是一个多小时。王兴业告诉我们，老太太的力气真大，实际上她握着的不仅是我王兴业，而是中国。是啊，八木对桃花源的爱，其实是对中国的爱，是对中国人的爱，八木也仅仅是千千万万爱好和平，期盼中日友好的人士之一。今天尽管中日关系发生了微妙的变化，但呼号和平、中日友好的呼声从来就没断过。

新年的钟声刚刚敲过，2013 年元月 2 日八木先生以一百岁的高寿仙逝于日本东京。按照先生的遗愿，桃花源人迎回了她的骨灰，元月 2 日正是中国二十四节气里的大寒，桃花源人用自己的习俗为八木先生安葬，墓地是中国贫民的墓地，墓穴是中国式的墓穴，连碑也和墓园里的其他碑一样的大小，混杂在连片的坟墓间，俨然成为一体。安葬仪式刚刚结束，天空稀稀拉拉飘起了雪花，寒风阵阵，一股莫名的悲哀袭上心头，和故土远隔千山万水，八木先生孤独吗？吊唁的人群一阵阵去了，偌大的墓园一片静寂。或许这正是八木先生追求的境界，融入中国土地、归入中国民间。

木落桃花，春天的桃花源必将花开灿烂，八木自然是花的使者，相信在千万朵桃花中，一定有一株会开得最旺盛最鲜艳，它带着友好、带着期盼，在蜂蝶的传递中结出丰硕的果实。

泥土之味

　　远离家乡，久没联系的朋友突然间打来电话，要我给他送故乡的土去，都市什么都不缺，什么都可以买到，恰恰是生根、立地的泥土难以找到。我如约又找到了种苗木的另一个朋友，足足给都市的朋友送去了五袋子泥土。朋友住在高楼的顶层，他将土平摊开来，晒足了太阳，种上了花木、菜蔬之类。朋友是从事文字工作的，他善于抒情，电话里告诉我，故土好闻，家乡味好浓。

　　实际上我所居住的小城，已逐渐被水泥、绿地封闭了起来，要找到一捧好土，也已不是一件容易的事了，城市向外扩展，农村离我们越来越远，何况城乡一体化，能够闲着无事的泥土鲜见了。种苗木的朋友给都市的朋友送去了好土，那是落叶下的泥土，肥沃、生态、夹杂着绿叶和花的香味。送土的朋友猜到了我的心思，在给都市送去泥土的同时，也给我捎来了两袋。

　　和泥土打交道的日子似乎远去了。过往的日子，泥土总是包围着我们，走在泥泞的小路上，住着土房子、睡着土炕、趴着泥桌子，拍拍沾满泥土的双手，掰开从泥土地的梦中刚醒来的双眼，又走进了泥土里，去泥土里找生活。讲真心话，那时对泥土有一种厌恶的感觉，恨不得早早跳出泥土，去大小不拘的城里找上一份工作。最怕的是雨天在泥路上走路，一场漫无边际的雨，让小小的田埂烂得没有底数，黄土黏脚，鞋子早陷进了泥土的深处，赤着一双脚，走着走着脚下的黄土就厚厚地沾上一层，足似千斤重，不得不蘸上水，清理了黄土再走，尽管是阴雨天，鼻息里仍是一股泥土的呛人味。太阳毒辣的时候，黄泥巴坚硬了起来，就着太阳锄地，是一件不轻巧的活，旱粮立在那，旱稗草之类也立着，一锄子下去，硬朗的土地最多留下个白迹，往往草没锄下，倒碰到了豆、棉、玉米，恨得人牙痒、气得人心疼。故乡的泥土在那样的日子里永远是恼人的，让人哭笑不得，吃它的、用它的、穿它的，却又受累于它。

伯父有一句话我记了很多年：土是好东西，有一天想搞也搞不到。我当时理解，他说的土是广义的土地，失去了土地就再找不回了。而如今细细揣摩，伯父的话更多指的是细节，甚至他所说的就是一粒粒干净的尘埃、泥土。不是吗？能让植物舒舒服服扎下根的泥土愈来愈少，不要说大片的开着野花的荒原了，当地本土的植物在一天天地消失，那些个夏枯草、猪耳朵菜、半边莲、打破碗花们，几乎在一夜的星空里隐去了身影，能不怪罪它们根底下的泥土吗？植物爱洁净，它们宁愿逃遁，也不愿和污染了的土地为伍，否则它们的花朵就会失去诱人的芬芳。小时候，手脚喜欢乱动、乱舞，时而会出现小创小伤，血流得轻松、明快，也只是找把黄土堵在伤口上，血止住了，不几天就结痂封口，留下的疤痕也又浅又小。洁净的土止血、止痛、消炎、生肌，不用说它长出的粮食，充满了泥土的芬香味，五谷各异，各有各的馋人。伯父过世多年，我现在早把他当作了哲人，他有福气，躺在故乡的泥土里，那土是干净的。

到远离泥土的日子，却怀念起泥土来，像我都市的朋友，随着时间的推移更加执意。都市的朋友在自己的屋顶上，建起了空中自己的田亩，他时而在网上晒出他的得意，一时兰花开了，一时月季红了，一时昙花初现了，搞得空中花园风姿绰约。他在网上和我聊天，说得最多的是他的田地，有一天，他发现新大陆般地对我说："几棵车前子好生丰硕，一棵打破碗花扯藤疾走，舍不得拔走它们，比'洋花''洋草'们更具活力。"我说："当然如此，土是故乡土，种是故乡种，它们永远不会变异。"说完后，我们都对着荧屏长久地沉默起来。

　　我没有都市朋友的楼顶，将朋友捎来的泥土分置在大小不一的花盆里，种上草本、木本的花草，故乡的土发旺植物，淋上些许水、施些肥，花一发不可收地灿烂，苗匀匀称称地向上冒去，就连松柔的泥土上也茸茸地生了一层绿草，我常流连在它们的周边，一边看花开绿长，一边闻着泥土之味，悄然中风月升起，太阳静静地落下。

凄婉之美

　　无休止地想不通，沈从文偏偏喜欢上了张兆和。那么倾心和执着，用俗世男人的眼光甚至女人的眼光来看，黑且短粗的张兆和没见有多大的魅力。沈从文偏不这样，张兆和就是他心中的女神。

　　张兆和从一开始就没有看好沈从文，他的求爱信被编成了青蛙十三号，这大她七岁的"乡巴佬"，在她的心中只有调侃的地方，绝没有一星点的位置可以让其占用。

　　沈从文实在是优秀的，他的追求得到了包括胡适在内的众多人的同情支持。当胡适约见张兆和，把沈从文和张兆和的爱情，提高到"振兴文学事业""造就大师文人"的高度来说时，张兆和更是决绝，淋漓尽致得像条汉子，连一丝丝的缝隙也没留。

　　痛苦而无奈的沈从文只有转身远去，但又选择了一条，只有沈从文这样的文人可以行进的路，在信纸上谈恋爱，用优秀的文字去开启心田。沈从文似乎是成功的，距离加上优美可咀嚼出汁液的文字，渐渐地撬动了张兆和紧闭的心扉。

　　当"乡巴佬"终于吃上了喜糖和张兆和结为连理，沈从文真的如愿以偿了吗？实际上一幕凄婉才刚刚打开序幕。沈从文时而透过张兆和心扉的缝隙去打量自己的妻子，一切都是那么蒙眬。张兆和沉湎于自己的世界，沈从文的文字再美，在她的眼睛里也是老调的、难读的，摆在她的面前也懒得翻动。她之所以接受了沈从文，才气是摆在很远的地方的，更多的是迫于沈从文的痴心、家庭的压力和胡适们的叨絮。

沈从文一往情深地发出了尖叫。他明目张胆地爱上了一个叫高青子的文学女青年，并将相爱相接触的情况，原原本本地写信告诉张兆和，生怕由爱生出的尖叫张兆和听不到。张兆和听到了，起先却是木然的，直到这尖叫震耳欲聋，张兆和才轻柔地做了些小举动，自信得令人难以理解。沈从文听话地回归了，将高青子置于一边。

高青子得到沈从文的垂爱，想来她也不是个一无是处之人，当是才华横溢的，写过小说出过集子，但从此沦于群山之中，混迹于草木，平淡一生。

沈从文的尖叫是发给一个人听的。张兆和听见了，似乎也没太在意。

一个人要走进一个人的心难。而一个人决意不走进一个人的心容易。前者如沈从文对张兆和，后者是张兆和对沈从文。前者的渴望和后者的决然，显出了太大的落差，落差之水，常常溅湿人的衣衫泪襟。

沈从文不认识，乃至不爱上张兆和会如何？他的文学成就是否会大打折扣？张兆和不嫁给沈从文，这辈子又会怎样？宿命的东西不好回答。无论如何沈从文、张兆和执手了五十五年，凄婉的爱造就了凄婉的美，存在得五味杂陈。

沈从文晚年极爱流泪，碰到芝麻大的事也会哭上一场，往往是哭得收不了场，一个学术造诣高深、著作等身的大师，经历之苦不用去说了，碰到软处该哭。而心中永远抖不出来的东西，是否更该哭上一场？比如张兆和。所以沈从文在哭中度过剩下的时光，让时光湿淋淋地拧下大把的水。

沈从文去世后，张兆和开始整理沈从文的遗著，她开始学着走进沈从文，沈从文的博大、精致，对张兆和而言感触应该是深刻的，

人生漫与

信纸上的恋爱，多年后细细去读，在这人去空落之时才品出了其中三昧。迟了吗？张兆和只有在心中应答。

九十三岁的张兆和即将离开人世，人们拿着沈从文的照片，问张兆和，是否认识照片上的人，张兆和说，好像认识。沈从文在天之灵应该高兴。毕竟认识了，尽管好像认识，比一点不认识好。

走进去自然美好，走不进去落个凄婉，有时间在侧，都可期待。

签字初冬

　　有意无意里，初冬的雨在早晨绕了个弯，天阴沉着，雨停了下来。一家人起得很早，奔赴杏花公园，参加《合肥晚报》读者日活动，活动的组织者为我留了一席之地，为自己的诗集《心旅》、散文集《一朵故乡的野花》举行签售。心是狂突的，文章结集出版的兴奋余味犹在，又将直面读者，其中复杂的心境可想而知了。

　　读者比我们到达得更早，匆匆摆好书籍，拉开架势，热心的读者就围了上来。十四名作家一字摆开，装帧精美的书矗于案上，无疑是一道风景了。作家们各领风骚，四姐妹作家风姿绰约，著作等身的几位资深作家谈笑风生，如同赴一场老友的约会，倒是我等几个第一次参加签售活动的，显得局促、木讷，好在爱书的读者蜂拥了过来。

　　我签售的第一位读者是位老者，他须发全白，拿起我的《一朵故乡的野花》竟静静地翻读起来，周边的嘈杂似乎与他无关，那么入静和专注。《一朵故乡的野花》是写故乡的风土人情、是是非非的，或许是其中的情节勾起了他的回忆，他在之中流连忘返，久久难以走出。我为他在书的扉页上签上了自己的名字，三个字写得特别生涩，又格外用心。书售出了，名字又签上了，一份带着责任的沉甸也就传达了出去。

　　表叔的到来，让我有一种说不出的怆然，十多年没见，他是看到《合肥晚报》上接二连三的宣传,知我在此签名售书,直奔我而来的。他一把攥住我的手,忙不迭地要我签名,我却拉着他的手,久久下不了笔。表叔已八十多岁,曾是安徽针织厂的一名老员工,在我家最困难的时期,经常接济,许多年里我穿的内衣,都是他提供的,尽管他带到我家的衣服,都是布头、剩料拼凑成的,穿在身上却依附了另样的暖和。表叔不愿听我忆旧,不停地催我签名,怕影响了其他读者,而正是我的叨絮,又引来了新的读者,他们听我说这故事,眼中没忘匆匆地翻读,下一个读者已俨然做好了准备,等待着我的签名。目送表叔的身影,我大声地对表叔说:“书中有写您的故事。”说这话时我的心软软的,眼角不禁润湿。

我对自己的诗集《心旅》一直信心不足,现在写诗的人比读诗的人多,一位大嫂的到来改变了我的想法。《心旅》只不过是我心中长短句的集合,其中的诗句不乏晦涩和浅淡,然而大嫂却读得津津有味,喃喃中将一些诗行吟哦得韵味十足。她和我交谈,说在某某刊物、某某报纸上读过我的诗文,一直非常喜欢,终于见到作者了,对我的《心旅》自然爱不释手,但对封面的设计却提出了不同的看法,说太过于沉闷,没有一点诗意,跳不出来。从大嫂的言谈中,可以看出她是喜欢诗的,甚至做过做个诗人的梦。实际上生活在这个世界上的每一个生灵、每一棵植物都是诗人,只不过各自表达的形式不同。妻子看我和大嫂交流不辍,在另一边和同是签名售书的一位女作家打趣,说我是中老年妇女的偶像,说得一圈子人乐而沉默,平添了售书、读书之外的话题。

头天晚上的雨让杏花公园的草坪吸得饱饱的,双脚早已湿透,加之初冷乍寒,手和心都略显迟钝。两个学生记者走近了我,幼稚地采访起我来,话题却很严肃,诸如何时开始写作?写作的意义是什么?等等。看着孩子们,我陡然想起童年时的自己,如此话题,我也曾设问过,问得直白而浅显。我结结巴巴地回答,几乎是一个字一个字吐出的，真的比写一篇文章难多了。

初冷中的签售，妻女一直陪伴着我，加上女儿的男朋友，可谓全家上了，他们的支持让我有了更多的释然和信心。尽管一上午仅仅签售了八十多本书，但一团火样的温暖却在心中反反复复地燃烧着。

晚间小醉后，心却流连在签售现场，几行诗句跳了出来。几滴雨，推开冷的门 / 签下自己的名字，潦草如风 / 湿了的脚在草地上，与水 / 交往且融洽。草叶枯萎 / 根却使劲拱动蚯蚓的动作 / 我无法拒绝，泥土和水的好意 / 写下了它们，在很长一段时日里 / 还将继续，直到有一天 / 我也成了泥土中的粒、水流中的滴 / 让风吹起。看到随我名字而走的翻动 / 轻声细语，突然想到如果世界沉寂了 / 那些个文字怎么办？是否会在初冬的身后 / 吹出一段雪花来，轻快、灵动、柔和……我想签字初冬，后面应该和春天签约了。

人生漫与

湿　翅

写下"湿翅"二字，突然就热泪盈眶。

冬雨横沦，沉闷的雷声连绵，大群的鸟蜂拥停落在高压电线上，湿湿的翅膀，拧下水，还重得压住人的喘息。雨骤中，鸟的目光我看不到，它们集体沉默，只能凭着想象，或许只有眸间的闪动，说出了天空的辽阔，湿了翅膀还将高飞，审时度势中的停歇，累积的力量定是为冲天而作准备的。

我独自行走在雨中，为停下的鸟而彳亍，而放慢脚步，想把一个邂逅的过程拉得更长些。如果我是群鸟中的一只，我会不会去寻找冬天里的叶片，将自己的翅膀藏起来，不让寒雨淋透自己？安逸会断送飞翔！这是我看到的鸟的果敢，鸟的说法，它们宁愿冒着雷、雨的击打，歪着脑袋，躲过斜风，不去迷失眼睛，把飞的热望掖在心跳里。

"有翅膀就有天空。"这是我敬重的一位作家的诗行，相信他所说的翅膀包括被雨淋湿的。作家出身贫寒，他用自己的翅膀扑打冲击就他而言高高的天空。他的翅膀不停地被世间的风雨打湿，阳光之于他太少、太少，对这些他从来不管不问，只一个劲地向空中冲去，风拦他、雨阻他，往往还会有透明的丝网做出天罗地网的状态，缠住他的翅膀。他没有气馁，从高高的天空跌落下来，理理羽毛、修修翅膀，一次又一次地向他向往的空间撞击，如同一只钻天的鸟儿，留下一串啼鸣，甚至是啼落的血。蓝天、白云在目，足以让他平和心思、长长舒叹，他没能将世俗的天罗地网冲破出一个缺口来，在他生命的最后日子里，他的微笑多于常人，因了翅膀没有白白生出，即便遍体鳞伤，累累疤痕增添了众多的回忆，他还是用自己最不愿的沉默，回答着仰视的天空，此处无言胜过大音。生命划过的轨道，全是自己的翅膀拓展而出的。翅膀潮湿，也是自己的，自己的翅膀如何去用，他做了主导。无悔的主导铸就了永远的不悔。

天暗淡下来，远处的黑扑了过来，成群的鸟安安静静，偶有冒雨飞向天空的，一会儿仍旧归于群体的沉默。我又想到了另外一句富有哲理的话"有天空就有翅膀"，极具冲击和浪漫。除了自己，谁也无法缚住翅膀的扑棱。翅膀由心而生，心生的翅膀可以无止境地飞起。我的朋友残疾，很多年里他靠着两个凳子行走，一个无法站立的人，似乎再也飞不起来。而事实他却飞得很高很高，他在土地里打拼，先是挂着凳子在旱地里培育他心中的果实，草莓结得鲜甜，西瓜沙瓤可口，豆角左顾右盼，他让自己的一亩三分田风生水起，居家过日子富富足足。然而这一切并没有隐去他的翅膀，他要飞翔，如同歌中唱的饱含激情，他将村中闲置的土地集合了起来，建起了一座座日光大棚，像指挥一场战斗一样，调配留守的老人、妇女、孩子，还原土地本源的真实。一座村子由之沸腾起来，当好手好脚的外出打工者归来时，他低人半个身子的躯体突然伟岸起来，他的目光温润，心生的翅膀凌空，划出了巨大的风声。他不止一次地告诉我，天空辽阔，飞动的路径很多，肯飞、愿飞，就能高高托举起自己。我为之感动，对照他常常打量自己，我的翅膀还紧紧地收拢着，对待天空的召唤迟迟疑疑。如果不飞，天空永远是他人的。

雨还没有停下的迹象，雷隔三岔五地在冬日里露出它的不寻常，停留的鸟群竟冒着黑暗冲向了天空，一瞬间在它们飞动的空间里，雨滴急速起来，天际里的雨和翅膀甩下的雨滴，齐齐地汇合在了一起，

人生漫与

鞭子样抽打着大地。鸟的翅膀依旧是潮湿的，略显沉重的，它们相互鼓劲，相互托起，联动成了一个巨大的翅膀，陡然间齐声的鸣叫震得人心颤，刹那间消失在云的缠绕里。

我伴着雷声将目光收回，而有些心绪却再也难以收拢。我念叨着"有翅膀就有天空""有天空就有翅膀"，把久远的目送存在了心里。

实　诚

　　在这个世界上，应该说每个人都是有故事的，出租车司机老赵的故事，不见得精彩，却多多少少值得回味。和老赵起先不认识，全因为早晨匆匆为事奔忙，打了他的车，他忙不迭地介绍自己姓赵，加上我喜欢聊上几句，竟引来他的滔滔不绝。老赵有两个女儿，妻子在一家私企打工，两个女儿一个上高中二年级，一个上初中，农村的家正在拆迁中，如今在县城租房，成了地道的城市居民。

　　老赵一看就是走南闯北的人，一问果然如此，他十八岁就远赴贵州，在风景如画的贵阳忙起自己人生之初的生计，先是打零工，后是帮着一老板做炒货生意，前后两三年光景，忙里偷闲，学会了一手炒瓜子、板栗、花生等坚果的手艺。他告诉我，那几年真累，过得苦，整天烟熏火燎，整个人都是炒货味。好在老板人厚道，想着法子帮他，让老赵有了一片自己的天地。老赵的家乡是著名的米油产地，他让家人捎去了当地颗粒饱满的花生，在贵阳的一隅，开起了一个叫赵氏炒货的店铺。生意出奇得好，一个人进进出出，每年却有近十万元的收入。老赵说："我选最好的料，火候把握得好，独创了自己的配方，给的斤两足，吃过了就忘不了，回头客真多。"老赵沉湎于过往中，叙述中不无几分得意。这样一干就是四五年，钱赚了不少，除了留下运转的钱，陆陆续续地把钱都汇给了父母，老赵说："我记着账，四五年的时间，我寄父母的钱有六十多万，

257

人生漫与

应该说好日子由此而来，而正是这六十万害了父母。"说到这老赵突然沉默了，恰是红灯，他一脚刹车，车稳稳地停了下来，他的身子却惯性地向前冲去，回过头来不好意思地看着我，一脸的无奈。

我开始打量起老赵来，老赵清瘦，从他的言谈中可以估摸出也不过四十多岁，但岁月的浸染，看面相足有五十开外了。按我的心思，特别希望老赵将故事说下去，但毕竟是人家的心痛处，我又如何能去戳呢？一时沉默，我看着窗外，初冬日子，人流、车流熙熙攘攘，窗外的树木脱尽了叶片，一湾小河在侧，不见清澈，仍如同岁月汩汩流动。绿灯亮了，老赵又说了起来，只是语气缓慢而沉重。他说，他的父母把钱陆陆续续借给了家里的侄子，也就是老赵的堂弟，堂弟是个本分人，开了间大米加工厂，收粮加工，再销售出去，头两年生意还好，渐渐地就陷了进去，越陷越深，最终是血本无归，还欠下了大量的债务。老赵父母借出的钱，似乎永远没了着落了。老赵的父母不甘心，多次上门要债，总是失望而归，眼见儿子挣的血汗钱付之东流，他们又急又气，深感对不起儿子，竟干起了令老赵一辈子不能原谅自己的事，双双在侄子门前喝下了一罐子"百草枯"。闻讯赶回的老赵，面对的已是父母冰凉的尸体，和抢救时丢下的上十万元的债务。人死不能复生，老赵除了抱头痛哭，几乎找不出任何的办法排解。按亲友的主意，要和堂弟家拼上一场，老赵起先同意，旋即又改变了，堂弟家已没有什么可拼的了，几间破房子，一堆废铁样的机器，外加一双上了年龄的父母。老赵说，他下不了手，不能逼着堂弟的父母，也走自己父母一样的路。老赵深深地叹了口气，将喇叭按得山响，我看看窗外，行人远远地离着他的车辆，前后左右也没有车子碍着，他是在宣泄着心中的苦吧。

我问老赵，就没去找堂弟要债？他说，去过，去过很多次，老赵告诉我，他和堂弟现在都心平气和了，人不死债不烂，堂弟认这笔债，可确实无偿还能力，他的钱也被别人套走了。我问他，可恨堂弟？他说，不恨是假的，想原谅但做不到。我想也是的，老赵的父母毕竟是因欠债不还而走上不归路的，恨是有理由的。不过老赵的另一番语言，却让我对他另眼相看起来，他告诉我，他的父母也是有责任的，贪堂弟给的利息高，每年结息又把息连同老赵寄回的钱一起借给了堂弟，想着息滚息利滚利，贪心不足蛇吞象，只能落个这样的下场。他长长地叹了口浊气，你想别人蛋，别人想你鸡。似乎是自言自语，但也足以让我震颤。

车子快到目的地了，老赵加快了语速。他说，前几天和堂弟喝了场酒，堂弟和他一起醉了，相互抱头痛哭，保证将要到手的拆迁补偿给老赵，作为还债款。老赵说，我咬咬牙，让他暂时不要还，用这钱作本，做点其他事，最好和自己一起，开个炒货店。堂弟答应了。老赵说，我算看到了点希望。对这样的故事尾巴，我没想到，惊讶中将一双手紧紧地按在老赵的肩上，老赵回头对我一笑，笑得开心而又坦然。

实诚的老赵和我说了一路的实诚，我还想问问他的婚姻和他的孩子，他是怎样离开贵阳，必然还有许多故事。可惜路程决定了时间，我想这剩下的，可能永远是个谜了，芸芸众生，大千世界已难以找到又一次交叉，但我敢肯定这其中一定是以实诚作为主线的，好在老赵的故事，足以让人咀嚼良久。打开车门，一股初冬的阳光直逼人的眼帘，难得无霾的天空，一片祥和。与老赵挥手告别，心无来由地踏实起来。

实诚是实诚人的通行证，该是这样的吧。

人生漫与

熟　视

陡然间雪莫名其妙地下了起来，一会儿路面就被积雪覆盖了，灯迷离地亮着，孤独如一匹野马向她狂奔而来，车窗外人影逐渐稀少了，她不由得将车速降了下来，心中恨恨的，却找不到一个落下的地方。手机微微地振动了下，一条短信：亲，向晚天欲雪，能饮一杯无？雪天路滑小心哦！外加一张笑脸。她的心猛抽搐了几下，一般暖意布满了心头，看看来电人，既熟悉又陌生，尽管交往不多，但一条短信一下子拉近了距离，她无法排斥这份关心，回了句：谢谢。外加一个太阳。其时，他的短信不就是一个太阳吗？她心想。

早晨起床，丈夫已早早将早点做好，一杯温温的牛奶、一个两面焦黄的煎蛋，两片烤透了的面包。她的气却不打一处来：天天老一套。但还是香香甜甜地风卷残云，把一堆子家务推到一边交给丈夫处理，丈夫无言地看着她，说了句："早回。"她好像连头也没抬，甩门就驾车走了。丈夫不浪漫更不知体贴，只会那么几句：早回呀，少喝酒呀，穿多点啦……让她心中的烦一添再添。

雪夜中她驾驶着车辆，眼中的泪水不自主地流了下来，这样的雪夜，如果有一句问候来自丈夫该多好，可是丈夫连一个外人也不如，电话不打，短信不发，生生地把自己放到一边。短信又适时地来了：爱你我想去死/但我怕死了/没有人/比我更爱你！还是他，尽管调侃，她还是感动的，至少在这茫茫的大雪里，有那么一缕温暖围绕着她，她的心开始在雪花间穿梭，努力回忆着发短信人的面孔，心乱乱的，眼前却是丈夫的面孔，如果丈夫能这样她会幸福死的。她几乎开始期望一种新生活了。她猛地踩了下刹车，到了十字交叉路口，差点开错了回家的方向。

结婚十多年了，丈夫似乎只有不变的老一套，除了工作，大多时间做家务、带孩子，伏在书案上读书、写字，门口永远为她备着一双干干净净的拖鞋，春夏清清爽爽，秋冬暖暖和和，她从来不会掏出钥匙开门，按响门铃，开门的一定是丈夫，打开门的丈夫永远只有一句话："回来啦。"平淡得如一杯白开水。她不关心丈夫的"龙飞凤舞"，丈夫偶尔过问她的工作，她不乐意地回上句，噎得丈夫半天不吭声，也就罢了。

离家越近，她的心沉得越深，雪仍然下着，路面开始结冰，她不得不小心地开着车，好在到了小区灯光猛地明亮起来，主路面的积雪已有人在铲除，而通向车库路面的雪已被打扫得干干净净，这样的慰藉仍没让她心中的寒意去除半分。

过去的程序又要重演，她心中又添了一份堵，但出乎意外的是连续按动门铃，家里任何反应也没有，她用力地拉动手把，门悄然敞开了。一股暖意扑面而来，灯光柔和地照着客厅，一双棉拖鞋静静地躺在门边，她平时喜爱而少有服侍的兰花缓缓地吐着芬芳，没有变化的寻常，在她的眼角边悄然地溜过，她听到自己的心深深地叹着气。"换鞋！换鞋！"她命令着自己，当麻木的双脚投入到拖鞋里时，脚心突然被硌了下，她突然想破口大骂，低下头来，却看到拖鞋里拖着电线的"暖宝宝"，她恨恨地踢上了一脚，暗暗地动气：又是老一套。她似乎没有力气和丈夫较劲，心中却一个劲地骂着丈夫"死人"。

她无声地滑坐在沙发上，还是老位置，很舒适，但还是挪了挪屁股。无意中发现了丈夫留在茶几上的便条：回来了，给我打个电话，我就回。她扫了眼多多少少有点诧异，几乎没有去想就放到了一边，"我才不打电话呢？死去吧。"

雪中的夜晚即便开着空调，多多少少还有点凉意，歪在沙发上，她有点迷糊，听到丈夫的开门声，她连头也没抬，倒是丈夫老一套地问候："回来啦！"引起了她强烈的反感，她圆瞪双目逼视着丈夫，但看到的却不是熟悉的状况，丈夫满身是雪，左手拿着扫帚，右手拿着锹，连头发也结着冰凌。她的心动了下："干吗去了？"语气软了许多，丈夫无事样地说："门前的雪快把路堵住了，我扫雪呀。我在前边的上坡处等你，路滑。"丈夫抖落着身上的雪，转身又坐到了书桌边。她眼中的泪水毫无准备地无言地滑落下来，这是今晚第几次流泪了？她问自己。她不自主地走向了书房。双手搂住了丈夫的双肩，脸颊紧紧地贴了过去，丈夫的脸冰凉冰凉。"也不知给我打个电话，死人！"她嗔骂，丈夫笑了笑。

手机又骤然振动了起来，仍然是他的短信：亲，相信你到家了，祝平安！外加一枝玫瑰花。她狠狠地删去了，如同抹去一道心中的伤痕。明天，熟悉的一切又将开始，她心中想，这些熟悉的场景得好好看看，细细打量了。

岁月圆润

　　一辈子就这么过来了。

　　老两口斜倚在夕阳下，九十三岁的他把一根根手指头粗细的树枝，剁成一节节，八十八岁的她蹲在他的面前，将剁短的柴火收拾整齐了，打成捆。夕阳又斜了一步，他直起弯得不成样的腰杆，轻轻推了她一把，吃力地搬起一捆捆柴火向堆得如小山一样的草堆走去。

　　草堆有一些年头了，说草堆也不准确，堆积的大多是粗细不一的棍棍棒棒，草堆的底层柴火的料要大些，劈开的树茬有的还在滋滋地冒着树油，到上面料就渐渐小了，胳膊粗、手腕粗、酒盅粗，到了今年码上堆子的也就手指般粗细了。

　　家在半山腰，上上下下都是树，老两口伴着树生活，儿女长大了，一个个如长了翅膀的鸟远远飞去，眼下只剩下两位老人，听着树的涛声过日子。很早的时候，他就知她是冷身子，怕冷，年年冬天都要熊熊地燃上一炉子火，让不大的家暖暖和和的。穷家有了冬天里的一把火，她活脱了，自自然然地，家就多出了几份滋味。年轻时他有着一把子蛮力，板斧挥起来，死疙瘩般的榆、檀三两下就能劈开八瓣，大雪天，炉里没了柴，他光着膀子，在雪地里抡圆了利斧，一会儿工夫，身边就躺倒一片，木屑飞来飞去，和雪花磕磕碰碰，她倚着门看他，心中暖暖的，身上的寒意一下子就去了几分。

　　一场大病在他七十三岁时袭来，躺在床上几个月，她围在他的病床前喂吃喂喝、端屎端尿，眼泪成串成串地掉着。那个冬天真冷，家里的炉火断断续续，受潮的柴火熏出一股股浓烟，怕冷的她缩在他的身边，相互依偎着取暖。他看着她不停地叹气，莫不是应了"七十三、八十四，阎王不请自己去"的俗语，真的就不行了？他舍得自己，却舍不得她，自己去了，她的冬天该怎么过呀？一股真气竟回阳了，他硬是挺了过来，到了春天又可以在场地和山腰上转悠了。

秋天刚过完，他的身体也恢复得差不多了，他试着找一些零头碎脑的树木，或轻或重地劈起来，有的劈开了，有的捉弄他似的，生生地夹住了斧子，让他左右为难。好在身子骨一天天硬朗起来，难为他的树木一根根地被劈开了，到了初冬，他劈开的杂木已足够燃烧一个冬天了。这个冬天特别寒冷，他早早把取暖的炉子烧旺了，看着她围着炉子有说有笑，家的空间突然就从逼仄中扩大了。她对他说："男人是火命，围着就不冷。"他心里怪怪的，想快七十的她怎么还像年轻时一样，就想喝上一杯。她懂他，把斟满酒的壶放在柴炉边，满满的一壶酒在暖意里散发着醇和的香味，她轻轻地啜上一口，不冷不烫，正好，一股子热力直扑心底。抢过她递来的酒杯一饮而尽，平时有着几分酒量的他，竟然一杯酒就醉了。醒来时，他躺在她的怀里，两个花白的脑袋顶在一起。天已微微地黑了，半山腰的寒风一个劲地吹着，他们的心却暖暖地贴在一起，从不大的窗户吹出些许灯光，迎上了飞动的雪花，雪花就一片片地融化了。

年轻时的他们在生活的日脚里一天天挨着，上山下地、砍柴做活，日子过得紧紧巴巴，"争穷饿吵"和寻常夫妻一样，打过死架、吵过狠嘴，甚至她还寻过短见，日子一天天掰开了过，难得不知如何过下去时，相互连看一眼也不愿意。他木讷、心眼实，没几句知冷知暖的话，她心中暗暗地后悔，不该嫁了个不知冷热的人。不经意间几十年过去了，细细回味，怕冷的她几乎没被冻过，年轻时家里的炉火旺旺的，到了老年炉中的火仍然熊熊地烧着，靠着的男人，没让她在冬天里伸不出手，除了他七十三岁那年，炉中半湿的柴火冒着青烟，家里总是暖暖的，没有半分的寒意。她想到这，总要狠狠地剜上他一眼，心中剩下的只有软软的了。而他，最喜欢看她在冬天的炉火边的样子，年轻时脸在炉火的照耀下红扑扑的，到了如今这红颜似乎还没退去，尽管老年斑成片恣肆着，但也透出一股别样的韵味，他不懂浪漫，只知道她看着顺眼，越老越顺眼，他知道她时常用目光剜他，他接过了，随后把这目光板板实实地按捺在心中。

他最担心的是会死在她的前面，不是怕死，而是放不下她，不过他知道自己一定会死在她的前面，年龄本身就比她大，何况自己的身体一年衰似一年。他开始把劈柴的日子提前了，从起初的深秋，一年一年地向前推，没几年一入秋就把一些枯枝、死树从山上拖回来，放在阳光下晒干，一斧一斧地劈着，成规成矩地码好，够一冬烧的还不够，还得有着来年的余量，柴堆一天天地高了起来，新柴压着旧柴，层层分明得如同年轮。她闲时也会帮着他，时不时会送上一杯水，先尝尝冷热，再端到他的嘴边，看着明显力不从心的他，想劝劝，又不忍心地走开了，拿了条僵硬的毛巾，在他的额上抹了一把。她知道他的心思，怕有一天自己走了，冷着了她。实际上他也知道，存下的柴够她活到一百岁时烧的了，但还是不愿停下，一斧斧劈着，一刀刀砍着，不劈不砍心闷得慌。

九十三岁的他再也抡不动斧子了，大点的柴更对付不了，只能和手指头粗细的树枝较劲，他反反复复地把菜刀磨得锋利，一刀下去，韧性的柴没断，再一刀还是如此，半天下去剁出的柴火也就寥寥几根。他抬头看看太阳，看看近处的她，心还是满满当当的。

天又将冷了，冬天已挤到面前，岁月圆圆润润地滚到了他们的面前，他们扶持着把剁好的树枝码上柴堆的最上面。寒冷来时他们将取下新剁的柴火，他们想今年的火一定还会和过往的一样灼热、温暖。

琐碎的梦想

　　早晨和阳台上的花草交流，这个夏天太过炎热，且持续了很长时间，到了秋天泛白的太阳依旧不依不饶，阳台上的花草恨不得学会说话：喊渴。我拉着一棵棵耷拉着脑袋的枝条，体会着草木的梦想，它们的梦想自然是不多的雨露，让草根沾上潮气，在刚刚到达的秋天开完花朵，结出果来。

　　"再卑微的梦想，也是值得尊重的。"这是我的好友董君，在看了一下午《中国好声音》后告诉我的，此时我还没从花草的梦想中走出。这样的话并不陌生，不过董君对此有更多的理解，他告诉我，一个丈夫在面临妻子时日不多的情况时，他的梦想是给妻子更多的时间，十年、八年、一年、两年，甚至是一天、两天，哪怕是几个小时，他的梦和时间有关，妻子的生命进入倒计时，他拉不住了，对妻子的深情和依恋，只有在梦想里纠缠。丈夫的梦最终实现了，他发自内心地呼唤，让妻子的生命一再地延续，而这样的延续仅仅是一年零七天，妻子沉沉地睡去，丈夫的泪最后一次为她洗去脸颊上的尘埃，安睡的妻子格外美丽，丈夫用梦想为爱妻送别，他知足了，因为梦圆了。董君告诉我，他一下午都在流泪，因了这段故事，流得畅达而滞涩。为平凡的丈夫、平凡的梦，为梦的深入下去，为一个脆弱而易碎的梦想。

　　董君为一个寻常人的梦而感叹，而他自己也是如此，他的泪为别人，更多的是为自己。他说起自己母亲的梦想，在董君的青春时光，他的思想走入了迷途，时常为生和死忧愁，而他的母亲所有的梦想是儿子好起来，她为这样的梦行走四方，去医院，找偏方，毫无办法时求助于神灵、巫婆、神汉，看着日益消瘦的儿子，她的梦没有一天沉落。她把家里唯一的大公鸡杀了，烧上满满一盆，执意让儿子去吃。她认为，吃了，儿子的病就会好起来。董君麻木地吞下一块块鲜美的鸡肉，却全部吐了出来，远远看着的母亲，她第一次泪流满面，无奈地看着董君。董君说，母亲的眼泪和眼神一下子击中了他的心弦，突然间的震颤，似乎让他明白了许多，他坚强了起来，他开始用自己所有的动作，去圆已然老迈的母亲的梦想。董君母亲的梦如十五的月亮般圆润起来，鼓足劲的董君上大学、找工作、娶妻子，母亲的笑从此丰满了鲜活了，她拉着董君的手，说："孩子，我会活得很久，很久。"然而母亲没如她所说的那样，在她七十岁的边缘离开了人世。董君从此怀着一个梦想，让自己在生命的旅途中走得长远又长远，他时常战胜自己，带着母亲的期待，下决心将梦进行到底。董君在和我叙述时，我感到了他的坚强，他面对所有时，那种发自心底的通透和感悟。为母亲的梦，也为自己的梦，实实在在地延续下去，并实现它，董君做到了，他捧着自己的梦想，将行进的脚步走得有声有色。

梦不分大小，有梦就好。我多数时间为自己的梦而苦恼，比如让周边的人都能真诚地相处，以为自己真诚了别人就会如此。而事情往往不尽如人意，最亲近的人，或许就是让不真诚的举动伤害你到极处的人，有意或者无意，那种伤痛无法用语言表达。还能真诚下去吗？我仍不想放弃，能够敞亮而不暧昧，能说不是最好的吗？人当如此，虚假的东西面对真诚必然是见不得阳光的。我把真诚坚守了下来，实现梦想的过程中感到特别的充实。

摆上桌面上的梦想总是值得褒扬的，而琐碎的梦想更值得期待。

董君和我所说的梦，肯定是琐碎的，我阳台上花草的梦也是琐碎的。同事秦君和我们说到他的梦想：在自己的窗口长满绿色的景致。这样的梦能否称之为梦，我们众说纷纭，秦君的窗口是荒芜的，没有花香、草绿，更没有鸟的啼鸣，他的希冀很简单，在目光所及之内长上不高的树，隔三岔五开出几朵不甚鲜艳的花朵……这样的梦牵引着他，他准备了许多种子，在春天播下，夏天开始有幼小的树长成了，他为之兴奋不已，他开始做着秋天的梦，树会有果子的，果子落在大地上，来年的春天又会发出新的芽来。有梦想就有希望，秦君的梦落在了绿色上，这般梦想不该踮着脚眺望、捧起来尊重吗？

傍晚下了场透雨，阳台上草根的梦得以实现，实际上我们也期盼了很久，久久而炎热的夏天一直延伸到秋天，豪雨伴着雷声走来了，草根的梦，在一瞬间迟迟而来，尽管如此，清凉来了，我们以及花草们还是以感恩之心承受了。

无论如何琐碎的梦此刻在我的心中又升起了……

无　意

　　十八岁的子雅嫁给二十九岁的宏开，对子雅来说怎么也不是件幸运的事。

　　十八岁的子雅初中毕业，如同花朵刚刚绽放，一火车就被从四川夹江拉到了安徽一隅，眼前全是陌生。而宏开除了一身力气，几乎也是家徒四壁，比子雅破旧的家境略为好一点，能吃饱肚子。那些年"作兴"从四川及山区找老婆，五百元的彩礼，就能寻到如花似玉的老婆，宏开就是这么做的。宏开没想到子雅这么年轻漂亮，还有初中文化。子雅似乎早有准备，面对几乎比她大一属的丈夫，心安理得地过起了日子，平平静静，安安稳稳，起早贪黑地在田地里忙活。

　　起先是大儿子出生，隔了两年二儿子出世，二十三四岁就拖拉了两个孩子的子雅，在生活的煎熬中，除了疲劳、对家乡父母的思念之外，似乎没有了更多的想法。好在丈夫宏开能累、能苦，把一应的重活、累活、脏活全包了，宏开对子雅十分体贴，当地打老婆、骂老婆成风，宏开没动过子雅一指头，别人用这打趣宏开，宏开嘿嘿一笑："她太嫩了，经不起一指头。"

　　日子就这般地过了下去，总算风调雨顺，从田地里搬回辛苦的收获，加之宏开还有些"额外"的收入，夫妻二人小燕衔泥样，盖起了三间砖瓦结构的房子，在郢子里也算得上数一数二的了。

人生漫与

子雅善良，家里的事不误，田里的活干得顺风顺水，挣工分、打理自留地全然是把好手，尽管夫妻年龄悬殊，你敬我爱还是做得到的。一天早晨，天麻麻亮时，起先是宏开听到，捅醒子雅，门前传来一阵婴儿的哭声，夫妻俩匆匆起床，门口躺着一个被遗弃的女婴。按宏开的想法，把婴儿送到大队部去，子雅不答应，说："先养着。"养着养着就养出了感情，夫妻俩谁也不提送走的事。好在一个孩子是养，两个孩子是养，一窝孩子也是养，农家一碗粥糊就能养大一个孩子。按子雅的说法，一辈子儿女全了，是祖上修来的。妻说了夫亦和着。

宏开和我家有点亲戚关系，逢年过节偶有走动，夫妻俩结伴来结伴去，让我们对外来的媳妇多了点了解和好感，对子雅的评价随着时间的推移也一天天好起来。谁知在子雅三十岁那年，却出了件不小的事，子雅丢下一张纸条，无影无踪地消失了。这年他们的大儿子波十一岁，二儿子涛九岁，养女儿汶六岁。急疯了头的宏开四处寻找，去了夹江没见人，四乡八野更没有子雅的影子。宏开一下子就老了许多，刚刚四十来岁的人，一头乌发转眼间就雪一样白了。

对宏开我开始另眼相看是在波十八岁那年，他执意要送波去当兵，而此时波正是一整劳力，能为他分担许许多多的担子，任谁也劝不住。找我时，想让我为波去找找人，分一个好兵种，比如做个汽车兵之类。我问他为什么？他说，汽车兵到处跑，或许有天能碰到子雅。宏开心中对子雅仍是挂念，实际上波当兵这年，子雅离家已七个年头没有音讯了。

波当兵走后，宏开又为涛忙活起来。涛初中毕业恰好县师范招收捐资入学生，在分数达线的条件下，农村户口捐上四万元就能进入师范读书。宏开得知这个消息，不管不顾地卖了三间房子，用报纸包着现款四万元，又一次找到了我，拼了命要让孩子上学，奔个前程。众人帮忙，涛在初中毕业时成了师范学生。宏开和"老丫头"（宏开称汶为老丫头），栖身在过去的老宅里，风吹过、雨淋过，吮着指头过生活，将日子一天天研磨开来。

突然有一天子雅就回来了。细细一数整整十年。十年后物是人非，宏开虽老却是健壮的；子雅也见老了，缕缕的白发从略加掩饰下一绺绺冒出来，眼见着心思却多了许多；波已从部队转业，在省城公司上班；涛师范毕业，舍不得离开老父亲，在家乡的村小当了老师；汶正在上高中，成了宏开最大的骄傲。宏开事后告诉我，子雅一回来就坐在地下，拍着泥土，哭个不停，却绝口不提离开十年的事。我问宏开就没问吗？宏开说，问又怎么样呢？除非她自己说。

亲情让一家人又热热烈烈地聚在了一起，乡间人质朴，没有因子雅莫名失踪十年而排斥她，或许田里的活多，各干各的，就把这放下了。宏开夫妻还像过去一样逢年过节到我家走走，尽管有时聊到兴头，想问问她那十年的事，宏开总是把话岔开，就让它成为一段秘密吧，我从宏开的眼睛里能看到。

汶结婚那天我们都去了，宏开一家已搬到了新农村建设点，楼上楼下别墅式的建筑一片喜气，新房就设在这里。宏开、子雅说是娶女婿，汶和宏开显然亲得多，看着宏开眼中的泪就没干过。婚礼中汶抢过了话筒，她感谢养育她的父母，她说要和两个哥哥及妈妈说一段秘密。原来宏开的"额外"收入就是卖血，卖血盖房，卖血供波、涛、汶上学……一卖就是十多年。起先是波跪在宏开的面前，之后是涛，是汶，最后是子雅。宏开哭了，却又朗朗说道："癞猴头上就那点浆，我甘愿，别搞得像给我送终。"

世间成全了许多东西，不管有意、无意。不能说宏开和子雅的家事能有多少念叨头，但我愿意相信，天底下最不该牵手的人，在无意间也完成了一段最具人情的事。

271

人生漫与

午后的暖阳

晴开了的天空真好，絮状的云彩一抹抹地摊开，淡淡的有一种可触摸、可搓揉的味儿。秋天的暖阳厚厚地在大地上铺了一层，随意走过，软软的富有弹性。这样的秋日适合打开所有的窗户，拉动久已闭合的窗帘，把自然中的光线请进来，让阳光抚摸自己，让阳光在书架上找到我曾钟爱的书籍，独自阅读下去。

下午的时光空灵，妻和女儿都找到了各地目的去所，剩下自己泡杯清茶，寂静开始飘逸，俗世的生活出现了又一次可浪漫、可漂离、可神游的空间。

茶的清香圆润着我干燥的叹息，阳光透照在清新的茶香里，春天的绿叶浮浮沉沉，因了阳光的打动，这些个叶片青翠起来，如同一条条游鱼，各自奔向不同的方向，若是茶杯的世界足以旷达，或者有河流相通，鱼们定会向远方溯水而去。想到进山采购茶叶的日子，尽拣偏僻的山路行走，山深处的茶叶最为丰茂，揉制出的绿茶也格外香美，春天的阳光剔透着一尾尾茶叶，那时它们是我们的心仪之物，只想把它们收藏进深刻的记忆里。轻轻捧起茶杯呷上一口，清香、甘冽，或许茶就为了今天这样的日子准备的，在深深的秋里反复品味春的味道、数落山的意境，别有一番滋味。茶已喝到最有味、最识情趣的时候，阳光、茶叶、水都聚在了杯底，仰口去喝，竟然喝进了大捧大捧的秋日。暖阳的味道真好，柔媚地直达心底。满满再续上一杯，秋阳依旧泊着，茶叶依旧绿着，水依旧荡来荡去地漾着。

笔尖也是蘸着阳光的，书桌向南，即便是下午时光，暖阳也没有任何躲闪的动作，定定地驻扎在书籍、纸张之上，无须刻意，随时都可以当作书写的笔墨，将横平竖直的汉字，乃至断句、立篇的标点，写得充满了光明之气。文字一路流畅，过往的晦涩大段大段地流畅起来，甚至过去捏在手心里的少数几个词汇，不愿示人的爱意情怀，也凝滞地走了出来，落在稿纸上疯狂了一气。和月色下书写思念、美好的文字不同，不再小心低语浅哦，而是肆意地发出声来，金戈铁马般一路疾行。文若抒情、文若达意是得在阳光下的，不能蘸着阳光书写，至少写出的文字也要摆放在阳光下，看它能否反射出新鲜的光芒。秋阳在书桌上彳亍，她似乎在留恋我的笔尖，而我更依恋她，我知道暖阳终将熄去，我迫不及待地就着她，一行行写下去，我想若干年后再去翻读，一定会有阳光的暖和。

洒落阳光的家庭更家常些，阳光不会漏过任何一个角落，她平等地照耀、平和地交流，只要不刻意关起门户、拉上窗帘拒绝，阳光滴落的声音会如同天籁之乐，汩汩地润湿关关合合的眼睛，眼睛润湿了，所投进来的每一缕光丝都是美的。

随着秋阳的映照，在不大的家里四处走动，每一棵植物、每一方空间、每一粒尘埃都是那么亲切，它们头戴阳光，开着最美丽的花朵。我想着妻和女儿在家时挪动的身影，阳光下她们无处不在，一笑、一颦、一举、一动，甚至不小心发出的响声，都有着自己的定格，秋阳下她们动作敏捷而柔和，我突然感到从没有过的对她们的爱、对她们的依恋。午后平淡如常的家，短暂的空落着，除了我一人走动的声音，只有"怦怦"的心跳泛起，但一切都是那么满当，四处漾动的阳光，在雪白的墙上游走出一道道印迹，如同时光的年轮记下了的宁静中的美好。我想起了一位朋友说的话：没有咸菜的大餐不是家常饭。如果没有阳光照见的家，至多也就是洞穴，之间

人生漫与

不会生发出苦过、待过、美过、爱过的感叹。

　　奔阳光而来的还有一些鸟们，阳台上的秋阳比家里更厚重，一只只小鸟在我的绿色植物间穿梭，它们自若地寻觅，把不大的阳台当作了生息的领地，有过争吵、有过打斗，不过最终还是协调一致地唱起歌来，歌声婉约，阳光下的舞台豁达、明丽。我和它们对视，相互看懂的感觉，让人不自觉间得意起来，都是奔着秋阳的，而心中又没有秋后就是冬天的哀怨。

　　秋阳西斜下去，圆月又升起了。

小病怡情

终于还是安静了，身体隐约的痛和有来由没来由的关心，都在某一时刻离得远远的。斗室柔和的灯光有序地披挂下来，屋外是有阳光的，只是因为雾霾，天空阴气重重，拉起窗帘，分隔出的一个世界，反而新鲜些。

一年间难得地生了场小病，还在大年即将来临的时候，浑身上下找不到舒服的地方，莫名的疼痛在身体的前前后后、左左右右游走，痛得尖锐而极端，按照医生的说法也就是病毒性感冒，而我的身体对痛太敏感，别人一分的痛在我的身上体现的就是十分，尤其是触动了肋间神经之类，这样的痛委实难以忍受。自己是个忍受力较强的人，但在睡梦中被刀子割中的感觉，还是很苍劲、很有力的。

我曾把一年一度的疼痛称之为躲不过的老朋友会面，往往是在秋冬换季之时，成为我身体经受磨难的"盛会"。今年来得迟些，原以为老朋友忘了我，当它从寒风中姗姗而来时，吃惊之余又很坦然，该来的都来了，让我体会出一种无可奈何的圆满。努力让身体亢奋起来，抵御一阵接着一阵的痛苦，甚至想摸摸痛的动作到底是拳打还是脚踢，从而找出应对的姿势。然而一切都是徒劳的，痛苦的欺扰，唯一要找的还是家的护佑，似乎只有躲进家的一角，所有和痛苦交会的不堪，才会被一一隐去。

面对问候，还是很感动的，亲人或者朋友，在痛苦的边上，表现出了特有的悲悯情怀，恨不得从痛苦的线团里抽出丝丝缕缕，裹缠在自己身上。实在话，这份感动已许久没有了，如今的天地，大家活得都不轻松，平常各忙各的，相互多瞅几眼的工夫都少之又少，温情已成了这社会稀缺的产品。一场小病，却将远远走失的东西找回了不少，或轻或重，或大或小，都值得放在自己的心坎上的。

对付病毒的入侵，现在的武器愈来愈精当了，对症下药，不久入侵者就败下阵来。根据医生的推荐，花了五十一元，用了三种药：清开灵颗粒、感冒灵颗粒、头孢克肟胶囊。按我的一贯做法，所用药一律减半，该喝一袋的喝半袋，该吃两粒的吃一粒，或许平时用药少，药在我的身上效果奇特，因身体瘦弱，何况仅是一场小病，药吃到一半就大见起色了。如果去输液、打针，估计情况也就如此。不过对感冒之类的小病，还是必须重视的，好朋友常红就是忽视了感冒的危害，而丢失了性命的。忙于工作的常红，拖了一天又一天，终于养虎为患，酿成了终身遗憾，让小小的感冒病毒夺去了她的青春和年华。每忆及于此，往往唏嘘不已。对病痛的战斗，应用一个伟人常用的方法"战略上藐视敌人，战术上重视敌人"来对待。在小病中怀念故人，似乎也在情理之中，是警示，更是情感的流动。朋友在QQ上给我留言，说：感冒要重视，别找亏吃。我回：会死吗？朋友说：大过年的呸！这虚拟的收获，挺实在的。

去了病痛真的好轻松。肉体的豁亮联动着精神的愉悦，病痛中看不顺眼的东西突然就顺溜了起来，连跳来跳去在窗台上聒噪的麻雀都双着眼皮了。周围的世界开始微笑起来，包括已枯败的草木和结了冰的死水，它们在滞重过后，变得亲切、可人，眼睁睁地就被心中漫过的春染绿、澄清了。无病一身轻，此话不错，如果有一匹快马，我肯定会打马疾行，把所拥有的轻松、明快全部释放出去。

喜欢起两个人的名字来，一个叫霍去病、一个叫范无病，对他们的生平、事迹了解不多，所知的也就是些皮毛，但这两个名字却寄托了所有人的梦想。人吃五谷杂粮，生病自是当然，快快地去了病根，定是件喜事，而一生无病是难以实现的。生病时才知健康的好处，即便小如感冒给肉体和精神带来的伤害却不敢去小视。人生苦短，珍惜其中的分分秒秒，特别是健康的分分秒秒尤为重要。

写下"小病怡情"的题目，感到自己是否有点卖弄，或有点小资，而事实正如此。一来小病中领略了方方面面的关爱，暖和且自怜着；二来小病中可参悟更多的生命真实，疼痛如利刃，解剖的线路正是心跳的路径；三来小病初愈可感知无病一身轻的快乐，从而明白健康的生命发出的信号，警醒、透亮。这样的怡情也是一种历练吧。

阳光洒透

喜欢临窗而坐，阳光和和煦煦地打湿稿纸，就着阳光的步伐，写下一行行汉字。我仍在用最原始的方法，留下思想的驿动，如同一个农人，手种、手栽、手播最为放心，也最对得起土地。遥想丰收，种子得选最好的，土地得耕耘得透透彻彻。

眼前是难得的阳光普照，冬日的一个下午，早晨的寒冷被当空的太阳冲刷得一干二净，温和的阳光铺满了书房，书桌上几本自己钟爱的书，慵倦地半张半合，时而跳出一些句子，发出感叹或疑问。几盆荷箭的兰花迫不及待，露出香气来，按捺不住的冲动，把寒冷忘在了一边，实际上春天还很遥远，早早地开花，寒意会毫不留情地揪下它，空余下过多的遗憾。阳光委实很好，但离着花开灿烂，众花合唱，还为时过早，面对阳光兰花开了，无怨无悔。

窗外的树木知趣，在阳光下因风扭动自己的身躯，让难以移动的双脚站稳了，枝条左左右右蘸满阳光，它们知道安放在面前的漫长冬天，生涩而坚硬，唯如此，才能在彻骨的寒夜，保持梦的清醒。树间的鸟仗着厚厚的外套，丰满的羽毛挡住寒风的袭击，但也刻意将周身暴露在阳光的眼睛里，巴不得太阳多瞅上几眼，否则它们稀疏的啼鸣，就会少出和土地、河流相匹配的意境。

室外的阳光自然比室内宽松，我时有冲动，从斗室里走出，但家居里宁静，家中暖阳让我留恋，深深地不愿移动半步。世间的浮躁，阳光无法吸附它们，家所营造出的氛围，至少可以阻拦住世俗的目光、嘈嘈杂杂的声响。我抚摸从窗户飘逸进的阳光，温暖之外可以搓揉，搓揉碎了又可以一缕一缕地洒在书籍、花木上，何况许多留在了心间，悟透了又可分散给回忆、思念、亲人和友情。童话般地还可和流连于室内的阳光对话，说出心中隐藏最深的话语，阳光听过、听懂了默默的，不会作为传声筒，说与另外的阳光，太阳是独一无二的。当然可以捧着阳光洗去周身的灰尘，特别是因噩梦留下的印迹，我曾试着用诸多的办法去清理，唯有大把的阳光效果显著，阳光的清洗从容无语，擦拭过的地方一片亮堂。

我爱恋珍惜着书房里的阳光，实际上家里四壁早被太阳洒透了，小移脚步，太阳就跟随着我，在家的每个角落里晃动。我在这晃动里，一遍又一遍地和家人的温情撞个满怀，一会儿是爱人的絮絮叨叨，一会儿是女儿的轻声慢语，过往或许有烦厌的念头，而此时却是难以排开的情趣，我反复地问自己，这可是阳光带来的联动效应？我的回答既肯定又否定。难道不是吗？亲情本来就是阳光，不论白天黑夜，都散发着灼人的热度。在洒透阳光的房间里，感受另一种阳光的絮语，交映中只能用幸福来形容。

阳光是需要手去搅和的，记得许多年前，同样的季节，也有同样的阳光，不过天更加寒冷，一帮子人挤在墙根下晒太阳，拥拥挤挤，确实增加了不少的温度，爷爷却挑着粪桶下地了。看着爷爷负重的背影，总感到爷爷辜负了阳光的温暖。一年到头的劳顿，就不能略略地闲下和太阳亲近一会儿？我带着疑问，用稚气的目光，追随着爷爷渐行渐远的老迈，他躬身在田地里浇麦、浇菜，直至午季，又挑回沉甸甸的收获。爷爷似乎从没在太阳天闲过，他总把自己交给阳光，日出而作，日落而息，按他的说法："日光"是他最亲近的朋友。爷爷从太阳里抽动出一年又一年的光景，用双手搅和着太阳，掰碎了埋进了泥土里，收获了再运进黑洞洞的茅草房里，让贫寒的家吹进阳光的照拂。写到这，阳光已从我的书桌上，静静地移动步伐，将方格纸的隙缝填得满满的，拿起笔，再没有落下的地方了。

日出日落无法左右，完完整整地将阳光的透洒藏在心里，是完全可以做到的，不管室内还是室外，阳光扎下的地方就是最美好的，珍惜、收贮，需要宽大的容器，千万别逼仄它，心有多大，阳光就有多恣肆。我看到了阳光的退却，它把自己的干净交给了夜色。黑暗根本上说是为阳光做着准备的，五颜六色的灯光无法将黑夜点亮，只有阳光可以充满它毛细血管般的通道。

黑夜来了，心依然热着，阳光无处不在的洒透。

一段行程一段梦

　　每年都要有一次远行，去向往的地方，寻求似曾相识的感受，这感受好像有过，差别的往往只是些细节。细节总是拾不起来，最终还得在慢慢的体味中，在一次又一次的梦中还原。

　　早些年去新疆，循着古丝绸之路，一站一站地走去，黄河的涛声、西凉城的苍茫、嘉峪关的霸气、悬臂长城的力度、月牙泉的静寂、圣敦煌的厚重……飞沙走石，都在我想见之中，我早把一些轻轻重重的意想掂在了手上，在震惊之余，仅仅发出不多的感叹。打动我的却是一些不死的植物，胡杨当是其中翘楚，一万年生长、一万年不倒的身架，挺立在风沙和酷热中的身姿，坦然的态度，不屈的挣扎，把生命的顽强演绎得淋漓尽致。

　　之后的梦中，它时常成为不多的主角之一，黑夜中它面对风沙席卷，根深深地向沙石扎去，叶片舒展开来，呼吸着夜间不多的湿气，它伟岸的风采在烈日下挥洒，风走、沙走它立定于一个地方，一万年时间太短，站下了就再也没有迁徙的愿望，倒下的身躯更无须挪动，任凭狂风抽打，认准的地方成了它永远的栖息地。我的梦常在这之间，寻找生命的答案，却见一束束红柳、一株株骆驼刺发动所有的根须，向地球的另厢走去。我试图在梦中拔出它们，然而坚固的根包围了我。我成了一滴生命的水滴，红柳们围着我大声呐喊，醒来时早已大汗如雨。

热带雨林自是另一番景象，齐着劲儿地蹿，让一株株千年树木，亮出自己的嗓门，它们有理由骄傲地发声，天空豁达，张扬的枝条就是张开的翅膀，为什么就不能永远地向上飞去？我的梦在它们的枝头一次又一次地停留，风声过耳，热带雨打痛脸颊，小鸟盯着我睡去的眼睛，我的心为之透亮，我们不都是一棵棵生长的树吗？面对洒落的阳光，可曾高举手臂，用光明的丝线织就飞动的翅膀？

"给我天空，我要飞翔"，关键是翅膀何在？雨林的风景往往在大树之下，那些蓬勃不失生机的灌木、张开巨大的手掌，甚至是叫不上名字的地衣、蕨类，它们没因高不可及的生长在头上的巨大，放弃开花吐绿的过程，多样的生命灿烂和郑重，更值得一而再地赞美。我相信自己的梦有一天会走向它们，弱小的生命注重细节的铺陈，它们珍惜洒落的光阴，用心拾起又用心珍藏，每一个动作都显得格外恣肆，否则我们所能闻到的花香早就被太阳蒸发了去。

昨晚的梦停留在大海边上，惊涛骇浪、一望无际，心的辽远随着梦的走向，我捧起一枚被大海遗弃的贝壳，生命离开了，只能从海的生命中离去。生命真的十分美好，生命的过程在漫漫的细节中一点点化为尘土，我突发奇想，能否将一根根看似无形的细节，拼凑成一棵大树，看哪些枝丫是多余的，把多余的剔除了，或许这树就真的光秃秃的了。北戴河边，鸽子窝畔，我的梦时而"大雨落幽燕"，时而"慨而当歌"……

不知今年将去何处，我想找几个好友结伴而行，即便不远，也得做些精心的准备，人世间情为最重，生命的短促，肯定要用情来延长，不见得生死相许，至少可在梦中把情的节律布得明快些。

一个人的生日

　　没有烛光，没有鲜花，没有歌声，一个人把自己的生日过得消消停停、冷冷清清，并且乐意让这种冷清散发开来，恨不得所有人都忘了自己出生的日子，当然也包括自己。二月天的雨正下得起劲，盼望已久的雪夹陈之间，在中午的时光里左冲右突，打着伞从雨雪中经过，心情自凉爽中得到了回应，隐约中升起了一股子难以理清的情绪，若干年前的今天是否有同样的天气，是否也有人执着一把透明的伞具，穿越大千世界的某段路程，将自己空空落落地交出？

　　母亲牢牢记着我的生日：正月初六，天麻麻亮的时候。上苍把一个赤条条的男婴交给了母亲，屋外是无边的雪野，春天刚刚到来，寒冷的日子还包裹着四面透风的茅屋，从剧烈疼痛中缘过劲来的母亲，一把将男婴搂在怀里，用自己的体温暖和着自己的骨肉。黑暗渐渐地排解开来，早晨初升的阳光打湿了房前屋后的雪地，反射出的光线刺得人睁不开眼睛，奶奶忙不迭地，在窗棂上、门把上系上红布条，初春的风卷起它们，有趣地舞动着，男婴无法感知这一切，只知本能地吮吸母亲的乳房，并将这一举动带进甜甜的梦乡里。母亲疲倦而又幸福地闭上自己的眼睛，十月怀胎，一朝分娩，母亲的怀抱多出了自己亲亲的儿子，儿子会伴随她的终生，把喜怒哀乐、苦痛甜蜜演绎成一出出情节复杂、细节繁冗的故事。母亲记住了这一天，即便是在以后她陷入万劫不复的境地，也能清晰明了地道出，那苦不堪言、幸福充斥的分分秒秒。

男婴自然是我，对出生的那个雪封原野的早晨，我只能通过想象来描绘。许多年后母亲仍然对我说，天死冷死冷的，真怕自己的热气，焐不热你这个讨债的。"儿的生日，娘的苦日"，母亲的苦只有她自己能够体会得到，初为人母，又远远地离开家乡，加之父亲奔忙于工作，她只能把一切扛起来，面对黑暗和寒冷，她的泪时而挂在脸颊，不小心滴落在我的脸上，匆匆地用手轻轻地拭去，生怕坚硬的泪打痛了弱小、经不得任何冲击的儿子。还是正月里，母亲床头的米缸就空空如也了，困难时期的尾巴拖得很长，月子里的母亲只能用山芋填饱自己的肚子，奇怪的是母亲的奶水特别丰盈，我的饭量出奇得大，睁开眼睛就要叼着母亲的乳头，不停地吮吸，直到小肚子圆滚滚的才满意睡去。或许山芋酿就的乳汁营养成分不高，母亲丰沛的乳汁没能使我白胖起来，一直瘦瘦黑黑的，并且瘦弱如风般陪伴着我，从少年到中年。晚年的母亲时常为之内疚，看着我瘦瘦的身影，不管人多人少总要落下泪来，她始终认为自己的奶水没有力度，让自己的孩子先天不良，影响了儿子一辈子。我对此并不认可，即便母亲在月子里所有的营养仅是一只公鸡、两斤猪肉、五个鸡蛋，但我仍咂摸出了母亲乳汁甜甜的滋味，那带着青草香、山芋糯的液体，汩汩地流动在我的血液里，春天里野草样地疯长，秋天里果实般沉甸，心中对生养我的母亲充满了感激。

在母亲关于我的生日的不多的回忆里，还是有些值得记住的。尽管瘦弱，小时候的我还是很可人的，父亲的首长一辈子枪林弹雨，失去了生育功能，到我家探访时，一眼就喜欢上了我，和我的父母商量，要把我带走，父亲出于对首长的尊重，对军令的服从，没有二话就答应了，母亲死活不从，尖声的哭喊，打消了父亲首长收养我的念头。母亲在许多年后却后悔得不行，特别是拉扯着我在苦难中踽行，吃糠咽菜时，这念头尤为强烈。天下所有苦难可以降临在自己的头上，而孩子所受的点滴苦痛却是母亲难以接受的。据母亲说，我的第一个生日就是在父亲的首长的搅和下匆匆收场的，母亲尖锐的哭喊吓着了我，我哇哇大哭，而首长离开我的家门后，我就欢天喜地地"咯咯"笑个不停，沉默的爷爷说了句意味深长的话，这讨债的小子，是要讨张家一辈子的。

之后还有多少生日的事可以记取，但却已不再重要，能记住的或许都将在长久的日脚里慢慢忘却。我还是一而再地追寻母亲生我时的情境，尽管只能在父母的只言片语里拾取碎片，无法拼凑出完整的篇章，这人生的遗憾应该是每个人的，但我相信另一种深刻的记忆会用别样的形式反映出来的。正月初五的夜晚格外漫长，久已不曾失眠的我，无法将梦安顿在熟睡里，没来由地大脑里一片空白，似乎一切都消失得干干净净，回到了世界之初的混沌之中。夜渐渐深去，到了黎明时分，母亲的形象突然一连串地在脑海里闪现，年轻的母亲劳累奔走的身影，年迈的母亲倚在黄昏处依依的顾盼，微笑的母亲亲和的目光，病痛中的母亲强忍着的无助……睡意猛烈地向我袭来，竟沉沉睡去，天际辽远，梦剧烈地张开了翅膀，我听到了一声婴儿突破性的啼哭，而这哭声分明是从我的口中发出的。

生命从坐胎于母亲的子宫开始，而生日却是从呱呱坠地时算起，对生命的感知也是从此而生的。感谢生命无止境的奔忙，它带来的甜蜜乃至痛苦却是有意义的，否则就没了回忆、念想、向往、憧憬、平安、坎坷、轻松、凝滞，生活在多彩中还原出生命的积极，而一年一度的生日最能呈现出它的原本态度。我永远把生日当作生命的重新开始，即便到了七老八十，我还会在这一天，翻读过往的日子，并把它压到装满回忆箱子的最底层，让它作为一切的基础。"生日快乐！"还是收到了一条条短信，有孩子的、有同学的、有亲朋好友的。我问自己，今天快乐吗？答案在似是而非之间。面对走过的日子、苍白的历程，时而让自己感到是个多余的人，多余得要人牵挂、提醒，多余得在笑谈中忘了自己，还得在别人的提醒中拾起自己。

一个人的生日，多多少少还是要找些事干的，伴着霏霏细雨，我扑进了二月的夜晚，草地在脚下有了生命的动作，它们的拱动，通过寂静的夜晚传达到我的脚心，"谁言寸草心，报得三春晖"，一场二月雨，也该是小草的生日吧？由此感到自己并不孤单，有众多迎春的生灵相伴，何况这份孤寂是自己刻意安排的，只不过想摆脱世俗，牢牢地记下些什么，再忘掉些什么而已，如同想奔赴某场约会，把周身的事早早打发了，彻彻底底地去投入。

夜雨中母亲打来了电话，七十多岁的母亲声音颤抖："儿子，今天是你的生日，讨债的你在哪里？"我的泪一下子涌了出来。

一梦知醒

早晨，同事和我谈起晚间的梦境，让我帮他圆一圆，我哈哈大笑，我说，昨晚我也做了个奇妙的梦。拊掌而笑，竟然梦的内容相同，都是梦见了故乡，嬉水或者放牛，栽秧或者割稻，总离不开村庄的周边、郢子里的左邻右舍。

梦的场景历历在目。同事形容起他的故乡，多用些华丽的辞藻，他的故乡临水生长，一段悠悠扬扬的传奇，把故土的声名传得很远。说到祖居的土地，他在骄傲中不无卖弄，比如神秘的小巷充斥着传说、跨河的桥梁演绎过生死相依的爱情、小巷青石板留下过征战时碗大的马蹄印……然而这些都没在梦中出现，出现的却是屋顶上的瓦松随风飘摇。同事说，年少时谁注意过瓦松呀，它们平常得开不出一朵花来。

我的梦却有点张扬。家乡破败得只剩下能挡雨遮风的破草房，荒野里杂草丛生，不多的稻田平摊在房屋的周边，鸡鸭略略迈迈脚就可能淹没在荒芜中……平时我时常回忆起这些，常说日有所思夜有所梦，不过这些场景，一次也没有在梦中出现过，或许梦也会选择，把新奇的东西留给梦，寻常的东西交给回忆。我梦见的是家乡硕大的花园，彩蝶飞舞，我竟做了牧花、牧蝶的持锄者，放肆地追逐着蝴蝶，大筐大筐地采摘着鲜花，特别值得一提的是盛开的花，我一样也叫不上名字，甚至现在也难得一见。

来自故乡的梦吹拂着我和同事，相互说圆圆呀，之后只能是大段的沉默。谁能走进对方的梦境，恢复曾经有过的一切？曾经发生的或者没有发生的事情，只有听凭自己的心跳，才能数落出一二三来。同事的瓦松多少年就生长在他的头顶，它们自然会拾取他丢下的梦呓，只不过是默默的，如今交还给他，当是应该的。瓦松似乎是曾经繁华的象征，只有上了年头的砖墙瓦屋，才有让瓦松生长的福分，且砖须是青砖、瓦须是小瓦。我对同事说，你小时候的日子过得不错呀。他颔首。那么我的花园？只能理解是小时候对色彩的幻想，而那时的幻想，绝非是大把的鲜花、纷飞的蝶阵。童年在野草里滚来滚去，盛开的野花是不缺的，成群的蛾子大多追着我们，这些是梦的根源吗？想来应该是的，只不过经历了风风雨雨几十年，把过往的现实和如今的事体结合起来而已。

一辈子的梦都落在何处？不用说是故乡。故乡的贫穷、富足和梦无关，童年的欢笑、苦难和梦无关，在梦中哭故乡、笑故乡，醒来时自然都是甜美的。我和同事不约而同的梦，看似巧合，倒不如说是种必然，对故乡的思恋和热爱是人与生俱来的，乡音、乡土、乡情，早构成了生活、生存的网络，没见过不爱故乡的人，就算是顶级人物，我猜想，他们梦中的盛景和不堪，多多少少都会和故乡有关，不同的只会是地域和人物。

瓦松和花园应该是同在的，同事家乡屋顶的瓦松或多或少还在生长着，它们的微弱的阴凉吸附在人们的头顶，而我梦中的花园已在故乡荒芜的土地上大片大片地展开了自己的地盘。如此，梦是和现实有关的，梦的虚无早被实实在在地充满，梦的力量在有无之间捧出了大段的故事。

一梦知醒，总是愿意在故乡的梦中多周游段时间，田埂也好、水塘也好、破败的草房也好，去而不返的场景许多时候只能用梦来支持了，这些早已不在的美好，但存在过的实在，最好永远不要抹去，哪怕在黑暗中悄然复制，不再用手，而是用睡着了的思考。

与鸟说

　　早晨小区醒得最早的无疑是鸟儿，天空泛着微微的鱼肚白，站在树梢高处的鸟就"叽叽喳喳"旁若无人地大声鸣叫了起来。鸟的叫声有一股子青草的气息，起先是一只、两只的，不要多久就形成了和鸣，也不知是多少种鸟，各色的叫声，让青草的纠缠在天空铺陈开来，味越来越浓，太阳必然地、慢慢地抬升了起来。

　　春天鸟的语言丰满，想必是谈情说爱的季节，所有的啁啾、悄声慢语，和树的高低已没有多少关系，绿色处总有一个角落能容纳一尾尾低语轻叹，那说不完的情调，正是经久的细雨，润湿了所有的方寸之间。鸟爱绿叶，爱幽静处的阴凉，如同初恋的情人，愿意去找僻静的地方，倾诉和爱恋都要独自享受。一对白头翁在不高的垂槐里做窝，来来去去地飞翔，衔起的旁枝末节，和扑扑棱棱的翅膀做伴，它们把窝筑在槐的深处，又时而让阳光洒落在窝的周边，小巧的爱巢光鲜、舒适，既是遮风避雨的家，又是盛装语言的容器。绣眼鸟小巧，它们以自己果敢的动作，贴着人的脚面飞翔，语言低得想拾也拾不起。在小区偌大的空间里似乎到处都是它们的家，而它们的窝搭在何处，只能凭猜测，只能凭着感觉指指点点。斑鸠和人亲近，总是在人的眼前，不躲不闪地迈着方步，偶尔"咕咕"地叫上一气，一定是发现了好吃的，招呼就在左右的爱侣，倏忽间爱侣来了，它们眉目传情，将一段路走得周周正正。

对于鸟我有一种自赎的情结。小时候的村庄树多鸟也多，鸟不知为什么成了我们的对头，掏鸟蛋、捣鸟窝、捉小鸟，几乎成了我们春天里重要的活计，我们追着鸟，鸟也追着我们。老人们告诫：劝君莫打三春鸟，儿在巢中盼母归。我们听不得这些，春天的鸟是最脆弱的时候，它们要护卫自己的爱情、儿女，把家固定在一个特定的地方，除之以外，我们只能看着它们漫无际涯地飞翔。我们发了疯般在村庄寻找鸟巢，不高的树爬上去，上不了的用一根长长的竹竿捅下它们，任一巢的鸟蛋摔得稀烂、小小的雏鸟可怜地挣扎，大鸟们疯了般向我们俯冲，拉下一片狼藉的粪便，也不知有多少鸟的翅膀折断在我们的手中。随之而来的是鸟飞离了我们的家园，再也看不到鸟的身影、啁啾的鸟鸣，许多年后，我的梦时常在深夜惊醒，小时候鸟凄凉的鸣叫犹在耳畔，直到小区早晨欢快的鸟鸣声，盖住了长长的梦魇。

朝南的阳台上，几只鸟儿正在起起落落，它们为一方盛满绿意的空间着迷，去年就有一对乌鸫在此筑巢，一棵百年的天竺吸引了它们，我和家人为乌鸫准备了清水和饭粒，乌鸫的一家快意地生活在天竺的树棵间，只到冬天来临，天竺入室，它们才依依不舍地离开。今年春天，我早早地为天竺打理，期盼这百年的老树早早发出叶来，或许是老树的缘故，新枝迟迟没发出来，鸟儿们应该和我一样充满了期盼，必然有成熟的爱情看准了天竺的某根枝丫，备好了搭窝建巢的材料。天竺的新枝明天一定会生发出的，我自赎的心默默念叨。

鸟的啼鸣声零碎地传来，阳光厚厚地铺在小区的各个角落，袭过来的美好，伴着阅读和写作的快意，远处的森林、湿地、高山、湖泊渐次拉近，有鸟的天空时光柔软，时不时地能挤出春天似可永远的湿意。小鸟依人形容出某种和谐的境界，走过许多年后，这种可触摸可守望的景象三番五次地出现在周边，比过往的烦躁、干瘪已不知好过了多少倍。

小区的鸟鸣开始放逐，向四面八方分散开来，我的心由之而悠荡无羁。田野宽阔，江河辽远，鸟的翅膀却可以到达。我想与鸟说些什么，应该有很多的话，突然却语塞得说不出了，有翅膀就有天空，只希望透明的天空中不要张着无形的网……说给鸟，也是说给自己的。

拯救梦境

到了秋天梦突然就密集起来，刚刚入睡，梦的小手早准备好了敲击的工具，不紧不慢地敲击起了窗棂，打开自是必然。梦洁身素衣地飘忽进来，这一夜或轻松或滞重，如同走上了千百里的大小路径。

秋天该是收获的季节，梦也该是沉甸甸的。然而事实往往相反，梦总是走在鲜花铺满的路径上，和草木结缘，和一些花花草草对话，真切的花红、悦人悦己的花香，鼓动着自己不管不顾地闯荡，迷失成为最终的结果。

迷失有时是自己，更多的却是别人，寻找的累在梦中比现实还要艰辛，一切都是那么缥缈和难以追击，明明就在眼前，转眼又成了一汪流水，一片飘动的纱巾。寻觅呼喊在旷达的天空下，被盛开的花朵吸收，自己却成了梦中一只小得不能再小的蜜蜂，香花毒花都得啜上一口。

被太阳激灵醒时，秋天满满地摆在面前，黄叶飘零，鸟的啼鸣接近枯涩。记着梦中的境地，莫名的落差把自己固定了起来，想懒在床上再重复一遍春的景象，却再也难回到睡梦中去。反问自己，可在春天时播下自己的种子？得到的回答是肯定的。种了，耕耘了，也收获了。比如一段文字，一个个可有可无的散淡的劳作。

自责在早晨变得稠密。匆匆起床，推开窗户，秋天的暖阳真好，和煦地照在一丛碧绿的竹子上，和黄叶的剔透比较，它的绿显得模糊起来，南方竹子的梦挑动天空，可倚可靠，而眼下的竹子只能算作景观，纤细弱小，养过了人的眼睛，剩下的只能成为一抹怀想。梦过、做过，眼前的竹子应该和我是一样的。怀想翠绿，所有的季节就不会老去，春天的梦挂在秋竹的枝头飒飒作响，迷失自然也能找得到。

童年在秋梦里难以拾掇得起。梦中最多的是奔跑，是挣开妈妈的手向野地奔去，野地一片苍茫，茅草挺着剑般的叶子，划过我的双腿，却没有疼痛的感觉，荼蘼花开得热烈，隐约之间，听妈妈一遍遍深情地呼唤，我忍住心跳坚决不去答应，看着闪烁在草丛中的小路，下决心迈上这条小路，做一次周游世界的流浪。

最终依然是没有走远，只在故乡的田埂、塘口边遛上几圈，被妈妈搂进了怀抱。醒来时，早已泪满枕巾。小时候渴望出走，走出小小的村庄，走出被泥土封闭得密不透风的地方，但也只是想象，走出故乡的路泥泞、坎坷，我童年的双足难以承担这样的沉重。长大后，终于可以迈出自由的双足，故乡却如盘巨大的磁石，牢牢地吸引住了我，泥土、亲情，即便是一株无名的小草，也能牵挂我的衣襟，说上一大堆难舍的理由。

中午去母亲处，母亲和我及女儿说起了我童年的事。母亲已经老迈，可她对我童年时发生的一切都记得清清楚楚，我记事较早，而母亲所说的都是我记事前的事，有趣的是，许多情节都在我秋天的梦中出现过。

梦真的是记录久远的贮存器吗？我开始相信了。童年的一切弥足珍贵，而许多我们是不知情的，早已淹没在时间的长河里，包括母亲养育我们的艰辛，母亲深切无私的怜爱，父亲从口角省下的一粒粒粮食，乃至父亲恼怒时的一顿痛打……这些会在秋梦中回放的。

拉着母亲的手在秋天的树林里散步，一片片落叶带着曾经翠绿的蛛丝马迹訇然而下，拾上一片对着阳光看去，母亲仍在田野里，捡上一穗稻子，交给身后学步的我。秋阳里的梦，可触可摸。

秋梦和春梦不同，多了些唐诗宋词的况味，滞重里充斥了敏感和清盈。我开始渴望夜晚的到来，顶着一轮明月，打开所有的门窗，让月辉洒落一地，然后安然入睡，让梦的小手扰动我，梦，再梦下去。我不会去计较梦圆、梦缺，不会克制着自己在梦中的宣泄，在梦中回到过去，醒来时再把该做的事做好。

还在梦中吗？我想是的。窗外秋高气爽，执一缕阳光的明媚，迷失的梦境拯救得了。

筑　梦

　　梦与生俱来。女儿刚出生不久，在摇篮中熟睡，常常会露出甜甜的笑靥，我们看着她可爱的样子，一家人围着，也跟着畅快地笑。妈妈对我说："梦笑呢，和你小时候一样。"那时我才知道，刚出生的孩子是会做梦的。不知女儿梦见了什么，但这梦一定是美好的，只有美好的梦，才会发出那般甜甜的笑。女儿终于还是被我们的笑声吵醒了，瞪着圆溜溜的眼睛，四处打量，起先是好奇，接着"嘎嘎"地笑了起来，她的梦开始在人生的旅途中延续了。大千世界中笑脸最好看，女儿的梦在笑声里开始，又在笑声中醒来，之后自然会在一片欢笑中成长。

　　每个人都有自己的梦，大梦、小梦、完整的梦、琐碎的梦、美梦、噩梦、春梦、秋梦，有了梦就有了念想，而后有了新念想，又开始有了新的梦想。梦不分贵贱，与地位高低无关，更不分场合，在金丝楠木床上可以做梦，在草窝、田埂上也能梦得有声有色，庄子梦蝶，梦出了哲理，寻常的人在梦中飞翔，也能飞出高度。

　　梦想是和现实联系在一起的，常说"日有所思，夜有所梦"。几年前所居住的小城破败不堪，我们梦想小城有一天长高长大，如巨树般挺立在故乡的土地上。如今小城如梦般成长了起来，升高的天际线，繁荣的市场，就连过去死滞样的水，也潺潺流动起诗意来。梦立于现实之上，在城市的湿地公园里，轻巧飞起的风筝，被一根

人生漫与

灵动的线牵引着，抖落出阳光温暖的碎片，开放的花朵被深情的目光簇拥着、呵护着，让她们的美丽和芬芳四处疾走。这似乎仍在梦中，过去连想也不敢想的实实在在，和自然连在了一起、和谐在了一起。

有梦就不会永远陷在黑暗中。三十七年前，小井庄人梦想着拥有自己的土地，他们掀动天幕，做出了梦想后坚定的选择，分田到户，拥抱属于自己的土地，并且用自己血液中奔走的温度去焐热它、暖和它。土地在一片深情里做出了自己的回报，种啥长啥，稻谷和麦穗较着劲，交替地在土地上翻滚。一旦梦想扎下了根，长出了自己的枝叶，立刻枝繁叶茂起来，小井庄用前所未有的拔节和生长，回答着梦中反反复复涌动的场景，甚至比梦想更美好。他们改变了原有的窘迫，换了人间般沐浴着和煦的阳光，享受属于自己的空间和这空间中丝丝缕缕的温情。

在梦想中耕耘是不会疲倦的。一段时间因了拍摄微电影《心灯》和片中的主人翁杨忠有了不少的接触。杨忠只不过是供电公司一名平凡的抢修工，他坚守自己的梦想，做好事不做坏事，把别人看到的做好，把别人看不到的做得更好，在平凡中坐实自己的梦，梦得有滋有味，干得酣畅淋漓，他用自己的行动点亮了万家灯火，而他心中的灯一直梦幻般地亮着，亮得爽爽朗朗，亮得情深意切。我问他：“累吗？”他告诉我：“累，但快乐。”心中有梦，梦得旷达，而这梦在他的点点滴滴里呈现了圆满。美梦成真，肯定是一方硕大的境界。

梦中流连，是件美妙的事情，美妙的梦却需要迈出脚步，伸出双手去构筑，否则梦永远是梦。我们都是凡间小人物，琐碎的梦构成了生活的全部，这些梦可能和衣食住行有关，可能和生老病死有关，可能和亲情友情爱情有关，可能和事业工作有关，可能和幸福、痛苦、轻松、快乐有关……而这些却契合着一个大的梦想，和国家整体的梦联结在一起。喜欢这样一句话：中国梦，就是你的梦、我的梦、大家的梦。构筑自己有意义的梦，把它贴合到一个大的方阵中，何愁小梦不圆、大梦不丰满。

　　想起一件和梦有关的事。奶奶八十四岁那年大病一场，弥留之际，家人开始为她准备后事。突然她醒来了，对我们说："做了场梦，和日本鬼子打了一场恶仗，打胜了。"醒来的奶奶又活了十个年头。梦支撑了一个老人垂危的生命。写梦的文章时不知为何想到了奶奶，老人家已去世多年，我在想，这样的梦在她年轻时的日子里一定做过，只不过把过往的梦翻了个版，在她生命垂危的时候，用作了抗争的工具。奶奶抗日胜利的梦早已实现了，她曾用自己的热血抗争、构筑，相信她为自己梦想的实现一定"漫卷诗书喜若狂"过。

　　无梦一定无希望，而在梦的周边游离也一定会让梦支离破碎、无功而返。

走　失

　　马航MH370失联的3月8日，我家的小狗走失了。狗叫"悠悠"。

　　小狗是女儿从市场捧回来的，仅三个月大小，整天哼哼叽叽地叫，像个吵奶喝的婴儿，毛色黝黑，四只脚却是金黄的。起先我并不喜欢它，它没把自己当另类，在家里到处乱窜，时而和我栽种的绿植过不去，不是折断幼苗，就是掏去根茎，同时还占用去了女儿和妻子不少的时间，洗澡、梳毛、遛弯、放风，这些不变的程序，我夹杂在之间，还得凑手帮忙。不过"悠悠"的名字我是喜欢的，名字是女儿起的，喊起来、听起来都柔和，何况小狗一下子就接受了，喊上一声就柔柔和和地跑了来。

　　真正接受悠悠是在它到我家一年之后，悠悠长大了，似乎也懂事多了，对眼前的绿植早就好了起来，甚至懂得了和我一起欣赏花开花落。对于围绕悠悠而形成的不变程序，在被动中也逐渐形成了习惯，丢掉了一样，心竟空落起来，总感到有大事没完成。那段时间，我常加班，夜间十一二点回来是常事，夜深人静，我悄悄地打开家门，悠悠早等在门厅里，不分青红皂白地扑将过来，抱着我的腿左右不离，非得我蹲下身子，抱起它，它像孩子样搂着我的脖子，呼呼地喘着粗气，如果时间持续得短了，它依然是不依不饶，不得不重复地抱起它，再亲近一番，它才会安宁下来。对家人的选择，它是有顺序的，首先是女儿，之后才是妻子和我，采取的方法也不同，它和女儿用的是"缠",对妻子用的是"顺",对我用的是"扰",方法不同，想得到的目的也不尽相同。"缠"用来讨吃的，"顺"用来得到放风和遛弯，"扰"的目的性似乎是综合的。扰大多发生在我一人在家的时候，它时不时跑到我的书房，咬咬我的裤管，舔舔我的脚踝，再不理它它就竖起身子，伸出爪子一下又一下地掏着。我发现它特别喜欢我的手，总想把我躲避它的手掏出，掏出了就深情地舔着，直至我沉下身子抚摸上它一气，抱上它一会儿，它才会消停下去，蜷在我的身边，静静地听着我翻动书页的声音。寂静的时光里，由于悠悠的扰，让我多出一份悠然的乐趣，也因为它半夜的守候让我生出别样的温情。

悠悠的走失，和我是有关的。周末我去山上办事，车在街上行走，我明明看到了它穿着蓝底红花的衣服，在路上小跑，和同车的朋友说起，他说："你眼睛看花了。"我没当回事，晚间回家，女儿带着哭腔告诉我，悠悠不见了，我的心不免沉了下来，尽管悠悠的走失不是一次、两次的事，但微微的担心还是有的。正好前几天去了趟北方，走进尚贫穷的乡村，不见鸡飞、狗吠，打探了下，因为治安状况不好，养鸡、养狗全为小偷、小摸做准备了。心想悠悠不会一样被偷摸了去吧？疑问在心中没有说出，心却堵得厉害，当然这堵不全是为悠悠的。随之而来的马航失联，转移了我的注意力，悠悠自然被放在了一边。

如同马航MH370杳无音信，悠悠走失后一天天过去了，也见不着它的半点踪迹。在四方寻找中，突然感到我是喜欢它的。我想起和它的一次次对视，它的眼睛里有话语。妻子、女儿因它的淘气会说出狠话，诸如明天就把你送走之类，转身悠悠就会看着我们，泪水半含半噙，半卧在一角，委屈得大半天里没有动静，直到我们又一次爱抚它，说乖就不送你走，它才会欢快起来，眼睛里露出笑意。说狗会笑，别人一定不会同意，而悠悠的眼睛确实会笑的，狗是和人类最亲近的动物，按妻子的说法，悠悠除了不会说话，什么都懂得。确实是这样的，每次遛弯回来，为悠悠洗脚是必须的，习惯一旦形成，狗的执意和刻板比人做得好。一次晚间我溜它回来，转身将它洗脚的事忘了，悠悠竟卧在门厅里待了一夜，到了早晨我才想起，这狗原地不动眼巴巴地看着我，直到我抱起它走进卫生间洗好、擦干，它才顽童般在家里疯跑。我审视它的眼睛，眼睛里一片干净，没有哀怨，没有愤懑，有的只是完成了某件事的满足。规矩在悠悠面前呈现的呆滞，无意间让我感动了一把。

当悠悠家人般在家里四处走动时，它已不可或缺，它和我们一起穿梭在父母、亲戚、朋友之间，似乎接纳我们的人都接纳了它，因此，我们又多出了一些新的乐趣。它走失后，众多的朋友帮忙寻找，尽管无果，心中的苍凉，却由此多出了温润。女儿往往一大早就对我说，又梦见悠悠了。我和妻子总会安慰她，悠悠一定还活着，它那么乖巧，不会有人把它当作口中肉的，说归说，我心中还是不停地打鼓，物欲横流的今天，善良早被欲望淹没，何况仅是一条名叫悠悠的狗呢。

对于悠悠从眼前消失，我所用的只会是走失二字，这之间我充满了希望和等待，希望悠悠仅仅是迷失了方向，狗走千里知返，狗不嫌家贫，只要不是人刻意的所作所为，就值得等待。若干年前看过一个动画片，上面有一句台词：人是最可怕的动物。说得准确，直奔内核。马航 MH370 这只大鸟失联了，小狗悠悠走失了，大事和小事不可相提并论，但众多的心仍在盼望着它们的归来是相同的。能归来吗？只有时日做证了。

尘蒙书桌

当下的日子能静静地坐下来读点书，读点自己喜欢的书，似乎是件难事了，书桌周吴郑王地摆在那儿，却蒙上了层尘埃，尘埃细微，透明得射出书桌的底色，本是个喜欢读书的人，又要忙于各种周旋，弄得晕晕乎乎，欲罢不能，书之于我远了，我对书的情感好像也疏离了许多。

记得较为困难的日子，一间斗室得定下家的所有生活，孩子幼小，工资微薄，家徒四壁，当时最大的愿望是拥有一间书房，有读不完的书籍。退而求其次，也要拥有一张独立的书桌，在上面写写画画，让自己的精神愉悦起来。但这一切都很难做到，不过书仍是读着，读得昏天暗地、天荒地老，害得老婆逢人便说，找个书呆子丈夫，她说话时，有着骄傲的口气，别人听得出，我也心知肚明。

日子好起来了，诱惑随之增加，各色娱乐活动水波涟漪般泛起，对于读书的安排，日程一推再推，留下的空间逼仄得只有针线能够穿过。不知是谁提出了"一天读书一小时，每月阅读一本书"，心中为之快速响应，把读书的时间在心里再次收紧了。好书不在自己的周边萦绕，声色犬马、行尸走肉、无滋无味的生活，如同杂草蔓延，可供生长巨树良木的土地，残存的空间越来越小。当意识到这些时，大块的时间已飞毯般远逝。时光不可追溯，大量的书籍文字堆积在一边，拾起一粒，捡起一本，竟陌生得如同路人，缺少了可亲可近的氛围。

书桌蒙尘，实际上是心灵和眼睛被尘埃垄断，纵有千百种借口，擦拭下眼睛的时间总是有的。古人读书，马上、厕上、床上皆为好场所，至于秉烛夜读，更是理想的境……时间的边角、余料，都是肥沃的泥土，种下识文断字的思考，往往就开出了一架花红。如今懒得读书，成了一种新的常态，快餐式的浏览代替了真心实意的阅读，网络以席卷一切的力量，把厚重的典籍吹进了阴暗的旮旯，说是快起来的生活，却让思辨的心慢了下来，书桌由之布满了难以拂去的灰尘，眼中所看到的灰蒙，久而久之也成了"本该就这样"的透明，真的应了"如入鲍鱼之肆，久而不闻其臭"一说。

朋友是读书之人，常年萦怀于读书之中，面对众多的诱惑，保持了巨大的定力，他用以不变应万变的心理防线，向自己的预期迈进。他有自己长长的书单，而这书单月月在加长，销号加号，似乎远远没有尽头。我们少有交往，所有的交流都在网上进行，他鲜活的思想，渊博的知识，滞涩住了我本以为自己算得上清凌没有世俗气的文字，而思想的深度就更不值得一提了。沉湎于形色各异的应酬，微醉中侃侃而谈，引发出妙语连珠的效果，自认为很是成功了得，而于空旷处，却自卑得连自己也不认识自己。和朋友比较，我突然良心发现，该有一场自我拂去尘埃的行动。

星期天阳光洒得很开，又是春天，妻儿纷纷外出，我理着自己的思绪，由远而近地扯出一些纷乱的线头，生活中的悖论和文字的悖论大体相当，失和得间都有自己的定数，人的生命长度无法控制，而宽度和厚度是完全可以调控的，关心什么，摈弃什么，在一念间也在坚守中，犹如海子的德令哈"今夜我不关心人类，我只想你"。一夜漫长、一生更长，一份坚持可能就造就了一切。读书的好处我们都懂，懂得无须用语言和文字去表达，读书也是最容易的事，一卷在手将眼睛和文字碰撞下就行了，难得的是坚守，哪怕是一天中的一小时，交给书，交给阅读。重理自己，确实十分重要。我的心突然静了下来，大段大段的文字，排成雄雄壮壮的队列向我走来。

书桌上的蒙尘被我静静地擦去，实木的桌面纹理渐渐地清晰起来，立于书桌边的书橱，一本本过去读过或没读过的书都在拽着我的衣襟，它们在为归来的游子庆幸。一本好书、一个世界由此打开，蒙尘的书桌因书的出现明亮起来，清醒的纹路流出了绿叶的芳香。

消　失

　　所有的植物都是开花的，花朵或大或小，或沉闷或活泼，在我的眼里都是美丽的。中午和几个朋友把酒聊天，聊着聊着就聊到了植物，各自凑着家乡草本植物的名字，大名小名，说出了一串，比如龙葵、苘麻、苍耳、刺蓟、龙尾草、牛筋草、泥胡菜、水稗草、打破碗花、蓝母草、车前草、地黄、决明草、何首乌、藜藜、红蓼等等，俨然就是个植物园。说得轻巧，聊得投机，酒就不那么醉人了。我们各自说着植物的故事，和自己家乡的民俗风情结合起来，别有一番风味。

　　我曾经写过一首诗歌：最卑微的草都会开花／最细弱的身子都会说话／最寻常的草都有人爱……记得写诗时躺在草地上，面对一蓬蓬草兴奋不已，天空白云流淌，只觉得身底下小草拱动，就要被托起来，向天空云际飘去。小时候生活在乡间，几乎天天和草们交合，并不感到荒芜。倒是草给了我们无尽的乐趣，形色各异的草可派上许多用场，烧锅燎灶不说，编个草戒指，做个蝈蝈笼，吸食草茎里的甜汁，甚至用草打斗比个输赢，草是身边的玩伴，更是须臾不离的左邻右舍。

　　稻麦养人，而乡间的植物又养育了昆虫、鸟类、走兽等大小不一的生灵，让沉寂的乡野活跃起来，多样化的点化开升起的炊烟、落下的夕阳。故乡有一句话，说得很有意思，把心乱比喻为心中长满了草，乱草无绪，春天里萋萋而绿，夏秋季结满草籽，一把野火就能烧个干净。心中的草肯定不是单一的，它们各有各的领地，各有各的王国，只是草们的发言我们听不懂，只能看到花的语言吵吵嚷嚷。心中长满草，可能也只有乡间人能想得到，向草而生的人，一辈子和草打交道，在心中乱事纷纭时，最情愿让草入驻，"离离原上草，一岁一枯荣，野火烧不尽，春风吹又生。"心中乱草迷离，对这首诗的理解自然是别样的。

植物的多样构筑了欣欣向荣的世界，然而眼下环境的恶化，导致了自然的凋零，许多叫上名字或叫不上名字的植物正在从我们身边离去，如同一个个熟悉而亲切的朋友，突然消失了，令人悲痛不已。前几天去乡村，道路硬化，水渠硬化，一幢幢以水泥、钢筋为血肉的建筑拔地而起，外来的树种占据了要道、要冲，如侵略者般露出胜利的笑容，整齐划一地临风、沐雨，倒像是一种阴谋最终得以实现。

我在田野四处寻找，想发现一些熟悉的面孔，有一些，但却少得可怜。决明子、龙葵、牛筋草们，如同举家外出打工的人们，空留下千疮百孔的旧居，让人陡生莫名的情绪。除草剂的使用，逼迫着植物的领地缩小，把草当作了敌人，围而歼之，出现的是"百草枯"的局面，似乎我们现在更关注的是动物的消失，对植物的凋敝，乃至某物种的灭绝，很少有耐心去倾听它们的呼号。一旦大千世界的绿色消逝了，世界估计也就没了声音。一个做蜂业的企业家不无担心地和我交流，他本来看中的是故乡的多元化、立体化的植物世界，一年四季有花，蜜源丰富，如今不行了，花朵稀落单一，植物的花，蜜蜂也懒得去过问，花中含有农药、化肥的残留物，蜜蜂比人有灵性，它们的嗅觉灵敏，有毒的花采不得蜜。

在乡野行走，想领略更多的诗意，诗人朋友前不久写了首《稗草的脸》，勾起我的无尽遐思，我决定去拜访一棵稗草。稗草和水稻夹杂而生，幼小时几乎和禾苗长相一致，经验再丰富的农人也分辨不出，直至长到半大，才露出自己尖而挑高的面孔，去除它们容易，在水田里走上几趟就拔除了，但总有遗落的漏网之鱼，站在水稻田里，高过稻穗，率先成熟。一地的稻子，透着丰收的迹象，我极目四顾，没见稗草的身影，农人和它作对了一辈子的家伙，就这般消失了。怪不得诗人朋友写《稗草的脸》，稗草藏着半张脸，和农人捉迷藏，半张脸生动，找不出另半张脸，稻子们也会落魄的，没有稗草的稻田，从根本上少了许多东西，我俯下身子，去看田亩的深处，浅浅的一层水一片死寂，没有小鱼小虾，没有水蛙田螺，没有蚂蚱和青蛙蹦跶，就连浮萍和水生植物，也掰动手指可数过来，土地眨巴眼睛，丑陋得不忍拾足。

隐着半张脸的稗草消失了，一个老邻居远走他乡，心中的苦闷可想而知，偶见成群结队的麻雀飞飞停停，在田埂上寻寻觅觅，不知它们可会和我一样，反复地为一株植物垂下的阴凉较真，为自己的家园悲悯。我开始呼唤着一些植物的名字，艾叶、灰灰菜、荠菜、蒲公英、白蒿、苦苦菜……答或不答，都有同样的分量。

书间漫步

比花活得长久

借用了文友诗集《你比所有的花都活得长久》作了文章的名字，有对诗人的敬重，更多的是对诗集流露出的缕缕深情。诗集是友人献给故去的妻子的，一行行娓娓道来的诗句一次次击中了我，借着中午的时光，在黄山脚下，听着细雨敲击绿叶的音律，埋头书间，泪不自觉地打湿了脸颊。人间的情谊超越了梦幻迷蒙、色彩斑斓的黄山之景，花草年年更替、绽放美丽，又能怎样，比所有的花活得更久的只能是心中那块湿漉漉的柔软。

晚间同学小聚，昔日的青春、流溢过的意气风发，早已离去，剩下的最多的是些回忆和人生的慨叹。同学华君患乳腺癌已二十余年，二十年间三次手术，一次比一次险恶，刀光剑影在她的身上留下了难以抹去的印迹，而她仍面存笑容，欢快地过好每一天，从她的口中吐出的依然是生活的美好，和对未来、家人、亲朋好友的眷眷深情……

华君的身边紧倚着她坚强的夫君，铁塔一般的男人，似乎在时刻守护，随时会被风卷去、浪冲走的女人。三次手术、二十余年的呵护，已让一艘小船般的家摇摇欲沉，花光了所有的积蓄，变卖了鸟儿衔草搭起的小窝，如今只能在租赁房里安身生活。华君的丈夫心痛的只是华君，说她没有一块好的皮肤，说她没有过上一天的好日子……

也是的，华君少年丧母，母亲和她一样的苦命，四十来岁就弃世而去，丢下华君和她的妹妹，华君牵着妹妹的手一路艰难走来，而剩下的日子又有多少可供仔细品味？

或许是酒的原因，木讷的华君丈夫话语多了起来，他说，自己不多求，只想华君活到七十岁，再陪上他二十年。他把"陪"说得清清楚楚，又把"陪"说得凄凄惨惨，即便是说说笑笑，而之间分明隐藏着五味杂陈的味道。华君一直看着丈夫，周边的同学、朋友，这时似乎都是多余的，她只关注丈夫的一举一动，夹筷子菜、小抿一口老酒，在她的眼里都显得格外亲切，她的目光在咬着自己的丈夫，给我们的感觉，华君就是要用眼睛把自己的丈夫"吃"了进去。磨难间的真情，多了份从容，更多了份旁人难以理会的内涵。华君的丈夫一直埋着头，絮絮叨叨地告诫华君，该吃些什么，不该吃些什么，对应的华君往往是拿起筷子又放下筷子，目光中一会儿是孩子般的任性，一会儿是孩子般的依从。

小聚结束，正是五月天狂雨大作的时候，风雨裹缠着华君夫妻，他们谢绝了我们的护送，华君告诉我们，随之还有坚持了二十年的功课要做——散步，这是华君的丈夫定下的规矩，无论什么样的日子，只要他在，他都要牵着华君的手风雨无阻，一步步向前走去。目送他们相扶相搀的背景，紧密的雨突然疏松开来，一条雨中的甬道开朗地向前游动，他们的脚步带着泥土的柔软、水的湿气，沉重中透露出花开花落的信号、呢呢喃喃的拽动，周边的草木起起伏伏，经久地迎合着……

夜间梦得猛烈，有读诗集《你比所有的花活得长久》中诗句掉落的雾霭，有华君夫妻相濡以沫的响动，更多的是梦见自己在苦苦地寻找，那走失的身影让我左右冲突，我不知道那身影奔向何方，人世间迷茫一片，所有的通道都已被生生地堵塞了，我大声吁叹，而这慨叹却久久呼唤不出……夜正深着，阳台上一只鸟被惊动，丢下一串啼鸣扎进了长空。

变　形

　　一些年铆着劲读西格蒙德·弗洛伊德，读尼采，读黑格尔，读卡夫卡，试图在时间的隙缝里，鼓噪出一些气泡来，再用这气泡去养育出属于自我的蓝天、绿水、沃土。阅读的愉悦，似乎冲淡了生活的缺失，而清晰得令人心痛的细节，历历在目地袭来时，所有的隐身又显得苍白而尖锐。

　　读卡夫卡的《变形记》应是在一个冬天的夜晚，寒霜初降，天出奇得寒冷，当主人公格里高尔·萨姆沙以一个甲壳虫的面目在我的面前出现时，我的心无疑被击中了。世态的炎凉，冲撞着沉醉的梦境，双目闭去又能如何，眼前的幕幕场景交叠、重复、撕扯、畸变，父亲洗旧的制服，母亲辛劳的脸庞，妹妹绝望的眼神，格里高尔的绝望，如同一幅幅穿越时空的油画渐次走来。当甲壳虫完成了心中最后的悲壮的舞蹈，生生地将自己撞死时，似乎一切都结束了，结束得漫长而匆忙，其间留下了巨大的空洞，需要用大把大把的心寒、伤痛、爱怜、绝望、功德、期许等等去填实。

　　睡眠远远地离去，《变形记》让我满目滞涩、心中坚硬，推开独居的窗户，一队寒鸟正从夜空中掠过，抛下的凄凉叫喊，纠集着我荡来荡去的心绪，莫名的孤独找不到出走的途径，曲里拐弯地缠着、绕着。

　　第二天竟拿起了笔，写起了平生的第一篇小说，仿着卡夫卡的走向，写一对年轻夫妻，突然失去了心爱的女儿，哀痛、失落、莫名、绝望伴随着他们，就在他们在痛苦中挣扎无法自拔时，一只温柔可人的猫走进了他们的生活，猫起先用女儿的音调呼唤年轻的夫妇，之后竟变形为女儿的身形，躺在他们之间，行走在不大的斗室，虚虚幻幻，让死寂的家多出了生气。我不知如何让这小说结尾，又无法让一只变形的动物永远充当女儿的角色，心的揪扯甚至比主人公更加痛苦，最后狠狠心，把男主人公送出了国门，剩下的"母女"我再也不去管她们了。

我知道是卡夫卡一直在引领着我，孤独、恐惧、绝望、挣扎一直在小说里游荡，我实实在在是在写一篇读后感的，只不过换了种表达的形式。多年后我想起了这篇小说，翻箱倒柜地去找，终于在一个角落里，发现了一沓发黄的纸卷，打开时早被虫蛀、水湿成了一把粉末，能辨认的就是反复出现的如同宿命的"猫"字。也是种巧合，同住一个小区的女同学，女儿大学刚毕业时，惨遭车祸离开了人世，留下了悲痛欲绝的父母，中年失独当是人世间最大的悲哀之一。这时若干年前的那只猫，突然一次次挠着我心的软弱处，好渴望真的有那么只可变形的猫，走进同学夫妻之中，虽然无奈，虽然可悲，但却会是一种人性之花，微弱的却可散发淡淡的迷迭香味。

此时，不会有群鸟飞过，即便飞过，影子也将久久地留下，吹送不去。

在令人绝望的《变形记》中是否仍能找到光明？应该是可以找到的。《变形记》和卡夫卡的其他作品一样，充斥着现实和魔幻、现代和久远。如果读书仅是找乐赶时髦，卡夫卡一定不是适合的对象，更不适合美酒加咖啡的浪漫，书中荒诞的痛楚，会将你刚刚举起的酒杯轻易击碎。零碎和片断是卡夫卡心光的闪现，他是一个独自持烛者，照亮了别人，往往自己处在黑暗中，41岁的生命戛然而止，作为一个内心撕扯不止的自觉的孤独者，心中的出口被一面照见人间一切的镜子堵住了，只会永远无法走出。灰暗、孤独、沉寂、绝望这些不阳光的词都可以拿来形容卡夫卡，悄声细语过后，他的心中装进了无数的寒鸦，而他本身就是一只硕大的寒鸦，对于我甚至对于这个世界都是这样。寒鸦是要守护自己领空的，小时常见寒鸦立于树梢或盘旋空中，对于入侵者作大胆的搏斗，我想卡夫卡一定是在坚守着的，至少在他的内心不停地挣扎过。寒鸦是阴影，是走不出的怪圈，是心中那块小而又小容不得别人的领地，是埋于孤独而又将孤独进行到底的守卫吗？是或不是，读卡夫卡自可领会。

摆脱虚妄，从心里早理解了卡夫卡的寒鸦。谁的心中没有一只寒鸦，孤独也好、苦悲也好、完整也好、割裂也好、荒凉也好、喧嚣也好，都明确无疑地存在过。周日独自在办公室忙活，周边寂静安然，孤独猛地袭来，几乎是没来由的，我提笔写道：仅是一人 / 我说给谁听 / 自言自语，或者沉默相持 / 今天，我是自己唯一的挚友 / 大爱大恨握在手中，古怪的问题 / 回报爽朗的笑声，下午的话 / 说给自己听，不去担心邻家的门铃 / 敲动紧闭的门扉，脚步声离我远去 / 拖长的余音从上个夏季的夜晚消失 / 我不再指望，一袭驿动的长裙 / 送来多汁植物般的清凉。我感到一丝丝的恐惧，生怕卡夫卡的变形在我的身上演绎，而寒鸦正在扑棱翅膀，在我的心中萦绕。

我不想背负甲壳。

寒鸦飞去是种境界，如同心中的佛活着，自己就是佛。赶走心中的寒鸦，心中睡了的佛就醒了。

初读《看见》

和中央电视台著名主持人柴静有一面之缘。2010年第五届紫蓬诗歌节颁奖典礼，她是主持人，美丽、娴静、知性，是不长的接触时间里留下的印象。当我把拟就的主持词交给她时，一泓水样，她静心地读着，那么平和与入定。之后的主持和朗诵水般流去，顺畅和随弯就曲，将一场颁奖典礼演绎得起伏跌宕。这是我第一次"看见"柴静。

由于一面之缘，我开始关注柴静，她主持的节目，她的文字是我必看，必读的，但似乎难以走进她。倒是近日读了《看见》一书，才让我领略了柴静内在的风韵。

《看见》一书应该是无主题写作，漫漫道来，却让内心及周边的世界变得丰满。柴静说："我没有刻意选择标志性事件，也没有描绘历史的雄心，在大量的新闻报道里，我只选择了留给我强烈生命印象的人……他们是流淌的，从我心腹深处的石坝上漫溢出来，坚硬的成见和模式被一遍遍冲刷，摇摇欲坠，山崩瓦解。这种摇晃是危险的，但思想的本质就是不安。"不经意间，柴静道出了人间难得的真谛。无论是初识陈虹，还是十年间深入的贴身采访，她始终把自己定位为"人"，所以有了柴静"别当了主持人就不是人了……"的感叹。她关心新闻事件，而着力的仍然是人。《看见》中柴静的笔蘸着人的温情，走进"非典"病房，她说："那个温热的跳动就是活着……"很难想见一个弱小的身影如何面对突如其来的灾难，她的笔冷静而又严峻，悲伤过去，她告诉我们："真实自有万钧之力……"，"坍塌滑坡的山体，现在已经慢慢重新覆盖上了草木，就在这片山峦之间，正在建成新的房屋、村庄和家庭"。希望已经重现，再不是灰蒙蒙的天空，阴云密布的世界，一个有良心的新闻工作者、作家，当告诉世间涌动的美好。真相一直诱惑着人们的追寻，真相的魅力在于准确的再现，柴静把告诉人们的真相当作一种追求。《看见》一书传达了她追求真相的足迹，遑论华南虎、拆迁等等，柴静把许许多多重要的段落放在这里，她的笔沉重："真相常流失于涕泪交加中……"涕泪告诉人们真相，涕泪赢得世界的同情，而往往正是软弱的涕泪，淹没了真相，此时做着哲理思考的柴静，她愤然给出另一种答案："许多事情，是有人相信，才会存在……"所有的相信应建立在眼见为实之上，在这茫然的世界中，我们听到的太多，而看到的太少，往往跟着听觉走，这一走就过了头，失去了应有的判断，眼睛退之为次要，真的是悲哀。所以柴静郑重地说："……自我感动，感动先行是准确最大的敌人……我们需要提醒自己：绝不能走到探索真相的半山腰就号啕大哭。"斯言十分准确，人类丰富的感情，往往引导着人走向歧途。读柴静，这样的点切莫丢下了。《看见》一书还揭示了我们看见又多被忽视的东西，面对紧闭的邻居大门，老死不相往来的局面，柴静用女性特有的细腻和不二的观察，若有所思地轻声诉说："家庭是最小的社会单元，门吱呀一声关上后，在这里人们如何相待，多少决定了一个社会的基本面目。"很多时间里，渴望家门被轻轻叩动，特别是相邻而居的，"远亲不如近邻"这远古的训言，已然被丢失了，剩下的只能是"沉默的尖叫"，这样的"尖叫"让事实说话的心流血不已。《看见》一书在社会的内核里行走，看似无主题的写作，却有着鲜明的导向，真和善是直达深处的东西，把"人"还原为"人"是这本大书落脚所在。

《看见》一书是柴静十年主持人的心声，文发自心自然是好文章，好文章的汇聚自然是好书，借用柴静的一句话，作为本文结话："……尽可能诚实地写下这个不断犯错、不断推翻、不断疑问、不断重建事实和因果，一个国家由人构成，一个人也由无数他人构成，你想如何报道一个国家，就要如何报道自己。"做人做事亦应如此。

抚摸平凡

能把一本书一口气读完，定然是本好书，遑论上百万字的篇幅。路遥《平凡的世界》就是这样的大书、奇书、重书、好书。集中了一段时间第二遍读《平凡的世界》，读得满目锦绣、泪眼迷离，许久走不出路遥构建的世界，沉闷、彷徨、黑暗、光亮、失落、希望，相互交织之后，还是深深地叹了口抑郁之气。抚摸平凡，又在平凡中寻找到了非凡，天将亮时，一抹黎明之光渐渐移来，任谁也无法阻拦。

或许因了走过《平凡的世界》中所描述的年代，故事深深击中了我。孙少平、孙少安等，在生活的路上挣扎、探求，他们面临贫穷、饥馑、自卑、伤感、获得、失去，甚至生存下去的压力。无以诉求的日子，他们只能凭着一双手和一颗坚硬的心，把路尽量走得稳当些，把生命的链条扣锁得牢固些，自卑地活下去，是他们不二的选择。1975年的孙少平，在饥饿和贫穷中，眼里唯一的亮色，是处于同样境地中的郝红梅，郝红梅美丽、胆怯，心中的苦难更多些，最次等的食物、衣着，再加上无可选择的出身，目光永久地低垂在荒草之下，天空注定是一片黑暗。两颗心由漠视而慢慢地贴近，近得几无缝隙，近得能传递相互的热量。

同样的情景，出现在我曾处于的现实中，我穷得"灰"了的家门哥哥，和一个从小失去父母随祖母长大，家仅有一间土坯房的女同学相爱了。我和堂哥要好，加上年龄差着一截，他们没有瞒着我，看着他们双手紧扣，生生死死地爱着，相扶相伴地行走，心中多多少少有些触动，即便世俗的目光，常常想撕开他们，他们的坚定，仍循着平凡的路径，从没有打过折扣地走了下去。他们比孙少平、郝红梅幸运，最终修成了正果，结合到了一起。许多年后，我曾问过他们，是什么样的一种力量，促成了这段爱情？他们告诉我，是一种贫穷的关照，和随时随地的相互取暖。

是的，是的。富贵和贫穷有着长长的距离，富贵和富贵间相互排斥，只有贫穷可以彼此肉贴肉、皮挨皮地贴近，而这种贴近有一种超乎自然的力量。当我读到，郝红梅为改变自己移情别恋时，我突然想狠狠地推上她一把，让她醒来，而一切都太迟了。我理解孙少平难以平复和解脱的心绪，我随着他奔走在长长的东拉河、哭咽河边，他大声痛哭时，我热泪盈眶，他手足无措时，我深深顿足，他坚强地让心活过来时，我的身子里因之迸发出了由衷的力量。我喜欢孙少平的所作所为，不因被抛弃而心生怨恨，他用自己的大度和理解，乃至辗转反侧的爱怜，化解了郝红梅人生中出现的"手帕"危机。心存善意，是平凡的世界里最多、最密集的行走，心痛处最好的一帖膏药，当是埋在心底时时泛起的善良。读到这，我无法平静自己，推开窗户，天空一轮明月，悬挂在难得的好天气里，世界一片寂然，平凡的日子、平凡的世界，走着的都是平凡的芸芸众生。

孙少平走进了黄原，这是和孙少安所走的完全不同的路。"打短工"成了孙少平人生中的又一个选择，当孙少平背负一百多斤的石头，在人生的路上踽行时，所不匹配的是一卷破破烂烂的行李，行李单薄得如同无情意的岁月，它在往后的日子里反复地出现，是征兆、是宿命。而在他的脊背破烂后，又累结深深浅浅的疤痕时，生命的坚强，对走出后闯荡出新天地的渴望，成了生活中不可多得的景观，人活在希望和目标中，或多或少开始生发出新的激情。

田晓霞隐隐约约的身影，时时刻刻在告诉我们，一阵风样的招手或挥手，都会成为吹生欲灭的火种，尽管路遥没告诉我们，但却是真真切切的事实。穿越在漆黑的煤窑里，孙少平的心里是充斥光明的，他有众多的工友和善待他的师傅、嫂子，师傅矿难而死，他将一颗心扑在了嫂子和明明的身上，流言打中了他，如同被雨淋湿眼睛，擦干了仍又明亮如初。田晓霞因工而亡，人生中带有恋人、导师成分的她，肯定是孙少平的精神支柱，他们相拥、相吻、相互约定。而两年后相见的日子，却只有一棵棵大树随风而作色，孑然的身影，昭示着孙少平一生的孤独。我实在喜欢路遥给出的有关孙少平的结尾："他上了二级平台，沿着铁路线急速地向东走去。他远远地看见，头上包着红纱巾的惠英，胸前飘着红领巾的明明，以及脖项里响着铜铃铛的小狗，正向他飞奔而来……"我揣摩路遥的心思，两抹红侵扰着我们的眼睛，他定是故意设定的。而在这之前，郝红梅、田晓霞，都隐喻着红的元素，这两个孙少平生命中最需要他担当的女人，渗入了孙少平的血液中，又引发了千千万万读者深刻的思考、不尽的感慨。巧合也好，刻意设置也好，掩卷而思，才显现出作者的大智慧。

《平凡的世界》拽出了我生活中的千头万绪，我与孙少平是同时代的人，只是我年龄略小一些。暑期，也曾打过零工，美其名曰勤工俭学，在轮窑厂挖过土方，农药厂翻过药渣，马路边掘过自来水管道沟，尽是烈日炎炎的日子，汗流浃背，半饱的肚子，却干着重体力活。尤为可笑的是跟着一个叫"倪结巴"的师傅，帮助大大小小的单位拣瓦、修漏子，战战兢兢地爬上两米多高的屋顶，找出破损的瓦片，师傅给出了高招，屋檐边的瓦用处不大，尽可以换了去，有一种拆东墙补西墙的味儿。和孙少平的目标不同，他想打上几孔窑子，去为父母遮风挡雨，温暖身子；而我只想挣上学费，多多少少地贴补家用。也苦、也累，心却是平静而无怨言的。暑期结束，挣了十八元零五角，全部交给了母亲，母亲眼里是湿润的，随手给了我两元五角，我用这钱好好地奖励了自己，买了五本书，剩下的钱买了支豆沙冰棒慢慢地品啜了起来。在读《平凡的世界》时，我常游离在书的情节之外，眼中满是对应的场景，异曲同工地发生着，只是没那么壮怀激烈。

世界的奇妙在于随处可以找到契合点，我在《平凡的世界》里急着要和孙少平成为朋友，像金波一样，把心中的秘密整整齐齐地抖落出来，离也好、合也好，甚至支离破碎的小狡黠，也暴露得一清二楚。孙少平会成为我的朋友吗？一定会的，他的坚韧和善良，在今天无疑都是绚丽的风景，至少我会把他引为知己的。

在《平凡的世界》众多的人物中，孙少安当是我仰慕的人。对孙少平是喜欢，对孙少安就是敬重了。孙少安为了苦难的父母、求学的弟妹，放弃了学业，务起泥土里的营生，他聪明智慧，善解人意，把小小的生产队长当得风生水起。特别是处理和田润叶的感情，他用宽阔的胸襟应对绞心的疼痛，一次次艰难地转身，留下了单薄而不失伟岸的背影，对或不对，只能用时间去证明，一半是海水一半是火焰的交接处，只能是沸腾而起的漫漫水雾。给爱一条生路，不是所有人都能做到的，给亲爱的人以宽阔是种境界，我们往往歌颂"相濡以沫"，而忘了"不如相忘于江湖"。田润叶淡出了孙少安的视线，却沉淀在一个男人的心中，如同沉于泥沙中的雕塑，水流狂击后又会重视它的身姿，孙少安的了不起在于，他让这不尽的水流，归于另外的渠道，湍湍地向黄土高原的另一边流去。他迎娶了山西老陈醋般的新娘秀莲，一心打理起崭新的生活，土里刨食，建小窑烧砖头，百折不挠，沐着苦难的国度初生的曙光，成就了一个平凡人的非凡。他和秀莲每晚相拥而眠，同床同梦，让心贴得近近的，直到秀莲的一口鲜血喷出时，他的动作，仍出奇得果断："他大叫一声，发狂地张开双臂抱住了她……"孙少安的怀抱是坚实的，他乞求抱住流逝的生命，犹如时时刻刻抱住对秀莲万分珍惜的爱。还是宿命般地想到了红色，在孙少安故事的结束时，一抹红又出现了，只不过它是爱妻因肺癌喷涌而出的鲜血，激荡中如一弯虹，跨越在平凡的世界，分分合合，走动在曲折的道路上。

"生活似乎走了一个令人难以置信的圆。"路遥在《平凡的世界》里，用特别冷静的口吻说上了这样一句，众多的人物在百万字的篇幅里鲜活地走来走去，各自都找到了自己的归宿。爱是一条路，恨是一条河，生是一座山，死是一捧土，他们的悲悯，他们的爱恨情仇，他们处于饥饿时的明争暗斗，他们干戈玉帛后的诚意相待，都是平凡世界里再平凡不过的表现。平凡的世界，世界的平凡，做一个平凡的人，如草木一秋，该开花时开花，该结果时结果，顺乎自然，梦将会平坦些。

又一次抚摸平凡，我的肋骨处有隐约的伤疤在痛，心却是光洁的，无疤无痕。

文心诗语

——读汤大立先生诗集《故乡的泥土》札记

　　顺着大立的奔走去读他的诗歌，是一件集智慧、幽然、沉重、轻松、思索、考量于一体的快事，时而会被他牵着走，时而会点燃一根烟，放纵心思，在淡蓝的烟雾中发现些什么。有的时候能说清，而更多的时候道不明、理还乱，只有在揣摩中凭心度量，绿意也好，沙漠也好，外域也好，故土也好，总能发现他静下时沉思的模样，这时的大立，放下了所有场合嬉笑怒骂的面目，回归了本我：一个诗人原有的特质，一个普普通通血肉丰满的中国汉子。

　　大立曾经告诉我，他一年中至少有近百天的日子在路上奔波，为事业、为生计，而我想的是，他在为心中的诗情流连，在为诗歌奔忙。诗意生活是美好的，诗意生活是盈实的，他所有鲜汁涟涟的诗行都是在路上发生的，或记录于瞬间，或长久发酵后酿出甘洌。

　　"隔洋飞渡几多重 / 江山谁解万里梦 / 犹怨人生桃花里 / 不识过客路匆匆"。就这般开始了他的生活之行、旷野之行、诗歌之行。"万里梦"是许多人难以解透的，也包括我，没有切实的经历和诗意的酿造，根本无法理顺"人生桃花里"的意境，桃花艳丽，短暂缤纷，会给游子留下多少深刻的印迹呢？当我读到"莫言人生如梦短，自作冬雪万里花"那心忧故土的执着时，迎面的诗情如"冬雪万里"

扑入胸怀。此景无法复制，只有在岁月略略沉淀后，扑在心窝，听凭她的怦然有声，才能想之深、念之切。

倾听诗情流连，行者无怨的追求，当是幸运之至。

过往一定是诗人耿耿于怀的情节，大立也是如此，相信他无法把过去的岁月，轻描淡写地搁浅下来，所以他发出感慨"谁能再过三百里，大河深处荡飞舟"。"三百里"当是岁月里程的概数，而"荡飞舟"才是他的胸襟，写这样的诗句，一定要在远离过去的日子，还要有开阔的地域。果然，此诗写在异国加拿大。可以肯定，他此时眼前是异国他乡秀美的景象，心中却是乡间沟壑，一条大河波浪翻滚，而波漪按捺在心中，只能用短短的诗行去表达，唯其短，才能容下万千风雨。

交替在诗人心中的雷电是多方面的，他看穿了些什么？又把什么样的"西洋景"镌刻心中？诗人说："西洋镜里叹红装／隔山隔海难相望／踏破铁鞋终觉浅／绝知吾辈当自强"。我说大立是条汉子，他从不妄自菲薄，从不优柔寡断，他思考的层面多于他的描述，他的诗情往往点到为止，留下大块的空白，让人去思考，去领悟，去思辨。这样的深邃，唯诗能做到，唯真正的诗人才能做到。

诗人在行进中寻找，最想寻求一方净土，好好打发自己，我指的当然是心境。大立一直在苦苦求索，四海为家，四海问寻，他说："天边一方宁静土／无荣无辱亦无忧／只缘我心在故园／不想此生无所求"。这是他客居异国的短章，心中的波澜可见一斑。大立的许多诗歌中，反映出一股股独特的情绪，他有着自己的志向，有着对祖国的深深眷恋之情，诗人报国，只有在有所"求"中得以实现，这种"求"是大气的，绝非小肚鸡肠，绝非无病呻吟。"以为红尘都是路／不过关山志不休／却道风流风雨后／多少壮烈化云游"。这就是大立，壮怀激烈，异国他乡澎湃的绝不仅仅是诗情，唯热血沸腾，凌云胸中，才能有"潮平梦辽阔／水色一天收"的大意。读这样的诗句，会在拍案中，趋于长长的冥思，谁不想"滔滔大江流／独步走春秋"。诗扩张出了一块新的领地，顶托起一方新的空间，诗中的三昧到此还得一品、再品、三品下去。

在行进的路上孤独是难免的，我们常常会孤独，有时却深感是种享受，比如长假期间，我就会让妻儿外出游玩，关了手机，闭了网络，独自把孤独、寂寞放大开来。大立的孤独是在等待中，他用独特的方式打发明月、惊鸟，让风雨进入微闭的眼眸，化作诗意的符号："等到夜半月儿明／等到日落鸟惊心／风风雨雨人生路／万水千山我独行"。独行中，大立邀约了许许多多意象，来布满他柔和的心田、坚定的意念。

由此对大立的孤独，我有了一种新的理解，他是用另一种方式在拷问自己的，在拷问中开出别样的花来，他等待的是诗的袭击，独行的是一条风雨兼程的路子。

人在旅途，可能不是最好的选择，但依然是人生必备的资源，这样的资源积累必然会生发诗的贲张，大立走南闯北，一年间把大部分时间摆在了此空间到彼空间的移动中。他是幸运的，也是艰辛的，他在《旅途》一诗中写道："除了做梦／我都在路上／跟着熙熙攘攘的人群／才不会迷失方向"。我怀疑即便梦中，大立也在路上，只有在路上他才不会停止思考。一个歌者，一个一路走一路放歌的诗中"侠客"，是将歌声传达到遥远的最好办法。"走了多少路／未来还有多长／我的心中依然有首歌／在不停地歌唱"。"路漫漫其修远兮，吾将上下而求索"，风雨过后呈现的彩虹带着清新味道，在路上这些都能充分领略。世间的美好打动了诗人放纵的情怀，他得不停地在旅途中："漂泊的路啊／总在打动我的心房／带着无限的眷恋／我还在满世界流浪"。满世界流浪不幸福吗？人生苦短，烟云总在眼前忽闪飘过，看过了，爱过了，想过了，写过了，还会遗憾吗？

"当我们重逢的那一天／你不会看到我的泪花／多少心底的话／我也不想再对你讲"。实际上也无须去说了，要说的已交给风声、雨声，交给了大江、大海，交给了自然、山川，交给了长长短短的句子。诗人的心是博大的，诗人的思维是跳跃的，他能走多远自己知道，他的心能走多远却是自己不知道的。诗人没有触动不了自己的事物，如同佛家所说：一花一世界，一叶一菩提。好好地走下去是所有人的愿景，稳稳地走路，奔向一个约定的目标，是再好不过的事了。

"那一天我们挥挥手／迎着枝头的朝阳／没想到渐渐老去／还没有回到家乡"。从家乡出发，还得归于家乡，好在地球是圆的，绕了一圈还得归于原点。诗已在诗外了，所有旅途都将有个终结，这就是人生，大立也不例外。除了诗人之外，大立当是写作者和实业家，他在自己家乡的土地上开始种出诗行了，"众兴书院"、筹办中的"旅游职业学院"新址等等，这不能不说是行者的结果，是诗的另一种形式的出现。"我一踏上旅途／就会感觉充满了坚强／似乎我的一生／只有在颠簸中／才能忘却忧伤"。我没看过大立忧伤的样子，在他的诗歌中很少看到悲愁的影子，他的诗歌布满了阳光的质地，悲寂时去读它们，得到的是不一般的效果，《旅途》这首诗我读过很多遍，记得大立曾通过手机短信发给过我，是我喜欢的大立众多的诗歌中的一首。我这样回答过大立："在路上，用目光咬住／曾有的梦想／行走的歌者／挪动的脚步都是诗行／我听到久远的风声，带着／小小的口哨，嘴角边／那枚绿叶，是故乡树上／初升的阳光／忧伤只不过／绕在田野的稻棵间，一棵稗草学着成熟的模样，拔了它／田野回归安详／故乡还正年轻着，我们走上它／所有的遗落，都将长上枝头／重回一段可捡可拾的浪漫"。我想我的心是会和大立的心吻合的。"就这样／让我们默默地飞翔／所有的日子／都会记下我们的力量"。凭借一双坚强的翅膀，诗自然会飞更远，人更会如此。

　　枕着故乡入眠最为安稳，无论何种门类的创作，故乡是永远绕不过去的。诗人的根永远扎在乡土上，在异国他乡的大立，写了大量思乡、爱乡、恋乡、亲乡的诗歌，况且我所读的诗集就名为《故乡的泥土》，他把故乡放在了首位，当然大立所写的故乡是指堂堂大中华，绝不局限于肥西铭传乡那一亩三分地，但大潜山下生他养他的故土，又实实在在地为他提供了源源不断的创作力量，和取之不竭的生活源泉。他在多伦多写道："轻车与熟路／远看近却无／乡情深似病／千山锁不住"。对乡情的眷恋，已让他成为一个病人，而这种病是人间所有的药无法医治的，唯有一捧故乡的泥土、一掬故乡的清泉，才能医好这无奈的沉疴，所以千山万山也锁不住诗人急迫的心情。"故园恋芳草／他乡依绿洲／谁在我心重／相约白首后"。诗的意韵就在这里，故土是可以相恋的，他乡只能相依。记得有这样一句话"割下别人的肉，贴不上自己身"，他乡再好也是别人的，浅显的道理，在诗人的笔下早已柔情万分了。归乡途中，大立显得迫不及待，他无法克制自己的冲动，在飞驰的列车上，他信手拈来"千里往返彩云间／马蹄如飞身似燕"，"却言酒逢遇知己／谁知山高行更难"。这该是什么样的心情，促使着诗人恨不能生出双翅，飞度千山万水，降落在生于斯长于斯的故土。据我所知，大立少小离家，应该说故土的印记，给他留下的烙痕不会太重，而他却时时牵挂，时常不能自己。诗人大多是敏感的，"感时花溅泪，恨别鸟惊心"，或许真的如此，大立常和我谈起他大潜山下的村居，绿树萋萋、小溪淙淙，飞动的鸟声、慈母深深的呼唤，每每说到这些，他的语调总是低沉的，那份敬重由表及里，往往又勾起我们对家乡深深的思念，同声咏叹。不是吗？"鞭炮红装／新衣糕糖／最忆过年旧时光／走亲访友／沿街串巷／儿时故乡赛天堂……我心怀旧如江水／绵延不绝万古长"，白描般的诗情，在"父担禾／母擀面／兄添水／姐摆香……"的场景里，早让人眼中漾满了泪水，如果这些仍然还不够表达一个诗人急迫的心情，那么我们可以逆着时光的主轴，去回味一下"泪花声里想亲娘／纵有千楼台／也无旧模样"的风雨之声，我想此时大立的心早满当当得没有间隙了。读到这，我的心更难有一丝风吹进……酸酸得想哭想笑。

面对故乡大立是不安分的，他被乡情鼓噪着，总是千方百计找着突破口，和友人千杯寻醉，和青山绿水刻意纠缠，和众多的诗行生着闷气，他的歌喉此时此刻有点沙哑，而他的才思却是汹涌的："我们的宫殿／不过是那片绿水环绕的山岗"，为她多献出歌声、多喷发芬芳，是他立足于山岗最想做的事，所以他毫无顾忌地大声疾呼："如果有个人值得你爱／请把他放进心房／如果有件事值得你做／请让它插上翅膀"。在故乡必须是率真的，这是心的使然，诗的使然。"今晚的风／是否还在和明月一起荡漾／让我们回到从前／再亲一亲／再亲一亲／生养我们的亲娘"。真的得长长地叹息一声了，被大立的乡情、亲情压迫着、左右着，我几乎难以呼吸，是景、是情、是爱、是美，是压抑、是放纵，都是，也都不是。

诗人是否都爱做梦，我没考证过，如果做的话，大多梦境应是和故乡有关的，这是从诗人大立处得到的结论。"雨夜连梦回故乡／不觉乡间四月长／众多老友齐相见／都说他乡非故乡"。连续两场梦，都落在了故乡，如果有机会我想和大立交流下梦的场景，到底故乡抓中了他什么？不过随着阅读的深入，似乎又成了多余。"天好地好风光好／不如老家荒草堂"，也不过如此，老家的荒草堂，丝丝缕缕都是故土长出的，当然是世间最好的了，故土除了长生活，还能长出诗歌，以及让游子念念不忘的深情厚谊。不梦这些，恐怕难做一个真正的诗人了。对故乡的梦最怕早早醒来，在故乡的日月里流连，即便是在梦里也是快意的，"无端闯入到梦中／不知何时君入梦／潇潇夜色潇潇雨／千山万水与君同"。对故乡的思念有多长，梦就该有多长。梦中必然会有一声长叹："醒来始觉梦里边"。然后自会披衣下床，推开窗户看一轮皓月，漫无边际地挥洒着清辉，天清冷清冷的，脚下的土地不是故乡的，周围的人不是故乡人，只有自己埋在了对故乡的思盼里。在梦中漂泊是累的，思念的真实却无法不梦，我读诗人梦乡诗，常会惊悸不安，写此文时大立正在加拿大的夜色中，不知他是否在梦，如梦，我作为他的友人一定会在梦中出现，否则这样一些诗句不会狠狠打中我："思乡情深切／却是梦中人"，"飘荡若浮萍／还是故乡亲"，"莫道家贫穷／思心万千种"，"他乡夜正黑／故园正天明"，"只愿天黑早／一觉到天明"，"家乡大槐树／已是第几春"，"愿作一身轻／洒遍万山红"……

　　故乡的无处不在，让诗人大立刻骨铭心，他诗的内核直指故乡的心跳。加拿大的雨滴和故乡的雨滴没有质的区别。"没有行人／没有风景／也没有梦／只有一把打开的伞／立在雨中"，"唯独熟悉的／是滴落在伞上的雨声／犹如我此刻的心情"。我想一定有一滴细雨润湿了他的双目，清洗了他眼中的尘埃，让他望断风雨之后，听出了家乡油布伞上滴落的声音，世事纷纭，唯有此音如同天籁，不绝于耳，否则他不会写出这样的诗句，"把湿润的岁月串起／做成带回家的风铃"，我已然置身其间，享受了一把"孤独之外的从容"。是的，"我也要站在雨中／让雨声／带回我今晚的宁静"。我的双目不自觉地润湿了，是友情打动了我？还是诗情感染了我？应该兼而有之吧。今夜我无法宁静，诗如酒般使劲。

　　大立的诗歌涉猎面很广，独自吟哦自我的不多，而正是这不多的几首诗，却让我流连忘返，或许是他的真实写照，读懂了，对他的理解可能又要增加几分。他在《生活哲学》一诗中写道："我不是最幸运／也不是最倒霉／这个哲学／让我的生活多了很多安详"。这应是他的人生态度吧，充满了辩证的理性。喜欢"安详"之类的字眼，围绕着"安详"大立在努力着，无论面对"中伤"，还是跃入同一个泥塘，甚至是"绝望"和"迷惘"，他终于明白，"坦然对待这一切 / 无论赞扬还是诽谤 / 无论乌云还是太阳"，他在纠结中完善着自己，走自己的路，一任别人指指点点，他告诉我们"这条路看似简短 / 其实好长 / 跨不过去这个坎 / 我们就到不了彼岸 / 就无法抵御一生的风浪"。我相信这绝非是他思想的一闪念，他把自己人生的历练用诗的语言总结出来，带给我们除了哲理，还有美的享受。我很长时间不写诗了，读了《生活哲学》，还是捣鼓了几句，"有一天，我把自己弄丢了 / 回头去找，痛苦和幸运 / 长着同样的模样 / 只是生长的位置不同 / 水边的带上风声 / 旱地的有了太阳的味道 / 我留意的花悄然地开着 / 一半芬芳，一半羞涩 / 芬芳是幸运，羞涩是痛苦 / 我采摘了它们，夹进记忆深处，我和它们约定，一百年后打开 / 我不知道，它们会有什么样的生活……"。如此而已，大立的诗歌，可以完完整整地把我带入另一个世界，我必然在其间发现众多的真谛。

对诗的追求让大立生活得很惬意，他的诗情无所不在，他的诗可以指向所有的角落，当他躲在废弃的木棚里写诗时，他已把自己置身于尘世之外，这时他既可爱又幸福，完全是一个老夫聊发少年狂的诗人做派，"我躲进小棚 / 竟然还有一副没有海绵的沙发架 / 一张只有一片木板的桌子"，"我坐在沙发上 / 把腿翘在桌子上 / 很惬意地写诗"，而周边是豪华的楼宇，奔走的笙歌，就是这样的环境，他的诗情仍然强劲地勃发着，"也许城管会来 / 要把我当盲流抓走 / 但只要亮一眼我写的诗 / 我想他就会明白"。这就是活脱脱的诗人，几乎让我想起了李白，下决心豪放不羁地把诗歌进行到底，如果有可能，我想我会去寻找这般的小木棚之类的场所，写上一首诗，感受一下大立的心域。有这样的机会吗？

大立对所喜爱的朋友会送上一首诗，所咏所叹真挚而自然，他对朋友有着特别的情愫，他的眼里没有贵贱、地位高低之分，只有真诚和友爱。他的《故乡的泥土》里，收录了为我写下的一首诗歌，讲真话我并非十分喜欢，但他的真情流露却让我感怀激烈，他对我说："你没上过天／可你写鸟的诗就像在写自己／你虚幻着，向往着／因此也保留一颗童心／我知道你的心是自由的／只是你必须把自己装在一个笼子里／因为，那里有你的需要"。他说了真真切切的实话，我也时常这样想过，只是没有胆量表达而已。诗贵真实，大立用自己的真实表达着对真实的渴望，如同一杯高度的烈性酒，充满着醇和。大立对待自己同样是真实的，他给自己写诗，写得清爽而又凝重，让人生出敬畏之情。"如果有下辈子／就让我做阵风／来无影，去无踪／既可以躲进山林／也可以藏进树丛"；仅如此，绝不是大立，他又生发开来："雨声是我的呜咽／闪电是我的放纵／潮汐是我的思考／雪花是我的从容"；他要走多远才能让一首诗歌如同雪花一样从容呢？诗意的饱满开始出现了，"吹落人间不平／吹散暮鼓晨钟／吹走淡淡的哀伤／吹开乌云重重"。悲天悯人是诗人的大情怀，大立要做阵风是有着自己的考量的，人世间的行走，让他做出了诗意的抉择，而他所要做的风，也是分场景和地域的，有时"柔软"，有时"无畏"，有时"强劲"，更多的是"真实"。"今夜，风化作了一个梦／来到我梦中／让我感到下辈子／也许是一场梦"。嫣然的诗意再次出现，我的审美过程，又得从头再来一次。

大立的诗歌中可圈可点的太多，他的诗恣肆汪洋，语言随和精美，秀外慧中，意象独到，大起大落，却又小中见大，别具风味，我无法将它们一一展现出来，对我而言是件憾事，对读者却又是件欣慰的事，我能做的就是在以后的岁月里，慢慢消化它们。我早已把大立引以为净友，想来大立对我也会是这样。在写这篇文章时，我首先想到的是题目，题目有了，文章也就有了，"文心诗语"是我对大立从文从诗的评价，也是对他为人的认同。

　　"让自己安宁 / 找一个安宁的理由 / 让自己自由 / 找一个自由的借口 / 让自己放飞 / 找一个放飞的高度 / 让自己回归 / 找一个回归的旅途……请继续奔走 / 在我们还能奔走的时候 / 在这苍茫的天地间 / 总有一处 / 会让我们无怨无悔地停留"。我想为大立的这首诗做个诠释，作为本文的结语——"安宁过后 / 有更多的理由不再安宁 / 回归的自由 / 带着更多不自由的烙印 / 新的高度，需要 / 更为丰满的翅膀 / 奔走的常态 / 由我们天生的脚板决定 / 停留处，花开后又将凋谢 / 脚板老去，走不动了，还有我们的心……"

这边风景独好
——读黄晔诗集《一路上的风景》

在黄晔的诗行里穿梭不感到陌生，那些熟知而又饱满的元素，变为一张张美丽的面孔列队走来，注定了阅读的愉悦、审美的快意。和黄晔先生不曾交往，但从他的诗歌里读出了大意和小心，读出了人生的真谛和孜孜不倦的追求，读出了这世界难得的真实和一片洁净的冰心，读出了悲悯，读出了舒畅，读出了诗酒同源的甘醇，读出了人的音韵。

一路上的风景很美，而这边风景独好。我不知长江之滨陈瑶湖的方圆和深浅，那是黄晔的家乡，我想即便是一汪浅浅的湖泊，在诗人的眼中，独一无二的特质足以感念系之，永志难忘，他写道："我的荷花开满陈瑶湖畔/打开落地窗便有冬日阳光"。仅仅这些，还不曾打动我们，他说："醉倒在一个母亲湖的杯底/用一缕温柔的曙光/输一管新鲜血液/寻一方孕育生命的襁褓"。诗人是幸运的，有一方母亲湖作为人生的杯盏，他自可以倾情畅饮，饮下的可以是青山绿水阳光白云，可以是柔软亲情、画意诗书，如此，"只想给心灵安个家/在一片湖的中央"。

对故乡、故土的眷恋和热爱，不用说是一种入骨入肉的沉疴，唯一能医治的良药，在诗人心中只能是诗行，所以，他愿意"做一枝彩色的荷/醉隐陈瑶湖的怀抱"。醉在杯底也好，醉在怀抱也好，陈瑶湖造就了他，"倒"和"隐"都不重要，诗人的心沉浸在一抹情境里，他走不出来，作为读者的我几经周折也没能脱掉干系，倒是眼前自己故乡的田土、水流闪闪烁烁，一阵阵地涌向心头。诗情是连动的，黄晔的诗牵引了一股情绪，这情绪是思乡的、是愁怨的、是弥漫的。"春天里让我们回去吧／回到快乐的小村庄……简单的生活／淳朴的生活"，也不过是门前的荷塘，屋后的柿子花香，慈祥的父母，成群的弟妹，当然还有金色的稻谷，弯弯曲曲的小路，朝你缓缓招手的同路人……已足够了，丰满的诗情，必须用心珍藏，用最精练的语言记载。

我一直认为诗歌不能当饭吃，但能当酒喝，每每在诗的意境中流连、在诗的氛围里左左右右地冲撞时，醉的感觉便油然而生，读唐诗、宋词如此，读现代诗歌也是这样。读黄晔的众多诗篇醉的程度各不相同，有酣畅的醉，有微微的醉，有如痴如梦的醉，有醉后的舒心微笑，有醉后的拍案惊奇。黄晔是一位成功的企业家，通过"缘"文化的传播，酿造甘洌美酒。"一股芬芳沁入肺腑／那是一杯醉人的酒／老牛依旧拴在一个院子里／静静地读一首诗"。我始终在探究，黄晔是因诗而酒，还是因酒而诗。诗酒同源。它们都是发自心底的东西，诗歌肯定不是写出来的，它是从心里流出而又被心刻意贮藏的，诗和酒都要酿造，都需要暖和的阳光、新鲜的空气、湿润的水雾。没喝过"缘"酒，但分明从诗人的诗中一再品味出——柔和而又强壮，浓情而又饱满。我想"缘"酒一定是诗人用诗情酿造的，否则，"酿造一种酒／贴上自我的标签／把思想的阀门打开／饮，日久天长"就不会如此的自然，情感的抒发就不能"在一杯杯酒发酵之后散发芬芳"。酒用诗作酿造的酵母、用诗作引子，这样的酒千杯还要，这样的酒沾唇即醉。当诗人换一种方式和我们对话时，他"左手提诗右手提酒"，即便背负千山万水，明亮永远都在心头。畅快的人和自己的诗一样恣肆汪洋，读黄晔的诗，有一种醍醐灌顶的清醒，明快而不做作，曲折而不环绕，酒助诗兴，诗人因酒而醉，因诗而醉，他一再告诉我们，"在缘分中生长／在一杯醉过的酒中坠落"，因为他知道："酿造一种酒／把芬芳封存／愈是久远愈弥馨香／存于世，自度量"。诗在酒中长出了绿叶，开出了花朵，结出了果实，叶可亲近，花可欣赏，果可品尝，这般诗歌自然有了自己偌大的空间，挥之不去的魅力。"跌落一地果实／在一个鲜花疯长的季节里／酿造一首诗／在酒醉情迷之后"。诗和酒如出一辙需要久久地酿造。心也好、境也好，有大爱之心、宽阔之境，就能出好诗、出打动人心之诗，"我只想在我的杯底醋畅人生"，诗人如是说，说得彻彻底底，明了无二，这"杯底"是小的空间，更是大的世界。

在《一路上的风景》中，诗人、企业家黄晔反复追问，一杯酒的距离有多长，有多深，实际上诗人用自己的诗歌作了最好的回答，一杯酒的宽度和厚度，诗行是最好的丈量工具，诗可达生命的深处，当然亦可抵达酒的灵动。"脚下的路忽高忽低／一杯酒的距离忽远忽近……我想在一份缘的空间里／酿造一份忠诚／在起起落落的太阳底下／化缘一个梦"。缘诗而酒，缘酒而诗，诗人是幸福的，他用自己独有的符号，诸如梦幻、夜晚、陈瑶湖、缘等等，抒发一路上的风景、美好，把深藏于内心的娓娓道来。走近诗人，走近"缘"文化，似乎不难，他说："有些风景不是人人可见／有些境界不是人人可即／你我之间／其实就是一杯酒的距离"。

突然有了种找醉的感觉，实际上早已醉了。

走留之间

读《出梁庄记》找到了走进乡村的另一个由头。

走出乡村或坚守乡村的人都给曾经的村庄留下深深的印记。村庄一直在走和留间坚持了许多年。走出的人归来，归来的人又走出，代代相传，给本已盆满钵溢的乡村文化注入了新的元素，新的张力。远不说徽州的古村落，集中演绎了"徽韵"，眼前散落在合肥周边的淮军圩堡群，从记忆或泥土深处冒出的凝滞，往往带着和时光有关、无关的鲜活，时而打动我们张皇失措、麻木无奈的目光，发出的铿锵金属之音，听得人热血沸腾，几欲沉湎。比起城市而言，一个个固定在时间樊篱里的圩堡，以村庄的面目出现，对周边的影响、覆盖更具有特别的意义，形成了凝聚后又能发散开来的文化、精神现象。

坚守有坚守的理由，走出有走出的原因，无论如何，都以村庄作为原点，在走留之间留下了广袤的开阔地，庄稼们丰茂不已，藤蔓般的人绕绕环环。

人的融入不是一个村庄的契合，难免孤独。以张树声、刘铭传等为代表的淮军人物，可能是我脚下的土地较早走出村庄的村民，他们是流转在乡间与城市的最早的一批"农民工""打工者"，只不过换了种形式、使用的工具不同，金戈铁马，建功立业，最终还是回归于本土，垒砌出"张老圩""刘老圩"之类，这里有沙石铁木的功效，而更多的还是细小的情结和对乡土的留恋。正是"情结"

和"留恋"，安稳住了搏动的心跳，乃至安稳的睡眠。城市里的孤独，只有用生于斯长于斯的本土来抚慰。城市不可能将村庄整个契合进去，它所用的动作，是一种全面的淹没，难找到一个角落，安放下村庄的丝丝缕缕、点点滴滴。居于如今的高楼大厦，水泥钢筋丛林中的人，大多会在向阳的窗口、阳台，种下几盆绿色植物，看花开花落、叶生叶长，这实际上是对泥土的眷恋，不管承认与否，在潜意识里地气最为重要，扎在城市里人的根难免虚晃，要想扎实坚固，一捧捧泥土的夯实，是不二的选择。泥土来自何处？是村庄的，是故乡的。时下每到周末、节假日总有大批的城市人涌向乡村，在远远不是乡村的内核里指指戳戳，似乎寻觅到了、采摘到了本源的东西，那份恨不得和所有人分享的喜悦，在走走停停中，已通过现代化的通信工具传达出去，引发了一连串的惊叹，浅显中完成了一次次可有可无的采风，乡村的文化似乎就在人们手指下的一抹稻菽、一间间民宅里。我一直认为，乡村文化的内核是生长，庄稼的生长、树木的生长、人的生长、乡风民俗的生长，构成了一幅幅乡村水墨画的生长。而这一连串的生长，都和乡村的走动有关，走动的是水、是山、是泥土，带起转动的却是去留之间的人，经历是村庄最宝贵的财富，走出的人总是将外面的财富搬运回来，留下的人靠着刀耕火种，又把运回的财富酿造出美酒般的醇香。

曾靠在淮军破旧的圩堡群的残垣断壁上叹息，无情的时光带走了生动，却无法将其中的深刻抹平。面对一些无法抗拒的场景，圩堡人举家走出去，空留下护城河、更楼、转心楼等物的坚守，人气平淡，剩下的只能是颓废和毁灭。财富靠人守卫，文化就更不用说了，它需要传承和光大，否则再灿烂的光芒也会一天天消弭下去。走出去的需要回归，坚守的需要走出去，如同一汪水，停止了就会干涸，成为一摊死液。我想到了现在的村落，源源不断的人从村庄走出去，回归只是省亲式的短暂停留，尽管城市用不同的形式加以拒绝，走出去的人还是用极大的勇气、使出浑身的解数，偏留于城市的一隅。留守乡村的人正在老去，老得如同暮阳，数着时光下沉。数日前，为了一篇文字去了一个叫吴岗的村子，村子陷落在满眼的绿色里，高高的楼房，无处不在的绿树花卉，极有品位的文化广场，宽敞明亮的村民居所，时而飘动的庐剧唱腔，一切都显得平和而流畅。深入其间，却被彻底的空落所震撼了，没有青春四溢的流动，没有力的展现、匆忙的劳作，看到的都是老人和孩子，村落虽美，掠目的只是死寂和衰老，一座曾经炊烟零乱、鸡飞狗吠、活力四溅的村庄陨落了，陨落得如同天际坠下的巨石，深深地陷入泥土之中。走出去的人还会回来吗？城市的诱惑，和城市所拥有的优越，将走出乡村的人挽留了下来，城镇化的进程，忽视了乡村既有的合理性，让不该膨胀的东西，气球般涨大、虚晃起来，若干年后不定就是种灾难。除了乡村文化的消逝，更多的是众人在另一个环境里不真实的生活，由此派生出的枝枝丫丫，砍不得、锯不了，因为这棵大树长得太高、太密，砍下枝丫势必毁了巨树，巨树倒下，击中的土地无法承受。

对村庄的遗忘，正在进行中，有意、无意，我们所有的人都在助推着。上数三代，我们大多数人的父辈、祖辈肯定是农人，躬身耕作是唯一的动作，家园穷而美好，生活平淡而充实，没有漫天的欲望和永填不满的物质追求，精神在上，物质在下，中间的人自由自在。回忆过去的村庄，风清水绿，乡情俚语里行走着人的真实。时间改变了这一切，一个个散落在土地上的村庄，树木般被一一地砍伐，以前所未有的速度消失，聚集起的民居，被刻意地美好着，缘自然而生的地气、水脉被无情地割断，存在的合理被抛在了一边，美好被打造得如化了装的戏子，唱、念、做、打在虚假里有模有样。救救村庄的呼号时而有之，却显得苍白无力。按照这样的走向，不要多少年，现存不多的村庄一定会成为非物质文化遗产，进入保护的行列。实际上承继村庄过去的美好并非是件难事，只要在去留之间，劈出缝隙般的空间，或者凿出流动的渠道，保证一口方塘般的村庄，水进进出出，村庄自然会鲜活起来，其中的人、事、物也就会自由而活泼。这样的通道就找不到了吗？

翻到《出梁庄记》的最后一页，骤雨猛烈，阳台上的几棵植物受用了，支棱起叶子欢天喜地地迎接着雨的猛烈，突然对家乡思念起来，我也不过是刚刚走出乡村，腿上的泥还没洗尽的一个农人、一个小城里的打工者，我的童年、少年、青年的所有梦幻都丢在了故乡的泥土里，如草般生长、如草般莫名，揪上一片叶子，它们绝对能喊出我的小名。我决定找空回家乡看看，心却猛地一沉，家乡早成了城市的一部分，那些个草木、风水，被疾走的路、摩天的楼盖得严严实实。出家乡，想回再也回不去了。

重建生命
——读《生命的重建Ⅱ》札记

对于阅读我从不挑剔，摸到书就读，五花八门地读，常常想着老祖宗的话"开卷有益"。手头有这样一本书《生命的重建Ⅱ》，打开后才知是美国新时代运动领袖、国际知名心灵导师露易丝·海的作品，据称之前的《生命的重建》被译成26种语言，畅销35个国家，总销量达五千万册以上，如此有吸引力的作者，所作的续集自然不可放过，一读便读出点趣味来。

《生命的重建Ⅱ》书名就有不小的诱惑力，生命能够重建不用说是件美妙的事，除却神一样的特别的成功者，每个人的生命都有自己的不堪之处，何况我们这些凡夫俗子。把自己生命重建了，重建成一株植物样开花结果，重建成一条河流样奔流不息，重建成一座山样伟岸沉实，不就摆脱了平庸，结束了浮生后半段的无奈？急着去翻读它，十五万字不算太长，但读着读着不由放慢了速度，似乎字字都有重量，连接起来，掩卷思索，重若千钧的感觉就出来了。

《生命的重建Ⅱ》好读又难读，它时不时跳出诸如"宇宙""无限智慧""高级力量""无限思想""宇宙力量""内心智慧"等多少带点玄学意味的词句，它把这些当作了一种力量，一股宇宙的力量蕴涵在了人的身上，令人在费解中周旋，而在之后的叙述中娓娓道来，用看似平凡又不平静的事实，安插在了人的最软弱处，让你在折服中默默地接收下来。

露易丝·海的情趣，在于她思想的跳跃性的闪耀，她真的会概括，把深刻的用浅显来表述，又把浅显的归入到深刻。在她一再表露的诸如，"那只是个想法，而我们可以改变想法""力量的关键只在于今朝""我们必须释放过去，原谅每个人""我们的思想一直与无限思想联系在一起""爱自己"等观点中，几乎都能打动我。然而，深深击中我的却是"那只是个想法，而我们可以改变想法"，人的想法往往决定了事情的走向，所谓先入为主，把自己当作平庸的人去想，注定了之后的所有行动的平庸，而把自己定位为优秀，就一定会向着优秀的方向努力。想重建生命，不如从改变想法出发，循着新的想法去努力，想法肯定是种压力，在某种压力下定然会使自己优秀起来，如同常说的"没有压力不知自己多么优秀"。改变想法达到生命的重建，自是一种智慧的选择。

爱和改变是贯穿在《生命的重建Ⅱ》一书中的主线，至少我是这般认为的，当"爱自己"和爱周边的世界结合在了一起，爱就变得宽阔起来，露易丝·海说："爱是我的养分，将我带入最佳状态。爱自己越多，我就越发爱别人。"我们可曾爱过自己，或许大多数人的回答是：爱过的。但爱得是否有质量就值得商量了。自私地爱自己，解决生理上的需求，是低层次的，学会爱自己不容易，之中必然要有一个条件，就是"我爱今日的自己胜过昨日的自己，将自己看作一个被深爱的人"。今日的自己是否超越了昨日的自己，超过了，爱的份额自然就会加重，这样也就将爱的链条和生命的链条拉长了，生命的重建也就开始了。改变在此时，显得尤为重要，它包括"我很安全，那只不过一场改变"，"我愿意改变"，"那只不过是个想法，而想法可以改变"，"我摆脱了所有的经历"，与时俱进地改变，分层次、分批次地在生命的进程中行走，交织、搅和、勾连、连通着神圣的智慧。树挪死人挪活，说的是物和人的位移，以及位移带来的结果，和生命的重建一脉相承。

重建生命聚于寻常的点滴中，露易丝·海是心灵导师，更多的还是一个好的园丁，她乐于将园地中所有的树叶归于土地，不断改良土质，让生命周而复始地青青翠翠。落叶为土地输送养料，土地又将种子孕育的生命激发成花朵和果实，从而一次次地让"生命的重建"成为现实。相信《生命的重建》落下的枝枝叶叶，也会丰富我们心中的土壤，只要整理好所拥有的土地，生命结出一茬茬果实来不是问题。

又一次把《生命的重建Ⅱ》放在了枕边，短短的章节早晚还会侵入我的梦中，复杂、精彩、无与伦比的生命，将在以后的岁月里交代出漫长而豁达的绵延、通透，阅读过程中，我一再地觉得这是一本写给女性的书，不过男人读过，所生发的感悟不会比女性来得少。